KNAUR

KNAUR

Im Knaur Taschenbuch Verlag sind bereits folgende Bücher der Autorin erschienen:
Schweig still, mein Kind
Mein wirst du bleiben

Über die Autorin:
Petra Busch, geboren 1967 in Meersburg, arbeitet als freie Texterin und Journalistin für internationale Kunden aus Wissenschaft, Technik und Kultur. Sie studierte Mathematik, Informatik, Literaturgeschichte und Musikwissenschaften und promovierte in Mediävistik. Ihre Arbeiten wurden mehrfach ausgezeichnet. Sie lebt in Ettlingen. Für *Schweig still, mein Kind*, ihr Krimidebüt, erhielt sie auf Anhieb den renommierten Friedrich-Glauser-Preis.
Mehr Infos zur Autorin unter www.petra-busch.de

Petra Busch

Zeig mir den Tod

Kriminalroman

Knaur Taschenbuch Verlag

Besuchen Sie uns im Internet:
www.knaur.de

FSC
www.fsc.org
MIX
Papier aus verantwortungsvollen Quellen
FSC® C083411

Originalausgabe März 2013
Knaur Taschenbuch

Redaktion: Ilse Wagner
Umschlaggestaltung: ZERO Werbeagentur, München
Umschlagabbildung: plainpicture/Johner; FinePic®, München
Satz: Adobe InDesign im Verlag
Druck und Bindung: CPI – Clausen & Bosse, Leck
Printed in Germany
ISBN 978-3-426-51124-4

2 4 5 3 1

Später

Jetzt, da alles vorbei ist und ein weiterer Mensch unter der schweren Erde liegt, weiß ich, dass ich von Beginn an hätte anders handeln sollen. Vielleicht hätten die Dämonen mich aus ihren Fängen entlassen, meine Seele freigegeben und die Seelen der anderen.
Ich lehne an dem Stamm, wende das Gesicht dem Himmel zu. Blicke in die nackte Baumkrone, aus der erste zarte Blätter sprießen. Die nachtfeuchte Rinde drückt gegen meinen Rücken, und der Stoff des Hemdes klebt klamm auf meiner Haut. Ich kann nur stoßweise atmen, aber ich rieche die frisch gepflügte Erde, die Algen und das Motoröl. Ich sollte frieren. Doch ich empfinde nichts. Nicht körperlich. Nur mein Inneres ist kalt und finster.
Gestern Abend bin ich hierhergekommen. Habe alles vorbereitet und mich dann auf den Boden gesetzt, hier, neben die hohe Birke, um auf den Morgen zu warten.
Ich bin zurück an dem Ort, an dem ich angefangen habe.
Die Polizei hat ihn zerstört. Nichts ist mehr, wie es einmal war.
Ein Schwarm Vögel taucht an dem fast noch schwarzen Horizont auf, zieht grell zwitschernd über mich

hinweg Richtung Osten, dem anbrechenden Licht des späten Aprils entgegen. Kleine schwarze Körper sind es, die meisten ruhig im Flug, andere tanzen auf und ab wie an Gummibändern. Ich würde so gern mitfliegen. Hinaus in die Unendlichkeit. Ein Wesen von Hunderten, den anderen gleich, ein winziges Nichts.

Unsichtbar.

Unsichtbar für die Welt und Äonen entfernt von den teuflischen Geistern mit ihren kalten Fängen.

Ich schließe die Augen, Tränen quellen warm zwischen meinen Lidern hervor. Ich lache auf: »Unsichtbar.«

Unsichtbar für Mephistopheles.

Meistens haben die Dämonen mich nachts geholt. Kurz vor zwölf Uhr. Exakt zu der Zeit, als die erste Katastrophe ihren Lauf genommen hat und ich dem Tod in die Hände gespielt habe.

Damals ist mein Leben zum Überleben geworden.

Jetzt ist es zu Ende.

Die Tränen bleiben in meinen Wimpern hängen. Sie werden kühl, ich blinzle, sehe ihr Glitzern wie vergrößerte Tautropfen direkt vor meinem Blick. Die Bäume und der Fluss wirken wie groteske Figuren. Sie tanzen mir etwas vor. Den Todestanz.

Ich schließe erneut die Augen.

Im Wald singt der Morgenwind, und ein Kuckuck übernimmt den Solopart. Nur drei Wochen ist es her, eine Ewigkeit, da sind die Stadt, die Felder und Wiesen noch schneebedeckt gewesen und die Herzen voll eisiger Lügen.

In einer halben Stunde wird die Sonne aufgehen.

Ich strecke die Arme zum Himmel, muss mit den Fingerspitzen die ersten Strahlen berühren, noch einmal die Wärme greifen.
Wenn ich jetzt gleich die Augen öffne, verschwinden die Bilder und Geräusche für kurze Zeit wieder: die schwarzen Baumsilhouetten am Rand des Weges, die Äste, die in dem warmen Frühlingswind wie warnende Arme zu winken scheinen, das Knirschen der Schritte und die drei Gestalten, die sich vor dem Licht abzeichnen, auf das ich zugehe, voller Hoffnung, voller Liebe.
Manchmal höre ich noch die Stimme, die mich fragt, was los sei, wenn ich wieder weinend aufgewacht bin, und ich spüre noch die Hand, die mir über die Wange streicht. Ich habe gelächelt und etwas von Verantwortung und besonderen Schützlingen erzählt. Schicksale, die mich nicht losließen. »Ich liebe dich jeden Tag mehr dafür«, war die Antwort gewesen.
Weshalb ich dennoch getan habe, was so großes Unglück gebracht und unschuldige Opfer gefordert hat, wird sich für immer dem Verständnis des Menschen entziehen, der mir der wertvollste der Welt geblieben ist. Und was ich tun werde, wenn sich jetzt gleich die Sonnenstrahlen auf die Erde ergießen und die Tautropfen zu einem glitzernden Meer verschmelzen – auch das würde dieser Mensch nie nachvollziehen können. Nicht bis ans Ende seines Lebens.

I

Donnerstag, 21. März

Er würde keinen Fehler machen. Alles würde perfekt laufen.

Noch vier Tage. Dann war er ein berühmter Mann. Es war seine letzte Chance, und die gedachte er nicht zu verschenken. Um nichts auf der Welt.

Günther Assmann knöpfte den langen Wollmantel zu, winkte im Vorbeieilen dem Pförtner in der Glaskabine, während er sich gleichzeitig den Kaschmirschal um den Hals schlang, und trat ins Freie. Unwillkürlich schüttelte er sich, als die kalte Luft auf seine erhitzten Wangen traf. Es roch nach Schnee und Abgasen, und mit metallischem Rattern brauste eine Straßenbahn an ihm vorbei.

Der Kälteeinbruch zu Anfang der Woche hielt die Stadt fest in seinem Griff, und selbst jetzt, um zehn vor zwei Uhr mittags, lag der Himmel wie in schwarzes Blei gegossen. Ein paar Schneeflocken tanzten auf die vereisten Straßen herab. Günther Assmann war das gleichgültig. Seine Vorfreude galt nicht der Sonne und den Frühlingstemperaturen, die für das Wochenende angekündigt waren und von denen seine Kollegen in jeder Probenpause redeten. Assmanns Lichtblick war der kommende Sonntagabend. »O selig der, dem er im Siegesglanze die blut'gen Lorbeern um die Schläfe windet«, rezitierte er, während er mit festem Schritt die Bertoldstraße Richtung Bahnhof hinunterging. Lorbeeren – genau die wollte er. Sie standen ihm zu. Er hatte sie verdient und viel dafür getan. Nicht nur in den letzten Wochen.

»Die blut'gen Lorbeern«, wiederholte er voller Euphorie in einem flüssigen Sprachbogen und führte dabei eine Hand in großzügiger Geste zu seiner Stirn.

Ein Passant, der ihm zwischen Bühneneingang und Tiefgarage entgegenkam, blickte ihn unter einer tief in die Stirn gezogenen Mütze hervor an und schüttelte den Kopf. Fast musste Günther lachen. Er wusste, dass er verrückt wirkte, wenn er mitten auf der Straße seinen Text sprach. Doch er liebte seine Rolle. Seine *Haupt*rolle. Nein, es war mehr: Er *lebte* sie. War sie. Und ein wenig Imagepflege, dachte er und verkniff sich noch immer ein Grinsen, konnte nicht schaden: Schauspieler galten ohnehin als durchgedreht, egoistisch und besessen. Ganz unrecht hatten die Leute mit diesem Denken nicht. Zumindest, was ein paar spezielle Kollegen betraf.

Erleichtert, dass er diese bis achtzehn Uhr nicht mehr sehen musste, beschleunigte er seine Schritte. Gute vier Stunden Pause zwischen Vormittags- und Abendprobe. Der ersten Hauptprobe! Zeit zum Duschen und Entspannen nach den schweißtreibenden Strapazen des Vormittags.

Heute Abend würde Edith im Großen Haus sitzen, in der ersten Reihe, neben dem Regisseur und seinen Assistenten. Der kleine Mann mit russischer Abstammung würde wie immer einen Apfel nach dem anderen aus der Plastiktüte neben sich ziehen, dabei laut rascheln, schmatzen, und jede Szene mindestens zweimal unterbrechen, indem er mit der verklebten Hand fuchtelte und kauend »Njet, njet« rief, ohne aber genau zu artikulieren, was ihm nicht gefiel. Das alles ging so lange, bis

Edith in ihrer gesamten Eleganz aufstand und ihm aus ihren türkisfarbenen Augen einen kurzen Blick zuwarf. »Genug, Pjotr, jetzt wird geprobt«, pflegte sie zu sagen, und der Regisseur biss nickend in einen neuen Apfel und schwieg.

Ediths kritischem Blick mussten sich alle beugen, und Wortgefechte und Chaos waren vorprogrammiert. Denn die Chefdramaturgin neigte dazu, kurz vor der Premiere ganze Szenenbilder umzustellen oder sogar mit dem Tausch von Rollen zu drohen. Der Gedanke gefiel Assmann. Er liebte es, wenn die Requisiten rumpelnd über den schwarz glänzenden Holzboden geschoben wurden. Wenn Rita aus der Statistentruppe eine Zigarette nach der anderen rauchte und schimpfte; wenn der schöne Raphaël sich den steifen Rüschenkragen vom Hals riss und zum wiederholten Mal deklamierte, derart stranguliert könne er nicht spielen. Wenn der durchgeknallte, doch geniale Regisseur Pjotr an seinen Äpfeln beinahe erstickte vor Aufregung. Vor allem aber gefiel ihm, wie Edith gelassen durch den Trubel schritt und mit nur spärlichen Handbewegungen alle zu dirigieren verstand. Edith wusste genau, wie man Ziele erreichte.

Er, Günther, wusste es auch.

Er drückte die Tür zur Tiefgarage auf.

Die Schlussszene war die heikelste für ihn. Der Moment, in dem er mit einem Schlüsselbund und der Laterne in der Hand vor Gretchens Gefängnis stand. »Mich fasst ein längst entwohnter Schauer«, murmelte er und glaubte für eine Sekunde, eine kühle Hand in seinem Nacken zu spüren, während seine Schuhe die Betontreppe zum zweiten Parkdeck hinunterklapperten. Doch Edith hatte die Szene abgesegnet. »Keiner spielt sie so wie du, Günther«, hatte sie gesagt und anerkennend genickt. Er hatte auf ihre perlmuttfarben geschminkten Lippen gestarrt und »danke« gemurmelt.

Nach Edith Bergers Okay konnte nichts mehr passieren. Berger kannte alle einflussreichen Kritiker – und den Intendanten des Wiener Burgtheaters. Der hatte seinen Besuch der Premiere bereits im Herbst angekündigt. Besser konnte es nicht laufen!

Das Piepsen seines Handys riss ihn aus den Gedanken. Eine SMS. *Vergiss nicht, Becci abzuholen, großer Faust. ILD, L.* Er schmunzelte und eilte zu seinem Wagen. Im Schummerlicht sah er das hell verspritzte Heck. Salz. Er musste dringend in die Waschanlage, so fuhr kein Star herum! Am linken vorderen Kotflügel zog sich ein langer Kratzer durch den Lack. Er stutzte. Schüttelte den Kopf. Er sollte wirklich konzentrierter fahren, wenn er in den Proben steckte. Nicht zum ersten Mal passierte ihm ein solches Malheur.

Assmann stieg ein und rief seine Frau an. Dass es hier unten Empfang gab, war ihm schon immer ein Rätsel gewesen. »Ich war großartig, Lene!« Er startete den Motor.

Sie seufzte. »Ohne Zweifel!«

»Wien, ich komme!«

»Und wenn wir dort sind, wirst du wieder normal, versprochen?«

Er stellte sich Lenes Mund vor, neben dem sich immer verräterische Grübchen bildeten, wenn sie Kritik in nette Sätze packte. Aber sie hatte ja recht. Letzten Donnerstag hatte er schlichtweg vergessen, seine Tochter abzuholen. »Versprochen.«

»Jetzt mach dich auf. Becci wartet sicher schon!«

»Wir sind gleich zu Hause, Schatz.«
Er rangierte aus der Parklücke, schob die Codekarte in den Automaten und brauste summend zur Schule seiner Kinder.
Faust.
Er parkte vor dem langgestreckten Gebäude am Straßenrand.
Sein Durchbruch!
Assmann ging auf die Glastür des Gymnasiums zu, als eine zierliche Frau heraustrat. Ihr Haar lag schwarz und glänzend über einer roten Jacke, doch die Fältchen um Augen und Mund zeugten davon, dass die Farbe künstlich war und das Grau überdeckten. Über ihrer Schulter hing eine Aktentasche, deren Riemen sie mit einer schmalen Hand umfasste.
»Herr Assmann!« Sie strahlte.
Er lächelte betont charmant und gab ihr die Hand. Sie war trocken, fast wie die Kreide, mit der sie wahrscheinlich die letzten Stunden Zahlen und Zeichen an die Tafel geschrieben hatte. »Frau Heinemann! Ich freue mich. Wie macht sich Rebecca im Rechnen?«
»Nun ja, bei der Multiplikation von natürlichen Zahlen hat sie ...«
Er winkte ab. »Ich war eine Null in Mathematik. Aber wer braucht schon Naturwissenschaften. Allein mit der Kunst schaffen wir uns ein lebenswertes Leben. Jetzt geht's erst einmal nach Hause. Wo steckt mein Wirbelwind?«
Das Lächeln, mit dem sie ihn fixiert hatte, erstarb, und er dachte, sie nehme ihm den Spruch krumm. Er sollte rücksichtsvoller sein in seiner Euphorie.
»Aber ... Rebecca ist nicht da.«

»Nicht da? Was soll das heißen?« Also doch nicht seine Bemerkung mit der Kunst. »Ist sie schon aufgebrochen? Allein?«
»Sie war nicht in der Schule.«
»Wie bitte?« Assmann trat von einem Fuß auf den anderen. »Das kann nicht sein. Ich habe meine Kinder doch selbst zur Straßenbahn-Haltestelle gefahren.«
»Tut mir leid. Sie war wirklich nicht –«
»Und warum haben Sie meine Frau nicht verständigt? Sie wissen doch, dass –«
»Ich weiß, Herr Assmann. Aber« – mit einer Armbewegung umfasste sie die Umgebung – »sehen Sie sich diesen Tag an. Fast ein Drittel der Kinder fehlt. Haben Sie heute Morgen im Radio gehört, wie viele Autos nicht anspringen? Wie überfüllt die Wartezimmer bei den Ärzten sind?« Ihre Wangen röteten sich. »Viele Busse fallen aus. Außerdem war Rebecca gestern etwas erkältet. Sie klang heiser und hatte glasige Augen, ich dachte, dass –«
»Ich bin schließlich auch hier!«
Die Lehrerin sah zu seinem Auto. Ein Jeep *Grand Cherokee Overland*, schwarz glänzend, mit Chrom-Seitenleisten und -Kühlergrill, beheizbarem Lenkrad und beleuchteten Türgriffen. Drei Monate alt. Er stand im absoluten Halteverbot. Frau Heinemann, deren Vorname ihm partout nicht einfallen wollte, hob eine Augenbraue, sagte aber nichts.
Günther überlegte kurz. Vielleicht war Rebecca mit ihrem Bruder losgezogen. Die Kinder besuchten dieselbe Schule, doch die Unterrichtszeiten seines Sohnes kannte er nicht genau. »Wo ist Marius?«
Aus grauen Augen blickte sie ihn direkt an, und er mein-

te, Sorge darin zu erkennen. »Ich glaube … einen Moment.« Sie verschwand durch die Glastür, und hinter der grünlichen Scheibe sah er sie durch eine Halle und an deren Ende eine Treppe hinaufeilen.

Schnee setzte sich auf seinen Mantel. Assmann klopfte ihn herunter und zog eine zerknitterte Packung Gauloises aus der Manteltasche. Seine Finger wurden rot und kalt, und sein Atem kroch in winzigen Wolken aus seinem Mund, während er den Rauch tief in seine Lungen sog.

Möglicherweise hatte Rebecca ja nur den Matheunterricht versäumt, und diese Heinemann dachte, sie sei den ganzen Tag nicht in der Schule gewesen. Wobei heute früh irgendeine Konferenz wegen der bevorstehenden Abiturprüfungen stattgefunden hatte, so dass die Kinder erst zur dritten Stunde kommen mussten. Nur deswegen hatte auch er sie chauffiert und nicht, wie üblich, Lene. Er war direkt danach ins Theater gefahren. Becci hatte sicher nur Mathe geschwänzt. Ja, so musste es sein! Hatte Lene nicht letzte Woche erst erwähnt, dass seine Tochter Mathematik nicht mochte? Dunkel hatte er etwas in Erinnerung. Dafür liebte sie Pflanzen- und Tierkunde, hatte Lene gesagt. Und Deutsch. Schon jetzt verstand sie sich fehlerfrei und wortreich auszudrücken. Er blies ein paar Rauchkringel in die Luft.

Rebecca kam eben ganz nach ihm.

Faust. Was bin ich denn, wenn es nicht möglich ist, der Menschheit Krone zu erringen, nach der sich alle Sinne dringen?, rezitierte er in Gedanken, inhalierte genussvoll, stieß den Rauch aus und beobachtete, wie die dünnen, bläulichen Fäden zwischen den Schneeflocken aufstiegen.

»Marius war auch nicht da!« Frau Heinemann eilte aus der Tür. Sie atmete schnell, und ihre Finger waren so fest um den Riemen ihrer Tasche geschlossen, dass die Knöchel weiß hervortraten. »Keiner der Kollegen hat Ihre Kinder heute gesehen.«

Heiß und hart zog sich die Wut in Günthers Bauch zusammen. »Sie wissen, dass Rebecca … etwas nachlässig mit … mit ihrem Zustand umgeht. Und *Sie*« – er deutete mit der Zigarette auf die Lehrerin – »haben, verdammt noch mal, die Pflicht, sich darum zu kümmern. Wenn meine Tochter nicht da ist und mein Sohn auch nicht, dann …«

»Dann ist es *Ihre* Aufgabe, Ihre Kinder bei uns zu entschuldigen. Zumindest Rebecca.« Sie verschränkte die Arme. »Marius ist ja volljährig.«

Günther warf die Gauloises zu Boden und trat länger als nötig mit dem Absatz darauf herum. *Nicht aufregen.* »Okay. Meine Kinder waren nicht da. Und jetzt?« Sein Tonfall war hart und nicht angemessen, doch die Frau provozierte ihn mit ihren ständigen Seitenblicken auf den Jeep und jetzt auf die Zigarettenkippe am Boden.

»Ich bin keine Krankenschwester und auch keine Privataufsicht. Wenn Rebecca hier ist, achte ich auf alles. Ganz diskret. So, wie Sie es mir aufgetragen haben. Damit keines der anderen Kinder …« Sie verstummte und wartete, bis eine Gruppe lachender Jugendlicher den Hof überquert hatte. Sie mochten in Marius' Alter sein, und der Blick eines strohblonden Mädchens blieb kurz an Günther hängen. Dann hakte sie sich bei einem der Jungen unter und ging auf ihren hochhackigen Stiefeln und mit provozierendem Hüftschwung weiter.

»Obwohl«, fuhr die Lehrerin fort, und ihre Stimme ging

etwas nach oben, »ich es für besser hielte, wenn wir einen offenen Umgang mit …«

»Nein!«

Frau Heinemann holte tief Luft, bevor sie den Blick zu ihm hob. »Hören Sie, wenn Ihre Kinder heute hierher aufgebrochen und nicht angekommen sind, sollten wir die Polizei rufen.«

Er starrte sie an. Verdrängte die Gedanken, die ihm kurz und grell wie Bühnenspots durch den Kopf schossen und die er nicht aufzuhalten vermochte. Mit steifen Fingern kramte er sein Mobiltelefon aus der Hosentasche hervor. Wählte Rebeccas Nummer. Jedes *Tut* schien sich Minuten hinzuziehen. Nach fünf Mal empfing ihn die muntere Stimme seiner Zehnjährigen: *Hier ist Rebecca. Ich bin in der Schule und habe das Handy aus, aber wenn ich wieder zu Hause bin, kann ich euch anrufen.* Auch bei Marius meldete sich nur die Mailbox.

»Sie können nicht weg sein.« Der Touchscreen seines Mobiltelefons schien plötzlich eiskalt zu sein. »Bestimmt machen sie sich ein paar schöne Stunden in einem dieser Schnellrestaurants. Rebecca ist doch ganz scharf auf Pommes und Cheeseburger.«

»Aber …« Frau Heinemann hob die Hände.

»Marius weiß, was Rebecca braucht. Sie selbst weiß es auch. Ihr wird nichts passieren«, sagte er und fügte in Gedanken hinzu: Erst, wenn sie wieder zu Hause ist. Dann nämlich werde ich den beiden die Leviten lesen. Als hätte ich zurzeit nicht genug Aufregung.

»Rufen Sie bitte an, wenn die beiden aufgetaucht sind.«

»Natürlich.«

»Danke.« Sie schob den Riemen ihrer Tasche, der herabrutschte, auf die Schulter zurück und ging neben ihm her zu seinem Wagen. »Faust ist übrigens ein großartiges Stück. Eine echte Herausforderung. Ich freue mich so für Sie!«

Er warf ihr einen skeptischen Blick zu. Überlegte, ob sie das ironisch meinte, doch ihr offenes Lächeln sprach für die Ehrlichkeit ihrer Worte, genauso, wie ihre Sorge um seine Kinder wohl kaum gespielt war. »Ich gebe mein Bestes.« Er entriegelte die Fahrertür. »Tut mir leid, ich wollte nicht … unfreundlich sein.«

»Ich werde da sein am Sonntag. Und bitte, rufen Sie an!«

»Jaja.« Seine Finger trommelten auf das Lenkrad, bis die Straße frei war und er sich auf die rechte Spur einfädeln konnte.

Zwanzig Minuten später trat er in die Küche. Lene stand an der Kochinsel und gab Spaghetti in einen großen Topf sprudelnden Wassers. Es duftete nach Hackfleischsoße und frischen Kräutern. Auf der Lebensmittelwaage stand eine Schüssel mit braunem, cremigem Inhalt. »Schokoladenpudding«, sagte seine Ehefrau und küsste ihn flüchtig. »Hat Becci sich gewünscht.«

»Auf den wird sie wohl verzichten müssen.« Er warf seinen Mantel über die Lehne eines Küchenstuhls und setzte sich. »Die Herrschaften treiben sich offenbar noch herum.«

»Hm?« Sie rührte die Soße um, der Schneebesen klapperte gegen den Topf.

»Unsere feine Brut. Sie hat heute blaugemacht. Geschwänzt.«

Lene hielt in der Bewegung inne. »Willst du damit sagen, dass du allein gekommen bist?«

»Ja. Sie waren nicht in der Schule. Den ganzen Tag nicht.«

Sie fuhr herum. Soße spritzte auf ihre Jeans und den Marmorboden. »Sag, dass das nicht wahr ist.«
»Jetzt reg dich nicht auf.« Ihre hochgesteckten, weizenblonden Haare waren mit irgendeinem Flechtwerk befestigt. Fast wie bei Gretchen im Faust. Er schluckte.
»Hast du sie angerufen? Gesucht? Hast du …« Ihre Unterlippe zitterte.
Er sah weg, fühlte sich plötzlich schuldig. »Ihre Handys sind ausgeschaltet. Und wo hätte ich sie suchen sollen?« Er stand auf und strich ihr über den Rücken. »Es sind abenteuerlustige Kinder, Schatz. Sie kommen schon zurück.«
»Wie kannst du nur so sorglos sein!« Sie riss das Telefon aus der Ladeschale und tippte. Fixierte Günther. Wartete. Tippte erneut. Wartete wieder. »Es sind nur die Mailboxen dran«, flüsterte sie und ließ den Hörer sinken.
»Sag ich doch. Sie treiben sich herum.«
»Nein. Sie treiben sich *nicht* herum!« Ihre Augen blitzten, und er wusste genau, dass sich hinter den Lidern bereits die Tränen sammelten, als sie einen Schritt auf ihn zutrat. »Ich rufe die Polizei. Becci ist noch nie … sie würde niemals … nie!«

2

Siehst du den Lichtschweif hinter uns?« Kriminalhauptkommissar Moritz Ehrlinspiel schaltete in den dritten Gang und wandte seinen Blick vom Rückspiegel zu seinem Partner.

Paul Freitag hob fragend eine Augenbraue.

»Die Bewegungsmelder.« Ehrlinspiel deutete aus dem Wagenfenster. »Kein Grundstück ohne Alarmanlage.«

»Lorettoberg. Gute Gegend.«

»Finanzkräftige Gegend.« Er lenkte den Dienstwagen, einen silbernen Opel Astra, die Kurven hinauf, vorbei an hohen, verschneiten Hecken und schmiedeeisernen Gittern, hinter denen sich Türmchen und Erker im einsetzenden Dämmerlicht abzeichneten. Ab und zu reihten sich imposante Bungalows aus Beton und Glas zwischen die Jugendstilvillen.

»Und die Leute vermissen beide Kinder?«

»Sind zehn und achtzehn Jahre alt.«

»Du glaubst, dass sie sich nur herumtreiben?«

»Ich hoffe es.« Der Hauptkommissar griff nach seinem Handy, das auf dem Armaturenbrett lag, sah darauf, legte es wieder hin.

»Hast du noch etwas vor?« Freitag zeigte sein typisches Lausbubenschmunzeln.

»Die Kinder finden.«

»Zum Tischtennistraining reicht es uns heute nicht mehr.«

»Kaum.« Ehrlinspiel vermisste in den Wintermonaten

die Bewegung. Das machte ihn unruhig, rastlos. Wenn er keine Mountainbike-Touren unternehmen konnte, war das donnerstägliche Spiel mit Paul Freitag sein einziger Ausdauersport. Wenigstens radelte er die zwölfhundert Meter von seinem Zuhause ins Büro und abends zurück – und das selbst bei sibirischen Wetterverhältnissen.

»Da muss es sein«, sagte Freitag, als links eine hell erleuchtete Einfahrt auftauchte, die von zwei weißen Säulen begrenzt wurde. *Assmann* stand in silbernen Lettern auf der rechten Säule, und noch bevor sie sich bemerkbar machen konnten, schob sich fast lautlos ein stahlgraues Tor auf.

»Ein Fußballfeld ist ein Fliegendreck dagegen.« Im Schritttempo fuhr Ehrlinspiel die gewundene Zufahrt entlang, vorbei an kugel- und zylinderförmig geschnittenen Bäumchen. Dahinter standen hohe Bäume.

Sie parkten auf einer geteerten Wendefläche neben einem schwarzen Jeep, einem Golf und einem Porsche und stiegen aus. Es duftete nach Tannen und Harz. Ehrlinspiel blickte an der Fassade hinauf, die von Scheinwerfern angeleuchtet war. »Wow«, murmelte er.

Die Villa glich einem riesigen, weißen Betonkubus, an den drei kleinere Kuben angedockt waren. Hinter der Fensterfront, die die Vorderseite des Hauptkubus dominierte, brannte Licht, doch dunkle Vorhänge verdeckten den Blick auf das Innere. Rechts, auf der Südwestseite, ragte ein quadratischer Balkon auf Stahlträgern über eine Terrasse. Links der Villa erstreckte sich ein Park, den Ehrlinspiel nur auf die ersten Meter einsehen konnte. Auch dort war das Gebüsch sauber getrimmt: Kegel, Kugeln, flaschenförmige Gebilde.

»Das reinste Raumschiff«, murmelte Ehrlinspiel, als ein grelles Licht über dem Eingang aufflammte und ein Mann heraustrat. »Extravaganz besitzen die Assmanns auf jeden Fall.«
»Und das nötige Kleingeld.« Freitag zupfte an seinem Hemdkragen, der unter einem gefütterten Sakko hervorragte.
»Du bist fein genug.« Der Hauptkommissar sah an sich hinab. Jeans im Used-Look. Dockers, auf denen Streusalz weiße Flecken hinterlassen hatte. Gleichgültig hob er die Schultern.
Sie stiegen die hellen Marmorstufen zum Eingang hinauf. Ehrlinspiel stutzte. Die markanten Falten um die Augen des Mannes, die hohe Stirn und der große Mund, der in seiner Symmetrie an eine griechische Statue erinnerte, begegneten ihm heute nicht zum ersten Mal. Bloß die Frisur wollte nicht zu dem Bild passen, das der Hauptkommissar in seinem Hinterkopf suchte.
»Ehrlinspiel, Kripo Freiburg.« Er zog seinen Dienstausweis aus der Umhängetasche und nickte zu seinem Kollegen. »Mein Partner, Herr Freitag. Sind Sie Günther Assmann?«
Der Mann nickte. »Endlich.«
Assmann war wie Ehrlinspiel etwa eins achtzig groß und hatte auch sandfarbene Haare, jedoch mit Grau darin. Er schätzte ihn auf Ende vierzig, rund zehn Jahre älter, als er selbst war. »Ihre Frau hat uns angerufen.«
»Kommen Sie bitte herein.«
Assmann führte die Polizisten durch eine großzügige Diele, ausgelegt mit grau glänzenden Fliesen. Ein weißer Garderobenschrank und zwei Spiegel mit silbernem

Rahmen verliehen dem Raum eine kühle Atmosphäre. Willkommen fühlte der Kommissar sich nicht.
Aus einer angelehnten Tür drang abgestandener Essensgeruch. Tomatensoße vermutlich, was so gar nicht in dieses Ambiente passen wollte, ihn aber daran erinnerte, dass er nachher noch eine fleischliche Leckerei für seine Kater Bentley und Bugatti besorgen musste.
Das Wohnzimmer war nicht weniger modern und mindestens so groß wie Ehrlinspiels gesamte Wohnung. Ein ausladender Glastisch und Lederstühle auf grazilen Chrombeinen standen auf mokkafarbenem Parkett. Weiter hinten im Zimmer nahmen ein cremeweißes Ledersofa und zwei Sessel die gesamte Raumbreite ein. Eine silberne Bogen-Stehlampe warf ein kühles Licht auf die purpurfarben gestrichenen Wände, die farblich exakt auf die raumhohen Vorhänge abgestimmt schienen. Fünf Plakate schmückten die Wand gegenüber des Sofas.
Ehrlinspiel trat näher, bemüht, nichts anzufassen, so sehr fühlte er sich wie in einem Museum für moderne Kunst. Menschen in bunten Kostümen waren auf den Plakaten abgebildet, einige mittelalterlich gekleidet, andere in Schleiern und Nadelstreifenanzügen, wieder andere in zerrissenen Mänteln oder fast nackt. Unter allen prangte der Schriftzug des Freiburger Stadttheaters. Jetzt erkannte Ehrlinspiel den Mann: Assmann war Schauspieler! Sein Konterfei zierte derzeit jede Litfaßsäule und zahlreiche Schaufenster.
»Nehmen Sie Platz.« Assmann nahm den beiden die Mäntel ab und wies auf die Sitzgruppe, als eine hochgewachsene, schlanke Frau durch eine zweite Tür trat. Ihr helles Haar war zerzaust, die Augen verquollen und

leicht gerötet. Sie trug Jeans und einen eierschalenfarbenen Rollkragenpullover. Ihr Gesicht war oval, und auf den kräftigen Wangenknochen hatte sie Sommersprossen in demselben goldbraunen Ton wie ihre Augen. Auf ihrem Oberschenkel prangte auf der Jeans ein rotbrauner Fleck. Die Tomatensoße, dachte Ehrlinspiel und fragte sich, ob sie die Köchin war.

»Frau …?« Er ging zu ihr.

Sie bewegte die Lippen, doch es drang nur ein erstickter Laut aus ihrem Mund.

»Lene!« Günther Assmann warf die Mäntel auf das Sofa und führte sie zu einem der Sessel, in dem sie klein und verloren wirkte. Er kniete sich vor sie und strich ihr über das Haar. »Meine Frau«, sagte er zu den Ermittlern.

Sie bebte am ganzen Körper, und Assmanns Blick schien traurig und hilflos. »Lene, bitte! Sie kommen bestimmt bald zurück! Wir wissen doch gar nicht, ob etwas passiert ist, sie sind doch erst seit ein paar Stunden …« Er schob den Ärmel zurück und sah auf eine klobige Armbanduhr. Dann reichte er seiner Frau ein Taschentuch.

»Seit zwanzig nach neun!« Sie schneuzte sich.

»Lassen Sie uns von vorn anfangen«, sagte Ehrlinspiel betont ruhig und setzte sich mit Freitag auf das Sofa. Er versank sofort darin. Automatisch rutschte er nach vorn, so dass die Kante ihm Halt gab. Aus seiner Umhängetasche kramte er den kleinen Spiralblock hervor und legte ihn vor sich auf den niedrigen Tisch neben eine silberne Schale mit Obst. »Sie haben uns gegen halb fünf angerufen, weil Sie Ihre Kinder Rebecca und Marius vermissen. Wann haben Sie bemerkt, dass etwas … ungewöhnlich ist?«

Lene berichtete von Günthers vergeblicher Fahrt in die Schule.
»Donnerstags hole ich unsere Kleine immer ab«, ergänzte Assmann und stand mit fließenden Bewegungen auf. Gelenkig wie ein Zwanzigjähriger, dachte Ehrlinspiel. »Sie hat bis dreizehn Uhr fünfundfünfzig Unterricht, das passt zu dem Ende meiner Vormittagsproben.«
»Sie sind Schauspieler?« Ehrlinspiel betrachtete während seiner rhetorischen Frage die Plakate genauer. *Das weite Land. Die Ratten. Sturmhöhe.* Die Titel sagten ihm nichts. Literatur war noch nie seine Welt gewesen, auch wenn er ab und zu ein Buch las. Erst recht seit … Er tastete nach seinem Handy. Lass dich nicht ablenken, schalt er sich im selben Moment selbst.
»Ja.« Assmann ging im Zimmer hin und her. Seine Haltung war aufrecht, sein Gang fest, die Schultern waren breit. Das Timbre seiner Stimme klang wie aus einem perfekten Hightech-Verstärker. Vermutlich würde man sogar sein Flüstern noch bis in die Baumwipfel an der Grundstücksgrenze verstehen. Der Schauspieler blickte erneut auf die Armbanduhr.
»Ich habe Sie auf den Plakaten in der Stadt gesehen.«
»Als Faust.« Er blieb stehen und atmete einige Male hörbar durch.
Ehrlinspiel fragte sich, ob Günther Assmann ein so berühmter Star war, dass die Familie sich dieses Haus leisten konnte. »Was machen Sie beruflich?«, wandte er sich an Lene Assmann.
»Ich erziehe unsere Kinder.« Sie knetete das Papiertaschentuch zwischen den Fingern. »Ich kümmere mich darum, dass das Haus in Ordnung ist. Wir haben es erst

vor zwei Jahren saniert. Und ich kümmere mich um den Haushalt. Bitte, Sie müssen sie finden. Bitte!«
»Berichten Sie uns von heute Vormittag.«
»Ich habe Frühstück für meine Familie gemacht. Wir haben in der Küche gesessen, alle vier. Das … das ist selten. Es war schön! Danach hat Günther die Kinder zur Straßenbahn-Haltestelle gefahren. Zu der an der Ecke Loretto-/Günterstalstraße. Von dort kommen sie schnell in die Schule und müssen nicht umsteigen.«
»Verstehe.« Er notierte ihre Angaben und wandte sich an den Mann. »Haben Sie die beiden einsteigen sehen?«
Er hob ein wenig den Kopf. »Ja. Nein. Das heißt, ich habe an dem Kiosk an der Ecke angehalten und gewartet, bis sie über den Zebrastreifen gelaufen sind. Die Haltestelle war voller Menschen.«
Lene schluchzte auf, ihr Zittern wurde stärker.
»Rebecca hat mir noch gewunken«, sagte Günther Assmann. »Dann ist die Bahn gekommen und hat die Leute verdeckt. Da bin ich losgefahren.«
Lene hob den Kopf und blickte Ehrlinspiel an. »Sie *müssen* eingestiegen sein! Nicht wahr, Günther?«
Er sagte nichts.
»Wir werden das prüfen, jemand wird sie gesehen haben«, sagte Paul Freitag. Seine pechschwarzen Augen blickten Lene Assmann offen an.
Assmann rieb sich über die Stirn. »Ich verstehe das nicht. Jetzt fahre ich meine Kinder *ein* Mal selbst, weil die beiden ersten Stunden ausfallen, und dann … Ich habe wirklich genug anderes um die Ohren gerade. Wissen Sie, ich habe einen ungewöhnlichen Tagesablauf. Normalerweise stehe ich um acht Uhr fünfzehn auf. Von zehn bis etwa vierzehn Uhr ist Probe. Und dann von

achtzehn bis etwa zweiundzwanzig Uhr wieder.« Erneut ging er hin und her. »Heute Abend ist die erste Hauptprobe.«

Die offenbar ungemein wichtig ist, schoss es Ehrlinspiel durch den Kopf, als Assmann zum dritten Mal auf die Uhr sah. »Sie waren um kurz vor halb drei zu Hause, Herr Assmann. Ihre Frau hat uns erst eineinhalb Stunden später angerufen. Sie haben sicher in der Zwischenzeit mit Freunden und Verwandten telefoniert?«

»Ja, natürlich!« Assmann setzte sich auf die Sessellehne neben seine Frau und legte den Arm um ihre Schultern. »Niemand hat etwas von Marius und Rebecca gehört. Meine Mutter nicht, meine Schwester nicht, und die Schüler, die wir namentlich kennen, auch nicht.«

»Stellen Sie uns bitte eine Liste aller Freunde, Schulkameraden, Bekannten und Verwandten zusammen. Name, Telefon, Adresse.«

Lene Assmann stand auf, offenbar froh, etwas tun zu können. »Ich hole sie. Ich habe sie schon geschrieben.« Sie verließ das Zimmer.

»Gibt es irgendwelche Plätze, die Ihre Kinder besonders gern aufsuchen? Vielleicht ein Schuppen, eine geheime Höhle?« Doch bei den minus acht Grad, auf die es in den letzten Stunden abgekühlt hatte, würden sie sich kaum draußen aufhalten. Jedenfalls nicht freiwillig. »Oder ein Schlupfwinkel im Haus? Keller, Dachboden, eine Garage …?« Es wäre nicht das erste Mal, dass Kinder sich im Haus oder dessen Umfeld versteckten, während die Eltern eine große Suchaktion initiierten.

Die Weber-Zwillinge fielen dem Kommissar ein, achtjährige Streuner, die sie schon zweimal in der Michaelskapelle auf dem Alten Friedhof aufgegriffen hatten, aus-

gestattet mit Decken, selbstgebastelten Holzschwertern und der halben Vorratskammer ihrer Eltern. Oder die fünfjährige Melissa, die nach einem Streit ihrer Mutter mit deren Liebhaber über dreißig Stunden in einem Verschlag hinter dem Haus gekauert hatte, ihr Kaninchen im Arm, vor lauter Angst, dass das Tier durch das ständige Geschrei krank würde. Aber auch der Fall des kleinen Jakob stand ihm noch vor Augen. Jakob, der nach vier Tagen in einem Graben nahe der Schweizer Grenze gefunden worden war, nur mit einem T-Shirt bekleidet, der wuschelige Haarschopf verklebt von schwarzem Blut, missbraucht, erschlagen, das Opfer eines arbeitslosen Rechtsanwaltes, der in dem Kindergarten als Hausmeister angeheuert hatte. Und dann gab es die Fälle, in denen verschwundene Kinder zwar wieder gefunden wurden, aber körperlich und seelisch traumatisiert, so dass sie andere Kinder waren, wenn ihre Eltern sie wiederhatten. Oft begann das eigentliche Drama erst dann.
»Wir haben alles durchsucht. Glauben Sie uns. Und geheime Plätze, also ehrlich gesagt …« Er fuhr sich durch das kurze Haar und schüttelte den Kopf.
»Besitzen Sie ein Ferienhaus?«
»Wir bevorzugen Hotels.«
Lene kam zurück und reichte Ehrlinspiel ein Blatt Papier. Sie musste die letzten Worte gehört haben, denn sie deutete Richtung eines Fensters und sagte: »Sie haben ein Baumhaus. Aber dort sind sie nicht.«
Ehrlinspiel und Freitag traten an das Fenster und schoben den Vorhang beiseite. Die Silhouetten der Bäume und ein paar Wege lagen im silberblauen Abendlicht. Von hier erkannten sie die Gestaltung des Parks: Um eine Achse aus kugeligen Stauden reihten sich – symme-

trisch angelegt – Beete, Bäume und ein paar Statuen. Am Ende der Achse stand ein Pavillon. Die gesamte Anlage war von einer hohen Mauer eingeschlossen. In einem der Bäume thronte ein Würfel aus Brettern, angestrahlt von einem Scheinwerfer.

Baumhaus de luxe, dachte Ehrlinspiel, der damit stets Wildheit und Abenteuer verband. Dieses hier und das ganze Anwesen wirkten kaum so, als hätten je Kinder dort gespielt. Erst recht nicht, als lebten hier welche.

Er drehte sich zu den Eltern um, lehnte sich an das Fensterbrett und versuchte ein aufmunterndes Lächeln. »Halten Sie es für möglich, dass Ihre Kinder ausgerissen sind?«

»Warum denn?« Lene setzte sich wieder in den Sessel. Das Taschentuch hielt sie noch immer in der Faust. »Sie haben keinen Grund.«

Freitag streifte seinen Freund mit einem Blick. Ehrlinspiel wusste, dass sie dasselbe dachten. Die Eltern verschwundener Kinder tischten einem immer Lügen auf – ganz gleich, ob bewusst oder nicht, und ganz gleich, wie sehr sie dabei weinten und flehten. Immer gab es hinter dem Zimmer, in dem sie saßen und miteinander sprachen, einen weiteren, unsichtbaren Raum. Einen, dessen Tür fest verschlossen war und hinter der sich ein Geheimnis, Lügen, Schuld, eigenes Versagen oder eine Familientragödie verbargen. Der Schlüssel zu diesem Raum waren nicht selten die Fragen der Polizei. Fragen, die die Angehörigen fürchteten. So sehr, dass sie ihre Gedanken selbst manipulierten und an ihre heile Welt glaubten.

»Sind die Kinder schon einmal weggelaufen?«, fragte Ehrlinspiel.

»Nein, nie. Ich sagte doch, es gibt keinen Grund.« Lene Assmann zerzupfte das Taschentuch.
»Wie ist Ihr Verhältnis zu Ihren Kindern?«
»Gut«, sagte Günther Assmann. »Also ich meine, wir haben keine größeren Probleme miteinander.«
»Und kleinere?« Freitag schob die Hände in die Taschen seiner Bundfaltenhose.
Der Schauspieler erhob sich erneut und ging auf und ab. Wie ein gefangener Tiger.
»Kleinere, das haben wir doch alle.« Er klang plötzlich aggressiv.
»Welcher Art waren diese Probleme?«
»Das bringt doch jetzt alles nichts.« Lene begann wieder zu weinen. Weiße Taschentuchschnipsel fielen zu Boden. »Sie müssen Becci finden.«
»Das versuchen wir, Frau Assmann. Und je mehr wir jetzt über Rebecca und Marius und die Ereignisse heute Morgen erfahren, desto schneller können wir gezielte Maßnahmen einleiten.« Was für Floskeln, dachte der Kriminalhauptkommissar, noch während er sprach. Doch was sollte er den Eltern sagen? Dass sie in der jetzigen Situation maximal ein kleines Team zusammenrufen und die sogenannten Hinwendungsorte prüfen würden? Freunde, Verwandte, Lehrer, Kneipen vielleicht? Dass Marius mit achtzehn Jahren ein freies Aufenthaltsbestimmungsrecht hatte? Und dass Rebecca, die aller Wahrscheinlichkeit nach mit ihm zusammen war, sich damit in der Aufsicht eines volljährigen Familienmitglieds befand? Es würde maximal eine kleine Suchaktion um die Haltestelle herum geben, falls Kollegen von der Streife verfügbar waren. Auch keine Sonderkommission. Nicht ohne Hinweis auf ein Verbrechen. Selbst wenn

er, Ehrlinspiel, dies lieber anders handhaben und sofort eine große Suche einleiten würde. Manchmal hasste er die Bürokratie und das Fehlen der nötigen personellen Mittel, um früher eingreifen zu können. Selbst, wenn die Erfahrung war – und das erklärte er nun –, dass die meisten Sprösslinge nach spätestens zwölf Stunden wieder wohlbehalten vor der Tür ihrer Eltern standen.

Lene Assmann nickte. »Was … was wollen Sie denn noch wissen?«

Acht Stunden waren die Kinder jetzt weg. Eigentlich nicht besorgniserregend. Doch es war bitterkalt, die Nacht brach an, bei Bekannten hielten sie sich laut Angaben der Eltern nicht auf. Gänsehaut kroch Ehrlinspiels Arme hinauf, und er ahnte, dass er Bentley und Bugatti heute mit einem späten Dosenfutter anstatt eines selbstgekochten Gourmetmahls abspeisen musste. Seine beiden Siamkater würden beleidigt sein. Und jemand anders wäre enttäuscht, weil für das versprochene Telefonat wohl auch keine Zeit blieb. »Hatten Sie mit Ihren Kindern in letzter Zeit Unstimmigkeiten? Oder haben die Kinder sich untereinander gestritten?«

»Nein«, antworteten die Eltern gleichzeitig, und sie schienen ehrlich. Lene fuhr fort: »Es war alles wie immer. Becci hat wegen der Schule gequengelt. Sie hat neulich ihr Rechenheft zerrissen, weil sie die Aufgabe nicht lösen konnte. Und … sie hat schon zweimal den Unterricht geschwänzt.« Sie warf ihrem Mann einen Seitenblick zu. Kein Muskel bewegte sich in seinem Gesicht.

»Aber«, fuhr Lene Assmann fort, »ich habe das völlig sachlich mit ihr besprochen. Ohne laute Worte. Doch heute, da wollte meine Kleine unbedingt in die Schule.

Obwohl sie gehustet hat. Ich wollte sie zuerst nicht gehen lassen. Aber sie hatte Tierkunde und Deutsch, ihre Lieblingsfächer, und … und …« Sie schluchzte laut auf. »Es waren doch sowieso zwei Stunden weniger heute. Hätte ich sie bloß hierbehalten.«

»Und Marius?«, übernahm Freitag wieder das Gespräch. »Was ist er für ein Typ? Und war Ihr Sohn heute Morgen wie immer?«

Günther Assmann hob die buschigen Augenbrauen. Sie waren in der Mitte lang und grau, wie man es bei Männern ab Mitte vierzig oft fand. Seine Augen waren stahlgrau mit einem Stich ins Blaue. Er könnte auch den Mephisto geben, dachte Ehrlinspiel. »Mein Sohn«, sagte Assmann, »ist entweder unterwegs oder vergräbt sich oben mit seinen Sachen. Ob er heute wie immer war, weiß ich nicht. Wie gesagt: Wir frühstücken normalerweise nicht zusammen. Lene? Was meinst du?«

»Marius frühstückt immer mit Becci. Die beiden sind sich … sehr nahe. Er macht ihr manchmal auch das Frühstück. In letzter Zeit allerdings nicht mehr so oft. In vier Wochen geht das Abitur los. Er lernt oft bis in die Nacht.« Sie schüttelte den Kopf, als denke sie nach, komme aber zu keinem Ergebnis. »Doch, er war wie immer. Er schien müde, aber das ist normal bei ihm. Er hat mit Becci Witze über eine Lehrerin gemacht. Frau Heinemann. Das ist die Mathelehrerin der fünften Klasse. Becci sagt immer, sie stehe so gerade und steif an der Tafel wie ein Lineal. Marius hat gelacht, ihr das Nutella-Glas weggeschnappt und gesagt, sie hätte ganz bestimmt eines verschluckt. Aber ohne Nutella drauf.« Lene Assmann lächelte und weinte gleichzeitig. »Dann haben sie über den Tiergarten gesprochen. Sie wollen hingehen,

sobald es wärmer ist. Am liebsten an seinem Geburtstag. Er wird doch Ende März neunzehn.«
Freitag lächelte. »Macht er keine Party?«
»Marius?« Sie lachte kurz auf. »Nein«, sagte sie dann leise.
»Warum nicht?« Ehrlinspiel griff nach seinem Notizbuch.
»Er mag nicht so viele Leute um sich. Und er steht nicht gern im Mittelpunkt. Lieber ist er unterwegs oder kümmert sich um Becci.«
»Hat Ihr Sohn eine Freundin?«
»Nun, er ist … etwas schüchtern.«
»Und wo ist er, wenn er unterwegs ist?«
»Wir fragen ihn nicht aus. Manchmal nimmt er aber seinen Wagen.«
»Ist sein Auto hier?«
»Steht vor dem Haus. Ein Golf.«
Freitag biss sich auf die Unterlippe. »Von sich aus erzählt Marius nichts?«
»Kaum.«
»Können wir die Zimmer der Kinder sehen?« Ehrlinspiel sah Freitag an und hielt die Hand ans Ohr, als telefoniere er.
Freitag nickte, und Assmann sagte: »Natürlich.« Er führte Ehrlinspiel durch ein Treppenhaus, das zweimal im rechten Winkel abbog, so dass der Kommissar vermutete, dass sie nun in einem der kleineren Kuben waren. Lene kam hinter ihnen her. »Rebeccas Reich.« Er beschrieb mit einer Handbewegung eine Diele mit zwei Türen, die etwas kleiner, aber nicht weniger kühl als die im Erdgeschoss war.
»Welches Zimmer?«

»Beide. Eines ist ihr Bad.«
»Aha.« Ehrlinspiel trat durch die erste Tür. Schluckte. Die brombeerfarbenen Wände waren mit Bordüren unterteilt, auf denen kleine Tiere abgebildet waren: Mäuse, Vögel, Frösche, Insekten.
»Becci liebt Tiere«, sagte Lene, die seine hochgezogene Augenbraue gesehen haben musste.
Er nickte und betrachtete die glattgestrichene Bettdecke, auf der eine große Plüschmaus saß. Ein Schreibtisch und eine Kommode waren weißlackiert, ein Spiegel lila umrahmt. In einem Regal lagen Bürsten, Haarklammern, Deos, Lidschatten, ein Lippenstift und Nagellack.
»Sie probiert gerade alles aus. Ist das Alter«, sagte Lene Assmann, als müsse sie sich für die Utensilien ihrer Tochter rechtfertigen. »Und sie will nur Sachen, die ohne Tierversuche hergestellt sind. Sie sagt, sie kann es nicht ertragen, dass ein Tier wegen ihr leiden muss. Marius sucht mit ihr immer die aktuellen Listen ›sauberer‹ Firmen aus dem Internet heraus. Sie will auch gern Vegetarierin sein. Aber sie wird bei jedem BigMac schwach. Ich finde das viel zu früh mit dieser Schminkerei, aber was soll ich tun? Wissen Sie einen Rat?«
»Lassen Sie sie einfach machen.« Ehrlinspiel hatte keine Ahnung von der beginnenden Pubertät Zehnjähriger. Auch hatte er sich über die Herstellung seines Aftershaves und Duschgels noch nie Gedanken gemacht, obwohl er seine Kater und Tiere generell liebte. Er bewunderte das Mädchen für seine Konsequenz.
»Ich weiß nicht. Sie benützt seit einiger Zeit auch Ausdrücke wie ›coolio‹ und ›Arsch‹ und ›geilo‹.«
Ehrlinspiel lachte und deutete auf eine iPod-Dockingstation. »Und sie kennt sich mit Technik aus.«

»Sie liest lieber.« Rasch hob Lene ein paar Bücher vom Boden auf, die aufgeschlagen auf einem wuscheligen Teppich lagen. *Maus im Haus,* las Ehrlinspiel auf einem Cover, ein zweites Buch trug den Titel *Neue Singvogelschule,* eine Broschüre hieß *Wie der Mensch die Tiere verrät.* Eine kleine Zoologin, dachte er, und eine respektvolle dazu. Er trat ins Bad.

Rechteckiges Designer-Waschbecken, Eckwanne, Handtuch-Heizkörper mit flauschigem Frotteetuch darüber. Sogar kleine Parfumflakons standen in einem beleuchteten Regal, und auch hier fanden sich Lidschatten und Make-up. Luxus, wohin er sah. Wie konnte ein Kind da ganz normal aufwachsen? »Halten Sie das Haus allein sauber?«

»Natürlich nicht. Ich mache viel und mache es gern, aber ich habe eine Haushaltshilfe. Außerdem kommt jeden Monat eine Firma zum Fensterputzen, und ein Mal im Jahr räumt eine Innenarchitektin etwas um. Ich brauche die Abwechslung.«

Ehrlinspiel erinnerte sich an den Staub, den er auf seinen Buchrücken neulich registriert hatte. Und an die Spinne, die gestern Nacht ein feines Netz an seiner Tür zur Dachterrasse gesponnen hatte. Seine Kater hatten dem Spuk sicher ein Ende gemacht, bis er nach Hause käme.

»Name und Adresse der Haushaltshilfe schreiben Sie uns bitte auch auf. War sie heute hier? Oder einer der Fensterputzer?«

»Sie ist montags und mittwochs da. Die Fensterputzer kommen immer am ersten Montag des Monats.«

»Und der Garten?«

»Den mache ich. Ab Frühjahr natürlich erst. Ich wollte immer Gartenbau studieren, aber … Es kam etwas da-

zwischen.« Sie hob die Hände, und Ehrlinspiel fiel auf, dass sie kräftig und die Fingernägel kurzgeschnitten waren. Die Frau konnte sicher gut anpacken.
»Und Marius' Zimmer?«, fragte er.
»Auf der anderen Seite.«
Wieder gingen sie durch das Treppenhaus in einen weiteren Gebäudeteil. Er war symmetrisch zu Rebeccas angelegt. Doch im Zimmer des Jungen war nichts außer einem zerwühlten Bett und einem schwarzen Kleiderschrank, einem großen Schreibtisch und dem alten Drehstuhl davor. Auf ihn hatte Marius offenbar achtlos eine Unterhose und Socken geworfen. An der Wand hingen zwei Poster mit Porträts eines blonden sowie eines gepiercten rothaarigen Mädchens. Außer der gleichen iPod-Dockingstation, wie auch seine Schwester sie hatte, gab es keine Spur von Luxus. Nirgends Farben, kein Schnickschnack. Im Badezimmer lag eine Zahnbürste am Waschbeckenrand, und in der Wanne stand ein Duschgel mit offenem Deckel. Ein Handtuch lag zerknüllt auf dem Boden.
Ehrlinspiel musste überrascht ausgesehen haben, denn Assmann erklärte sofort: »Marius ist … bescheiden. Er braucht nicht viel.«
»Fehlt irgendetwas in den Zimmern der Kinder?« War das hier Ablehnung des elterlichen Reichtums oder Auflehnung dagegen?
Lene hielt die Hände vor das Gesicht. »Was soll denn fehlen?«
»Kleidung, Bücher, Schminksachen?«
Sie schüttelte den Kopf.
»Geld?«
»Nein!« Sie kippte eine Blechdose um, die auf dem

Schreibtisch auf einer Zeitschrift über alte Mofas stand. Einige Hundert- und Fünfzig-Euro-Scheine fielen neben die Socken. »Sehen Sie, alles da. Ich … ich stecke ihm hier immer sein Taschengeld hinein. Aber er …«

»Er nimmt kaum etwas davon«, sagte Günther Assmann.

»Sie sagten, Ihre Kinder stehen sich sehr nahe?«, fragte Freitag, der ins Zimmer trat und diskret die Hände hob. Die polizeiinterne Anfrage war also negativ, die Familie sauber. Keine Vorstrafen. Keine Auffälligkeiten. »Fast neun Jahre Altersunterschied«, fuhr Freitag fort, »da hat man ja sehr unterschiedliche Interessen.«

Lenes Augen glänzten feucht. »Marius hat sich um Becci gekümmert. Er ist ein liebevoller Junge. Er beschenkt sie oft. Die Maus auf ihrem Bett ist auch von ihm. Sie liebt diese Maus. Er hat ihr früher vorgelesen, er hilft ihr bei den Hausaufgaben, er … er trägt alles mit.«

»Trägt alles mit?«

Lene sah zu ihrem Mann. Der nickte. »Becci ist krank! Sie braucht Medikamente. Bitte, finden Sie sie!«

»Was für Medikamente?«

»Insulin. Sie muss alle paar Stunden ihren Blutzuckerwert messen und sich etwas spritzen. Sie ist so nachlässig damit. Sie kann es nicht akzeptieren. Wenn Sie sie nicht finden … stirbt sie.«

3

Donnerstag, nach 20 Uhr

Das kühle Licht der Neonröhren spiegelte sich auf den U-förmig angeordneten Tischen. An einem Ende standen eine Thermoskanne und fleckige Kaffeebecher. Weil der Soko-Raum frei war, hatte die vierköpfige Gruppe sich dort, im vierten Obergeschoss der Polizeidirektion Freiburg, versammelt.
»Die Kinder sind seit genau zehn Stunden abgängig.« Ehrlinspiel reichte zwei Fotos herum. Die Bilddaten hatten sie von Günther Assmann bekommen und sofort Vergrößerungen ausgedruckt.
Josianne Schneider nahm das Bild des Jungen zur Hand. Ihre Hände waren schlank und olivfarben, ihre Haare fielen in schwarzen Locken bis auf ihre Schultern. Die ehemalige Spezialistin für Personenrecherchen war erst im November vom Dezernat 11, zu dem Ehrlinspiel und Freitag gehörten, ins Dezernat 12 gewechselt. Seither galt ihr Alltag der Jugenddelinquenz und Sexualdelikten im sozialen Nahraum, manchmal auch Raub und Erpressung. Und seither war sie auch erkältet.
»Adrett.« Sie betrachtete das Bild. Marius hatte ein schmales Gesicht mit klaren blauen Augen, langen Wimpern und feinen Brauen, die fast wie gezupft wirkten. Sein hellbraunes Haar fiel lockig in die Stirn, bis an den Rand einer rechteckigen Brille. »Was ist er für ein Typ? Wisst ihr schon etwas?«

»Achtzehn Jahre, fast neunzehn«, sagte Ehrlinspiel, »eins neunundsechzig groß. Trug heute Morgen schwarze Jeans, ein dunkelblaues Sweatshirt und eine schwarze Daunenjacke. Knöchelhohe, graue Boots mit Lammfell-Imitat innen. Schwarze Wollmütze, keine Handschuhe.«
»Wie neunzig Prozent der männlichen Jugendlichen.« Josianne nieste. »'tschuldigung.«
Edgar Habermaß, der Pressesprecher, rümpfte die Nase und rückte ein Stück von ihr ab.
»Rebecca ist zehn Jahre alt, Größe eins vierundfünfzig, das ist recht groß für das Alter.« Ehrlinspiel zeigte ein zweites Foto. Jede Sommersprosse und die grünen Einsprengsel in ihren blaugrauen Augen erschienen lebendig. »Kleidung: lila Wollrock und Kapuzenpullover, weiße Strumpfhose, weiße, gefütterte Stiefel mit Blinkeffekten, eine ebensolche Jacke. Ihre blonden Haare sind wahrscheinlich zu einem dicken Zopf geflochten, den sie gern unter ihre lila-weiß geringelte Mütze schiebt, sagt die Mutter.«
»Schulranzen?« Josianne sprach durch die Nase.
»Rucksack.«
»Lila-weiß?«
»Violett.« Moritz berichtete von dem Besuch bei den Eltern. Dem Haus. Und den Zimmern der Kinder, die so unterschiedlich waren.
»Heißt: Marius kann genauso gut ein verwöhnter Schnösel oder eine verlorene Seele sein«, sagte Josianne. »Was ist euer Eindruck?«
»Verlorene Seele. Er lebt wie ein Durchschnittskind. Und« – Ehrlinspiel hielt Assmanns Auflistung der Namen hoch – »er hat offenbar keine Freunde. Zumindest

findet sich kein einziger Kumpel hier drauf, obwohl Marius seit acht Jahren dasselbe Gymnasium besucht. Rebecca dagegen *ist erst seit einigen Monaten dort*. Sie geht in die fünfte Klasse, Marius in die zwölfte. Am zehnten April fangen die schriftlichen Abiturprüfungen an.« Der Hauptkommissar legte das Blatt vor sich hin und strich darüber. »Verwandte beschränken sich auf die Mutter von Günther Assmann und eine Schwester, die in Bern wohnt. Die Mutter lebt in einem Pflegeheim, nicht weit von hier, in Kirchzarten. Lene Assmann ist Vollwaise, keine Geschwister.« Er sah zu den Fenstern, dunkle Rechtecke, die bis zum Boden des Soko-Raumes reichten. »Viel tun können wir im Augenblick nicht. Aber ich habe trotzdem Streifenbeamte losgeschickt. Sie suchen alles um die Straßenbahn-Haltestelle und den angrenzenden Sternwald ab und nehmen die Gegend rund um das Elternhaus unter die Lupe. Fahndung ist im System eröffnet, Funkfahndung an sämtliche Dienststellen in der Region ausgegeben, und die beiden sind ausgeschrieben. Marius zur Aufenthaltsermittlung und Rebecca zur Fahndung.«

»Das ist doch Aktionismus!« Edgar Habermaß hörte auf, mit dem Freischwinger zu wippen. »Der Junge ist fast neunzehn! Und wir haben nicht die geringsten Anhaltspunkte, wo wir suchen sollen.«

»Moment noch.« Ehrlinspiel nickte Freitag zu.

Sofort wurden die Lippen des Pressesprechers noch schmaler. Wie er es schaffte, mit dieser Miene und seiner obligatorischen braunrosa Streifenkrawatte kompetente Interviews und sympathische O-Töne vor laufender Kamera abzugeben, war Ehrlinspiel schon immer ein Rätsel.

»Wir haben sämtliche Krankenhäuser abtelefoniert«, berichtete Freitag den Stand nach den ersten Stunden. »Nichts. Eine Hoffnung waren die Handys der Kinder. Aber die Kollegen der Telekommunikationsüberwachung können sie nicht orten. Ausgeschaltet, seit Assmann sie heute Vormittag aus dem Wagen gelassen hat. An dem dortigen Mobilfunkmast waren sie um neun Uhr sechzehn zuletzt eingeloggt.«
»Rebecca hatte ein Handy? Mit zehn Jahren?« Der Pressesprecher beugte sich nach vorn.
Freitag nickte. »Deswegen auch der ›Aktionismus‹, den du im Normalfall zu Recht ablehnst, Edgar. Rebecca hat Diabetes. Und genau das ist der heikle Punkt.«
»Zuckerkrank? Soll das ein Witz sein? Zucker hat höchstens meine Großtante. Sie zetert immer, weil sie keine Torte essen darf.«
Ehrlinspiel schnaubte innerlich. Edgar war ein guter Mann, aber schwierig im Umgang mit anderen. Immer dagegen. Immer provokativ. Manchmal hoffte er, dass er zu den Kollegen gehörte, die im Zuge der anstehenden Strukturreform den Arbeitsplatz wechselten.
Noch war alles wie immer in dem L-förmigen Gebäude mit den Klinkern und runden Ecken in der Heinrich-von-Stephan-Straße 4. In dem denkmalgeschützten Gebäude – einst Produktionsstätte für medizinische Instrumente – waren die Freiburger Polizeidirektion, Einsatzstab, Führungs- und Lagezentrum, Ermittlungsdezernate der Kripo, die Kriminaltechnik samt ihren Hightech-Laborräumen, das Revier Süd, die Verkehrspolizei, Direktion, Verwaltung und Archive untergebracht. Im Keller gab es außerdem eine Großraum- und mehrere kleine Arrestzellen.

»Soweit ich es verstanden habe«, erklärte Freitag dem Pressesprecher, »ist Rebeccas Krankheit eine völlig andere Sache als der Altersdiabetes. Es ist eine Autoimmunerkrankung. Stoffwechsel. Ziemlich ernste Angelegenheit. Diabetes Typ I.«

»Und das heißt?«, fragte Josianne.

»Rebeccas Körper kann kein Insulin bilden. Das aber wird gebraucht, damit die Zellen den Zucker aufnehmen und verarbeiten können. Funktioniert das nicht, so steigt die Zuckerkonzentration im Blut immer weiter an, was unbehandelt auf Dauer zum Tod führt. Mal vereinfacht gesagt.«

»Scheiße«, murmelte Habermaß und blickte auf den Tisch. »Wie lange haben wir, um sie zu finden?«

»Rebecca hat eine sogenannte Insulinpumpe«, gab Freitag die Erklärung der Eltern wieder. »Ein Hightech-System, gibt es erst seit kurzem in Deutschland. Besteht aus zwei Teilen. Das eine sieht aus wie ein halbes Ei und wird auf die Haut geklebt, Rebecca trägt das Ding am Bauch. Es ist gleichzeitig Insulinreservoir und Infusionsset. Die Infusionsnadel kommt aus dem Ei und sitzt für mehrere Tage unter der Haut. So muss man nicht mehr alle paar Stunden von Hand spritzen wie früher. Dieses Ei versorgt die Kleine kontinuierlich mit Insulin, und zwar mit einer Basis-Ration. Außerdem muss sie immer dann zusätzlich etwas spritzen, wenn sie isst. Diese Zusatzdosis richtet sich nach dem aktuellen Blutzuckerwert und dem, was sie an Kohlehydraten zu sich nimmt.« Freitag seufzte. »Die Blutzuckerwerte muss sie mehrmals am Tag messen.«

»Und wie macht sie das?«

»Das erledigt der zweite Teil der Insulinpumpe. Ein

smartphonegroßes Kästchen. Das ist drahtlos mit dem halben Ei verbunden und steuert auch die Medikamentenzufuhr. Du schiebst einfach einen Teststreifen rein, pikst dich, gibst einen Blutstropfen auf den Streifen – und zack, hat das Ding den Blutzuckerwert. Dann tippst du ein, wie viele Broteinheiten du essen willst, und das Ding zeigt dir auf einem Display an, wie viel Insulin du dafür brauchst. Das Ei empfängt diese Daten und spritzt dir die passende Menge, ohne dass du was merkst, weil ja die Kanüle schon sitzt.«

»Schön und gut, aber dieses Reservoir …«

»Du sagst es, Josianne.« Ehrlinspiel nickte. »Es reicht maximal vier Tage. Und Rebeccas hätte heute Mittag ausgetauscht werden müssen.«

Kurz schwiegen alle.

»Wie lange kann sie ohne Insulin bleiben?« Josianne zog Rebeccas Foto zu sich heran. Das blonde Mädchen schien die besorgte Ermittlerin anzulächeln.

»Wie gesagt, der Bedarf hängt vom Essen ab.« Ehrlinspiel dachte an Lene Assmann, die sie zur Haustür begleitet und pausenlos gesagt hatte: »Hoffentlich isst sie nur Gemüse und Fett. Hoffentlich ist Marius bei ihr, hoffentlich …« »Rebecca ist nicht gerade zuverlässig im Umgang mit der Krankheit. Sie will wie ihre Freundinnen sein. Sich schminken, Jungs doof finden, über Tiere reden, naschen. Sie isst oft Brot und Süßigkeiten, ohne auf die Gefahr zu achten.«

»Und dann?«

»Steigt der Blutzucker. Ohne Insulin wird sie erst müde, kann dann ohnmächtig werden und später in ein sogenanntes diabetisches Koma fallen.« Ehrlinspiel blickte in die Nacht hinaus. »Kurz davor bekommen Diabetiker eine extrem tiefe Atmung mit Acetongeruch. Riecht wie Nagellack. Sie trocknen aus, eventuell versagen die Nieren, dazu kommen Herzrhythmusstörungen, massive Bauchschmerzen … Rebecca ist erkältet. Das ist besonders gefährlich. Infekt plus Diabetes kann offenbar fatale Folgen haben und ein drohendes Koma beschleunigen.«

»Okay.« Josianne, die dank ihrer neuen Position gute Kontakte zu Gangs, Vereinen und vielen Lehrern besaß, lehnte sich zurück. »In der Schule, die die beiden besuchen, gibt es gewisse Probleme. Aber nichts von Bedeutung. Kleinere Diebstähle, Gras. Marius ist mir auch nicht bekannt. Aber wir sollten morgen sofort mit den Erziehern und Mitschülern sprechen. Herausfinden, wie die Assmann-Kinder in ihren Klassen integriert sind. Moritz, ich schlage vor, wir zwei machen das.«

»Mhm.«

»Kinder verschwinden nicht einfach so.« Josiannes Blick ging von Ehrlinspiel zu Freitag zu Habermaß, blieb an jedem kurz haften. »Kinder gehen eher verloren. Den Eltern verloren. Mag sein, dass ein Elternteil schwach ist und das Kind damit nicht zurechtkommt. Dass Vater oder Mutter keine Zeit haben, zu viel unterwegs sind, zu viel arbeiten. Oder zu anders sind als andere Eltern.«

»Wie die Assmanns.« Ehrlinspiel dachte wieder an sein Bild des unsichtbaren Raumes, den die Angehörigen nicht öffnen wollen. Den Raum, in dem sie ein Geheimnis verbergen. »Der Reichtum fällt auf. Zumindest Marius hat damit ein Problem. Der Vater sagte wörtlich: ›Marius ist bescheiden. Er braucht nicht viel.‹«

»Ich vermute, Marius *will* nicht viel. Will sich abgrenzen.«
»Warum sind die Kinder nicht in einer Privatschule?«, fragte Habermaß.
»Gute Frage.« Ehrlinspiel faltete die Hände auf dem Tisch. »Ich hatte nicht den Eindruck, dass Günther Assmann der Reichtum viel bedeutet. Eher schon seiner Frau. Aber sie scheint dennoch ganz bodenständig. Oder, Freitag?«
»Sehe ich auch so. Lene Assmann räumt Rebeccas Zimmer auf, putzt wohl auch mit und kocht selbst. Sie macht den Garten. Ihr Göttergatte sieht mir allerdings nicht nach Hausmann oder einem aus, der in der Erde buddelt und Gartenwege anlegt und Bäume schneidet.«
»Dieser Assmann« – Josianne rieb sich über die Schläfen –, »was ist das für ein Typ?«
»Schwer einzuschätzen. Er war angespannt. Hat dauernd auf die Uhr gesehen. Ich kann aber nicht sagen, ob aus Sorge um die Kinder oder wegen seiner Hauptprobe.«
»Am Sonntag ist Premiere im Großen Haus«, erklärte Freitag. »Faust. Ist wohl höchst wichtig für ihn.«
»Wichtiger als seine Kinder?« Habermaß fixierte Freitag.
Der wiegte den Kopf. »Jedenfalls gibt es heute eine erste und morgen eine zweite Hauptprobe. Morgen sind dann alle Beteiligten samt Musik und so dabei, und die Probe darf noch unterbrochen werden. Am Samstag steigt die Generalprobe, da spielen sie ohne Unterbrechung durch, als säße Publikum dabei.«
»Wir wollen ja nur zu gern davon ausgehen, dass die

Kinder weggelaufen sind. Richtig?« Josianne tippte mit einem Zeigefinger mehrmals auf ihre Unterlippe.
Die Männer nickten.
»Andererseits haben sie nichts mitgenommen von zu Hause. Keine Klamotten, kein Geld. Auch wenn ich mich da hoffentlich irre: Aber was, wenn die Assmann-Sprösslinge nicht ausgerissen sind?«
»Das würde bedeuten: Sie hatten einen Unfall, den noch niemand bemerkt und gemeldet hat, oder …«
»… jemand hat sie entführt«, vollendete Ehrlinspiel Freitags Überlegung.
»Weiter angenommen, Assmann fiele bei den letzten wichtigen Proben aus – bekommt dann ein anderer seine Rolle?«
»Ein Konkurrent will ihn fertigmachen, meinst du? Sorgt dafür, dass seine Kinder weg sind und dass Assmann durchdreht, und reißt sich dann seinen Faust-Auftritt unter den Nagel?« Ehrlinspiel rieb sich über die Nasenwurzel. »Finde ich komplett verfrüht, das anzunehmen. Aber wir müssen alles in Betracht ziehen. Kennt sich jemand mit dem Theater aus?«
Verneinendes Murmeln.
Was für ein Armutszeugnis für die Polizei, dachte Ehrlinspiel und wusste, wen er danach fragen würde. Fast schämte er sich, dass er bei dem Gedanken daran schon wieder diese Freude in sich spürte, während andere um ihre Kinder bangen mussten. »Oder wir haben es mit einer klassischen Entführung zu tun. Durch jemanden, der schlichtweg an das Geld der Assmanns will.«
»Gemeldet hat sich aber niemand.«
»Bis jetzt.«

»Kontrastgedanke«, sagte Josianne. »Könnten die Eltern dahinterstecken?«
»Motiv?«
»Immerhin haben sie eineinhalb Stunden gewartet, bis sie uns angerufen haben, nachdem sie – angeblich – das Verschwinden der Kinder bemerkten.«
»Sie haben herumtelefoniert. Im Haus und auf dem Grundstück gesucht. Das hätte ich auch gemacht.«
»Dennoch, verschwundene Kinder bedeuten viel Presse. Eine bessere Publicity kann der Mann vor seiner Premiere nicht kriegen.«
Freitag stützte den Kopf in die Hände. »Kann ich mir nicht vorstellen. Wenn meine Mädchen weg wären, hätte ich …«
Die Tür ging auf, und ein Kollege mit Glatze, buschigen grauen Augenbrauen und ebensolchem Schnurrbart kam herein. »Freitag! Ich hab's!«
»Wie? Was?«
»Assmanns! Du hast doch heute Nachmittag von diesen aus angerufen, und Gudrun aus der Datenstation hat …«
»Wegen eventuellen Vorstrafen in der Familie.«
Der Mann nickte. »Ich habe Gudrun gerade in der Cafeteria getroffen. Sie erwähnte den Namen. Ich wusste gleich, wer das ist!«
»Ja, klar. Günther Assmann ist der Schauspieler, der zurzeit auf zig Plakaten –«
»Das meine ich nicht. Mensch, Leute!« Er schlug mit der flachen Hand auf den Tisch. Sie war mit braunen Flecken übersät. »Ihr seid zu jung!«
»Jetzt spuck's aus!« Ehrlinspiel starrte ihn an.
»Annika Assmann.«

Niemand sagte ein Wort, niemand bewegte sich. Das Neonlicht flackerte.

»Tochter von Lene und Günther Assmann. Sie ist vor fast zwanzig Jahren spurlos verschwunden. Sie war damals sechs Jahre alt. Ich habe die Ermittlungen geleitet. Soko *Gartenkind.* Wir konnten den Fall nie aufklären.«

4

Donnerstag, 22 Uhr 30

Aua, aua«, krächzte Cockoo.
Uwe Berger nahm den grobgezackten Pflegekamm aus dessen Kopfgefieder. Sofort flatterte der große weiße Vogel auf seine Schulter und legte den Kopf schief. »Aua, aua«, stieß er erneut aus.
»Klappe!« Uwe küsste den Kakadu auf den Schnabel, reinigte den Kamm mit heißem Wasser und legte ihn in den Unterschrank zu den Fellbürsten, Krallenscheren und Entfilzungsmessern. Dann setzte er sich an den Schreibtisch.
Drei Rechnungen waren heute zu schreiben. Nicht viel. Doch an manchen Tagen kamen auch mehr Patienten, manchmal über zehn, und er war, weil er sich viel Zeit für sie nahm, dann nachts mit der Buchhaltung beschäftigt. Die Zeit für den Papierkram hätte er lieber in die Arbeit mit seinen Schützlingen investiert, und so war er froh, wenn der Ansturm sich in Grenzen hielt.
Er öffnete die Formularvorlage auf dem Rechner.
Der Husky mit der Blutegeltherapie würde ein schwerer Fall werden. Sein Besitzer sah nicht ein, dass die Spondylose geröntgt und schulmedizinisch behandelt werden musste. Die Randzackenbildung an den Rückenwirbeln des Tieres war trotz Uwes Bemühen schlimmer geworden. Er trug Datum, Diagnose und die Kosten für Untersuchung, Heilverfahren und Beratung

ein. Zuzüglich Blutegel. Einhundertundfünfundvierzig Euro netto. Die Blutsauger waren teurer geworden. Neun Euro fünfzig pro Stück. Aber es gab keine Alternative zu dem gerinnungshemmenden und gefäßerweiternden Speichel der Tiere. Nur sie hatten das Hirudin darin. Vor einem Jahr hatten die Züchter noch zwei Euro weniger verlangt.
Katze Tabbys Zahnentzündung war fast ausgeheilt. Und Max rotierte wieder Nacht für Nacht im Hamsterrad. Felix, sein Mensch – wie Uwe gern statt »sein Besitzer« sagte –, hatte bei der Nachuntersuchung neben seiner Mutter gestanden, das winzige Wesen mit beiden Händen sanft an seine Brust gedrückt und ein schüchternes »Danke, Herr Doktor« hervorgepresst. Uwe war ihm durch die Haare gefahren. »Ich bin kein Doktor. Aber helfen kann ich oft trotzdem.«
Er druckte die Rechnungen aus, streckte sich und gähnte. Seine Frau hatte schon oft gesagt, er solle auf Barzahlung bestehen. Aber manche Leute wollten es lieber so, und ihm war es gleichgültig, wenn er ein paar Wochen auf sein Geld warten musste.
»Aua, aua«, begleitete Cockoo das leise Schnarren des Druckers.
Er hielt sich das Ohr zu. »Du nervst, mein Freund.«
Cockoo stellte die Haube auf und wiegte sich auf Uwes Schulter hin und her. »Aua.«
Andere waren in seinem Alter in Rente. Doch Uwe konnte nicht loslassen. Die Tiere brauchten ihn. Und nicht selten brauchten ihn ihre Besitzer noch mehr. Erklären, Mut machen, aber keine falschen Hoffnungen. Darin war er gut.
Er schaltete den Rechner aus und ging von dem moder-

nen Praxisanbau in das Obergeschoss des Fachwerkhauses.
Begeistert flatterte Cockoo auf und landete auf einem der Holzbalken, der sich unter dem offenen Giebel quer durch die Küche zog. »Lass ja die Trockensträuße in Ruhe!«
Streuner hob in seinem Korb die Nase und begrüßte die Ankömmlinge mit einem lauten »Wuff«. Neben dem bollernden Ofen lag der Hund, um dessen Schnauze das Fell silbern und dessen Maul nahezu zahnlos war. Die getigerte Katze lag zwischen Streuners Vorderpfoten, die graue und die schwarz-weiße hatten sich vor seinem Bauch eingerollt. Uwe kraulte den alten Hund am Kopf. Dass der Riesenschnauzer noch lebte, grenzte an ein Wunder.
Uwe zündete den Gasherd an und stellte den Teekessel darauf. Er liebte das Leben auf dem Land. Auch seine Frau hatte sich vom ersten Tag an hier wohl gefühlt. Das Haus besaß Persönlichkeit und Geschichte, und wenn im Winter das Holz der Balken knackte, im Frühjahr der Duft der Wiesen durch die schiefen Fensterchen hereinwehte und er im Herbst die Äpfel, Zwetschgen und Walnüsse in Weidenkörbe ernten konnte, war er vollkommen glücklich.
Als das Wasser kochte, gab er eine kleingeschnittene Ingwerwurzel hinein. »Los jetzt, Cockoo, es ist fünf vor zehn.« Er liebte die große Uhr mit dem Früchtemotiv, die laut tickte und unter dem dritten Querbalken hing. »Der Tee muss köcheln. Wir haben eine knappe halbe Stunde.«
Schon saß der Vogel wieder auf seiner Schulter, und zusammen stiegen sie die schmale Holztreppe hinunter. Die unterste Stufe ächzte gefährlich, und er dachte, dass er sie bald ersetzen musste.

Schon im Durchgang zu der Voliere schlugen ihm der Geruch nach Talg, Sand und ein aufgeregtes Kreischen entgegen.
Eigentlich hatte er nie Vögel gewollt. Doch als das Veterinäramt wieder einmal ein Tiergeschäft wegen katastrophaler Hygienezustände dichtmachte und ein Teil der Tiere eingeschläfert werden sollten, so krank waren sie, war er hingefahren, die Zeitung mit dem Bericht noch in der Hand. Sein Mund war trocken gewesen. Eine Woche später stand die Voliere. Acht mal acht Meter Grundriss, fünf Meter hoch. Er hatte sie um eine Gruppe von Bäumen herumgebaut. Ohne Genehmigung. Niemand hatte etwas dagegen gesagt.
»Hey, meine Schönen. Hier kommt der Boss.« Uwe öffnete die Drahttür. Cockoo kletterte über seinen Arm auf einen Ast.
Unzählige Pfirsichköpfchen, Sittiche, Zebrafinken und drei Tukane tummelten sich in dem kälteisolierten Teil des Vogelreiches, das direkt an das Haus grenzte. Der Boden war übersät mit bunten Federn. Die offenen Wunden waren verheilt, und das Gefieder der Tiere hatte sich längst erholt. Uwe hoffte, dass auch ihre Seelen wieder freier atmeten. Aber was wusste der Mensch schon von der Seele der Tiere? Er war sicher, dass sie eine besaßen. Dass sie viel mehr bewusst erlebten und über weitaus vielschichtigere Emotionen und kognitive Fähigkeiten verfügten, als die meisten Leute vermuteten oder zuzugeben bereit waren. Wenn er diese Gedanken laut äußerte, stempelten ihn viele als Spinner ab. Vielleicht war er das ja. Mit siebenundsechzig Jahren, einem grauen Zopf und fast ohne Komfort in der Abgeschiedenheit zu leben, war alles andere als Norm.

Berger störte das nicht. Er wusste, wer er war. Und was er empfand.
Bevor er die Gummistiefel anzog, kontrollierte er die Frostwächter und das Licht, füllte das Trinkwasser auf und verriegelte die Volierentür von der Gartenseite aus.
Der Himmel war klar, und die schneebedeckten Beete und Wiesen schimmerten silbern im Licht des schmalen Mondes. Die Stallungen und Gehege zeichneten sich wie schwarze Würfel auf einem riesigen Spielfeld vor dem Horizont ab. Er hatte sie erst im letzten Sommer erneuert. Holz, Steine, Dachpappe, die neue Gehrungssäge, Locheisen und Hebebühne hatten ihn über die Hälfte seiner Jahreseinnahmen und vier Wochen schweißtreibende Arbeit gekostet. Doch es hatte bestätigt: Er, Uwe Berger, war noch immer leistungsfähig. Er konnte mehr als nur Akupunkturnadeln bei Kleintieren und Pferden setzen und Kräutermischungen herstellen.
Er legte den Kopf in den Nacken, betrachtete die funkelnden Sterne.
Die Erfahrung war elementar für ihn gewesen. Sich verausgaben. Körperliche Kraft spüren. Seiner Frau noch immer ein starker Partner sein.
Im vergangenen August waren ihm sein Alter, das Nachlassen der Leistungsfähigkeit, vor allem beim Sex, zum ersten Mal schmerzhaft bewusst geworden. Bis dahin hatten sie die Dinge einvernehmlich arrangiert. Über alles gesprochen. Wenn er versagte, war es nie ein Problem gewesen. Bis diese Sache begonnen hatte.
Er umrundete den Ziegenstall. Prüfte die Riegel an den Türen.
Die Stiche bohrten sich wie heiße Pfeile in sein Herz, sobald er daran dachte.

Leise schob er die Tür zu den Schafboxen auf. Die schwere Wärme der Tiere drang dampfend heraus, und er sog den Duft nach Stroh und Wollfett ein. Alles war still. Der kranke Benno atmete tief und gleichmäßig.
Zum Schluss umrundete er das Haus. Er musste die Nordfassade erneuern. Die Balken imprägnieren. Zwischenräume verputzen. Im späten Frühjahr würde er sich darum kümmern. Oder im Sommer.
Eine halbe Stunde nach Beginn seines Rundgangs stand er wieder in der Küche.
Er füllte zwei blaue Keramikbecher mit dem Ingwersud, gab Honig und Zitrone hinein und trug sie zu dem Holztisch. Dann zündete er die Kerzen in den silbernen Ständern an, löschte das Deckenlicht und setzte sich auf die Eckbank.
Das flackernde Licht erinnerte ihn an seine Kindheit in diesem Haus. Wenn er mit dreckigen Schuhen und Erde an der Hose vom Spielen hereingekommen war, rannte er als Erstes zu dem Schrank mit den Löwenfüßen und nahm eine Kerze heraus. Seine Mutter hatte oft sein Gesicht zwischen ihre warmen Hände genommen und gelacht. »Du wirst einmal der größte Romantiker der Welt.« Die linke Tür des Möbels klemmte heute noch, und Uwe hatte das antike Stück neben der Küchentür nicht einen Zentimeter verrückt.
Streuner humpelte herbei. Die Katzen drehten sich grummelnd um und schliefen weiter. Dem Hund fehlte ein Hinterlauf, und den Verlust schien er paradoxerweise mit einer Überdosis an Zuneigung auszugleichen. Er legte den Kopf auf Uwes Schenkel und blickte mit glänzenden Augen zu ihm auf.
Uwe kraulte seine Schnauze. Wartete.

Um Viertel vor elf stand er auf. Setzte sich. Stand auf. Um elf Uhr schüttete er den kalten Tee ins Spülbecken. Kurz vor halb zwölf hatte er sich wieder beruhigt. *Tief einatmen. Ausatmen.* Die Stiche ließen nach. Vermutlich bildete er sich das alles ohnehin nur ein.
Noch bevor der Lichtkegel über das Kupfergeschirr auf dem Bord wanderte, stellte Streuner die Ohren auf. Ein leises Motorengeräusch wurde lauter, verstummte, dumpf schlug eine Tür zu.
Gleich darauf klackerten energische Schritte die Treppe herauf. Sie ging schneller als sonst. Und lauter.
»Es geht los«, flüsterte er Streuner zu.
»Er war grandios!« Licht fiel vom Flur in die Küche, und schon warf Edith ihre Handtasche auf den Tisch.
Streuner winselte.
Ihr Gesicht war gerötet. »Meine Drohung hat offenbar gewirkt!« Schwungvoll streifte sie die hochhackigen Schuhe von ihren Füßen, und der eine schlitterte über die dicken Eichenbohlen bis neben Streuners Trinknapf.
Uwe grinste. »Der arme Teufel.« Er kannte seine Frau. Wenn sie bei den letzten Proben wütend war, würde das Stück ein Riesenerfolg. Und den verdankte das Ensemble zum großen Teil ihr. Bis jedes Detail perfekt lief, war sie hinter ihren Leuten her wie das Böse hinter der armen Seele. So mancher Darsteller hatte nichts zu lachen, wenn es auf die Premiere zuging.
»Nein, nicht der Teufel. Faust!« Sie setzte sich.
»Assmann?« Er beugte sich zu ihr und küsste sie auf die kühle Wange. Sie roch nach Puder und Zigarettenrauch.
»Kommst du wegen ihm so spät?«
»Ja. Zuerst dachte ich, er würde es versauen. Dachte, er hätte doch nicht die Nerven dazu. Aber dann …« Sie

schüttelte energisch den Kopf, und ihr kurzes, fast graues Haar wippte leicht mit. »Er ist geradezu über sich hinausgewachsen!«

»Hast du geraucht?« Uwe zog einen Mundwinkel nach oben. Es kostete ihn Mühe. Immer dasselbe Thema. Seit Monaten. Assmann, der endlich eine bedeutende Rolle spielte. Assmann, der zeigen konnte, wer er wirklich war. Assmann, den sie groß rausbringen würde.

»Ach, verflucht! Nur eine.«

»Erzähl.« Assmann, der hoffentlich bald in Wien war. Dem besten Theater der Welt. Weit weg. Er holte ihr einen frischen Becher Tee.

Edith trank und sah ihn über den Rand des Bechers an. Wie faszinierend sie noch immer ist, dachte er, und wie fordernd ihre türkisfarbenen Augen blicken und die Einsprengsel darin funkeln, wenn der Zorn sie packt.

»Günther ist auf die Bühne gestürmt. Mitten während des *Prologs im Himmel.* Ohne Kostüm, ungeschminkt. Steht da plötzlich zwischen den Erzengeln. Er war noch nicht einmal dran!« Ihre linke Wange zuckte.

Schön hatte er Edith nie gefunden. Ihre Haut war schon matt gewesen, als sie vor dreißig Jahren Nacht für Nacht durch die Szenekneipen gezogen waren, und die Tränensäcke unter ihren Augen hatten schon an ihrem ersten Abend zu ihr gehört. Dem Sommerabend auf der Freilichtbühne, an dem sie sich als Johanna von Orleans anmutig wie eine Katze über die Bühne bewegt, die Arme in seine Richtung gestreckt hatte und als ihr türkisfarbener Blick und ihre klare Stimme direkt in sein Herz gedrungen waren. *Ihr habt mich kindisch, klein und schwach gesehn, Ihr liebt mich, doch Ihr betet mich nicht an!* Irrtum, dachte er jetzt und lächelte. Ich liebe dich, *und* ich bete dich an. Deinen freien Geist, deine Eloquenz, dein Selbstbewusstsein und deine Leidenschaft für dein unabhängiges Leben. Und genauso die Nächte, in denen du erschöpft über neuen Manuskripten im Sessel einschläfst, um mich einige Stunden später wach zu rütteln und eine Massage zu fordern.

»Und gestottert hat er.« Edith seufzte. »Wie ein Anfänger beim ersten Vorsprechen.«

»Wuff.« Streuners Schwanz klatschte auf den Boden.

»Guter Junge.« Uwe beugte sich zu Edith. »Und dann?«

»Ich hab ihn rausgeschickt. Und Tom als Faust eingesetzt.«

Er schob seine Hand auf Ediths Schenkel, zeichnete das grüne Changieren ihres Rocks nach. »Assmann spielt nicht?«

»Nach ein paar Minuten ist er über die Seitenbühne wieder reingestürmt. In wehendem Gehrock und Stiefeln. Stellt sich in den Lichtkegel neben Tom, hebt die Arme, die Stimme ... und spielt. Aber wie!« Sie strahlte.

Uwe zog seine Hand zurück.

»Du hättest seine exakt plazierten Schritte sehen sollen.« Sie stand auf und sammelte ihre Schuhe ein. Hob sie an den Riemchen hoch und kam tänzelnd zum Tisch zurück. »Du hättest das feine Zittern in seinem Basstimbre hören sollen, als er die unendliche Natur zu fassen sucht in seinem Studierzimmer und ...«

»Hör mal, ich hol dir was zum Schlafen.« Uwe erhob sich ebenfalls. »Du bist ja völlig aufgekratzt.« Er wollte hinausgehen, doch sie hielt ihn fest. Ein Schuh schlug gegen seinen Ellbogen.

»Nein, nein! Euphorie ist ein so wunderbares Gefühl.«

»Es wäre etwas Homöopathisches.«

»Sag bloß.« Sie lachte, und er fühlte seinen Puls schneller schlagen. »Hast du nicht etwas für Günther? Damit er … ruhig bleibt? Etwas, das seine zwei Seelen zur Ruhe bringt?«

»Zwei Seelen?« Uwe schluckte.

»Zwei Seelen wohnen, ach!, in meiner Brust, die eine will sich von der anderen trennen; die eine hält, in derber Liebeslust, sich an die Welt mit klammernden Organen; die andere hebt gewaltsam sich vom Dust zu den Gefilden hoher Ahnen.« Sie tippte ihm auf die Brust. »Faust.«

»Gegen Günthers Größenwahn ist in meinem bescheidenen Gärtchen kein Kraut gewachsen, fürchte ich.«

Edith wurde ernst. »Ach, komm! Gönn ihm die Chance. Und du hast doch sonst für jedes Wehwehchen etwas.«

Er umfasste ihre Hüften und schmunzelte. »Für *dich* würde ich was raussuchen. Damit dein Liebling sich nicht blamiert.« Edith versteifte sich sofort, und er bereute seine Worte. Sie hatte so viel Zeit und Kraft in diese Inszenierung gesteckt. Also sollte es gelingen! »Kleine Massage?« Er ließ seine Hände über ihren Rücken hinauf bis zum Nacken gleiten und umspielte sanft ihre Halswirbel. »Mit duftendem Calendula-Öl und Mozart im Hintergrund?«

Sie schüttelte den Kopf. Küsste ihn. »Große Massage. Brahms.«

5

Was hätte ich denn tun sollen?«, presste er hervor. Günther glaubte, jede winzige Narbe der kühlen Tierhaut unter seinen Fingerspitzen zu spüren. Büffelleder. Nur vom Feinsten. Alles exklusiv. Als ob das irgendetwas kompensieren könnte. Seine Hand lag auf der Lehne des Sofas. Vor ihm standen ein leeres Glas Whisky und ein schwerer Aschenbecher. Er schmeckte den kalten Rauch der Gauloises.

Sie schwieg. Stand vor ihm im spärlichen Licht, das der Mond im Schnee reflektierte und das durch die Panoramafenster hereinfiel. Ihre Arme hingen herab. Ein trauriger Geist, der lautlos hereingekommen war. Ein Geist, den Günther nicht ertrug.

Er hatte kein Licht angemacht, als er nach Hause gekommen war. Wollte Lene nicht begegnen. Wollte im Dunkeln sitzen. Den Kopf leeren. Keine Vorwürfe hören. Keine Tränen sehen. Keine Erklärung abgeben. Nicht heute!

Aber natürlich war sie noch wach gewesen. Wie hatte er anderes annehmen können! Seine Gedanken wanderten zu Edith Berger. Ihrem Zorn. Seinem Versagen zu Beginn der Probe. Das hätte nicht passieren dürfen. Auch nicht an diesem Abend!

»Wo bist du gewesen?«, flüsterte Lene. Es waren ihre ersten Worte, seit er hereingeschlichen war, ein Eindringling im eigenen Haus.

Er schloss die Augen, holte tief Luft. Das Make-up noch

auf dem Gesicht, hatte er das Gefühl, dass es zäh in jede seiner Poren drang und ihn einzementierte. »Im Theater. Wo sonst.« Er öffnete die Augen, und seine Stimme war jetzt ein Zischen. »Lene, bitte! Meinst du, für mich ist das leicht?«

Sie blieb stumm.

»Ich hätte nichts tun können!« Seine Nägel kratzten über das Leder.

Sie bewegte sich langsam, fast schwebend, zum Fenster. »Bei mir sein.«

Er verstand sie kaum, so leise war ihre Stimme. »Du hast versprochen, mich anzurufen, wenn du es nicht aushältst, Lene.«

Sie nickte.

»Und du hast gehört, was die Polizei gesagt hat. Sie tun alles, um …«

»Ich weiß.« Sie drehte sich um, und als sie weitersprach, hörte er, dass ihre Zähne leise aufeinanderschlugen. Am liebsten hätte er sich die Ohren zugehalten. »Aber Beccis Reservoir ist leer. Sie wird essen, was sie bekommt. Wenn sie überhaupt etwas bekommt.« Ihr Schluchzen ließ ihn würgen. »Du weißt, was das bedeutet. Du hast es an mir gesehen früher, du hast es gesehen, als … als …«

Sie verstummte.

Sprich es nicht aus, flehte er wortlos, und sie fuhr fort: »Ich verstehe nicht, wie du einfach …«

Das Glockenspiel der Haustürklingel erklang. Günther zuckte zusammen.

»Die Kinder!« Lene rannte aus dem Zimmer, stieß krachend gegen irgendetwas. »Die Kinder sind zurück!«

Günther hastete ihr hinterher. »Warte! Die Kinder ha-

ben einen Hausschlüssel«, rief er, doch Lene riss bereits die Haustür auf.
Draußen standen die beiden Kommissare, die schon am Nachmittag hier gewesen waren. Ehrlinspiel und Freitag, wenn er sich richtig erinnerte. Im hellen Schein der Außenleuchte sahen sie wie die Botschafter einer Glücksnachricht aus.
Sie haben sie gefunden! Schon blitzten die Visionen in Günther auf, unbeschwertes Glück: der Tumult nach der Premiere, er selbst, umjubelt im Scheinwerferlicht, der Intendant des Burgtheaters applaudierend in der ersten Reihe, Edith, die ihn stolz umarmte, und die Wohnung in Wien, in der er bald leben würde. Allein.
Doch die Gesichter der Polizisten waren ernst.
Der Größere von beiden, Ehrlinspiel, ein attraktiver Mann um die vierzig und mit kantigem Gesicht, nickte. »Es ist fast Mitternacht, das wissen wir. Können wir dennoch hereinkommen?«
Wie ein kleiner, harter Ball sprang die Angst in Günthers Magen hin und her, und gleichzeitig stammelte Lene: »Sie … sind tot, nicht wahr?«
»Aber nein«, sagte Freitag, und Ehrlinspiel ergänzte: »Es gibt nichts Neues zu Marius und Rebecca.«
Der Ball in seinem Magen wurde ruhiger. »Aber?« Die Polizei kam doch nicht grundlos – mitten in der Nacht!
»Lassen Sie uns drinnen reden.«
»Natürlich.« Sein Blick huschte kurz durch die Nacht, die um die Ermittler lag wie ein samtener schwarzer Bühnenvorhang. Er versuchte ein Lächeln. Ob es ihm gelang, wusste er nicht.
Gleich darauf saßen sie wie schon am Spätnachmittag in

der Sitzecke, die Stehlampe tauchte sie in einen warmen Lichtkegel.
»Wie geht es Ihnen?« Ehrlinspiel sah von dem leeren Whiskyglas zu Günther und dann zu Lene.
Sie presste die Lippen aufeinander, schwieg.
»Wir … wir machen uns große Sorgen.« Seine Frau hatte noch nicht einmal eine frische Hose angezogen, und ihr Haar war strähnig. Er selbst steckte noch in Fausts weißem Hemd, die Rüschenärmel ragten aus den Manschetten des schwarzen Gehrocks hervor. Günther schämte sich plötzlich. Für Lene und für sich selbst.
Der Kommissar nickte. »Herr Assmann, Frau Assmann, weshalb haben Sie uns nichts von Annika erzählt?«
Die Wände bewegten sich auf Günther zu, und er glaubte, die Schmerzen in seiner Brust erdrückten ihn. »Annika«, sagte er.
Freitag beugte sich vor. »Bitte?«
Da merkte er, dass aus seinem Mund kein Laut gekommen war. »Annika«, wiederholte er laut.
»Sie ist Ihre erste, gemeinsame Tochter. Am dreiundzwanzigsten Mai 1993 verschwand sie spurlos. Unsere Kollegen haben monatelang nach ihr gesucht.«
Er nickte.
»Und jetzt sind Marius und Rebecca nicht nach Hause gekommen.« Freitag fixierte ihn. »Das gibt uns zu denken.«
»Ich … wir … bitte nicht noch einmal das Ganze. Wir würden das nicht durchstehen.«
»Das alles ist sicher furchtbar schwer für Sie. Aber wir müssen zumindest in Betracht ziehen, dass Annikas und nun Marius' und Rebeccas Verschwinden mehr als ein

Zufall ist. Sie sollten uns alles sagen, was Ihnen dazu einfällt. Jede Spur kann entscheidend sein.«

»Haben Sie denn schon nach ihnen gesucht? Sie sitzen hier und machen uns Vorwürfe, statt –«

»Unsere Leute sind unterwegs. Sie haben bereits das Gebiet um die Straßenbahn-Haltestelle und hier um das Haus abgesucht. Ebenso die Haltestelle vor der Schule. Morgen früh befragen wir die Fahrgäste, die wie Ihre Kinder gegen Viertel nach neun an der Lorettostraße zusteigen. Die meisten fahren ja immer um die gleiche Zeit mit der gleichen Linie.« Freitag lächelte, und Günther wünschte, er könnte seine Zuversicht teilen.

»Sie war einfach weg«, sagte Lene. »Ist zum Spielen rausgegangen und nie zurückgekommen.«

»So steht es in den Akten. Um kurz nach halb sechs haben Sie sie zuletzt gesehen. Von diesem Fenster aus.« Freitag deutete nach rechts. »Um achtzehn Uhr riefen Sie Annika zum Abendessen. Sie kam nicht.«

»Wir haben den ganzen Garten abgesucht, gerufen, unter jedem Strauch haben wir nachgesehen, hinter jedem Baum. Günther ist« – sie nahm seine Hand, und er erschrak, wie kalt sie war – »sogar hochgeklettert.«

»Ich dachte, dann überblicke ich den Garten besser. Er war damals noch nicht so … so ordentlich.«

»Danach sind wir durch die Straßen gerannt, später mit dem Auto die ganze Gegend abgefahren.« Lene zitterte. »Sie wollte so gern ihr Lieblingskleid anziehen an dem Tag. Das rosafarbene mit den weißen Tupfen.« Sie lachte auf. »Becci findet Rosa doof. Sie sagt, es sei peinlich. Etwas für kleine Mädchen. Früher mochte sie es genauso wie damals Annika. Jetzt muss alles kräftig lila und brombeerfarben sein.« Eine Träne lief über Lenes Wange. »Ich habe Annika verboten, das Kleid anzuziehen. Es war doch so ein kühler Abend. Sie hat geweint und ist in ihrer roten Hose und einem weißen Pullover raus … Und jetzt, jetzt … Becci und Marius … Ich ertrage es nicht.«

Ihre Hand schloss sich fest um Günthers. »Steht in Ihren Akten auch, was mit uns passiert ist?«, fragte er. All die Erinnerungen wirbelten in seinem Kopf umher. Die Ereignisse, die er nicht länger verdrängen konnte.

Der Alptraum.

»Was meinen Sie?« Ehrlinspiel nickte ihm aufmunternd zu.

»Fast ein Jahr lang sind die da draußen herumgelungert.« Er entzog Lene seine Hand und stand auf. Mit dem Kinn wies er Richtung Fenster zum Garten. »Kameras, Fotoapparate, Mikrofone … Das Pack hat an der Tür geklingelt, ans Fenster geklopft, ist sogar auf die Terrasse gekommen und hat mit Geldscheinen gewunken.« Er trat vor die Polizisten. »Und *Sie,* Sie haben es nicht geschafft, uns die Bande vom Leib zu halten. Es gab nicht einen Tag, an dem meine Frau oder ich aus dem Haus konnten, ohne dass hinter einem Baum einer aufgetaucht ist.« Er atmete laut. »Dann haben wir die Mauer bauen lassen. Und vorn das schwere Stahltor angebracht. Alarmanlage inklusive.«

»Verstehe«, sagte Ehrlinspiel.

»Nein, das tun Sie nicht!« Hitze stieg seinen Hals hinauf bis in sein Gesicht, und das Make-up verlief. »Oder haben Sie schon einmal ein Kind verloren?«

»Hören Sie« – Ehrlinspiel stand ebenfalls auf, und die beiden Männer sahen sich direkt in die Augen –, »das tut mir aufrichtig leid mit den Reportern. Doch das ist fast zwanzig Jahre her, und es hilft Ihren Kindern nicht, jetzt darüber zu schimpfen. Wir werden es dieses Mal besser machen.«

»Dieses Mal«, stieß er verächtlich hervor. »Wenn Sie wieder versagen, ja?«

»Wir können keinen Erfolg garantieren. Sonst müsste ich lügen. Es gibt zu viele Umstände, die wir nicht kennen.«

Günther fuhr mit dem Handrücken über seine heißen Wangen. Eine ölige, beige Schicht mit schwarzen Schmierspuren blieb auf der Hand zurück.

Der Kommissar reichte ihm ein Taschentuch, so wie er es am Nachmittag bei Lene getan hatte, und sagte: »Denken Sie noch einmal nach. Waren Marius oder Rebecca anders in den letzten Tagen? Sind die beiden – oder einer – vielleicht bedroht worden? Hat ein Fremder sie angesprochen?«

Assmann rieb mit dem Taschentuch über seinen Handrücken. »Nichts, nein. Oder, Lene?« Er wandte sich zu ihr, doch sie schien völlig abwesend, kauerte in dem Sessel wie Gretchen im Kerker, der Kopf war auf ihre Brust gesunken, die Hände lagen in ihrem Schoß. »Lene!« Er küsste sie auf den Scheitel, fuhr ihr über den Rücken, spürte durch den weichen Pullover jeden Wirbel und glaubte, die Vergangenheit reiße ihn aus dem mühsam errungenen, zweiten Leben.

»Mein Mädchen«, flüsterte sie und lehnte den Kopf gegen seine Beine.

Günther wusste nicht, ob sie Annika oder Rebecca meinte. »Was sollen wir bloß tun?«, fragte er Ehrlinspiel.

»Sie könnten uns den Rechner Ihres Sohnes geben. Vielleicht finden wir einen Hinweis darauf. Er hat doch einen eigenen Rechner?«
»Ja, sicher. Einen Laptop.« Günther Assmann stieg die Treppen zu Marius' Zimmer hinauf, spürte jeden Muskel dabei. In der Tür blieb er stehen. Es roch muffig. Wann war er zuletzt hier gewesen? Abgesehen von heute Nachmittag? Hatte es da auch schon so gerochen? Salzig und nach kaltem Schweiß wie im Zimmer eines erwachsenen Mannes? Er setzte sich auf den Bettrand und sah sich um, doch Marius' Laptop konnte er nirgends entdecken. Am iPod seines Sohnes blieb sein Blick hängen. Was hörte er eigentlich für Musik? Er setzte den Kopfhörer auf, ließ die Finger über den Touchscreen gleiten, und eine Liste öffnete sich. *Evil* von *Dr Cryptic*, Album *Dupstep.* Er tippte auf *Play,* und nach einigen grauenhaften elektronischen Geräuschen scrollte er weiter. Irgendwelche *Monsters of Liedermaching* schrien ihm ein heiseres »Ich bin nicht frei, ich bin nicht frei« entgegen. Und plötzlich, beim nächsten Titel, fand er sich eingehüllt in die zarten Klänge von Tschaikowskys *Romeo and Juliet.* Günther verharrte reglos, lauschte der Harfe, den Streichern. Dann riss er sich den Kopfhörer von den Ohren und sprang auf. Er wusste nichts über seinen Sohn. Nichts.
Er suchte weiter nach dem Laptop, sogar unter den Papieren auf dem Schreibtisch sah er nach. Ohne Erfolg. Nach ein paar Minuten ging er zurück nach unten.
»Wir werden eine Beschreibung Ihrer Kinder veröffentlichen. Mit Fotos.«
Abrupt blieb Günther stehen. »Für die Bilder brauchen

Sie unser Einverständnis!« Das war bei Annika so gewesen. Warum sollte es jetzt anders sein?
»In diesem Fall nicht, Herr Assmann. Rebecca ist schwerkrank. Das Wohl des Kindes hat oberste Priorität! Wenn Sie nicht zustimmen, schalten wir das Jugendamt ein und bestellen einen Pfleger, der die Interessen Ihrer Kinder –«
»Veröffentlichen Sie sie!« Lene erhob sich.
»Aber Lene, ich, wir … Wir waren uns doch einig, dass … Hast du denn schon vergessen, wie damals …«
»Damals ist mir egal!« Ihre Stimme klang jetzt fest und hoch. »Ich möchte meine Kinder wiederhaben. Und das solltest du auch wollen! Wo ist der Laptop?«
»Die Leute werden mit dem Finger auf uns zeigen.« Sein Mund wurde trocken, das Gesicht war feucht. »Weißt du nicht mehr? In der Fußgängerzone, auf dem Markt, überall, wie sie sich nach uns umgedreht und getuschelt haben? Wir konnten sie doch förmlich hören. ›Annika, Annika‹, und ›Das sind doch die Eltern von der Kleinen, die in der Zeitung war, wer weiß, was da dahintersteckt‹. Wie oft haben wir das erlebt? Hm? Wie oft?«
»Hör auf«, schrie Lene.
Die Polizisten sahen sich an.
»Von mir erhalten Sie die Erlaubnis nicht! Und der Rechner ist nicht in seinem Zimmer. Gute Nacht.« Günther hastete aus dem Wohnzimmer, und schon, als er sein Arbeitszimmer im hinteren Gebäudeteil betrat, spürte er den Druck hinter den Augen. Er nahm das Fotoalbum aus der Schreibtischschublade. Zwei kleine Flecke breiteten sich dunkel auf dem gelben Einband aus. Verfluchte Tränen! Er schlug das Album auf und betrachtete seine Tochter. Hörte ihr Lachen, roch ihr

duftendes, goldenes Haar. Sah ihre Sommersprossen. Den Engelsstaub. Dann legte er den Finger auf ihre Wange, die von all den Berührungen schon ganz verblasst war. Annika war ihm nah wie an dem warmen Maiabend 1993. Marius und Rebecca schienen ihm unendlich weit entfernt.

6

Freitag, 22. März, 6 Uhr 5

Das Hoch Erich versorgt Deutschlands Südwesten noch bis heute Nacht mit klirrender Kälte, ab Samstag erwarten uns frühlingshafte Temperaturen und Sonne. Die weiteren Aussichten am Oberrhein …«

»… sind heiter bis rosa«, murmelte Ehrlinspiel und schichtete die Fahrradtrikots und -hosen neben seine Marken-Jeans. Daneben stapelten sich, farblich sortiert, Polohemden in Blau-, Grau- und Rottönen, Shirts mit Aufdruck und Pullover. »Ich werde zum Spießer, und das mit Ende neununddreißig«, sagte er zu Bentley, der sofort in das leere Fach des Kleiderschranks sprang, umherschnüffelte und sich dann schnurrend in der hinteren Ecke einrollte. »Wird Zeit für eine Frau, die unser Leben aufmischt.« Der Hauptkommissar schaltete den Radiowecker aus. Noch war nichts von den verschwundenen Kindern in die Nachrichten gelangt. Er strich dem Kater liebevoll über das Fell. »Komm, Frühstück, mein Racker.«

Barfuß und in Boxershorts ging Moritz in die Küche. Dort thronte Bugatti auf dem Fenstersims, den beigefarbenen Kopf mit der schokoladenbraunen Nase und ebensolchen Ohren dem dunklen Himmel zugewandt. Es war kurz nach sechs, und seit einer Stunde räumte er um. Wie er bis morgen damit fertig werden sollte, war ihm ein Rätsel.

Seine beiden Siamkater waren Brüder, und der Kommissar machte sich jedes Jahr mehr Gedanken über ihre Gesundheit. Fast sechzehn Jahre waren sie alt, echte Senioren. Bentley fraß seit einigen Wochen deutlich weniger, erbrach oft, sein Fell war stumpf geworden, und er zog sich häufig zurück. Ehrlinspiel bezweifelte, dass er den Kleiderschrank in den nächsten Stunden freiwillig verlassen würde, nicht einmal zum Fressen. *Tierarzt anrufen,* schrieb er auf den Notizblock am Kühlschrank.

Dann nahm er das vorgekochte Hühnchen aus der Frischhaltebox, mischte Haferflocken und zwei Messerspitzen Taurinpulver darunter und füllte zwei Näpfe damit. Manchmal waren die Racker fast wie Kinder für ihn. Der Gedanke, dass einer oder gar beide nicht mehr wären, stimmte ihn traurig. Er hob Bugatti vom Fensterbrett und setzte ihn auf den Boden. Schmatzend begann er zu fressen.

Er mochte sich nicht vorstellen, wie groß der Schmerz beim Verlust wirklicher Kinder sein musste. Wie es den Assmanns wohl ging? Seit sie nach Mitternacht die kubistische Betonvilla verlassen hatten, war nichts mehr passiert. Keine guten Nachrichten, keine schlechten. Die Kollegen vom Revier Süd würden die nächsten Stunden mit der Befragung der Straßenbahn-Fahrgäste verbringen.

»Bentley«, rief Ehrlinspiel, doch der Kater kam nicht.

Nachdem er geduscht hatte und in frischen Jeans und seinem Lieblingspullover, einem irischen Stück mit Zopfmuster, an der Theke zwischen Küche und Wohnzimmer saß, fühlte er sich besser. Doch die Euphorie der letzten Tage und seine Vorfreude auf all das, wovon er so lange geträumt hatte, war gedämpft. Er hatte nicht einmal Lust auf seine neue Lieblingsmusik. *Quadro Nuevo.* Er aß einen Toast mit Himbeermarmelade und trank zwei Tassen heißen Espresso.

Die Sache mit den Assmann-Kindern erfüllte ihn mit Sorge. Bis gestern Abend waren sie davon ausgegangen, dass Marius sich mit seiner Schwester herumtrieb, für einige Stunden nur, ein dummer Streich. Doch die Sache mit Annika hatte diese Hoffnung zunichtegemacht. Über zwanzig Stunden waren mittlerweile vergangen – kein gutes Omen.

Er blickte die vier Stockwerke auf die verschneite Straße hinunter. Autos parkten entlang des Bürgersteigs. Im Licht der Straßenlaternen wirkte alles wie weißlackiert. Der Himmel war sternenklar, und die Mondsichel sank mit jeder Minute tiefer, berührte schon fast die Dächer am Horizont.

Unwillkürlich rieb er sich über die Oberarme. Irgendwo da draußen waren Marius und Rebecca. Und fast wollte er zu Gott, von dem er nicht einmal wusste, ob es ihn gab, beten, dass die Kinder unversehrt nach Hause zurückkehren würden. Dass sie vor der Haustür ihrer Eltern ständen und sagten: »Wir haben gespielt und nicht auf die Uhr geschaut.« Oder dass Marius seiner Schwester die Schlangenausstellung im Naturkundemuseum erklärt hatte und sie versehentlich eingeschlossen worden waren. Dass Rebecca Marius überredet hatte, zum Tiergehege Mundenhof zu gehen, und sie sich verlaufen hatten. Dass … Er konnte sich hundert Dinge vorstellen. Gedankenlosigkeit der Kinder, Abenteuerlust, Rache für eine falsch verstandene Erziehungsmaßnahme der Eltern oder eine Art Erpressung, weil sie keinen Hund oder kein Pferd oder sonst ein Tier bekamen. Aber nicht, dass etwas Schlimmes passiert war. Gleichzeitig wusste er mit einer Sicherheit, die ihn nach fünfzehn Kripojahren nur selten trog, dass die Kinder nicht einfach so zurückkehren würden. Und dass er seine Dachgeschosswohnung mit der kleinen Galerie in den nächsten Tagen nicht oft zu sehen bekäme.

Sein Blick ging durch das Wohnzimmer. Kisten mit Flohmarktkrempel vor der Tür zur Dachterrasse. Zusammengeschobene Bücher. Der Tisch verschoben.

Wie wohl alles werden würde? Er atmete tief durch. Er würde es endlich tun. Es wagen. Leben. Kurz glaubte er, den feinen Geruch nach Lavendelseife wahrzunehmen, und lächelte.

Ein Poltern drang in die Küche herein. Gleich darauf schlich Bentley um die Ecke und blieb vor dem Fressnapf sitzen.

»Hey!« Der Kommissar war erleichtert. »Wenigstens du tauchst von allein auf.« Er ging neben dem Tier in die Hocke und kraulte seinen Hals. Bentley fraß ein paar Happen. Vielleicht, dachte Ehrlinspiel und schnappte seine schwarze Leder-Umhängetasche, ist *das* ja ein gutes Omen.

Der Schuldirektor sah Josianne Schneider an und faltete die Hände auf dem Besprechungstisch. »Wir haben keine Probleme mit Marius.« Ein breiter Goldring schnitt in sein Fleisch und zeugte von schlankeren Zeiten. »Wir schätzen die Familie Assmann sehr.« Er nickte, als wolle er seine eigenen Worte bekräftigen, und seine Lider hingen so weit herab, dass sie beinahe die Augäpfel verdeckten.

Neben dem Direktor und gegenüber von Ehrlinspiel und Josianne saß eine zierliche Frau. Sie hatte sich als Elisabeth Heinemann vorgestellt und war die Mathematiklehrerin Rebeccas. Die vier hatten sich eine Stunde vor Schulbeginn im Büro des Direktors getroffen, und Ehrlinspiel überließ seiner Kollegin das Wort.
Josianne lächelte. »Wie gut kennen Sie die Eltern Assmann?«
»Nicht so gut, wie ich Sie kenne. Obwohl Sie erst seit dem Winter hier aktiv sind. Immer noch heiser?« Der Direktor zwinkerte und beugte sich etwas nach vorn. Sein hellgraues Hemd spannte sich straff über seinen Schultern. »Die Probleme unserer Jugendlichen sind uns durchaus bekannt. Das ist Alltag an unseren Schulen. Aber dass Marius in Drogengeschichten oder Prügeleien verwickelt gewesen sein soll ... Nein, wirklich nicht.«
»Wie kommen Sie darauf, dass wir das annehmen?« Sie krauste die Nase, wahrscheinlich würde sie gleich wieder niesen.
»Jessica Mende. Patrick Lanz. Niklas Schmidt. Sie erinnern sich? Sie kommen immer dann zu uns, Frau Schneider, wenn es um Alkohol und Crack geht. Wenn etwas gestohlen oder einer zusammengeschlagen wurde.«
Elisabeth Heinemann senkte den Blick auf den Tisch, und Ehrlinspiel war froh, dass er nur selten mit Jugendkriminalität konfrontiert war. Die Aussichtslosigkeit, mit der seine Kollegen für frustrierte und oft überforderte Kinder und Jugendliche kämpften, die Langeweile, aus der heraus schon Elf- und Zwölfjährige klauten und prügelten, und die Gleichgültigkeit vieler Eltern desillusionierten ihn zunehmend.
Nicht zum ersten Mal fragte er sich, ob die Gesellschaft

sich seit seiner eigenen Schulzeit so sehr verändert hatte. Sein Abitur lag genauso lange zurück wie Annikas Verschwinden: bald zwanzig Jahre. Natürlich hatte auch er sich mit anderen in die Wolle bekommen. Kiffte, fand es cool, auf Klassenfahrten Bier ins Zimmer zu schmuggeln und mit Mädchen zu knutschen. Jobbte am Fließband und wurde mit Tschernobyl politisch, und statt auf Klamotten und Kneipenbesuche zu schauen, hatte er mit Freunden diskutiert und demonstriert und die Nacht zum Tag gemacht.

Gestylt in die Schule kommen, Smartphone und iPad dabei, Komasaufen, Waffen, Cybermobbing … All die Dinge, für die die Polizei mittlerweile extra Kräfte ausbildete, hatte es nicht gegeben. Allerdings waren derlei Dinge in Metropolen wie Hamburg, Berlin, Köln, Essen oder Frankfurt um einiges mehr verbreitet als in Freiburg.

»Erzählen Sie uns etwas über die Kinder«, bat Josianne den Direktor und kramte ein Taschentuch aus ihrer Handtasche. »Charakter. Freunde. Leistungen.«

»Sie gehen bitte zum Arzt, junge Frau.« Er klang streng, als habe er ein kleines Kind vor sich. »Marius ist ein sanfter junger Mann. Ich unterrichte ihn in Deutsch und Politik. Meine Kollegin« – er legte seine dicke Hand auf Elisabeth Heinemanns Schulter – »kann Ihnen das bestätigen. Sie wird Ihnen nachher etwas zu Rebecca sagen, nicht wahr, Lisa?«

»Natürlich, Hanno.« Die Mathematiklehrerin rückte von dem Direktor ab, und er ließ die Hand sinken.

»Marius' Leistungen sind leider nicht zufriedenstellend. Er war sonst immer ganz gut. Keine Leuchte, aber vor zwei Jahren hat er sich richtig ins Zeug gelegt.

Ich glaube, er hatte echt ein Ziel. Aber seit diesem Schuljahr sind seine Zensuren wirklich schlecht. Ausgerechnet in den Kernkompetenzfächern hat er kaum noch mitgearbeitet und fast überall zwischen drei und fünf Punkte bekommen.« Er sah Ehrlinspiel unter seinen Hängelidern hervor an. »Das ist nicht gut. Gar nicht gut.«
»Also haben Sie doch Probleme mit dem Jungen.«
Der Direktor hob kurz die Hände. »Nicht auf die Art, bei der wir mit dem Einschreiten der Polizei gerechnet hätten.«
»Ist Marius' Abitur gefährdet?«
»Wenn er sich nicht am Riemen reißt, ja.«
»Wissen die Eltern das?«
»Ich habe mit der Mutter telefoniert. Aber das war schon Anfang Februar. Als klar war, dass Marius zu den Prüfungen immerhin zugelassen wird.«
Der Hauptkommissar rieb sich über die Nasenwurzel. »Haben die Eltern mit ihrem Sohn geredet? Vielleicht eine Strafe angedroht, so dass Marius weggelaufen ist? Samt der Schwester?«
Elisabeth Heinemann stieß hörbar Luft durch die Nase aus.
»Tut mir leid, das weiß ich nicht.«
»Haben Sie eine Erklärung für seine Leistungsverschlechterung?«
»Nein. Die Eltern auch nicht. Allerdings überfordert das Kurssystem manche Schüler. Nicht nur fachlich, auch emotional. Es gibt keine Klassenverbände mehr wie zu unserer Zeit. In jedem Kurs muss man sich auf andere Mitschüler einlassen. Das ist schwer, wenn man sowieso kontaktscheu ist.«

»Und Marius ist kontaktscheu?«, fragte Josianne.
»Sehr.«
»Hat er Freunde hier?« Ehrlinspiel dachte an die Liste, auf der nur Kontakte von Rebecca standen.
»Er sitzt oft neben Konstantin. Aber Freunde? Nein. Nach dem Unterricht geht er meines Wissens immer gleich nach Hause. Oder wohin auch immer. Die Schüler haben ja auch viel zu tun. Das G8 fordert einiges. Aber unsere Jugend ist leistungsorientiert heutzutage. Sehen Sie sich mal den Numerus clausus an den Unis an. Das ist kein Zuckerschlecken. Die meisten sind nicht so locker wie wir früher.« Er lächelte, und Ehrlinspiel fragte sich, wie locker der glattrasierte, dicke Mann mit dem gebügelten Hemd wohl einmal gewesen war.
»Wie ist Marius' Verhältnis zu den Lehrern?«
»Gut«, fiel Elisabeth Heinemann ein. »Ich unterrichte ihn nicht, aber ich rede viel mit meinen Kollegen. Die Assmann-Kinder sind ja etwas … exponiert. Der Vater ist als Schauspieler nicht unbekannt.«
»Aber auch nicht berühmt.« Josianne nieste.
»Er wird es noch.« Heinemann schob sich eine Haarsträhne hinter das Ohr. Sie trug keinen Schmuck. »Er ist gut.«
»Erzählen Sie uns etwas über Rebecca.«
»Sie ist aufgeweckt, eigensinnig, tobt in den Pausen mit ihren Freundinnen umher und redet manchmal wie eine Erwachsene. Das hat sie sicher von ihrem Vater, diese Sprachbegabung.«
»Und ihre Krankheit?«, fragte Ehrlinspiel. »Wie ist das hier in der Schule?«
»Sie wissen …?« Heinemann hob die Augenbrauen.
»Sollten wir das nicht?«

»Nun ja, die Assmanns legen großen Wert darauf, dass Rebeccas Diabetes nicht an die Öffentlichkeit kommt.«

»Weshalb?« Die Eltern hatten nichts dergleichen erwähnt. Offenbar vermieden sie Publicity in jeder Form, wie auch beim Verweigern von Fotos in der Zeitung. Seltsam.

»Der Vater sagt nur, er wolle es nicht. Basta.«

»Hat er eventuell Angst davor, dass es seinem Ruf schadet?«

»Würde es das denn?«

»Keine Ahnung«, erwiderte Ehrlinspiel wahrheitsgemäß.

»Rebecca ist ein schlaues Mädchen. Etwas verwöhnt vielleicht, aber sie lässt das die Mitschüler nicht spüren. Ich glaube fast, ihr ist das bewusst. Sie ist wirklich klug, daraus schöpft sie auch Kraft. Und sie will wie alle anderen sein. Leider betrifft das auch ihre Krankheit. Sie kümmert sich einfach nicht darum. Dabei könnte sie theoretisch alles selbst machen. Blutzucker messen, Werte ablesen, Insulin spritzen.« Nach einer kurzen Pause fügte sie hinzu: »Dazu sollte sie immer ins Lehrerzimmer oder auf die Schultoilette gehen.«

»Wie bitte?«

»Die Assmanns haben ihr eingebleut, niemandem davon zu erzählen.« Der Direktor versuchte, an seinem Goldring zu drehen. Er bewegte sich keinen Millimeter. »Wir Lehrkräfte wissen natürlich davon. Wir haben ja auch eine Verantwortung und müssen kontrollieren, ob das Mädchen sein Insulin nimmt. Nicht, dass wir juristisch dazu verpflichtet wären. Aber man hat ja auch eine Moral.« Wieder lächelte er.

»Aber?«

»Sie ist viel zu quirlig und dickköpfig«, sagte Elisabeth Heinemann. »Sie schnappt sich Schokolade. Trinkt Limonade, wenn andere sie trinken. Alles ohne Blutzuckerkontrolle und Insulin.« Ihr Lächeln wirkte jetzt gequält. »Ich verstehe nicht, warum die Eltern das nicht offen kommunizieren. Rebecca ist nicht das einzige Diabeteskind hier an der Schule. Es gibt noch einen Jungen in der zehnten Klasse. Das weiß jeder, und es ist überhaupt kein Thema.«

»Frau Assmann ruft uns regelmäßig an«, sagte der Direktor. »Sie hat uns exakt informiert, was wir zu tun haben. Wann wir was kontrollieren müssen. Moment, bitte.« Er stand auf und ging durch eine Verbindungstür ins Lehrerzimmer, wo ihn ein paar Kollegen begrüßten. Seine Schuhe quietschten auf dem Linoleum, als er mit einem DIN-A3-Papier zurückkam und die Tür wieder schloss. »Hier.«

Ehrlinspiel blickte auf die Tabelle. *Zeit, Blutzuckerwert, zugeführte BE,* las er in der ersten Zeile. Der letzte Eintrag stammte vom Mittwoch, 12:30 Uhr. »Wir dokumentieren alles. Frau Assmann erklärt es immer und immer wieder. Unter uns gesagt, sie ist« – er beugte sich zu Ehrlinspiel vor – »etwas überspannt.«

So viel zum Thema »Wir schätzen die Familie Assmann sehr«, dachte Ehrlinspiel. Wahrscheinlich war Lene Assmann einfach nur sehr besorgt, nachdem sie schon Annika verloren hatte. Sie lebte vermutlich in der ständigen Angst, dass auch mit Rebecca oder Marius etwas passieren könnte. Und jetzt … »Nun ja, Rebecca ist immerhin krank.«

Elisabeth Heinemann verzog den Mund. »In Familien wie den Assmanns gibt es keine kranken Kinder. Hat

Günther Assmann Sie eigentlich schon gestern verständigt?«
»Warum fragen Sie?«
»Er schien mir nicht erpicht darauf, die Polizei zu holen.«
»Wie kommen Sie darauf?«
»Er schien mir eher genervt zu sein, weil die Kinder nicht hier waren. Aber nicht besorgt. Hat geraucht und gesagt, die Kinder seien sicher nur einen Cheeseburger und Pommes essen. Hatte es plötzlich eilig, wegzukommen.«
Ehrlinspiel überlegte. Günther Assmanns Reaktion konnte auch ein Ausdruck von Sorge gewesen sein. Eine, die er vielleicht nicht zeigen wollte. Erst recht nicht einer Lehrerin, die offensichtlich nicht viel von ihm hielt. Andererseits zeugte der nächtliche Streit mit seiner Frau tatsächlich nicht von einem besorgten Vater.
»Wir würden jetzt gerne mit den Klassenkameraden von Marius und Rebecca sprechen.«
In dem Moment erklang dreimal ein Gong, und Ehrlinspiel fühlte sich in seine eigene Gymnasialzeit zurückversetzt. Der typische Sound zu Unterrichtsbeginn hatte sich zumindest nicht verändert. Auch nicht der Geruch in den Fluren, diese Mischung aus Staub und essighaltigem Putzmittel. Und auch der hässliche grüne Linoleumbelag nicht.
Das Stimmengewirr verstummte. Etwa fünfzehn Augenpaare richteten sich auf Ehrlinspiel und Josianne, als der Direktor sie vorstellte.
Der Hauptkommissar setzte sich mit einer Pobacke auf die Kante des Lehrerpultes, Josianne blieb mit verschränkten Armen und etwas breitbeinig stehen. Wie

ein Kerl, sie weiß, wie sie Eindruck macht, dachte er und begann: »Tut mir leid, wenn ich Sie so kurz vor dem Abitur um einen Teil Ihres Politikunterrichts bringe.« Jemand kicherte. »Aber wir möchten uns gerne mit Ihnen über einen Mitschüler unterhalten. Marius Assmann.«

Noch wusste niemand offiziell vom Verschwinden der Geschwister. Dramatisieren durfte Ehrlinspiel aber nicht, wenn er nun die Situation erklären musste. Edgar Habermaß hatte die polizeiliche Pressemeldung heute früh an die Tages- und Regionalzeitungen, den Rundfunk und lokale Fernsehsender geschickt, so dass er nicht vorausgriff. »Marius und seine Schwester Rebecca sind gestern hierher zur Schule aufgebrochen. Zur dritten Stunde, wie Sie alle – wegen der großen Konferenz. Sie sind nicht angekommen. Niemand weiß, wo sie sind.«

Ein Murmeln ging durch die Reihen. »Marius ist wohl da, wo er schon immer war«, sagte ein Junge mit schulterlangem Haar, das von hinten ins Gesicht geföhnt schien. Der Platz neben ihm war leer.

»Wie meinen Sie das?«

Er zuckte mit den Schultern. »Im Unsichtbarland.«

»Sind Sie Konstantin?«

»Ja, warum?«

»Marius sitzt oft neben Ihnen. Wie gut kennen Sie ihn?«

Konstantin sah ein paar Mitschüler an. Hob dann erneut die Schultern.

»Heißt das gut? Oder schlecht?«

»Er sitzt halt hier im Kurs. Unsichtbar. Da und doch nicht da.«

»Wer von Ihnen« – der Kommissar stand auf und ließ

seinen Blick von einem zum anderen wandern – »ist mit Marius befreundet?«
Schweigen. Wie vermutet.
»Niemand?«
»Es ist schwer, sich mit Marius anzufreunden.«
Ehrlinspiel musterte den jungen Mann mit dem kurzen blonden Haar. Er trug einen dunkelblauen Pullover mit V-Ausschnitt. Vor ihm lagen zwei Bücher, Kante auf Kante. Daneben ein Block und ein frisch gespitzter Bleistift. »Weshalb?« Er sah aus wie aus einem englischen Internat.
»Assmann junior redet nicht mit anderen.«
Ein Mädchen hinten flüsterte etwas Unverständliches.
Der Blonde drehte sich zu ihr um.
»Bitte?«, hakte Ehrlinspiel nach.
»Er ... Marius redet halt kaum. Wie Torben gesagt hat.«
»Torben, das sind Sie?«, fragte er den Blonden.
Der nickte.
»Torben«, begann der Direktor, »Sie stehen doch öfter mit Marius auf dem Schulhof zusammen. Wenn Sie etwas wissen, bitte, sagen Sie es.«
Der Junge schob den Unterkiefer vor. »Tut mir leid, Herr Direktor. Marius hält sich einfach gern in meiner Nähe auf. Ich weiß nicht, warum.« Er sah zu Konstantin. »Auch Konstantin kann nichts dafür, dass Assmann junior sich gern neben ihn setzt.«
»Verstehe.« Doch Ehrlinspiel verstand es nicht. Marius wirkte auf den Bildern sympathisch und offen. War es möglich, dass er gehemmt war? Oder arrogant? »Hat jemand von Ihnen eine Idee, wo Marius und seine Schwester stecken könnten?«
Niemand antwortete. Die Sitznachbarin von Torben

mahlte ununterbrochen mit den Kiefern, und als sie eine kleine Kaugummiblase aus dem Mund schob, sah sie Ehrlinspiel direkt an. Ihr Haar leuchtete wasserstoffblond, die Augen waren schwarz umrandet, und ihre Beine unter dem Tisch steckten in kniehohen Lackstiefeln. Der Hauptkommissar schüttelte sich innerlich.

»Wie sieht es mit Lerngruppen aus? Arbeitet jemand mit Marius zusammen?«

»Ne.« Die Kaugummiblase platzte.

Ehrlinspiel fürchtete, dass er nicht weit kommen würde, und tatsächlich quittierten die jungen Leute sowohl seine als auch Josiannes weitere Fragen mit »ne«, »keine Ahnung« oder mit Schweigen. Es war beinahe so, als gäbe es Marius in dem Kurs gar nicht. Als sei er nur Staffage, wort- und konturlos. Im Unsichtbarland.

»Ist Ihnen an Marius' Verhalten in letzter Zeit etwas aufgefallen?«, versuchte Ehrlinspiel es zum Schluss.

»Schlechte Noten«, sagte Torben und zupfte einen unsichtbaren Faden aus dem Revers seines Pullovers. »Wahrscheinlich hat er im Elternhaus Probleme. So was kann doch zu Lernschwierigkeiten führen, oder nicht?«

War der Junge verlegen oder überheblich? »Wenn mir jemand etwas unter vier Augen sagen möchte – rufen Sie mich an. Jederzeit.« Er schrieb seine Handynummer an die Tafel. »Es bleibt unter uns.«

Die Blondine mit dem Kaugummi grinste ihn an.

7

Als sie aufwacht, pfeift der Wind durch die Ritze, die sie gestern schon entdeckt hat. Sie spürt sogar den Luftzug im Gesicht. Die Vögel kreischen, von links und rechts und über ihr, sie glaubt, dass es welche aus der Familie der Rabenvögel sind, und ihr ist kalt. Es ist schon seit Stunden kalt. Oder seit Tagen oder seit Monaten. Eigentlich, solange sie denken kann. Sicher weiß sie es nicht. Sie weiß auch nicht, wie sie hierhergekommen ist. Und was sie hier soll. Sie liegt weich, aber ihr Hals tut so weh, noch mehr als gestern, und als sie die Augen aufmachen will, kleben die Wimpern zusammen, und in ihrem Kopf dreht sich alles.

Irgendwann ist sie schon einmal wach gewesen, aber da war es dunkel, und sie ist auch gleich wieder eingeschlafen. Becci zieht die Decke zum Kinn hoch, doch die stinkt wie die, die sie einmal im Baumhaus vergessen hat, faulig und feucht. Nur dass die hier noch viel mehr kratzt. Sie schiebt sie weg und setzt sich auf. Fast verliert sie das Gleichgewicht und fällt über eine Kante. Es ist immer noch dunkel, aber ein bisschen heller als beim letzten Mal, als sie aufgewacht ist. Da hat sie überhaupt nichts gesehen, nur das Atmen neben sich gehört, aber sie hat keine Angst gehabt.

Bestimmt haben sie nur Räuber und Gendarm gespielt, und weil sie sich so gut versteckt hat, haben die anderen sie nicht gefunden und irgendwann vergessen. Das ist schon einmal passiert. Marius hat damals näm-

lich nicht in den Baum hinaufgeschaut, sondern nur in der Wiese und hinter den Stämmen und Büschen gesucht. Sie hatte oben gesessen und gelacht, so lange und so laut, bis er doch irgendwann hochgesehen hat. Das ist im Herbst gewesen, und seither hat Marius nicht mehr so oft Zeit. Er macht bald Abi und muss viel lernen.
Sie sieht sich um. Viel Platz gibt es nicht. Die Wände sind ganz nah, und die Ecken gehen rund in die Decke über, und an der Tür kommt außer dem Wind jetzt auch Licht durch die Ritze herein. Der Wind klingt genauso wie letzten Sommer im Baumhaus, als ein Brett kaputt gewesen ist. In der Nähe des Lochs hat sie die toten Spitzmäuse und Vögel aus dem Garten gesammelt. Eine Blaumeise und zwei Amselbabys waren es. Sie wollte sie beerdigen, dort, wo auch der Stein für Annika steht, von der Mama manchmal erzählt. Annika ist ihre große Schwester. Becci hat die Blumen bei Annikas Stein ausgegraben, und als sie die erste Maus in das Loch gelegt hat, ist Mama angerannt gekommen und hat ihr die Schaufel aus der Hand gerissen und die Tiere in die Mülltonne geworfen. Becci hat den ganzen Tag geweint. Es ist doch ungerecht, dass ein Mensch ein Grab bekommt und ein Tier nicht! Becci hat vor lauter Weinen Bauchweh bekommen, auch ihre Brust hat weh getan, weil sie immer an die Tiere im Müll hat denken müssen. Da hat Mama auch geweint und erklärt, wo der Stein steht, sei kein Grab. »Annika ist nur beim Spielen irgendwo«, hat sie gesagt. Becci hat ihr nicht geglaubt. Annika ist viel zu alt zum Spielen, sogar älter als Marius, sie ist doch schon längst erwachsen.

Vielleicht, denkt Becci jetzt, hat Annika auch Räuber und Gendarm gespielt und sich verlaufen. Und dann ist sie einfach bei den Räubern im Wald geblieben und hat einen von ihnen geheiratet. Bestimmt lebt sie in einer Höhle. Eine Räuberfrau. Das gefällt ihr! Sie würde Annika gern treffen. Dann würde sie ihr ein paar von ihren neuen Schminksachen schenken. Einen lila Lippenstift und Nagellack. Auch Räuberfrauen müssen nämlich schön sein!

Das Atmen neben ihr wird lauter. Ihr Hals kratzt.

Sie lässt die Füße baumeln, aber sie spürt sie kaum, so kalt sind sie, obwohl sie die Stiefel angelassen hat. Auch die dicke Jacke hat sie nicht ausgezogen. Ihre Fersen schlagen dumpf gegen etwas Hartes. *Wumm, wumm.*

Sie erinnert sich daran, dass Mama den Brotbeutel in ihren Rucksack gestopft und sie dann in Papas Auto gescheucht hat. An dem Kiosk ist sie mit Marius ausgestiegen. Papa hat nicht mal die Hand gehoben, als sie tschüss gesagt und die Tür von innen aufgemacht hat. Er hat sie nur so komisch angesehen. Becci mag seine Augenbrauen nicht. Die sehen aus wie Fell, das man einer kleinen Maus gestohlen und bei ihm hingeklebt hat. Sie hat die Tür zugeschlagen, und sein Gesicht hat sich hinter der Scheibe gespiegelt. Es hat gebimmelt, und die Straßenbahn ist gekommen. Sie ist losgerannt. Marius hat sie an der Hand gehalten. Aber er ist hingefallen und hat sie mit zu Boden gerissen. Ihr Knie tut immer noch weh, und wenn sie es anfasst, fühlt sie das große Loch in der Strumpfhose. Mama wird bestimmt schimpfen.

Dann ist da auf einmal diese Frau neben Marius und ihr gewesen.

Warum erinnert sie sich nicht daran, was dann passiert ist?
Sie schiebt die Hand in die rechte Jackentasche. Sie muss Mama simsen, dass sie später kommt. Ihre Finger ertasten den weichen Stoff, die Naht, ein zerknülltes Taschentuch. Wo ist ihr Handy? Sie muss Marius fragen. Aber jetzt hat sie Hunger. Einen Riesenhunger.
Sie schaut in die Ecke, aus der das Atmen kommt.
Direkt über ihr raschelt und kratzt es. Ein Vogel muss sich auf das Dach gesetzt haben. Ein Rabe oder eine Krähe wahrscheinlich, die sind so groß und machen laute Geräusche.
In der Ecke dreht er sich um, murmelt im Schlaf.
Sie darf nicht husten, sonst wacht er auf.
Leise lässt sie sich von der weichen Unterlage gleiten, bis ihre Füße Halt auf dem Boden finden. Das Licht durch die Ritze verändert sich, es wird heller. Sie tastet sich im Halbdunkel zur Tür, rüttelt vorsichtig daran, doch sie ist verschlossen. Becci presst ein Auge an den Schlitz. Draußen ist es hell. Kahle Äste und große Wurzelballen, Schnee, aus dem lange, gelbe Grashalme ragen. Dahinter ein Glitzern. Es zieht sich quer durch ihr Blickfeld und sieht aus wie der Gürtel, den Mama beim letzten Mal im Theater angehabt hat. Ein paar dunkle Punkte bewegen sich auf dem Gürtel.
Dann hört sie das schwere Stampfen. Erst leise, von weit her, dann immer lauter, als käme ein Riese angelaufen und würde sie einfach unter seinen Füßen zermalmen. Sie schreckt zurück. Hält die Luft an. Zittert. Dann wird das Stampfen wieder leiser.
Das Atmen in der Ecke bleibt gleichmäßig. Der Riese hat sich entfernt, nur der Wind pfeift noch, und die Vö-

gel schicken ihre Schreie durch die Luft, als wollten sie mit ihm schimpfen. Mindestens zwei Krähen sind dabei. Und eine Möwe.
Beccis Magen knurrt. Sie muss sich beeilen. Sie wühlt in den Plastiktüten, die sie im schwachen Licht nicht weit von der Tür sieht. Eine große, runde Packung fällt heraus, sie tastet danach. Sie ist glatt und kühl, darunter fühlt sie Rillen, ganz gleichmäßig. Das Wasser läuft ihr im Mund zusammen. Mama würde noch mehr mit ihr schimpfen, noch lauter als die Vögel mit dem Riesen. Und Marius auch.
Sie dreht sich in Richtung des Atmens. *Ein, aus, ein, aus.* Ihr Herz schlägt schneller. Dann reißt sie die Packung auf. Lauscht. Er hat das Rascheln nicht gehört. Hastig beißt sie in einen Keks und schleckt an der süßen Schokolade zwischen den Schichten. Sie stopft sich den ganzen Keks in den Mund, gierig, kaut, schlingt, greift nach dem nächsten, und beim Schlucken tut ihr Hals weh. Sie weiß, dass sie das nicht darf. Aber sie hat doch solchen Hunger! Und außerdem hat sie ja eine Ausrede. Weil das Insulindepot leer ist. Sie kann ja gar nichts spritzen. Das blöde Ding an ihrem Bauch stört sie sowieso. Pauline und Amelie essen dauernd Kuchen in der Schule. Einmal hat Becci es abgelehnt, bei den Freundinnen abzubeißen, und da haben sie gefragt, ob sie auf Diät sei, und gelacht. Fast hätte sie erzählt, dass sie Diabetes hat. Aber dann hat sie an Mama und Papa gedacht. Und was dann passiert wäre.
Sie fischt einen neuen Keks aus der Packung. Isst. Bestimmt ist sie völlig verschmiert um den Mund, und der Boden ist voller Krümel. Sie mag Krümel. Am liebsten

die von den Bananen-Rosinen-Cookies, die Mama und Marius manchmal für sie backen.

Dass das Depot leer ist, ist eigentlich nicht schlimm. Denn sie spielen ja Räuber und Gendarm, und beim Spielen ist alles erlaubt, und nichts ist echt. Daran glaubt sie, obwohl sie schon ein großes Mädchen ist.

Das Abenteuer gefällt ihr.

Dann muss sie husten, und der Schmerz zieht bis in ihre Brust.

In der Ecke raschelt es. Er brummt und setzt sich auf, sie sieht seine dünne Gestalt im schwachen Licht. Sofort stopft sie die Kekspackung in die Plastiktüte zurück, aber er ist schon bei ihr. Seine Arme legen sich fest um sie, und er flüstert: »Du zitterst.« Dann legt Marius seine Hand auf ihre Stirn. Seine Finger sind eiskalt. »Dein Gesicht glüht«, sagt er.

Sie hustet wieder, kann nicht aufhören, und schmeckt etwas Bitteres. All die schöne Schokolade hat sie weggehustet. »Wo sind wir?«, fragt sie schließlich.

Er drückt seine Wange an ihre, seine Haare kitzeln sie. »Ich weiß es nicht«, murmelt er. Seine Stimme klingt so komisch, so glucksend, und dann begreift sie, dass ihr Bruder weint. »Ich weiß es nicht, meine Zuckermaus«, wiederholt er. Zuckermaus nennt er sie immer, wenn sie allein sind und wenn er sie aufmuntern will. Das darf nämlich niemand hören. Und sie ist so gern eine Maus. Mäuse sind so flink und weich, sie können sich überall verstecken und überall ihr Lieblingsessen klauen, und niemand sieht es.

Er lässt sie los, setzt seine Brille auf und geht zu einem Gasbrenner, der neben einem Regal an der Wand steht. So einen kennt sie aus dem Urlaub. Sie waren in einem

Hotel am Meer gewesen, und sie ist mit Marius an einem Tag durch die Gegend gestreift, auf einen Campingplatz. Da hatten die Leute so etwas. Sie hätte auch gern einmal in einem Zelt geschlafen.
Marius hantiert daran herum, dann flammt es bläulich auf. Er dreht an irgendetwas, die Flamme wird größer und gelb.
Jetzt sieht sie sein Gesicht. Es glänzt nass in dem flackernden Licht. Um die Augen hat er Schatten. Seine Brille sitzt schief.
Er greift nach der Decke und legt sie um Becci.
»Die stinkt«, sagt sie. »Und sie kratzt mich!«
»Das macht nichts, sie muss dich nur wärmen.«
»Spielen wir Räuber und Gendarm? Ist das unser Versteck?«
Wieder schreien die Vögel.
»Ja, Becci.« Er kauert sich neben sie auf den Boden und zieht die Decke um sie beide fest. »So ähnlich. Wir sind zwei Räuber, und die Gendarmen haben uns gefangen. Und wir machen alles, was sie sagen.«
»Sie haben uns an der Haltestelle gefangen, stimmt's?« Bestimmt ist die Frau eine Gendarmin gewesen.
»Ja.«
»Wo ist mein Handy?«
»Ein Gendarm hat es uns weggenommen.«
»Dann nimm deines. Wir müssen Mama Bescheid sagen, sonst schimpft sie.«
»Es … es ist auch weg.«
Sie fühlt seine Wärme an ihrer Seite, hustet wieder. »Die anderen Räuber müssen uns befreien!«
»Ja, Zuckermaus. Wenn sie hierherfinden.« Er verschluckt die Worte, sie versteht ihn kaum.

»Wann gehen wir nach Hause?«
»Bald. Ganz bestimmt.«
»Ich will nicht ewig hier bleiben. Räuber müssen auch wieder nach Hause gehen.«
»Ich weiß.« Er wiegt sie hin und her.
Sie blickt umher. In einer Ecke, fast bei ihren Füßen, liegen Bücher und Hefte. »Das ist aus meinem Rucksack. Sie haben ihn ausgeleert.« Fast weint sie. Sie hat doch immer alles so schön sortiert.
»Nein, mein Schatz, dein Rucksack steht da drüben.« Er nickt ins Leere, und ihr Atem geht wieder gleichmäßig.
»Das hier sind alte Bücher.« Neugierig rutscht sie auf dem Po hin, die Decke fällt von ihren Schultern, und sie nimmt ein Buch. Sofort lässt sie es wieder fallen, ein paar einzelne Blätter segeln im schwachen Licht zu Boden.
»Igitt. Das ist ja total nass und glitschig.« Sie stößt mit dem Fuß dagegen. »Und es stinkt auch!«
Marius zieht sie sanft zurück unter die Decke. »Hast du Hunger? Eine Gendarmin hat dort etwas hingestellt.« Er deutet zu den Tüten.
Becci zuckt zusammen.
»Becci?«
»Ich bin so müde.«
»Du musst etwas essen. Ein bisschen Gemüse. Wurst. Käse. Dafür brauchst du kein Insulin. Ich sehe nach, ob es etwas gibt.«
Sie schmiegt sich an ihn. Er weiß, dass ihr Depot leer ist.
»Ich mag nicht. Bleib da.« Er darf nicht wissen, dass sie schon satt ist. Von den Keksen. Den bösen Keksen mit den bösen Kohlehydraten.
Marius sagt etwas, aber sie hört nur noch einzelne Wörter, sie ist so müde. Und so sitzt sie da und blinzelt vor

sich hin. Ihr Kopf schmerzt schlimmer, die Schläfen pochen, und sie hustet, und dann schwankt der Boden ein bisschen, und schwarze Flecke durchziehen das Halbdunkel des Gefängnisses.
Marius hält sie ganz fest, und draußen pfeift der Wind.

8

Freitag, 13 Uhr

Fingerabdrucksuche oder mörderischer Staubwedel?«, fragte Idris und deutete auf Ehrlinspiels rechten Unterarm.

»Der Versuch, einem Haufen Halbwüchsiger Kompetenz zu demonstrieren.« Er wischte den Kreidestaub von seinem Ärmel. Er war direkt von der Schule hierhergekommen.

Idris breitete ein blaues Leinentuch über den Tisch in der Cafébar, strich es glatt und stellte eine Karaffe Wasser und ein Schälchen Oliven darauf. »Was möchtest du essen, Kommissar? Und du«, wandte er sich an Paul Freitag, »Freund des Kommissars?«

Ehrlinspiel schmunzelte dem Syrer zu, und Freitag tat es ihm gleich.

»Kommt sofort.« Mit einer leichten Verbeugung entfernte sich Idris.

Der Duft nach frisch geröstetem Kaffee, Kardamom, gebratenen Auberginen und süßem Reis erfüllte den Raum. Die Fahndung nach den Kindern war bisher erfolglos geblieben, und so berichtete Ehrlinspiel Freitag ausführlich von dem Gespräch mit Marius' Klassenkameraden.

Der Kommissar liebte diese kleine Oase. Wann immer es ging, aß er hier mit seinem Kollegen zu Mittag. Auch hatte er an diesem Tisch schon manchen Abend bei den sanft-jazzigen Stimmen von Siljie Nergaard und Diane Krall ausklingen lassen.

Vor einigen Wochen hatte er hier *Quadro Nuevo* entdeckt. Am Album *Mocca Flor* konnte er sich nicht satthören. Zuerst hatten ihn die mediterrane Leichtigkeit der Arabesken und Balladen und die Improvisationen von Akkordeon, Bandoneon, Klarinette und vor allem des Saxophons durch die Nächte begleitet. Durch die Stunden, in denen er auf seiner kleinen Galerie saß und die Fotos retuschierte, die er auf seinen Streifzügen mit der Profikamera machte. Seit einigen Tagen hörte er seine neuen Lieblinge auch beim Aussortieren und Umräumen seines Hab und Guts.

Die Vorliebe für Jazz und verrückte Zeitgenossen teilte er mit Idris, dem Syrer, der den weltbesten Milchschaum zauberte und dessen Frau Ayysha die feinsten orientalischen Leckereien zuzubereiten verstand. Eigentlich war die Cafébar schon ein kleines Restaurant.

»Und was habt ihr in Rebecca Assmanns Klasse erfahren?« Freitag schenkte zwei Gläser Wasser ein.

»›Erzählt ihr mir, was für ein Mädchen Rebecca ist?‹, hat Josianne die Kinder gefragt. Zuerst waren sie ziemlich wortkarg und verschüchtert. Aber dann sind sie aufgetaut. Im wahrsten Sinne des Wortes.« Er blickte durch die Terrassentür in den kleinen Hinterhof, der zwischen den noch winterlichen Fassaden der Altbauten verloren wirkte. Im vorletzten Sommer hatte er mit Hanna Brock dort gesessen, unter dem Kastanienbaum, der jetzt kahl im trüben Mittagslicht stand. Er lächelte bei dem Gedanken an den Abend und an das, was seither alles passiert war. Wie nebenbei legte er sein Handy vor sich auf den Tisch.

»Du lachst?«, fragte Freitag. »Was haben die Kinder dir erzählt?«
»Entschuldige. Ist nicht wegen der Kinder.« Er beugte sich über das Display. Keine Nachricht. »Obwohl da ein sehr lustiges Mädchen dabei war. Amelie. Sie sagt, Rebecca mache Diät, obwohl sie doch schon ein Model sei.«
»Ich verstehe die Eltern nicht. Rebecca muss immer lügen.«
»Die Kinder haben Josianne und mich nicht aus den Augen gelassen. Ich denke, sie wissen, dass mit Rebecca etwas nicht stimmt. ›Manchmal ist sie ganz arg müde‹, hat Amelie erzählt. ›Und dann wird sie einfach so voll wütend.‹ Die Lehrerin, eine Frau Heinemann, hat mir hinterher erklärt, dass das Symptome einer Unterzuckerung sind. Oder umgekehrt eines zu hohen Blutzuckerwertes. Ich habe versucht, herauszufinden, wer Lene und Günther Assmann kennt.« Ehrlinspiel schüttelte leicht den Kopf.
»Ja, und?«
»›Ihre Mama holt sie immer ab‹, hat Amelie gesagt. ›Die ist richtig nett. Aber wir dürfen nie zu Becci zum Spielen nach Hause.‹ ›Warum nicht?‹, habe ich gefragt. Sie hat einen Stift aus ihrem Mäppchen gekramt und in einem Heft herumgekritzelt. Dann kam nur noch: ›Weiß nicht.‹ ›Und ihr Papa?‹, wollte ich wissen. ›Der nimmt sie nur an der Hand und zieht sie zum Auto. Aber er kommt nur ganz selten. Der mag Kinder nicht.‹«
Freitag spießte eine Olive auf einen Zahnstocher und drehte ihn zwischen den Fingern. Dann blickte er seinen Freund an. »Wenn Annekatrin oder Jule lebensbedrohliche Gesundheitsprobleme hätten, dann würde ich eher

die Hölle darüber informieren, als dass sie durch meine Sturheit einen Nachteil davon hätten. Und ich würde mit dem Teufel einen Pakt eingehen, damit sie leben können wie alle anderen Kinder auch.«

»Du bist auch ein klasse Vater, Freitag. Du bist empathisch und verantwortungsvoll. Du liebst deine Mädchen.«

»Assmann nicht?« Er schob die Olive in den Mund.

»Gute Frage.« *Der mag keine Kinder,* hallten Amelies Worte in ihm nach. Er dachte an das reiche Haus. Daran, dass Assmann heute Nacht geschminkt und im Kostüm gewesen, also am Tag des Verschwindens zur Theaterprobe gegangen war. Dass er Annika nicht erwähnt hatte und vehement dagegen war, Bilder der Kinder zu veröffentlichen. Alles andere als ein besorgter Vater. Hatte Josianne Schneider vielleicht recht? Hing Assmann in der Sache drin, um Publicity zu erhalten?

»Die Familie ist schwer zu durchschauen. Aber wir dürfen nicht zu viel spekulieren und sie verdächtigen, nur weil sie reich sind. Wir müssen konkret bleiben.«

»Das tun wir ja. Also pass auf: Die Befragung an der Haltestelle hat nichts ergeben, was der Aussage der Eltern widerspricht. Eine junge Frau hat die Kinder gesehen, genauer gesagt, wie sie angelaufen kamen, hat aber nicht weiter auf sie geachtet. Ein Mann behauptet, die beiden aus dem Fenster der Bahn erkannt zu haben. Er saß schon drin, und die beiden seien völlig verdreckt gewesen.«

»Verdreckt?«

»So hat er sich ausgedrückt. Auf jeden Fall waren sie an der Haltestelle zur fraglichen Zeit.« Mit einem Seitenblick streifte er wieder sein Mobiltelefon.

»Aber nicht unbedingt in der Bahn.«

»Mhm.«

»Die Putzhilfe der Assmanns ist eine siebzigjährige Türkin. Sie spricht in etwa so gut Deutsch wie ich Chinesisch. Ihr Sohn, der hier geboren ist, hat gedolmetscht. Ich denke, die Frau können wir abhaken. Die Fensterputzfirma auch. Josianne hat noch einmal die Handys der Kinder überprüfen lassen. Kein Einloggen seit gestern früh.«

»Verdammt. Ich würde am liebsten sofort …«

»Gelassenheit ist der Schlüssel zur Freude!« Idris trat an den Tisch. Er balancierte zwei glasierte Teller und drei Schüsseln. Beim würzigen Duft von Kichererbsenmus und gebackenem Schafskäse auf Spinat merkte Ehrlinspiel, wie hungrig er war. Seit dem Frühstück hatte er nichts gegessen, und Freitag ging es sicher nicht anders, denn beide waren um sieben Uhr im Büro gewesen. Sie schaufelten Rosinenreis auf ihre Teller.

»Hmmm«, machte der Hauptkommissar.

Idris verbeugte sich leicht und legte eine dünne Zeitung neben die beiden. Ehrlinspiel hielt inne. Rebecca lachte ihn an, Marius' sanfter Blick war auf ihn gerichtet. *Stadtkurier Sonderausgabe,* stand über den Gesichtern, darunter *Wer hat diese beiden Kinder gesehen?*.

»Kinder sind die Flügel des Menschen.« Idris klang traurig.

Ayysha und er waren kinderlos, nicht freiwillig, doch kein Arzt wusste, weshalb es nicht geklappt hatte. Es wären schöne Kinder geworden, mit der olivfarbenen Haut und dem fein geschnittenen Gesicht des Vaters und dem schwarzen, vollen Haar der Mutter. Auch Ehrlinspiel sehnte sich nach einer eigenen Familie. »Wir werden alles dafür geben, den Eltern die Flügel zu bewahren.« Er überflog die Beschreibung der Kinder. Darunter standen in fetten Lettern die Nummern der Kripo und des anonymen Telefons, an die Hinweise erbeten wurden.

Jetzt würde es losgehen. Pressegespräche, eventuell Pressekonferenz, Anrufe von Hunderten Menschen, besonnenen und aufgeregten, verwirrten und wichtigen, hellsehenden und belehrenden; von all denen, die sich an der Katastrophe beteiligen wollten, sich am Unglück anderer weiden, die jedoch nichts anzubieten hatten als Spekulationen, Verleumdungen und esoterischen Wirrwarr. Viel mehr als Mutmaßungen und Zweifel hatte die Polizei allerdings auch nicht vorzuweisen. Vielleicht wäre ja doch ein wertvoller Hinweis dabei.

Unvermeidbar würde auch der Auftritt von Mr. Hair, dem Lokalreporter, sein. Den feisten Mann, der sich nie ohne Gel im schulterlangen Haar und nie ohne Hosenträger – mit dem Muster der amerikanischen Flagge – zeigte, würde er dem Polizeipressesprecher überlassen. Die beiden verkörperten Skurrilität im Doppelpack. Und seit Ehrlinspiel sie kannte, wusste er auch, woher so manches Klischee stammte.

»Marius und Rebecca *müssen* wir finden. Annika … da sehe ich kaum Chancen«, sagte Freitag, als Idris durch die Schwingtür hinter dem Tresen verschwunden war.

Ehrlinspiel rückte den Teller ein Stück von sich weg. Der Hunger war ihm vergangen. »Genau zu der Zeit, als Annika verschwand, habe ich Abitur gemacht. Es ist eine Ewigkeit her. Ich frage mich, wie die Assmanns die Jahre seither erlebt haben. Oder *über*lebt.«

Freitag schob sich eine Gabel Kichererbsenmus in den Mund. »Ich frage mich viel dringender, ob und wo da ein Zusammenhang besteht. Was haben die Assmann-Kinder Besonderes? Gibt es Gemeinsamkeiten zwischen Annika, Marius und Rebecca?« Er kaute. »Ich habe den Vormittag mit den alten Ermittlungsprotokollen verbracht. Ich konnte keine Verbindung finden.«

»Wir müssen mit den Kollegen reden, die den Fall Annika damals bearbeitet haben. Und mit den Zeugen.«

»Sind nur wenige. Bekannte der Familie. Mit einhelliger Aussage: Bilderbuchehe, Bilderbuchkind.«

»Wie immer.«

»Dann gibt's noch die Vorschullehrerin von Annika. Und eine Kollegin und Freundin von Assmann. Edith Berger. Schauspielerin.«

»Hm.« Ehrlinspiel stocherte in dem Schafskäse herum. Immer wieder schweiften seine Gedanken zu Hanna Brock, dem Abend hier und ihrer Begeisterung für die arabische Küche. Das Kichererbsenmus, in das sie sich hineinlegen könnte, wie sie mit strahlenden Augen gesagt hatte. Er erinnerte sich an das winzige Muttermal unter ihrem linken Ohrläppchen, das im Kerzenschein fast nicht zu sehen gewesen war. An den Roséweinfleck auf ihrer hellen Bluse und daran, dass er sich vorgestellt hatte, was darunter war. Bei der Vorstellung war es nicht geblieben.

»Moritz?«

Er blickte auf. Lächelte.

»Hörst du noch zu?«

»Sicher.«

»Ich mache mir Gedanken über den Vater der Kinder. Er deklamiert mir zu sehr. Wirkt mir zu bemüht, beinahe maskiert. Als stände er in seinem eigenen Wohnzimmer auf der Bühne.«

»Wir haben doch schon so viele Reaktionen erlebt, Freitag.« Er winkte Idris und bestellte einen Cappuccino für sich und für seinen Kollegen einen heißen Kakao mit Sahne. »Alltag zu leben kann Schutz sein. Ein Bollwerk gegen die Verzweiflung, Sorge und Sehnsucht. Hätte er das Theater nicht – vielleicht würde seine Welt jetzt endgültig zerbrechen.«

Die beiden schwiegen, und Idris servierte die Getränke. Ehrlinspiel ließ den heißen Kaffee durch seine Kehle rinnen. »Habt ihr sonst noch etwas herausgefunden?«

»Dass ein guter Freund ein Geheimnis hütet.« Freitag deutete mit dem Kinn auf Ehrlinspiels Smartphone. »Besucht sie dich?«

Das Herz des Kriminalhauptkommissars schlug hart gegen seine Rippen, und er spürte die Sehnsucht nach Hannas Berührungen, ihrer samtenen Haut, nach ihrem zarten Lavendelduft und nach all den Dingen, die ihm in den letzten Monaten ebenso lieb geworden waren wie ihre dunklen Augen, hohen Wangenknochen und geschmeidigen Bewegungen: ihre breiten Hüften, der krumme Zeh und ihr forsches »Fort, ihr Monster«, wenn Bentley und Bugatti nach ihren Frühstücksbroten angelten. Er liebte Hannas Nähe, ihr Selbstbewusstsein, ihre Verletzlichkeit. Er liebte, wie sie ihrem Saxophon so vielschichtige Töne entlockte, von frech näselnd bis erotisch. Und er liebte ihre Konsequenz, mit der sie ihre Lebenspläne umsetzte. »Nein«, sagte er. »Sie besucht mich nicht.«

Freitag sog die Lippen ein. »Weiß sie von Judith?«

»Das ist doch längst passé. Das war doch nur …«

Freitag griff in seine Aktentasche und legte eine Tafel Zartbitterschokolade zwischen die halbleeren Teller. »Dann vernasche wenigstens die hier.«
»Glucke!« Ehrlinspiel schnappte sich die Tafel. Nicht nur im Schreibtisch der Polizeidirektion hielt Freitag stets eine parat. Rasch öffnete er sie, entfernte das knisternde Silberpapier und brach ein Rippchen ab. »Hanna zieht bei mir ein«, sagte er und ließ die herbe Süße genüsslich auf der Zunge zergehen.
Freitags Mund ging auf und zu. »Geheimniskrämer! Und wann?«
Ehrlinspiel sah auf seine Armbanduhr und aß ein zweites Stück Schokolade. »In sechsundzwanzig Stunden. Die Spedition kommt morgen Nachmittag gegen drei.«
Ein breites Grinsen breitete sich auf Freitags Gesicht aus. Sein Lausbubengrinsen. »Halleluja.« Er hob die Kakaotasse und trank. Auf seiner Oberlippe saß ein weißer Sahnerand.

Später

Der Kuckuck ruft erneut. Zweimal, kurz hintereinander. Dann weitere zweimal.

Am Horizont, über den Baumwipfeln gegenüber des Flusses, zeichnet sich ein erster heller Schimmer ab. Sein kräftiges Blau drängt durch den schwarzen Samt der Nacht. Ich muss an Eduard Mörikes Gedicht Er ist's *denken und flüstere leise: »Frühling lässt sein blaues Band, wieder flattern durch die Lüfte. Süße, wohlbekannte Düfte, streifen ahnungsvoll das Land.«*

Ahnungen.

Damals, im Mai, bevor ich voller Hoffnung und Liebe auf das Licht zugegangen bin, habe ich oft an diese Zeilen gedacht. An die Wärme und Süße, die ich in jeder Faser gespürt habe, vom Haaransatz bis in die Zehenspitzen. Die Sehnsucht. An das Gefühl, fliegen zu können. Bis ich vor mir die Hölle gesehen habe. So muss es dem Mädchen auch gegangen sein, als es hier lag, ein Bündel letztes Leben, den Tod vor Augen und die Hoffnung auf einen Himmelsflug im Herzen, hier, nur wenige Schritte von der Birke entfernt, wo ich so viel Zeit verbracht habe. Wo ich gekifft und gevögelt habe, geliebt, gelebt und … Unrecht getan. Wo ich glücklich gewesen bin. Heute werde ich es tun. Aufsteigen. Dem Licht

entgegen. Ich zittere davor und bin gleichzeitig völlig ruhig.
Ein sanfter Windhauch streift über meine nackten Arme, überdeckt den Duft der aufgeworfenen Erdschollen mit dem Geruch schweren Motoröls. Meine Haut ist für Sekunden wie elektrisiert. Ich schlinge die Arme um meinen Oberkörper. Dort, wo meine Hände liegen und die nassen Kleider auf meine Rippen pressen, wird meine Haut kalt wie Eis. Es macht mir nichts aus.
Die Nacht geht.
Der Tod kommt. Zum dritten Mal.
Der Sommer wird anderen gehören. Nicht mehr mir, nicht mehr den Dämonen. Frei muss meine Seele sein. Hell und lebendig. Keine durchwachten Nächte mehr, keine schweißnassen Laken. Nicht mehr diese fragenden Blicke ertragen müssen und nicht mehr die eigenen stummen Antworten aushalten.
Zu viel habe ich zerstört.
Ich lege den Kopf in den Nacken, lehne ihn an den Baumstamm und warte. Vielleicht zieht wieder ein Vogelschwarm über mir vorüber. Vielleicht trägt er mich doch hinweg in die Unendlichkeit des Firmaments. Doch nichts bewegt sich am Himmel, nur ein paar Zweige schwingen sanft in der Baumkrone hin und her. Ein entfernter Schrei, kein Kuckuck, ein Schwan wahrscheinlich, und ein Knacken hinter der Baumgruppe zum Fluss hin.
Kuckuck. Ich muss lachen. Welche Ironie.
Ich bin allein. Allein, wie damals.
Allein.

Einsam.

Unsichtbar. So, wie auch Marius es gewesen ist. Armer Marius. Arme Rebecca. Arme Annika.

Bis heute kann ich nicht glauben, dass nur ich von Annikas Schicksal gewusst habe. Verantwortung dafür trage, zusammen mit den anderen, deren Seelen nie Ruhe finden werden. Die ewig in Mephistopheles' Fängen verloren sind. In den Krallen des Teufels.

Ich habe geliebt. Bis zum Wahnsinn geliebt.

Ich lächle in den Himmel.

Für mich wird alles gut werden.

9

Freitag, 22 Uhr

Er riss die Zeitung vom Tisch, und klappernd fiel ein Schminktiegel zu Boden. »Verdammt!«, zischte er, und seine Hand begann zu zittern. Seine Kinder lachten ihn an.

Wer, zum Satan, war in seiner Garderobe gewesen? Hatte dieses Zeugnis seiner Schmach hier hingelegt?

Günther Assmann überflog die Zeilen der Stadtkurier-Sonderausgabe. *Vermisst. Keine Spur. Minusgrade. Polizei schließt ein Verbrechen nicht aus. Rebecca Assmann benötigt lebenswichtige Medikamente. Eltern verzweifelt. Bevölkerung dringend um Mithilfe gebeten.* Seine Finger krümmten sich zur Faust, zerknüllten das dünne Papier. »Scheiße, Lene«, presste er hervor, »du hast tatsächlich diesen Wisch unterschrieben.« Wütend warf er den Papierball zu Boden, der raschelnd unter den Schrank kullerte, in dem Assmanns feine Wollhose und der Angorapullover lagen. Dann fegte er mit einer einzigen Handbewegung Make-up- und Puderdosen vom Tisch. Diesem armseligen, zerkratzten, wackeligen Ding in dem noch armseligeren, stinkenden Kabuff.

Kein Wunder, dass die Probe heute ein einziger Spießrutenlauf gewesen war. Bis eben, als er durch die schwere Metalltür von der Bühne in den Künstlerbereich zurückgekehrt war, hatte er gedacht, es sei die

allgemeine Aufregung. Das typische Chaos, die Befindlichkeiten und Neidattacken kurz vor der Premiere.
»Schluuuss fürrrr heute, Schluuuss«, hatte Pjotr Günthers Spiel unterbrochen und seine dünnen Arme in die Luft geworfen. Dabei waren sie noch nicht einmal mit der Walpurgisnacht-Szene durch gewesen. »Fürwahr, es sind die Augen einer Toten, die eine liebende Hand nicht schloss. Das ist die Brust, die …«, hatte Günther weitergesprochen, als der Regisseur »Njet, njet, Güntärrr, Kattastroffe, Kattastroffe!« schrie. Auf der Bühne war alle Bewegung zum Stillstand gekommen. Im Hexenchor hatte ein Tuscheln eingesetzt, das Irrlicht kicherte. Assmann hatte geschwitzt, hatte nichts verstanden, nicht, weshalb Pjotr abbrach, und nicht, weshalb ihn alle anstarrten. War sein Auftritt so desaströs gewesen? Verwirrt hatte er zu Pjotr in den Zuschauerraum hinabgesehen und gefragt: »Was ist los?« Doch der Regisseur war wortlos aufgesprungen und zwischen Bühne und den roten Samtsesseln hinausgeeilt. Sein Assistent hatte Pjotrs Apfeltüte geschnappt und war ihm hinterhergelaufen, auch das Ensemble war wortlos durch die Kulissen verschwunden. Einzig Raphaël hatte ihm auf die Schulter geklopft, »armer Teufel« gesagt, und die Hörner seiner Mephistopheles-Perücke hatten im Scheinwerferlicht geblitzt.
Günther sank auf den Stuhl vor dem Schminktisch. Jetzt verstand er. Sie wussten es. Dass die Kinder weg waren. Dass Rebecca krank war. Alle wussten es.
Auch Edith.
Nur er und sie waren im Großen Haus zurückgeblieben.

Er hatte ihr von der Bühne aus zugelächelt, in die erste Reihe hinab, hinter der die leeren Sitze sich bis zum zweiten Rang hinauf aneinanderdrängten wie die Zähne im Rachen eines Ungeheuers.

Edith hatte zu ihm hochgesehen. Sein Lächeln hatte sie nicht erwidert.

»Ich war dir nicht gut genug.« Schweißtropfen hatten sich unter dem öligen Make-up gebildet.

Sie war aufgestanden. Elegant. Gelassen. Die Handtasche unter den Arm geklemmt. »Du warst hervorragend. *Überraschend* hervorragend.«

»Wie meinst du das?«

»Ich weiß nicht, ob ich dir noch einmal helfen kann –« Ihre Schritte hatten geklappert, als sie Richtung Ausgang geeilt war.

Er war am Bühnenrand entlanggelaufen, hatte den aufgebauschten blauen Rock beobachtet, der leise raschelnd ihre Beine umspielte wie das Meer ein Stück Treibgut.

»Du … du hast schon so viel für mich getan, Edith, du, ich … sollen wir …«

»Nein. Nicht heute.«

Reglos hatte er am Bühnenrand verharrt, die geöffnete zweiflügelige Tür angestarrt, durch die die Chefdramaturgin verschwunden war. Unter seinen Lidern hatte sich Wasser gesammelt. Vor Zorn. *Natürlich* vor Zorn. Ein Günther Assmann kannte keine Angst. Keine Trauer.

Er hob die zerknüllte Zeitung auf und strich sie auf dem Tisch glatt. Schluckte. Nahm das Handy aus dem Schrank. Keine Nachricht von Lene. Keine von der Polizei. Nichts.

Er schlug gegen den Schrank, die Tür sprang auf. Er

knallte sie zu. »Verfluchtes altes Zeug, verfluchtes altes Leben, Schrott, alles Schrott!«
Sein Mund fühlte sich trocken an, wie mit Abschminkpads vollgestopft.
Schon konnte er die Kollegen reden hören. Rita mit ihrer Zigarette zwischen den gelben Fingern, und Raphaël und Tom, der nur zu gern in sein Faust-Kostüm schlüpfen würde. Schaut euch Günther an, würden sie hinter vorgehaltener Hand tuscheln, wie skrupellos der ist. Seine Kinder sind verschwunden, die Tochter ist schwerkrank, und er probt, als sei nichts. Wahrscheinlich hat er sie aus dem Haus gejagt. Oder sie sind geflohen vor seinen Lügen, seinem Betrug und seiner Arroganz.
Er wischte sich mit dem Ärmel den Rotz ab.
Edith war schuld. Sie hatte ihn dazu gebracht. Das alles war doch *ihre* Idee gewesen. Ihr Gesicht tauchte vor ihm auf, ganz nah, die Tränensäcke und ihre türkisfarbenen Augen, und er spürte ihre trockene Hand mit den vielen Fältchen auf seiner.
Gänsehaut kroch seinen Rücken hinauf.
Früher, ja, da war es anders gewesen. Aber das war vorbei. Längst war es egal. War *sie* ihm egal. Er bewunderte sie, das ja. Doch er war nichts weiter als ihr Protegé und sie seine Kontaktperson nach Wien. Er durfte sie nicht verlieren. Nicht zwei Abende vor der Premiere!
Günther nahm eine Flasche Mineralwasser aus dem Regal, öffnete sie, atmete mit dem Zischen tief durch und trank, schüttete die Flüssigkeit in sich hinein, und aus seinen Mundwinkeln flossen kühle Bäche, rannen über sein Kinn und seinen Hals bis in die Samtjoppe und das Rüschenhemd.

Dann steckte er sich eine Gauloises an. Rauchen war im Theater verboten, doch wen kümmerte das schon in dieser Nacht. Ohnehin hatte er eine Garderobe für sich. »Hauptrolle, besondere Belastung«, hatte Edith erklärt und gelächelt. »Da musst du dich ganz auf dich konzentrieren können. Lass die anderen zu dritt oder zu viert in eine Garderobe – du bekommst eine einzelne. Als Abschiedsgeschenk vor Wien.« Er hatte genau gewusst, was dahintergesteckt hatte. Manipulation. Begehren.

Er hielt die Kippe im Mund, hängte die Joppe in den Schrank und schälte sich aus dem Rüschenhemd. Die Asche fiel zu Boden.

Er musste nach Hause. Schlafen. Nicht bei Lene, das würde er heute nicht ertragen. Das Sofa in seinem Zimmer. Darauf lag noch die zerknüllte Decke der letzten Nächte. Da war es friedlich, da konnte er bei Annika sein, seinen Kopf neben den alten Teddybären betten, in dem er manchmal noch immer ihren süßlichen Kindergeruch wahrzunehmen glaubte. Annika würde ihm keine Vorwürfe machen. Nicht wie Lene und Marius, dieser Eigenbrötler, der sich verkroch und diese seltsame Mischung aus elektronischer Musik und Klassik hörte, der weder Ziele noch Ideale hatte so wie er, sein Vater. Nicht wie Rebecca, die behauptete, Marius hätte oft Bauchweh, klar, sicher soff er auch noch heimlich. Dieses Mädchen, das immer quengelte, weil er kaum Zeit hatte, und die Annika so erschreckend ähnlich sah, dass ihr Anblick ihm manchmal das Herz zerriss.

Er warf die Kippe in das WC und wischte sich mit Toilettenpapier die klebrige Schminke vom Gesicht. Ihm war nach Whisky zumute. Einem doppelten. Doch den Gefallen würde er den Kollegen nicht tun. Nicht denen, die sich in den heruntergekommenen Fluren und Garderoben gegen ihn zusammenrotteten und sich auf der Bühne im Glanz von Applaus und Loyalität sonnten.

Er zog Hemd und Angorapullover an.

Blumen, dachte er. Ich muss Blumen an die Gedenkstätte legen, im Park hinter dem Haus. Sobald das hier überstanden ist. Sobald es taut. Zwei Tage noch, dann ist es geschafft. Dann sind die Kinder wieder im Haus, ganz sicher, und ich … ich bin fast schon in Wien! Burgtheater. Das beste Haus der Welt! Endlich. Endlich frei. Endlich geachtet.

Da hörte er die Schritte. Er erkannte den Rhythmus sofort. Mit dem rechten Fuß trat er immer ein wenig fester auf als mit dem linken. Schon damals war das nicht anders gewesen. Wie oft hatten sie darüber gelacht, dass bei all seinen Schuhen der rechte Absatz immer früher abgetragen war als der linke. Abgetragen. Ja. Wie ihre Freundschaft auch. Doch von der ließ sich kein neues Paar kaufen, kein Zustand wiederherstellen, bei dem ihre Parts ausgeglichen waren und bei dem sie auf demselben Fundament von Respekt und Vertrauen stehen konnte.

Die Schritte wurden lauter, hallten zwischen den Betonwänden des Flurs. Vor seiner Tür blieben sie stehen. Stille. Günther blickte reglos auf die Klinke und wartete auf ein Klopfen. *Verschwinde,* dachte er, *verschwinde aus meinem Leben,* und er ballte die Hände zu Fäusten.

Und tatsächlich – die Schritte entfernten sich, *lautes Klack, leises Klack,* immer leiser wurden sie. Er lehnte sich mit dem Rücken an die Tür und holte tief Luft. Da piepste sein Handy. *Lene!*, dachte er, *die Kinder sind zurück!* Mit einem Schritt war er beim Tisch und blickte auf das Display. *Neue Nachricht von Rebecca,* las er. Zitternd öffnete er die Zeilen. Hörte nichts als das Rauschen des Blutes in seinem Kopf und fühlte die Leere in seinem Herzen. Und die Leere füllte sich mit schwarzem Nichts.

10

Samstag, 23. März, 6 Uhr 20

Es war das zweite Mal in zwei Tagen. Und jetzt las er *das!*

Uwe rammte die Mistgabel in das vollgekotete Stroh.

Fast drei Uhr früh war es gewesen, als Edith sich in das Schlafzimmer geschlichen hatte.

Mit Schwung warf er die stinkende Masse durch die Stalltür hinaus auf die Schubkarre. Gabel für Gabel. Hörte nur das Schaben der Gabelzinken, wenn sie auf Steinchen im Stroh trafen. Benno, der kranke Schafbock, hatte sich in eine Ecke gekauert, den Kopf zwischen die Vorderbeine gezogen, und sah Uwe im weißen Licht der Metalldampflampe an.

»Schläfst du?«, hatte Edith geflüstert. Er hatte sie umfasst, in den Nacken geküsst und war eingeschlafen, endlich, nach all den ruhelosen Stunden und seinem kleinen Ausflug dorthin, wo er nie wieder hatte auftauchen wollen. Doch sein Argwohn war stärker gewesen – Ediths Garderobe aber leer. Voller Zorn hatte er nach Günthers Garderobe gesucht. Fest entschlossen, die Tür einzutreten und dem Möchtegern-Star seine Fäuste ins Gesicht zu schlagen. Gewagt hatte er es nicht. Wie immer. Er war letztendlich doch nur eine Memme. War davongeschlichen wie eines seiner gequälten Tiere. Nur dass ihn niemand rettete, so wie er es mit seinen Schützlingen tat.

Gleich darauf war er wieder erwacht. Edith hatte gleichmäßig neben ihm geatmet, während er sich hin und her gedreht und versucht hatte, die Gedanken zu verscheuchen und sein aufkeimendes Misstrauen zu verbannen. Schließlich war er aufgestanden, um Tee zu trinken und die Wochenendzeitung zu lesen.
Noch am Briefkasten hatte sein Herz sich zusammengekrampft, und er hatte sich am Türrahmen festgehalten, dann die Filzjacke vom Haken gerissen und sie im Hinausstürmen über den Pyjama gezogen.
Nicht nachdenken. Nicht grübeln! Aktiv sein. Kälte spüren. Das half.
Jetzt war es zwanzig nach sechs Uhr früh, und seit einigen Stunden war es ungewöhnlich warm geworden. Die Vorboten des Frühlings. Er lachte bitter auf. Die verschneiten Obstbäume und Wiesen lagen noch wie in dunkles Blei gegossen, und bald würde alles wieder grün und licht sein. Jetzt warf nur das Licht aus dem Stall einen schmalen Streifen auf den Weg zwischen den Gehegen.
Er trat hinaus und hob die Schubkarre mit einem Ruck an. Als er sie um den Ziegen- und Hasenstall schob, knirschte das Rad im Schneematsch, und seine vollgesogenen Filzpantoffeln schmatzten wie säugende Welpen. Sonst war nichts zu hören. Benno blökte leise, als er mit der leeren Karre zurückkam.
Er tastete das Tier ab, und der Schafbock zog den Kopf vollends zwischen seine Vorderbeine. »Entschuldige die Unruhe.« Uwe ließ seine Finger Zentimeter für Zentimeter durch die dichte Wolle über die Hinterbeine gleiten, bis hinab zu den Hufen. »Du kannst ja nichts dafür.« Eine Katze kam maunzend herein und begleite-

te ihn, als er in den Praxisanbau ging und den Medikamentenschrank öffnete. Mit einem schabenden Geräusch zog er die Schublade heraus, nahm zwischen den Belladonna-Globuli und der Lachesis-Injektionslösung die neue Selen-Vitamin-E-Mischung heraus und zog die Spritze auf. Dann wog er vierzig Milligramm Mineralsalz ab und ging in den Stall zurück. Die Weißmuskelkrankheit ließ Benno noch immer unsicher und viel zu steif stehen und gehen. »Wir kriegen das hin«, flüsterte er und stach die Nadel tief in Bennos Flanke. Dann stellte er den Steinguttopf mit dem Salz vor den Bock. Sofort leckte er es auf. »Sehr gut«, sagte Uwe. »Wir kriegen *alles* hin.«

Zurück im Haus, hantierte er extra laut mit dem Teekessel und dem Geschirr und drehte das Radio auf. Der Südwestfunk 2 sendete das Brahms-Violinkonzert, und Cockoo, den er aus der Voliere mitgebracht hatte, kreischte, als Gidon Kremer zu seiner meisterhaften Kadenz ansetzte. »Aua, aua.«

Edith kam fünf Minuten später in die Küche. Sehr gut. Uwes Taktik ging also auf.

Ihr goldgelber, glänzender Morgenmantel bildete einen auffallenden Kontrast zu ihrem stumpfen Haar, das nach allen Seiten abstand. Die Tränensäcke und dunklen Ringe unter ihren Augen ließen sie erschöpft aussehen. Sie küsste ihn auf die Stirn. »Wie siehst du denn aus? Und warum ist es hier so laut? Um die Uhrzeit?«

»Ich war schon bei den Tieren.«

»Im Schlafanzug?« Sie musterte ihn von oben bis unten. »Und in Hausschuhen? Was ist los mit dir, mein Herz? Du holst dir ja den Tod! Zieh dir etwas Trockenes an!«

»Benno ging's nicht so«, sagte er betont munter.
»Das Muskelzeug?«
»Aua, auaaa.« Cockoo flog von einem Fachwerkbalken herab auf Uwes Schulter.
»Mhm.« Er schenkte zwei Tassen Tee ein. »Wie war die zweite Hauptprobe?«
Sie sank auf die Küchenbank und hielt mit der Linken den Morgenmantel vor der Brust zusammen. »Gut.«
»War er wieder grandios?« Er dehnte das letzte Wort. »So wie gestern?«
»Günther?«
»Assmann. Ja.«
»Seit wann fragst du freiwillig nach Günther?« Sie lächelte.
»Nur so.« Er stellte die Tassen auf den Tisch, überlegte, wie viele Male sie hier schon beim Tee gesessen und das Thema gemieden hatten. Wie oft *er* es gemieden hatte.
»Grandios, ja, so könnte man sagen.« Sie umfasste die Tasse und starrte hinein.
Uwe betrachtete ihre Hände. Schlank, mit kleinen Fältchen und kräftigen Knöcheln lagen sie um den Keramikbecher, den sie vor vielen Jahren auf dem Kunsthandwerkermarkt in Staufen gekauft hatten. Von der Berührung dieser Hände phantasierte er noch heute, wenn seine Frau geschäftlich verreist oder abends lange weg war. Wortlos schob er ihr die Zeitung hin, bemüht, gelassen zu wirken. Souverän.
Sie blickte kurz auf die Titelseite, dann zu ihm.
Im Radio wurde der Jingle vor den Nachrichten eingespielt.
»Rebecca und Marius Assmann. Die Kinder deines Fausts.«

Sie rührte sich nicht.
»Willst du es nicht lesen? Oder weißt du schon alles?«
»Günther hat nichts gesagt.«
Uwe holte tief Luft. »Auch nicht nach der Probe? In den Stunden hinterher?« Noch während er es aussprach, hätte er sich ohrfeigen können.
Ihre Augen blitzten. »Das mit den Kindern ging wie ein Strohfeuer durch das Ensemble. Extrablatt vom Nachmittag.« Sie beugte sich zu ihm. »Und heute Nacht«, zischte sie, »bin ich herumgefahren.«
»Von zweiundzwanzig Uhr bis kurz vor drei?« Uwe glaubte ihr kein Wort. Edith fuhr nicht gern Auto, erst recht nicht nachts und bei Matsch und Schnee.
»Ja.«
»Allein?«
»Natürlich allein!«, zischte sie.
Er nickte, spürte Cockoos Krallen schmerzhaft durch den dünnen Pyjama und scheuchte den Kakadu fort. Da überkam ihn Reue. Er hatte kein Recht, Edith zu verdächtigen. Als er gestern Nacht vor Günthers Garderobentür gestanden hatte, zornig, eifersüchtig und traurig, war tatsächlich alles still gewesen. Keine Stimmen in Assmanns Zimmer, kein Tuscheln, erst recht kein Stöhnen. Er war eine Memme, ja. Was hatte er denn erwartet? Dass seine Frau es mit Assmann in dessen Garderobe trieb?
Hätte er gestern Abend schon gewusst, dass Günthers Kinder verschwunden waren und dass Rebecca krank war … Er hätte die Tür zur Garderobe geöffnet. Hätte mit Günther geredet. Er mochte arrogant geworden sein mit den Jahren und skrupellos – aber auch einsam. Zumindest vermutete Uwe das. Und in der momentanen

Situation hätte er vielleicht jemanden gebraucht, einen Freund, oder jemanden, der einmal so etwas gewesen war.

Die Nachrichten begannen. »Eine Suchmeldung der Freiburger Polizei beschäftigt Badens Bürger und eine bekannte Künstlerfamilie: Seit Donnerstag früh werden die zehnjährige Rebecca Assmann und ihr achtzehnjähriger Bruder Marius vermisst. Die beiden waren auf dem Weg zur Schule, gesehen wurden sie zuletzt an der Straßenbahn-Haltestelle Loretto-/Ecke Günterstalstraße, wo ein Passant …«

Edith sprang auf und schaltete das Radio ab. »Es ist furchtbar.«

Er schluckte. »Und das, nachdem Annika schon …«

Langsam kam sie auf ihn zu und legte die Hand auf seine Schulter. »Das mit Annika ist vorbei«, sagte sie.

»Nein, ist es nicht. Niemand weiß, was …«

Abrupt zog sie die Hand weg. »Doch, wir alle wissen es.«

Ihr Satz traf ihn wie ein Stein. Edith. Annika. Was hatten die beiden miteinander zu schaffen gehabt? Was wusste seine Frau über Assmanns erstes Kind? Und was über Rebecca und Marius? Er sah zu ihr auf und glaubte, Mitleid und Verachtung in ihrem Gesicht zu lesen.

Reiß dich zusammen! Hör auf zu spinnen. Er versuchte ein Lächeln. »Wir alle glauben es. Keiner zweifelt noch daran, dass sie tot ist. Aber wissen …?«

Edith wandte sich von ihm ab. »Ich gehe duschen.« Sie ging zur Treppe ins Erdgeschoss, und der Morgenmantel schmiegte sich um ihre schlanke Figur.

»Wie bringt der Kerl es nur fertig, zur Probe zu gehen, wenn seine Kinder spurlos verschwunden sind?«

Sie drehte sich noch einmal um. »Ich weiß es nicht, mein Herz. Was geht in einem Menschen vor, der vielleicht die Kinder verloren hat? Ich weiß es wirklich nicht.« Dann ging sie die Stufen hinunter, das Holz knarrte.
Uwe blickte zu dem leeren Treppenabgang und weinte.

11

Samstag, 8 Uhr 15

»Annika war krank.« Ehrlinspiel sog tief den Duft der Bäume und der Erde ein und kniff die Augen gegen die grelle Morgensonne zusammen.
Sie antwortete nicht. Schluchzte nur. Schüttelte dann den Kopf. Dabei hatte er gedacht, dass Licht und frische Luft ihr guttun würden. Dass körperliche Bewegung sie entspannte.
»Ich habe heute mit Ingrid Rapp gefrühstückt.« Der Kriminalhauptkommissar blickte auf das Kubusgebäude. Seine Fassade leuchtete weiß. Doch dahinter, im Innern, herrschte finsteres Schwarz. Das Schwarz der Angst und Verzweiflung, der Schwachheit wahrscheinlich und der Täuschung. Und außerhalb der dicken Grundstücksmauern warteten schon jetzt, um kurz nach acht, ein Übertragungswagen des lokalen Fernsehsenders und des Südwestfunkradios – und der unvermeidbare, grellorangefarbene *Plymouth Road Runner Superbird* mit den riesigen Heckflügeln. Nur einer fuhr so einen Wagen. Und nur einer besaß dieses Dauergrinsen schon beim Aussteigen. Mr. Hair. Tageszeitung. Lokalteil.
Eine Amsel schimpfte laut. Ehrlinspiel sah Lene Assmann an. Nur ganz kurz zögerte sie, als er den Namen von Annikas Vorschullehrerin aussprach. Dann knirschten ihre Schritte wieder gleichmäßig neben den seinen im nassen Kies.

»Warum verschweigen Sie uns so viel? Erst Annikas Existenz, und jetzt, dass sie krank war. Was war los mit Annika?«

»Nichts«, flüsterte sie. »Nichts, was mit Marius und Rebecca zu tun hat.«

Das zu beurteilen, dachte Ehrlinspiel, ist für eine verzweifelte Mutter ein denkbar schwieriger Job. »Ingrid Rapp erinnert sich noch genau an Ihre Tochter.« Und ich muss mich daran erinnern, nachher den Tierarzt anzurufen. Bentley hatte zwar gegessen, aber alles wieder erbrochen.

Der Schnee auf den Parkwegen war weggetaut, und von den riesigen Bäumen tropfte das Wasser, als wolle sich alles auflösen – vage Spuren, Hoffnungen und die Liebe. Er verscheuchte die Gedanken. Die Müdigkeit wurde er nicht los. »Annika war immer aufgeweckt, ein Plappermaul und bei allen beliebt.« Er sah Ingrid Rapps Gesicht vor sich, zwischen einer Pflanze mit braunen, hängenden Blättern, einer Zeitschrift für Geschichte, einem Fernsehheft und ein paar gerahmten Fotos. Er hatte Annikas Vorschullehrerin in einer winzigen Wohnung eines Hochhauses gegenübergesessen, wo sie ihm eine Tasse Kaffee serviert hatte. Wach war er davon nicht geworden, und sein schlechtes Gewissen quälte ihn. Bis kurz vor zwei Uhr früh hatte er mit Hanna telefoniert. Und es nicht gewagt, ihr die Vorfreude auf das erste Wochenende in der gemeinsamen Wohnung zu nehmen. Das erste Wochenende ihres neuen Lebens. Hanna hatte gelacht, geplaudert, Pläne geschmiedet. Er hatte an Rebecca, Marius und Annika gedacht. Und daran, dass Hanna allein in der Wohnung bleiben würde, samt den ganzen Umzugskisten und dem kranken Kater.

»Ja, ein Plappermaul, das war sie.« Lene Assmann schlang die Arme um ihren Oberkörper und bog auf den Hauptweg ein, an dessen Ende das Dach des weißen Pavillons in der Sonne glänzte.
»Hatte Annika Ähnlichkeit mit Rebecca?«
Lene schwieg, und kurz vor dem Pavillon blieb sie neben einem nass glänzenden Stein stehen. Er war groß und rötlich und schien unbearbeitet – bis auf die Gravur *Wir vermissen dich,* die einmal golden gewesen sein musste und jetzt nur noch matt schimmerte. Sechs kugelförmige Bäumchen standen im Halbkreis um den Stein. »Hier hat sie gespielt, als ich sie zum letzten Mal gesehen habe.« Lene Assmann ging in die Hocke. »Ich bin so müde. Ich bin die ganze Nacht herumgelaufen und -gefahren, den ganzen Lorettoberg habe ich abgesucht, und im Sternwald war ich und an der Schule.« Sie fuhr mit einem Finger den Schriftzug nach. »Ich muss sie finden. Es ist … wie bei Annika.«
Ehrlinspiel klappte den Kragen seines Mantels hoch. Sieht aus wie ein Grab, dachte er.
»Es war niemand hier draußen außer ihr. An dem Maiabend damals nicht und sonst auch nicht, wenn ich nicht gerade dort gearbeitet habe. Annika hat mir oft zugeschaut und manchmal auch mitgemacht. Sie hat mir Blumenzwiebeln gereicht, kleine Löcher für Setzlinge gegraben oder Schnittgut auf die Schubkarre geworfen. Wenn sie allein hier war, hat sie immer gedacht, dass niemand von uns da drinnen weiß, dass sie draußen ist. Kinder!« Sie lachte auf, und ihr langes Haar fiel über ihre Schultern nach vorn und berührte den Stein. »Annika hat es geliebt, vom Garten aus ins Haus zu schauen. Manchmal stand sie minutenlang reglos hinter einem

Baum und hat uns beobachtet, und danach hat sie uns erzählt, dass das Licht der Deckenlampe von außen blau aussieht und die Wand hinter dem Tisch ein Bild zu wenig hat und dass sie Mama und Papa genau sehen kann, wenn die vor den Bücherregalen entlanglaufen, und dass Mama und Papa schön und lieb aussehen, wenn sie sich umarmen.«

Ehrlinspiel blickte zu dem Haus. Die Sonne spiegelte sich in den Fenstern, und was sich innen befand, konnte er nicht erkennen. Keine Deckenlampe, keine Wände, keine Regale. Aber vielleicht gab es die ja heute gar nicht mehr. Was er aber sah, war ein Gesicht. Wie ein schattiges Oval glitt es hinter einem Fenster im hinteren Gebäudeteil vorüber, hielt inne, nur kurz, verschwand wieder. Er mutmaßte, dass dort die Zimmer der Eltern lagen, denn dort war er noch nicht gewesen.

Lene Assmann, die auch hinüberblickte, stand ruckartig auf und trat einen Schritt von Ehrlinspiel zurück.

Assmann! Er beobachtete sie. Der Vater, der immer bis acht Uhr fünfzehn schläft. Selbst dann, wenn seine Kinder verschwunden sind und seine Frau die Nacht mit der einsamen Suche nach ihnen verbringt. Selbst dann, wenn die Polizei um acht Uhr klingelt. Er presste die Lippen aufeinander. Kinder sind die Flügel der Menschen, hatte Idris gesagt. Assmann schien seine Höhenflüge auch ohne diese Flügel realisieren zu können.

»Ich will nicht, dass hier bald drei Steine stehen.« Dann sprach sie ganz leise, als verriete sie ein Geheimnis, und ihr bernsteinfarbener Blick schien ihn fast körperlich zu berühren. »Sie müssen mir helfen!« Damit drehte sie sich um, und er ging neben ihr her Richtung Haus. *Mir* helfen?, dachte Ehrlinspiel. Nicht *uns?* Ihm entging nicht, dass Lene Assmann immer wieder zu dem hinteren Haustrakt blickte. »Annika ging es schlecht vor ihrem Verschwinden«, kam er auf das Anfangsthema zurück. »Ich wundere mich, dass Sie sie da allein im Park gelassen haben.«

Abrupt blieb sie stehen. »Sagt das diese Rapp?«

»Ihre Tochter hat zwei Tage in der Vorschule gefehlt. Die Woche davor war sie extrem müde und unkonzentriert. Dann kam sie wieder, aber es war nicht besser.«

Eine Maigrippe, hatte Ingrid Rapp damals vermutet und hinter einer schmalen Brille hervorgelächelt, ein verwaschener Blick, den Ehrlinspiel nicht hatte deuten können. Grübelte sie noch immer über das Mädchen nach? Zweifelte sie an ihrer eigenen These? Maigrippe. Ehrlinspiel glaubte etwas anderes. Die Beschreibung von Annikas letzten Schultagen hatte den Hauptkommissar sehr an Rebeccas Symptome erinnert. Zu sehr.

»Gefehlt, ach das meinen Sie.« Lene blickte über die akkuraten Wege, niedrigen Hecken, Bäumchen und Steinstatuen, auf denen der letzte Schnee wie kleine Mützen saß. Ein Eichhörnchen kletterte leise raschelnd einen Baumstamm hinauf. »Annika war ein wenig erkältet. Nichts weiter. Sie hatte sich in den zwei Tagen zu Hause erholt und war schon fast wieder so quirlig wie eh und je. Da konnte ich sie ja schlecht einsperren.«

»Hatte Annika Diabetes?«

Sie schnaubte. »Was spielt denn das noch für eine Rolle! Suchen Sie lieber nach meinen anderen Kindern! Und zwar nicht erst morgen!«

Er hob die Augenbrauen, erstaunt über den plötzlichen Ausbruch. »Es spielt durchaus eine Rolle. Wenn Annika Diabetes hatte, und das vor fast zwanzig Jahren, sind

ihre Überlebenschancen ohne Behandlung nicht sehr hoch gewesen. Die Therapie war Anfang der Neunziger lange nicht so flexibel wie heute. Da hat schon eine Stunde ohne Spritze eine Gefahr bedeutet. Das wissen Sie. Oder war es nur eine … Maigrippe?«
»Sie war erkältet!« Lene Assmann ging mit großen Schritten weiter. Ehrlinspiel eilte hinter ihr her. »Schämen Sie sich?«
»Wofür?« Sie umrundeten die Villenrückseite und gingen über die Terrasse ins Wohnzimmer. Lenes kniehohe Stiefel hinterließen dreckige Wasserflecke auf dem Parkett. In den Ecken lag Staub, benutzte Gläser standen auf dem Esstisch. Zögerlich folgte Ehrlinspiel ihr in die Küche, die Hinterlassenschaft seiner Dockers sah auf dem Boden nicht besser aus. Ihre Mäntel hängten sie in den Dielenschrank.
»Für die Krankheit Ihrer Kinder.« Für den Dreck schämte sie sich offenbar nicht, und die Putzfrau schien gestern auch nicht da gewesen zu sein.
»Für *meine* Krankheit, meinen Sie.« Sie nahm drei Tassen aus einem Hängeschrank, stellte die erste unter eine riesige Kaffeemaschine und drückte auf einen Touchscreen an der Front. Es ratterte, zischte, und gleich darauf ergoss sich ein dünner schwarzer Strahl in die Tasse. Sie reichte sie Ehrlinspiel. »Milch? Zucker?«
»Schwarz, danke.« Der Kommissar traute sich kaum, sie anzufassen, so teuer sah das hauchdünne Gefäß mit der quadratischen Form aus. »*Ihre* Krankheit?«
Sie hob den Saum ihres Rollkragenpullovers hoch. Und da sah er es: das halbe Ei. Die Insulinpumpe. So groß wie ein Smartphone. »Ist Diabetes vererbbar?«, fragte er.
»Die Forschung ist sich uneins.«

»Und Annika?«
»Meine Tochter hatte die Grippe!« Günther Assmann tauchte in der Tür auf. Burgunderfarbenes Hemd, Jackett, schwarze Hose – als wollte er ausgehen. »Und Krankheiten in meiner Familie lassen Sie bitte unser Problem sein.« Er küsste Lene auf die Wange. »Morgen, Schatz. Bist du okay? Haben die Schlaftabletten gewirkt?«
Lene stand reglos wie eine der Statuen im Park. In ihrer weiten Stoffhose und mit dem offenen Haar, das ihr bleiches Gesicht umrahmte, wirkte sie erschöpft.
»Schon aufgestanden?« Ehrlinspiel konnte sich die Bemerkung nicht verkneifen. »Und guten Morgen auch, Herr Assmann.« Der Mann, der zu Theaterproben ging, während die Polizei seine Sprösslinge suchte und seine Frau allein zu Hause saß und bangte, der seine Zustimmung zu einer Suche via Fotos verweigerte und der heimlich lauschte, wurde ihm mit jeder Begegnung unsympathischer. Oder wie sonst war er auf die Grippe gekommen? Vermutlich war das Fenster einen Spalt geöffnet gewesen, und er hatte ihre Unterhaltung belauscht. Andererseits hatten die Assmanns eine »leichte Erkältung« der Tochter schon damals zu Protokoll gegeben. Doch bei weitem nicht so detailliert, wie Ingrid Rapp es heute früh berichtet hatte.
Assmann ließ sich einen Kaffee aus der Maschine. »Es hätte die Suche kaum beschleunigt, wenn ich schon in aller Herrgottsfrühe im Haus herumgelaufen wäre.«
Lene presste eine Faust auf den Mund.
Nein, aber du hättest deiner Frau geholfen! Du hättest mit ihr suchen und ihre Seelenqual vielleicht ein wenig lindern können, dachte Ehrlinspiel und wechselte das

Thema. »Marius hat Probleme in der Schule. Haben Sie ihn deswegen unter Druck gesetzt?«
Assmanns Blick ging zu Lene. »Probleme in der Schule? Was soll das heißen?«
»Wir haben ihn nicht unter Druck gesetzt.« Lene setzte sich an den Tisch neben die Kochinsel. Die Platte war mit weißen Klecksen übersät. »Im Gegenteil. Ich habe auf ihn eingeredet, wollte ihn unterstützen. Aber er ... er hörte nicht zu. Wir waren in seinem Zimmer. Er ist auf dem Bett gelegen, die Ohrstöpsel von seinem iPod im Ohr. ›Du willst doch studieren‹, hab ich laut gesagt, um das blecherne Durcheinander zu übertönen. ›Du hast sogar an Medizin gedacht oder an Pharmazie.‹ Aber er hat sich zur Wand gedreht und gesagt, das sei vorbei. Ich hab nicht lockergelassen. Das war vielleicht ein Fehler. Irgendwann hat er die Lautstärke voll aufgedreht, seine Trommelfelle müssen geplatzt sein, und da lag er wie ein Fötus und hat geschrien ›Raus hier, raus, hau endlich ab, lasst mich doch alle in Ruhe‹. Ich bin gegangen, bin dabei gestolpert, es hat mich verletzt, und ich hab mich so hilflos gefühlt. Als ich schon an der Treppe nach unten war, hab ich gehört, wie er den Schlüssel umgedreht hat. Ich ... ich weiß einfach nicht, was in den Jungen gefahren ist. Später hab ich mich dann geärgert. Ich geb mir solche Mühe, und ihm ist alles egal. Aber jetzt, jetzt ...«
Bitte keine Tränen, dachte Ehrlinspiel. Mit weinenden Frauen konnte er nur schwer umgehen. Freitag war besser darin, doch der musste heute Vormittag mit seinen kleinen Töchtern und Lilian, seiner Frau, zu einem Elternvorspiel. Freitags Mädchen sangen seit kurzem in einem Kinderchor. Und nichts auf der Welt würde Paul

Freitag dazu bringen, die Kleinen zu enttäuschen, indem er ihrem ersten kleinen Auftritt fernblieb.
Assmann setzte sich zu seiner Frau. Immerhin. »Weine nicht, Schatz. Ich ... wir ... wir machen das schon.«
»Gar nichts machen wir«, sagte sie, und dann konnte sie die Tränen nicht mehr zurückhalten.
»Hat Marius seinen Laptop normalerweise in die Schule mitgenommen?«, fragte Ehrlinspiel rasch. Fakten anzusprechen half oft gegen zu große Emotionen, auch wenn diese nur allzu verständlich waren.
»Was?« Lenes Mund zuckte.
»Wir wüssten gern, was ihn in letzter Zeit beschäftigt hat. Mit wem er in Kontakt stand, sich E-Mails geschrieben oder über Facebook, Twitter und andere Netzwerke kommuniziert hat.«
»Ja. Er hat ihn manchmal mitgenommen. Einmal hat er auch etwas von StudiVZ gesagt und von Facebook. Aber da sind doch alle drin heutzutage, das ist ja nicht verboten.«
»Natürlich nicht.« Marius' Profile in den sozialen Netzwerken hatten sie schon heute Nacht von eigenen Accounts aus gecheckt, soweit möglich. Er war unter seinem realen Namen zu finden gewesen. In den letzten Wochen aber war er kaum mehr aktiv gewesen. Allerdings hatten dieser Torben, Konstantin und eine Nessy ihn einige Male verbal angegriffen. *Verpiss dich, armer Reicher* stand da, *Schlappschwanz bleibt Schlappschwanz* und *Wer mit dir redet, blutet.* Doch Marius hatte nicht darauf reagiert, und irgendwann hatte das wohl aufgehört. Harmlos war das keineswegs. Wie es allerdings im realen Schulalltag aussah? Leiden konnten ihn die drei auf jeden Fall nicht.

Die Eltern schwiegen. Schulter an Schulter saßen sie am Tisch, die Hände ineinandergelegt. Und dann sah Ehrlinspiel die Tränen auf Günther Assmanns Gesicht. Zwei Menschen zwischen so viel Luxus, der ihnen jetzt nichts half. Und der sicher nicht durch schauspielerische Leistungen zustande gekommen war.

Als Künstler verdiente Assmann kein Vermögen, das hatte Ehrlinspiel gestern noch recherchiert. Offenbar hangelte er sich freiberuflich von Engagement zu Engagement. Hätte er eine Festanstellung, so würde er auch nicht reich werden. Außerdem hatte er mit Hanna über die Bedeutung eines Faust-Auftrittes geredet. Ohne zu sagen, weshalb. Forsch, wie sie war, hatte sie noch während des Telefonierens gegoogelt und irgendwo ein Interview gefunden, in dem Assmann von seinem Traum, ans Wiener Burgtheater zu gehen, sprach. »Ist dieser Assmann so super? Ich hab den Namen noch nie gehört. Und ich war als Redakteurin jahrelang in VIP-Kreisen unterwegs. Wenn man ans Burgtheater will, muss man schon jemand sein, bevor man überhaupt zum Vorsprechen eingeladen wird. Angeblich läuft da viel über« – er hatte die Tastatur klappern und sie lachen hören – »Freunderlwirtschaft. Behauptet zumindest einer der abgewiesenen Schauspieler.« – »Er brauchte also Beziehungen nach Wien?« – »Vermutlich. Aber er wäre auf jeden Fall ein gemachter Mann.« Während sie sprach und vorlas, hatte Ehrlinspiel sie sich in ihrer leeren Hamburger Wohnung vorgestellt. Im Schneidersitz auf der letzten Matratze für die letzte Nacht, den Laptop auf den Beinen und mit einem pinkfarbenen Schlafanzug und Socken mit Antirutschnoppen bekleidet. Neben der Matratze das Saxophon – alles andere war bereits in den Lkw der Spedition geladen. Sofort war dieses wohlige Kribbeln seinen Nacken hinuntergewandert, doch dann hatte er gleich wieder an die verlorenen Kinder gedacht. »Ich habe die Theaterplakate gesehen, vielleicht könnten wir zur Premiere gehen am Sonntagabend«, hatte er ihr vorgeschlagen, und sie hatte begeistert zugestimmt, vermutlich in der Annahme, er wollte ihr eine Freude machen.

»Marius ist ein … Einzelgänger«, sagte Assmann jetzt in die bedrückende Stille hinein. Die Tasse stand vor ihm, er hatte sie nicht angerührt. »Ich habe immer gehofft, er würde … ein nettes Mädchen finden, das ihn, na ja, motiviert. Man hat ja auch gewisse Erwartungen an seinen Sohn.«

»Und die erfüllt er nicht?«

»Ich hätte ihn gern im künstlerischen Bereich gesehen. Aber er kann keinen einzigen Satz anständig artikulieren. Das habe ich ihm auch gesagt. Es interessierte ihn nicht. Er interessiert sich für gar nichts.« Er löste seine Hand aus Lenes und wischte sich über das Gesicht.

Lene drehte sich zu ihm. »Wie kannst du das nur sagen, du kennst ihn doch gar nicht. Er interessiert sich für vieles! Aber du bist ja nie da! Theater hier, Theater da, und ich spiele hier die duldsame Hausfrau!«

»Bisher hast du es immer gern gemacht.«

»Und du meinst, ich kann hier zur Tagesordnung übergehen, ja?« Sie rückte von ihm ab. »Dich weiterhin aufbauen und dir gut zureden, damit der große Meister seine Premiere nicht versaut, während irgendwo da draußen meine Kinder sterben? Bist du die Nacht mit mir in der Kälte gewesen und hast sie gesucht? Hast du Freunde mobilisiert, dass sie uns helfen? Hast du überhaupt gemerkt, dass ich ständig die Gegend absuche? Dass ich herumtelefoniere, wieder und wieder?«

An Assmanns Hals pochte eine Ader. »Halt den Mund! Sie sterben nicht!« Er stand auf und knallte die Tasse in das Spülbecken. »Und Sie« – er wandte sich an Ehrlinspiel – »haben versprochen, es dieses Mal besser zu machen, und was ist da draußen?« Er zeigte aus dem Fenster zur Straße. »Paparazzi! Die Meute, die sich an unserem Leid aufgeilt. Sie glotzen und rufen, als hätte ich drei Arme und fünf Köpfe! Reicht es nicht, dass ich von den Kollegen wie ein Aussätziger behandelt werde?« Er ballte die Faust. »Schaffen Sie sie weg!«

Ehrlinspiel dachte an die Worte von Rebeccas Freundin Amelie: *Der nimmt sie nur an der Hand und zieht sie zum Auto. Aber er kommt nur ganz selten. Der mag keine Kinder.* Er musterte Assmanns stahlgraue Augen, die grauen Brauen, die hohe Stirn und den großen Mund, all die Symmetrie und Schönheit in seinem Gesicht, die den Kommissar beim ersten Besuch an eine griechische Statue erinnert hatten. Jetzt schien die Statue zerbrechlich und bedrohlich zugleich. »Die Presse hält still, sie bedrängen Sie nicht.« Er hatte extra Anweisung erteilt, und die Reporter hatten versprochen, abzuwarten.

Assmann lachte auf, und im selben Moment piepste sein Handy. Sofort verstummte er. Blickte zu Lene. Rührte sich nicht.

Sie stand auf und ging auf ihren Mann zu, mit jeder Sekunde blasser im Gesicht. Dann schob sie die Hand in seine Jacketttasche.

»Tu's nicht«, sagte er, doch sie zog sein Mobiltelefon heraus. Mit einem Ruck packte er sie am Handgelenk, und das Gerät fiel zu Boden.

»Sag's ihm, sag's ihm endlich!«, schrie sie und riss sich los.
Sie müssen *mir* helfen! Ehrlinspiel sah Lene Assmann im Park stehen, Seitenblicke zum Haus werfend, als sie laut rief: »Ich will nicht, dass meine Kinder sterben!«
Ehrlinspiel hob das Handy auf, blickte ungläubig auf den Absender und öffnete die Nachricht. Dann rief er den Dezernatsleiter unter seiner Privatnummer an. »Wir brauchen eine Soko«, sagte er. »Minimum zwanzig Mann. Sofort.«

12

Sein Schatten schiebt sich vor die Ritze neben der Tür, es wird dunkel in dem Räubergefängnis, in dem es eben noch dämmrig gewesen ist. Es gibt zwei Fenster, links und rechts, aber die Gendarmen haben von außen etwas davorgeklebt.

Sie liegt auf der Bank mit dem weichen Polster, auf der Seite, zusammengekauert, das Gesicht ihrem Bruder zugewandt. Noch immer hat sie die Stiefel an, und die stinkende Decke ist über sie gebreitet. Es macht ihr nichts mehr aus. Sie ist so erschöpft. Vor ihrem Blick verschwimmen die Wände und der Tisch. Ihre Lider sind schwer, und die Augen fühlen sich trocken an und brennen.

»Es wird Frühling!« Marius tritt von der Tür weg, und ein greller Sonnenstreifen fällt ihr ins Gesicht.

Marius lügt, denkt sie. Es ist immer noch kalt. So kalt, dass sie sich schüttelt, aber nicht mit Absicht, das macht ihr Körper von ganz allein. Draußen kreischen die Vögel, und ein leises Rauschen ist im Hintergrund zu hören. Es riecht auch nicht nach Blumen und Gras, sondern nach Mäusekot und dem Gas aus dem Brenner. Becci schiebt die Hände zwischen ihre angewinkelten Knie, aber das Zittern hört nicht auf.

Ihr Bruder bückt sich zu den Tüten. Dann richtet er sich langsam wieder auf. »Tu das nie wieder!«, presst er leise hervor. Er hält die leere Kekspackung in der Hand. Seine Lippen sind geschürzt und zittern, er sieht aus wie der kleine dünne Bernhard aus ihrer Klasse, der dauernd heult. Becci will nicht, dass Marius heult. Er ist doch groß! Aber vielleicht hat er wieder Bauchweh. Das hat er ihr neulich erzählt. Das hat er oft. Und Kopfweh auch. Sie sagt nichts, und er kommt zu ihr. Auch er ist viel zu dünn.

»Wir müssen überleben, Rebecca!«

»Aber wir haben keine Bananen-Rosinen-Cookies hier.« Die darf sie essen. Die werden extra für sie gebacken. Marius kann das super. Aber jetzt ist er böse. Sonst würde er nicht Rebecca zu ihr sagen. Rebecca sagt nur ihr Vater. Und die Lehrer. Aber Papa ist sowieso immer so komisch, entweder scheucht er sie weg, oder er läuft in seinem Büro oder im Wohnzimmer hin und her, macht große und kleine Schritte und breitet die Arme aus, kauert sich zusammen, macht sich dann groß und redet dabei ständig vor sich hin, als wäre niemand außer ihm da. Manchmal sitzt er auch vor dem Spiegel und schneidet Grimassen, dazu gibt er Zischlaute von sich oder summt und gurgelt. Das hat sie oft genug beobachtet. Für ihren tollen Lippenstift interessiert er sich nicht, auch nicht dafür, dass kein einziges Tier dafür ins Versuchslabor musste. Sie hat nämlich herausgefunden, dass es Listen im Internet gibt, auf denen alle Firmen ohne und mit Tierversuchen stehen. Marius ist die Listen mit ihr durchgegangen. Einmal hat sie mit ihm geschimpft, weil für seine Daunenjacke den Gänsen und Enten die Federn bei lebendigem Leib ausgerissen werden. Und wenn die Federn nachgewachsen sind, wieder. Und dann wieder. Wie für die Bettdecken auch. Wenn sie an das Schreien der Tiere denkt, kann sie es kaum aushalten. Oft sind es auch Federn von Gänsen, die für die Stopfleberproduktion verwendet werden. Da darf nur der Kopf zwischen den Stäben rausschauen, und ein Trichter wird tief in den Hals gebohrt, und sie werden mit Fressen vollgepumpt wie ein Luftballon mit Gas. Sie können sich keinen Zentimeter bewegen, so klein sind die Käfige. Und sie können nicht mal schreien wegen der Trichter im Hals. Marius hat versprochen, seine nächste Jacke ohne Federn zu kaufen. Sie ist so stolz darauf! Papa ist das egal. Ihn kümmern auch ihre Mäusebücher und die Vogelschule nicht, und noch nicht einmal die Schulhefte hat er sich je angesehen. Sie hätte so gern ein Tier zu Hause. Aber er würde es wahrscheinlich nicht einmal hören, wenn sie fragte.

»Hörst du mir zu? Wir müssen überleben!« Er hält ihr die leere Packung vors Gesicht, seine Hand ist eine Faust.

»Aber wir …« Sie will sagen, dass es nur ein Spiel ist. Doch ihre Stimme hört sich an wie das Scharren von Mäusefüßchen auf Holz, das weiß sie, weil sie einmal eine lebendige Maus im Baumhaus gefunden hat, und die hat die Nase mit den langen zitternden Schnurrbarthaaren in die Ecke gebohrt und mit den Vorderfüßen gescharrt, dort, wo Becci immer den Käse hingelegt hat.

Marius setzt sich neben sie und legt die Hand auf ihre Stirn. Er reicht ihr eine Plastikflasche. »Trink, bitte.« Sie hebt den Kopf und schüttet gierig das Wasser in sich hinein. Es schmeckt fade, nach nichts. Sie will lieber Cola. Von den Keksen hat sie richtig Durst bekommen.

Nein, Marius lügt nicht. Bestimmt will er nur, dass sie keine Angst hat. Dabei hat sie gar keine Angst. Sie hat nur keine Lust mehr auf Räuber und Gendarm. Sie will nach Hause. Zu Mama. Und wenn sie schimpft, weil sie

so lange weg war und die Strumpfhose kaputt ist, dann zieht sie sich einfach die Decke über die Ohren. Mit Marius schimpft sie nie. Weil der immer gleich abhaut und dabei richtig laut die Tür zuknallt, wenn ihre Stimme so schrill und hoch wird. Nur einmal hat sie ihn angeschrien. Das ist noch gar nicht lange her. Es war direkt nach den Weihnachtsferien, an dem Tag, als er seine neue Jacke in der Schule nicht gefunden hat. Sie haben sie gesucht, Marius und Becci, und in dem großen Müllcontainer in der Ecke vom Schulhof gefunden, neben der Sporthalle. Die Ärmel waren zerschnitten, und sie hat richtig ekelhaft nach verschimmelten Orangenschalen und ranziger Butter gestunken, Flecken waren natürlich auch darauf. Ein paar Typen haben blöde gegrinst. Da hat Mama richtig geschrien, warum er nicht auf seine Sachen aufpassen kann. Marius hat nichts gesagt und sich in seinem Zimmer eingeschlossen. Aber sie hat gesehen, dass er geheult hat. Er hat Becci später gesagt, dass er tagelang ganz schlimm Bauchweh hatte.
Als er in seinem Zimmer war, ist Mama ganz still geworden. Sie hat es wie immer gemacht. Sie setzt sich dann auf einen Stuhl und nimmt Becci an den Händen und erklärt ihr zum millionsten Mal, dass wenigstens sie brav sein muss. Dass sie keine Schokolade und keine Gummibärchen und kein Brot essen soll, ohne den Blutzucker zu messen und Insulin zu spritzen. Bloß weil sie bei sich selbst immer alles so pingelig macht. Wie mit einem Baby spricht Mama mit ihr. Dabei ist sie doch schon zehn Jahre alt! Und außerdem mag sie die weißen Mäuse aus Schaumzucker viel lieber als Schokolade und Gummibärchen, weil man auf denen so schön herumkauen kann und weil die dann überall kleben, zwischen den

Zähnen und am Gaumen. Amelie hat manchmal weiße Mäuse dabei und schenkt Pauline und Becci ein paar. Wenn Mama das wüsste!
Am Anfang hat Becci sich nicht gewehrt. Weil sie immer gehofft hat, dass sie Haustiere bekommt, wenn sie brav ist und niemandem von ihrem Diabetes erzählt. Am besten ein paar Mäuse, die aus einem Versuchslabor stammen und die sie retten kann. Oder zwei Meerschweinchen. Zwei, damit kein Tier allein ist. Später einen Hund. Aber Mama meint, Tiere machen zu viel Dreck und übertragen Krankheiten. So ein Blödsinn! Also hat Becci stillgehalten, wenn sie vor dem Stuhl gestanden hat, und einfach nur die Augen verdreht. Das hat sie einmal im Theater gesehen, als sie in einer Kinderaufführung waren, in der Papa einen dicken Narren mit Glöckchen an der Mütze gespielt hat. Da ist er richtig lustig gewesen. Aber danach nicht mehr. Letztes Mal hat sie sich einfach losgerissen und ist in ihr Zimmer hinaufgerannt, ganz laut hat sie dabei gestampft, so wie Marius es auch kann, und unterwegs hat sie Papa getroffen. Der kam aus seinem Zimmer und hat dann auch geschimpft, sie solle nicht so einen Lärm machen, er müsse einen Text lernen. »Blöder Text, blöder Papa«, hat sie geschrien, und er hat gebrüllt: »Hat man denn nirgends seine Ruhe! Ich ziehe in den Wohnwagen, wenn ihr so weitermacht!« – »Du hast doch gar keinen Wohnwagen! Du bist ein Angeber!«, hat Becci zurückgebrüllt, und Papa hat gesagt, er gehe jetzt und komme erst zurück, wenn sie gelernt hätte, ihn zu respektieren. Voller Angst, dass er sie verlassen könnte, ist sie in ihr Zimmer gerannt, vorbei an Marius, den sie gar nicht gesehen hat, und hat sich auf ihr Bett geworfen. Irgendwann hat sie den Kopf unter dem

Kissen hervorgestreckt. Marius hat auf dem Rand ihres Bettes gesessen. »Meine Zuckermaus«, hat er geflüstert. Jetzt legt sie den Kopf in Marius' Schoß. »Ich will nach Hause.« Beim Sprechen tut ihr alles weh. Der Rachen, die Zunge und der ganze Hals. Und wenn sie atmet, brennt es in ihrer Brust. Warm ist es trotzdem nicht.

Etwas Nasses tropft auf ihre Wange. Sie sieht hoch, aber da ist nur das Gesicht von Marius. Er trägt keine Brille, und seine Haare hängen wie dicke Fäden über seine Augen.

»Marius, da tut alles weh.« Sie schiebt die Decke weg und legt die Hand vorn auf ihre Jacke. »Und mir ist schwindelig. Ich will nach Hause.«

Er lehnt seine Stirn gegen ihre. »Ich hole Hilfe«, flüstert Marius. »Ich verspreche es.«

»Tust du gar nicht! Du hast auch dauernd versprochen, mit mir zu spielen und an Weihnachten ein Schneehaus zu bauen und …« Husten schüttelt sie, Marius richtet sich auf, hebt sie an den Schultern leicht an, doch sie kann nicht aufhören zu husten, und in ihrem Innern wird es immer heißer und tut immer mehr weh. »Und du hast nie mehr Zeit«, sagt sie, als sie wieder Luft bekommt.

»Ich muss fürs Abitur lernen, das weißt du doch.«

»Aber Torben sagt, du hast schlechte Noten. Du lernst gar nicht!«

Sein Griff wird hart. Er steht auf, sie fällt auf das Polster der Bank zurück.

»Torben? Was hast *du* mit Torben zu schaffen?«

In dem Moment fängt draußen das schwere Stampfen wieder an, das sie schon früher gehört hat. Es kommt immer wieder. Inzwischen erschrickt sie nicht mehr.

Leise stampft der Riese heran, der natürlich keiner ist, das weiß sie. Aber sie weiß nicht, was es ist, und wie viel Uhr es ist und welcher Tag. Sie hat so viel geschlafen. Der Riese nähert sich, zermalmt unter seinen dröhnenden Schritten alles da draußen, die Wiesen und den glitzernden Gürtel mit den Punkten, den sie durch die Ritze entdeckt hat.

Sie kauert sich ganz eng zusammen und beobachtet ihren Bruder. Seine Hände sind schon wieder zu Fäusten geballt. Hinter ihm flackert die gelbe Flamme des Gaskochers.

»Lass mich!« Jetzt kriegt sie doch Angst. Und sie ist so müde.

Marius zieht sie grob an einem Arm hoch, ihre Schulter schmerzt. »Hat der Kerl dir etwas getan?«

Sie windet sich, aber seine Finger schneiden nur noch fester in ihren Oberarm. »Du tust mir weh!«

»Entschuldige!« Er lässt sie los, schließt sie in die Arme. »Verzeih mir«, flüstert er. Dann sieht er sie an, sein Atem streift ihr Gesicht. »Hat Torben dir etwas getan?«

»Ist Torben dein Freund? So wie Amelie meine Freundin ist?«

»Was hat er dir erzählt?«

»Nichts. Er hat nur gesagt, dass du ein, ein … schlechter Schüler bist und ich aufpassen soll, dass du lernst. Und dass du so eine schöne Jacke hattest.« Sie erinnert sich genau an den großen Jungen mit der öligen Frisur, der plötzlich neben ihr stand, als sie vor der Aula auf Mama gewartet hat. Er war auch unter denen, die gegrinst haben, als sie Marius' Jacke aus dem Müll gezogen haben. Sie weiß auch noch genau, was er gesagt hat, aber das erzählt sie Marius jetzt nicht: »Hallo, Becci. So heißt du doch?« Er hat gelächelt und sich neben sie an die Wand gelehnt, wollte bestimmt cool sein. »Ich bin der Torben. Und ich sorge mich um deinen Bruder.« Dann hat Torben erzählt, dass Marius schlechte Noten hat und sie mit ihrem Papa über den geliebten Stammhalter reden sollte. Sie hat nicht verstanden, was er meinte, und ist weggelaufen. »Du solltest Sorge dafür tragen, dass dein Bruderherz lernt«, hat er ihr nachgerufen. »Es würde mir das Herz brechen, ihn versagen zu sehen.« Der redete auch so komisch, fast wie Papa, wenn er seine Texte vor sich hinmurmelt.

»Hat Torben sonst noch etwas gesagt?«

Sie schüttelt den Kopf, und wieder beginnt sich alles zu drehen, jetzt schneller als vorher. Die Wände verbiegen sich, und Marius wankt von ihr weg, kniet sich vor den Gaskocher, murmelt etwas. Sie muss wieder husten, und es fühlt sich an, als würde jemand sie mit Händen so groß wie Baggerschaufeln zusammenquetschen, die ganze Becci, so weh tut es, und so eng ist es unter ihrer Jacke. Sie hört ihren eigenen Atem, inzwischen klingt er wie ganz viele scharrende Mäuse, ein ganzes Baumhaus voll. »Scheiße«, hört sie Marius sagen, »verdammte Scheiße!«, und er schlägt gegen die Tür ihres Gefängnisses. *Wumm. Wumm.* »Du Bastard!«

Ein Vogel kreischt, er ist gleichzeitig direkt neben ihrem Ohr und weit weg im Himmel. So etwas hat sie schon einmal erlebt, da ist dann ein Krankenwagen gekommen und hat sie in die Klinik gebracht, mit Tatütata und Blaulicht, das hat durch die Nacht geblitzt. Damals hat auch ihr Bauch ziemlich weh getan. Das war wegen zu wenig Insulin, hat Mama später gesagt und sich furchtbar aufgeregt, dass Becci unvorsichtig gewesen ist. Jetzt tut ihr

Bauch nur ein bisschen weh. Marius sagt, sein Bauch tut vom Stress weh.

»Marius?« Sie hört sich selbst nicht mehr, aber Marius hat es wohl gehört, denn er kommt zu ihr. »Wir schaffen das, Zuckermaus!« Seine Hand streicht über ihre Wangen, immer wieder. »Ich hol dich hier wieder heraus, ich helfe dir, ich verspreche es! Du brauchst Insulin, du brauchst Antibiotika, du …«

Sie schließt die Augen, alles ist unendlich weit entfernt, und fast kommt es ihr vor, als würde sie auf einer Wolke liegen. »Ich schwöre es!«, hört sie die vertraute Stimme, und dann hört sie den Motor. Er kann nicht weit weg sein, als er verstummt. Gleich darauf nähern sich Schritte, aber nicht die des Riesen, denn es dröhnt nicht. Es knackt laut, und es raschelt.

Dann klimpert etwas Metallisches, und es knirscht an der Tür.

Noch einmal öffnet sie die Augen, sie muss sich anstrengen, um die Lider zu heben. Sonnenlicht fällt durch ein Rechteck auf sie, überflutet sie, und sie schwebt auf ihm davon, immer weiter weg.

13

Samstag, 10 Uhr 30

Entführt?« Paul Freitag stellte sich hinten in den vollbesetzten Soko-Raum und lockerte den Krawattenknoten. Annekatrin und ihr Schwesterchen Jule würden bitter enttäuscht sein, dass ihr Papa das erste Konzert ihres Kinderchores vorzeitig verlassen hatte.

»Das Motiv ist noch völlig unklar. Und das Mädchen vermutlich noch immer ohne medizinische Versorgung.« Rund dreißig Einsatzkräfte aus verschiedenen Dezernaten saßen an den Tischen und blickten zu Ehrlinspiel und Frank Lederle, die vorn standen. Die Jalousien waren halb heruntergelassen, ein Lichtstrahl durchschnitt das Halbdunkel und projizierte die Porträts der Kinder vorn neben die beiden Beamten. Der Hauptkommissar glaubte, den feinen Staub zu riechen, der im Strahl des Beamers flirrte.

»Dein zweites und dein drittes Kind, in meiner strengen Obhut sind. Sie sterben, falls nicht öffentlich bekennen wirst zur Schande Dich«, las Lederle von einem Laptop ab und ließ seinen Blick dann über die neu gebildete Soko schweifen. Soko *Geschwister.*

Der Mann mit dem rasierten Schädel war Mitte vierzig und steckte wie immer in einem Anzug aus changierendem Stoff. Seine obligatorische Fliege war heute gelb geblümt, die Schuhe poliert. Er sah nicht nur aus wie der Sieger einer Stepptanz-Weltmeisterschaft, er bewegte sich auch auf jedem kriminellen Parkett mit großer Sicherheit: Er war eloquent und ein wacher Kopf, wusste mit schweren Jungs genauso umzugehen wie mit leichten Mädchen, bestialischen Vergewaltigern oder hochintelligenten Mördern. Dazu kam Frank Lederles Entscheidungsstärke – und all das hatte ihm vor zwei Stunden seinen ersten Job als Soko-Leiter eingebracht.

»Das kam per SMS an den Vater der Kinder, an Günther Assmann. Gesendet vom Handy der Tochter Rebecca aus.« Lederle machte eine Pause, in der wohl alle verstanden, was das bedeutete. »Gesendet um zweiundzwanzig Uhr dreizehn gestern Abend. Der Vater war noch im Theater. Eine zweite Nachricht ging heute Morgen um acht Uhr siebenunddreißig ein. Wortlaut« – er beugte sich zu dem Monitor, und sein Gesicht leuchtete weißbläulich –: »›Ein Rätsel wirst Du nun erhalten, zur Lösung lasse Sorgfalt walten. Zur Antwort hast Du fünf Minuten, find'st Du's heraus, so end's im Guten. Was Du errätst, packst Du in Zeilen, wirst damit auf die Bühne eilen. Als Faust hinauf, dort gib zum Besten, statt der Premier', was wir gern wüssten. Als Buhmann runter, weil dann kund, was sagte uns Dein schändlich Mund. Doch falls Du spielst wie alle Tage, so sterben sie – ganz ohne Gnade.‹«

Ein Murmeln setzte ein.

»Reime.« Freitag presste nachdenklich die Lippen aufeinander. Breitbeinig stand er noch immer ganz hinten. »Deutet aufs Theater. Und der Absender weiß von Annika. ›Dein zweites und dein drittes Kind‹, steht da.«

»Richtig. Andererseits war das damals kein Geheimnis. Im Gegenteil.« Ehrlinspiel deutete auf die Fotos der Kinder und ließ einen Stapel Blätter mit ihrer Beschrei-

bung herumgehen. Für die Neuen im Team fasste er ihr bisheriges Wissen zusammen.
»Ein MOF«, warf ein dicker Polizist ein, als Ehrlinspiel Marius beschrieb, und Josianne nickte. Ihre Haut war um die Nase herum gerötet, und ihre Augen tränten. »Mensch ohne Freunde, genau.« Heiser war sie auch.
Ehrlinspiel beendete seinen Bericht mit der bevorstehenden Faust-Premiere morgen Abend und damit, dass Assmann seine Karriere über seine Kinder stellte. »Ich bin extrem misstrauisch gegenüber den Eltern. Wäre ich nicht zufällig vor Ort gewesen, als die zweite SMS kam, hätten wir wahrscheinlich nicht einmal von der Entführung erfahren. Jedenfalls nicht so schnell. Frau Assmann schien übrigens geradezu Angst davor zu haben, dass ihr Mann sie im Gespräch mit mir sieht. Als könne sie mir etwas verraten, was er nicht duldet. Er hat uns vom Haus aus beobachtet, als ich im Garten mit ihr sprach. Sie hat wie ich ihren Mann hinter dem Fenster bemerkt und ist sofort auf Abstand zu mir und dem Annika-Gedenkstein gegangen.«
»Hast du Assmann gefragt, was die ›Schande‹, von der die Rede ist, sein könnte?«, fragte Freitag.
»Klar. Er war erst völlig still, aber an seinem Hals hat eine Ader pulsiert. Er ist hin und her gelaufen, und plötzlich hat er losgebrüllt. Hat den Absender als dreckigen Verleumder und Lügenmaul beschimpft und gesagt, dass er, Günther Assmann, ein anständiger Mann sei. Seine Frau stand weinend ein paar Schritte entfernt und hatte die Hände vors Gesicht geschlagen. Beide leugnen, irgendeine Ahnung zu haben, was mit den Nachrichten gemeint ist. Allerdings konnte sie kaum sprechen, er war der Wortführer.«

»Hat er zurückgesimst?«
»Nein. Er sagte wörtlich: ›Auf so ein Intrigantenspiel lasse ich mich nicht ein.‹«
»Er weigert sich, die Forderung zu erfüllen?«
»Bisher ja.«
»Verflucht. Ist der Kerl ein Stein oder was?« Lederle fuhr sich über den polierten Schädel. »Sammeln wir weiter. Was haben wir an objektiven Befunden?«
Ein Kollege aus der Telekommunikationsüberwachung ergriff das Wort. »Rebecca Assmanns Handy war zum Zeitpunkt der ersten Nachricht genau gegenüber des Theaters eingeloggt. Rotteckring. Für exakt eine Minute und siebenundzwanzig Sekunden. Die zweite SMS kam über den Sendemast zwischen Bursengang und Kaiser-Joseph-Straße. Innenstadt also. Das Handy war knapp drei Minuten am Netz. Das Handy von Marius war nach wie vor nirgends eingeloggt.«
»Sehr raffiniert. Anmachen. Ausmachen. Wie weit weg von dem jeweiligen Funkmast kann der Absender eigentlich gewesen sein?« Ehrlinspiel kannte sich mit Handyortung nicht aus. Selbst die Spezialisten hatten Mühe, mit den rasanten Entwicklungen der Technik mitzuhalten.
»Im Stadtgebiet in einem Umkreis von etwa einhundertundfünfzig bis dreihundert Metern. Außerhalb sind es zwei bis drei Kilometer.«
»Der Typ will ein Rätsel schicken. Er muss also wieder simsen. Wie lange dauert es, bis wir bei einer SMS den betreffenden Funkmast identifizieren?« Ehrlinspiel blickte in den Beamerstrahl, als schicke der ihm die Lösung.
»Fünfzehn bis zwanzig Minuten. Selten länger. Der

Provider steht schon in den Startlöchern. Aber es ist Samstagvormittag. Kaum eine Chance. Die Innenstadt wimmelt vor sonnenhungrigen Leuten, die den ersten trockenen Tag zum Einkaufen und Kaffeetrinken nutzen. Zeig mir den, der da ohne Mobiltelefon unterwegs ist.«

»Wo ist Assmanns Handy jetzt?«, fragte Judith Maiwald, und alle Köpfe drehten sich zu der Frau, die nur zwei Armlängen von Ehrlinspiel entfernt saß.

Der Hauptkommissar spürte, dass die junge Wirtschaftskriminalistin ihn direkt ansah, auch wenn Schatten ihr Gesicht verdunkelten. »Es ist bei Assmann«, sagte er und blickte von Judith weg. Weg von den hell schimmernden Haaren, dem Flaum am Haaransatz, der Silhouette ihrer Brüste, die so weich und gleichzeitig fest waren. »Nur er selbst ist in der Lage, gegebenenfalls schnell zu antworten. Im Moment ist Josianne Schneider bei ihm. Sie wird ihn nicht aus den Augen lassen.«

»Wir drehen alles um. Jeden Kiesel. Jedes Sandkorn.« Lederle ging vor den Tischen auf und ab, und die Gesichter der Kinder wanderten immer wieder verzerrt über seinen Kopf, wenn er durch den Projektionsstrahl ging. »Familienhistorie. Abstammung. Kollegen. Konflikte im Umfeld. Finanzen.« Beim letzten Wort zeigte er auf Judith Maiwald. Dann drückte er einen Knopf an der Wand, und summend fuhren die Jalousien hoch.

Ehrlinspiel blinzelte auf die sonnenbeschienenen Dächer hinaus, auf die man von hier oben einen wunderbaren Blick hatte.

»Wer immer die Kinder in seiner Gewalt hat«, sagte Judith, »kennt die Familie. Ich denke, wir –«

»Lasst uns zuerst die Fakten beenden.« Lederle nickte dem Kollegen der TKÜ zu.

Judith verzog keine Miene, ihre schlanken, unberingten Hände lagen locker übereinander auf dem Fahndungshandzettel.

»Der Mobilfunkanbieter hat die Liste mit Anrufen der letzten drei Tage geschickt«, sagte der TKÜ-Mitarbeiter. »Marius hat nicht viel telefoniert. Zwei ausgehende und drei eingehende Gespräche zu Rebeccas Handy, jeweils nach Schulschluss. Ein Anruf zu seiner Großmutter in Kirchzarten vor genau einer Woche. Das Gespräch dauerte fast fünfzig Minuten. Außerdem ein eingehendes Gespräch von einem Torben Tretter. Zwei von einer Vanessa Sigismund. Beide von Mobilfunknummern aus. Frau Sigismund ist die Letzte, die ihn angerufen hat. Sie geht in dieselbe Schule wie Marius.«

»Torben auch. Das ist der etwas spießig gekleidete Kerl aus Marius' Jahrgang, von dem ich euch erzählt habe. Er hat zusammen mit ein paar anderen Marius über StudiVZ und Facebook angegriffen. Ist ein paar Wochen her. Aber wir müssen ihn jetzt unbedingt separat befragen.« Warum hatte der Mitschüler nichts von einem Anruf gesagt? »Und Rebecca?« Entschuldigend sah er zu Frank. Ehrlinspiel war in dieser Ermittlung Hauptsachbearbeiter und damit aktiver Ermittler, aber nicht der Leiter der Sitzungen. Und zum Glück kein Soko-Leiter, dessen Tage und oft auch die Nächte mit Schreibtischarbeit und Organisation gefüllt waren.

»Rebecca hat, wie gesagt, drei Mal bei Marius angerufen« – der Kollege blätterte in einem Stapel Papier – »und außerdem einige Mädchen aus ihrer Klasse. Wir haben das bereits überprüft. Ach ja: Fast jeden Tag um kurz nach zehn hat sie auf dem Festnetz der Eltern angerufen.« Er sah auf. »Das ist in der Zeit der großen Pause. Vermutlich so eine Art Erziehungsmaßnahme, weil sie da Blutzucker messen sollte. Alle Telefonate der Kinder wurden übrigens vom Stadtgebiet aus geführt, außer eines. Den letzten Anruf von Vanessa Sigismund hat Marius südlich von Breisach entgegengenommen.«

»Breisach? Wann?« Die Stadt am Rhein lag rund fünfundzwanzig Kilometer von Freiburg entfernt.

»Am Mittwoch um sechzehn Uhr fünfundfünfzig.«

»Gib mir die Nummer von dem Mädchen.« Ehrlinspiel notierte in seinen Notizblock, was der Kollege von der TKÜ diktierte. »Sorry, Frank«, sagte er dann und ging zu einem freien Platz vor der Fensterfront, von dem aus er Judith nicht sah. Für einen Moment fiel sein Blick zwischen die Lücken der Häuser. Dort lagen die Bahngleise. Ein Wirrwarr rostbrauner Stränge, parallel verlaufend, dann ineinanderführend, sich wieder teilend. Ehrlinspiel schossen all die Ereignisse durch den Kopf: die Entführung; Hannas Ankunft in wenigen Stunden; Kater Bentley und der Anruf beim Tierarzt, den er wieder nicht gemacht hatte; die Nacht mit Judith und die Wochen danach, als er ihr immer nur flüchtig zugelächelt hatte, wenn sie sich auf den Gängen begegnet waren. Manchmal hatte er auf die Blutbuche im Innenhof hinabgesehen, seinen Haarwirbel berührt, den Hanna so mochte, und an die Wanderführer-Redakteurin aus Hamburg gedacht. Ein Paar waren sie damals nicht gewesen. Zumindest keines, das sich offen zueinander bekannt hätte. Doch seit ihrem letzten Zusammensein im Hochsommer hatte der Hauptkommissar gewusst, dass er sein

Leben mit ihr teilen wollte. Vor Sex mit Judith hatte ihn das nicht geschützt.
Frank grinste. »Ich habe nichts gegen engagierte Kollegen in meiner ersten Soko.«
»Wisst ihr, was mich beschäftigt?«, sagte Ehrlinspiel. »Die extreme Kontrolle durch die Mutter. Diese Geheimniskrämerei. Sie hat auch Diabetes und muss doch damit umgehen können. Sie weiß, dass das nicht ist wie vor zwanzig Jahren mit komplizierten Spritzen und strengen Diätplänen. Ich habe mich mal erkundigt. Man kann das heutzutage prima mit diesen Pumpen regeln. Die Krankheit ist längst keine Schande mehr. Und ich bin fast sicher, dass auch Annika Diabetes hatte und die Eltern das damals verheimlicht haben.«
»Ich werde es herausfinden!«
Alle sahen zu Jo Krenz. Seine Stimme klang gepresst und war rauh. Er war derjenige, der die kleine Ermittlerrunde vor zwei Tagen über Annikas Existenz informiert hatte. Der Mann mit dem zerfurchten Gesicht, der Glatze und dem Schnurrbart. Erster Kriminalhauptkommissar mit Spezialausbildung zum psychologischen Opferbetreuer, knapp sechzig – und vor fast zwanzig Jahren Leiter der Soko *Gartenkind.* In wenigen Tagen würde er in den Ruhestand verabschiedet.
»Okay, lasst uns zu den subjektiven Befunden kommen.« Lederle zupfte an seiner Fliege. »Motivsuche. Hat jemand Ideen, was der Kerl will?«
»Oder die Frau«, sagte Judith.
Ehrlinspiel bildete sich ein, einen sarkastischen Unterton herauszuhören.
Lederle trat an das Whiteboard. *Zusammenhang mit Annika?*, schrieb er mit einem dicken schwarzen Filzstift.

»Familie ruinieren«, sagte jemand, »bloß: Weshalb hat sich dann damals niemand gemeldet?«
»Oder ein Mitläufer. Dann hätte Annika mit dem jetzigen Fall gar nichts zu tun.«
Lederle schrieb *Trittbrettfahrer.*
Jo Krenz stützte die Ellbogen auf und knetete seine Hände.
Die alte Geschichte arbeitet in ihm, dachte Ehrlinspiel.
»Rache«, schlug Freitag vor. »Die Familie hat genügend Geld, das will der Typ aber nicht. Es geht um etwas Persönliches.«
»Rache wofür?«, fragte Judith. »Für die Schande, wie in der SMS gesagt wird?«
»Das Haus gehört übrigens Lene Assmann«, warf Jo Krenz ein. »Sie hat es von ihren Eltern geerbt.«
»Günther oder Lene Assmann haben jemandem geschadet. Etwas Schändliches getan, vielleicht? Konkurrenz am Theater? Wir haben ja schon überlegt, ob jemand Assmann aus der Bahn werfen und ihm damit die Rolle des Fausts stehlen wollte. Oder – darüber hatten wir auch schon spekuliert – der Vater steckt mit drin. Um genau das zu bekommen, was er angeblich ablehnt, nämlich Publicity.«
Eine hagere Frau ganz hinten schüttelte den Kopf. »Ein Schauspieler würde sich doch nicht selbst der Schande bezichtigen. Der würde für positive Öffentlichkeit sorgen. Sich eher als Opfer geben, das man bemitleidet.«
»Mag sein«, gab Ehrlinspiel zu bedenken. »Aber wir wissen ja noch nicht, worauf der Entführer hinauswill.«
»Ihr beschreibt Assmann als karrieresüchtig und gleich-

gültig«, sagte Jo Krenz zu Ehrlinspiel. »Ich hab ihn anders erlebt, als wir Annika gesucht haben. Richtig verzweifelt, kaum ansprechbar. Zeitweise habe ich sogar befürchtet, er würde sich das Leben nehmen. Ganz anders als seine Frau. Die war stark. Die hat ihm Halt gegeben und war recht gefasst.«

»Sie wurde sofort wieder schwanger. Marius kam« – Ehrlinspiel blätterte in seinen Notizen – »genau neun Monate und sechsundzwanzig Tage nach Annikas Verschwinden zur Welt.«

»Verzweiflungssex?«, sagte Judith Maiwald.

»Möglich.« Ehrlinspiel zwang sich, gelassen zu bleiben. Er verfluchte den Abend im letzten Dezember, an dem die Sehnsucht nach Hanna ihn körperlich geschmerzt hatte und an dem er mit ein paar Kollegen in einer Kneipe gelandet war. Judith, die kühle Blondine, deren Privatleben eines der großen Rätsel der Polizeidirektion war, war zum ersten Mal mitgegangen. Weshalb, wusste Ehrlinspiel bis heute nicht. Aber er wusste, dass er nach zwei Bier hätte aufhören sollen zu trinken. »Aber wie auch immer«, sagte er, »die Schwangerschaft hat ihr wahrscheinlich Kraft gegeben, nach vorn zu blicken.«

Jo Krenz nickte. »Ja, hat sie. Lene Assmann hat das damals selbst zu mir gesagt. Trotzdem ... ich werde bis heute den Gedanken nicht los, dass wir damals etwas übersehen haben. Irgendwas hat da nicht gestimmt. Ist ein Bauchgefühl, darüber könnt ihr gern lachen bei einem alten Knacker wie mir. Aber dass ich jetzt noch einmal mit denen zu tun habe, und gleich mit zwei Kindern ... Irgendetwas stimmt da ganz und gar nicht. Das« – er schlug leicht auf seinen flachen Bauch – »sagt

mir der da. Und was immer dahintersteckt, dieses Mal finde ich die Kinder. Und wenn ich dabei draufgehe.«
Stille machte sich breit. Niemand lachte über sein Bauchgefühl und den »alten Knacker«. Dann klapperten die Tasten von Frank Lederles Laptop, und er sagte: »Weiteres Vorgehen. Jo, du kennst die Familie, bist psychologisch geschult und hast eine Ausbildung in Gesprächsführung. Du fährst umgehend zu den Assmanns und übernimmst die erste Schicht der Angehörigenbetreuung. Halte Augen und Ohren offen, bleib kritisch den Eltern gegenüber. Du bist unser Verhandler, falls die Entführer sich wieder melden. Bitte die Familie um Offenlegung der finanziellen Verhältnisse. Wenn sie nicht kooperieren, dann lässt du, Judith, die Konten beschlagnahmen. Und falls der Vater heute Abend zu seiner Generalprobe zu gehen gedenkt, geht einer von uns mit! Wir schicken außerdem ein paar Leute zum Theater. Die Streifen sollen alles im Umkreis von dreihundert Metern überwachen. Vor allem Bertoldstraße, Werthmannstraße, Sedanstraße. Wer immer es mit Assmann zu tun hat: Lasst den Kerl und sein Handy nicht aus den Augen, und wenn ihr euch zu ihm auf die Bühne stellt. Und du, Edgar« – Lederle deutete auf den Pressesprecher –, »du hast fünfzehn Minuten für eine Polizeipressemeldung. Wir brauchen jede Unterstützung der Öffentlichkeit. Aber: kein Wort von den Forderungen des oder der Täter. Keine Spekulationen, nichts!«
Frank verteilte weitere Aufgaben: richterlichen Beschluss zur Überwachung von Assmanns Festnetz und Mobiltelefonen einholen; Hundertschaften zum Durchkämmen der Gegend um die Straßenbahn-Haltestelle; Fahndungsplakate und Handzettel, die in den nächsten

Stunden in der gesamten Stadt verteilt werden würden. »Und falls ein Hubschrauber aus Stuttgart oder Söllingen unseren Luftraum überfliegt, soll der KDD ihn samt Infrarotkamera den umliegenden Wald abfliegen lassen. Plus Grundstück der Assmanns. Um selbst einen Stahlvogel anzufordern, haben wir zu wenig Anhaltspunkte.«
Ehrlinspiel nickte. »Und ich?«
»Du schnappst dir Freitag und befragst Vanessa und Torben. Und wen ihr sonst noch erwischt in der Schule. Sollte ja Unterricht sein heute, oder?«
»Samstagsunterricht ist längst abgeschafft«, sagte Ehrlinspiel. »Aber es gibt freiwillige Abivorbereitungskurse. Das hat der Direktor erklärt. Und auch, dass der gesamte Jahrgang daran teilnimmt. Natürlich nur, weil *er* ihnen die Bedeutung der prüfungsrelevanten Fächer nahegebracht hat und obendrein einen so spannenden Unterricht hält.«
»Na, dann lasst euch nicht aufhalten, nicht, dass ihr noch etwas verpasst. Und danach, Moritz, kümmerst du dich um Assmanns Mutter im Altenheim. Finde heraus, was Marius fünfzig Minuten mit ihr zu reden hatte. Und falls es dir zeitlich reicht, begleitest du Freitag zu Edith Berger, sie ist eine der alten Zeuginnen im Fall Annika. Sonst gehst du allein, Freitag.«
»Sie ist inzwischen Chefdramaturgin«, sagte Freitag. »Ziemlich wichtig beim Faust.«
»Umso wichtiger für uns.« Lederle klappte sein Laptop zu.
Die runde weiße Wanduhr zeigte drei Minuten vor zwölf. Hanna war jetzt irgendwo zwischen Hamburg und Freiburg. Und wenn sie nachher mit Sack und Pack in ihrem gemeinsamen Leben ankäme, wäre er, ihr Le-

bensgefährte, damit beschäftigt, Mr. Hair abzuwimmeln, oder er saß bei der Oma im Altenheim. Und Bentley lag krank zu Hause.

»Wir treffen uns um zwanzig Uhr wieder hier. Mit Ausnahme derer, die im Theater sind. Ich will alles über die Assmanns und die Leute wissen, die in irgendeinem Kontakt zu ihnen stehen. Alles!«

14

Samstag, 12 Uhr 30

Die Männer kamen direkt auf sie zu.
Vanessa zog ihren kurzen Rock nach unten und stellte sich vor das Schwarze Brett. Schob einen Kaugummi in den Mund und tat, als lese sie einen Aushang. Die Eingangshalle war schlecht beheizt, und nach den Stunden im überhitzten Klassenzimmer fror sie trotz der gestiegenen Außentemperaturen an den Beinen. Auch die Absätze waren zu hoch und ihre Stiefel nicht gefüttert, ihre Zehen kalt. Doch Torben stand auf ihr Outfit. Vanessa kannte die geheimen Seiten des Anwaltssohnes. Nach dem Projektkurs in Biologie sehnte sie sich danach, hier wegzukommen. Doch auch Torben war heute, am Samstag, zusätzlich in der Schule. Er wollte in Sport einen guten Abschluss hinlegen. Und nach seinem Handballtraining wollten sie sich hier, beim Treppenabgang zum Sportbereich und den Umkleiden, treffen.
Die Männer traten zu ihr. Den einen Bullen erkannte sie sofort wieder.
»Hallo! Ehrlinspiel, Kripo Freiburg. Und mein Kollege Freitag. Ich war gestern bei Ihnen im Politikkurs.« Seine sandfarbenen Haare standen in Höhe des rechten Auges in alle Richtungen ab. Sie hätte heute gar nicht erst zur Schule kommen sollen. *Keine Drogen – klarer Kopf* stand auf dem Aushang. Was wussten andere schon von

ihrem Kopf und den Dingen, die einem den Verstand raubten. Sie schob die Hüfte leicht zur Seite, um cool zu wirken. »Hey.«
»Wir suchen Vanessa Sigismund«, sagte Ehrlinspiel.
»Warum?«
»Wo finden wir sie?«
Aus der Nähe gefielen ihr seine grünen Augen noch besser als gestern. Sie wirkten frech. Und er roch gut. Nach einer Mischung aus Wald und Meer. Das war aber schon alles Positive an dem Typ. Der andere, Kleine, sah in seinem schwarzen Anzug aus, als wolle er ihr eine Sterbeversicherung andrehen. »Man nennt mich Nessy.«
»Das Ungeheuer.« Der Bulle grinste, aber nur der rechte Mundwinkel ging nach oben.
Sie sah zu der Treppe, die zur Sporthalle hinabführte. Nickte ein paar Mitschülern zu, die die Schule verließen. »Ich hab Marius nicht gefressen. Falls Sie das damit sagen wollen.«
»Aber Sie sind die Letzte, die mit ihm telefoniert hat.« Er kramte in einer coolen Umhängetasche. Schwarzes, grobes Leder, mit Reißverschluss quer rüber, schon ziemlich abgenutzt. Okay, auch noch ein Pluspunkt. »Am Mittwoch um sechzehn Uhr fünfundfünfzig«, las er aus einem kleinen Ringbuch ab.
Sie bewegte ihre kalten Zehen. »So?«
»Über was haben Sie gesprochen?«
Sie schob den Kaugummi von links nach rechts. »Weiß nicht mehr.«
Ehrlinspiel brachte sein Gesicht näher an ihres und lächelte. Torben hat in zwanzig Jahren sicher auch diese Fältchen um die Augen, schoss es ihr durch den Kopf. Bloß würden sie bei ihm nicht vom Lachen kommen.

»Doch, das wissen Sie!«
Rasch blickte sie auf den Steinboden. Fußabdrücke, helle Schlieren und Steinchen zogen sich von der Glastür durch die Halle und über die Treppen. War ja klar, dass ihr Handy Spuren hinterlassen hatte und die Polizei das herausfinden musste, wenn sie nach den Assmanns suchten. Egal, was war schon dabei. Gedämpft hörte sie das harte Aufschlagen von Bällen, dann Rufe und Schritte. »Ich hab ihn gefragt, ob ich ihm die Hausaufgaben bringen soll. Zum Abschreiben. Weil er doch Ärger hatte.«
»Tatsächlich? Einen so besorgten Eindruck haben Sie gestern aber nicht gemacht.«
»Muss ja nicht jeder wissen.« Fest biss sie auf den Kaugummi.
»Dann sind Sie also doch mit ihm befreundet?«
»Er tut mir leid. Sonst nichts.«
»Was hat Marius denn geantwortet?«
»Er hatte keine Lust zum Abschreiben und hat aufgelegt. Er ist komisch. Sagten wir doch schon.«
»Weitere Themen?«
»Was?«
»Über was haben Sie noch geredet?«
»Nichts.«
»Dann haben Sie sich also knapp« – er sah in ein kleines braunes Notizbuch – »achtzehn Minuten lang angeschwiegen?«
Nessy schluckte.
»Er war bei Breisach, als Sie mit ihm gesprochen haben«, sagte der Kleine und verschränkte die Arme. Sein schwarzer Anzug glänzte.
Nessy hasste Anzüge. Arrogant. Protzig. »Breisach?«

Ein Kribbeln in den Fingerspitzen setzte ein. »Davon hat er nichts gesagt.«
Ein Kumpel aus Torbens Sportkurs spurtete die Treppe herauf, immer zwei Stufen auf einmal nehmend, hob die Hand und verschwand nach draußen.
»Sie haben auch am Montagabend bei ihm angerufen. Da war er in der Stadt.«
Sie nickte. Was sonst sollte sie tun?
»Wollten Sie ihm da auch die Hausaufgaben bringen?«
Freitag kam einen Schritt auf sie zu. Er war höchstens fünf Zentimeter größer als sie selbst. Vermutlich sollte der Anzug mangelndes Selbstbewusstsein kompensieren. Erneut nickte sie. Zwei weitere Jungs kamen die Treppe herauf, liefen zum Schulausgang. »Ciao.« Sie winkte ihnen hinterher.
»Frau Sigismund, wenn Marius Ihnen etwas anvertraut hat, das uns hilft, dann sagen Sie es, okay? Es geht auch um seine kleine Schwester.«
Die Augen des kleinen Bullen nagelten sie fast am Schwarzen Brett fest. Da erschien Torben im Treppenaufgang. Als er die Polizisten sah, erstarb sein Lächeln.
»Es geht um *zwei* Menschenleben!«, sagte Ehrlinspiel, als Torben sich zu ihnen gesellte und die Adidas-Tasche auf den Boden fallen ließ.
»Hallo, die Herren. Herr Kommissar Ehrlinspiel und …?« Torben reichte ihnen die Hand. Dann küsste er Nessy auf den Mund. »Hey, Puppe.« Mit gesenkter Stimme fuhr er fort: »Ist etwas mit Marius? Ist er wieder aufgetaucht? Oder …?«
»*Haupt*kommissar, Herr Tretter!«, präzisierte Ehrlinspiel. »Was für ein willkommener Zufall, Sie zu treffen!

Mein Kollege, Kommissar Freitag. Und ja, es ist etwas mit Marius.« Er zog ein Blatt aus seiner Umhängetasche und pinnte es an das Schwarze Brett. »Marius und Rebecca Assmann befinden sich in der Gewalt von Entführern.«

Nessy starrte auf das Blatt. *Entführt. Fahndung. Lebenswichtige Medikamente.* »Aber warum? Wann? Von wem? Sind Sie sicher?« Ihr wurde heiß, dann kalt und wieder heiß, als sie die Bilder der Geschwister ansah. Schließlich wandte sie den Blick von ihnen ab, sah zu Freitag, zu Ehrlinspiel, schließlich zu Torben. Dessen Kiefermuskeln waren angespannt.

»Nun ja, war fast zu erwarten, oder?«, sagte er, und Nessy wünschte sich, ihr Freund hätte sich beim Handball irgendetwas gebrochen oder sich die Zähne ausgeschlagen, dann würde er jetzt nicht so einen verdammten Mist reden.

»War es das?« Ehrlinspiel fixierte Torben.

»Bedenken Sie den Status der Familie. Da ist durchaus etwas zu holen.«

»Was hatten Sie mit Marius zu besprechen?«

»Haben Sie mir gestern nicht zugehört? Marius steht in den Pausen einfach neben mir, ich weiß nicht, weshalb er –«

Ehrlinspiels kräftige Hand schloss sich um Torbens Oberarm. »Erstens: Nicht frech werden, junger Mann. Und zweitens: Sie haben ihn angerufen. Sie und – als Letzte – Ihre Freundin.«

Nessy schluckte, als Torben erst sie ansah und sein linker Mundwinkel dabei fast unmerklich, doch so vertraut zuckte, und als er dann auf die Hand des Bullen blickte. Ganz ruhig sagte Torben: »Nehmen Sie bitte Ihre Hand weg. Sonst muss ich leider meinen Vater informieren. Er ist Rechtsanwalt.«

Ehrlinspiel lachte auf, und seine Finger bohrten sich kurz, aber tief in Torbens Fleisch. Der stöhnte und nuschelte: »Arschloch.«

»Bitte?« Ehrlinspiel legte eine Hand ans Ohr. »Haben Sie gerade einen Beamten beleidigt? Das wird dem ehrenwerten Herrn Vater aber gar nicht gefallen.«

Torben schnaubte und bückte sich nach seiner Sporttasche.

»Wenn Sie gehen möchten, gern. In der Polizeidirektion können wir uns ohnehin viel besser unterhalten.«

Wie auf Knopfdruck zeigte Torben eine Reihe gerader Zähne und zupfte an seinem weißen Hemdkragen. »Nun, Vanessa und ich haben uns … ein wenig um Marius gekümmert.«

»Und vor lauter Angst, dass wir oder Ihre Mitschüler davon Wind bekommen, haben Sie uns diese Tatsache bisher verheimlicht.«

»Marius wollte das nicht. Er hat ein Problem damit, Hilfe anzunehmen. Sich anderen … anzuvertrauen.«

Ehrlinspiel hob die Augenbrauen. »Ach so. Deswegen hat er sich in den Pausen neben Sie gestellt. Interessante Interpretation.«

»Ich habe es doch schon erklärt, Herr Kommissar. Entschuldigung, *Haupt*kommissar.« Er lächelte. »Mit Marius kann man nicht befreundet sein. Er redet quasi nichts. Sein Verhalten ist oft irritierend. Ich habe ihn angerufen und ihm gesagt, dass wir« – er strich über Nessys Hals – »für ihn da sind. Ab und zu hat er sich ja zu mir oder der Gruppe gestellt, aber er ist immer abseits geblieben. Also habe ich ihm erklärt, dass er sich nicht scheuen muss, auf uns zuzugehen. Er hat sich das angehört und abgelehnt. Er hatte einen Scheißtag am Montag. Hat in der Schule kein Wort geredet. Ich habe mir Gedanken gemacht und es später per Telefon versucht. Aber wir können ihn ja schlecht zwingen.«

»Genauso wenig, wie Sie ihn zwingen konnten, auf Ihre und« – er nickte zu Nessy – »Ihre Angriffe auf StudiVZ und Facebook zu reagieren.«

Torbens Mundwinkel zuckten erneut, und Nessy hörte auf zu kauen. Ihre Finger juckten. Sie hasste dieses Gefühl.

»Verpiss dich, armer Reicher. Schlappschwanz bleibt Schlappschwanz. Wer mit dir redet, blutet.«

Scheiße. Sie hatten Marius' Account geknackt!

»Das war ein Spaß, Herr Kommissar.«

»Man nennt das Mobbing, Herr Tretter.«

»Quatsch.« Wieder dieses Zucken der Mundwinkel.

»Wir wollten ihn einfach aus der Reserve locken. Wir dachten, dass er doch auf irgendwas reagieren muss«, erklärte Nessy.

Torben nickte zustimmend.

»Hat vielleicht noch jemand angeboten, Marius zu … helfen? Hat er irgendetwas erwähnt? Oder hat sich jemand hier auf dem Schulgelände aufgehalten, ein Fremder? Wurde Marius angesprochen? Beobachtet?«

»Sehe ich aus wie eine Glaskugel?«

»Wie bitte?«

»Dann fragen Sie mich nicht nach solchen Sachen.«

Gleich verprügelt Ehrlinspiel ihn, dachte Nessy. Doch der Bulle sagte nur: »Sie sind also sein einziger Kontaktmann. Aus purer Nächstenliebe heraus.«

»Ganz recht. Aber ich bin nicht sein Aufseher. Und erst

recht nicht sein Entführer. Unsere Familie besitzt selbst genug.«
Nessy nickte. »Das stimmt.« Die Bullen nahmen ihnen garantiert kein Wort von der Helfergeschichte ab.
»Dann muss ich das wohl so glauben.«
»Sie sind ein kluger Mann, Herr Hauptkommissar Ehrlinspiel«, sagte Torben.
»IQ über hundert!« Der Bulle tippte an seine Schläfe. »Und außerdem viel Herzensbildung. Wir sehen uns.« Die Polizisten gingen die Treppe hinauf Richtung Lehrerzimmer.

Nessy sah Torben an. »Entführung. Glaubst du das?«
Jetzt nur nichts Falsches sagen.
Torben hob die Schultern. »Warum nicht? Die Leute haben Kohle.«
Wie du auch, dachte Nessy. Du mit deinem schicken Wagen, den teuren Klamotten und der Vorliebe für unbezahlbare, nuttige Lackstiefel. Kerle! Sie trug die Dinger nur, weil er ihr schon so viele Paare gekauft hatte. Genauso wie die arschkurzen Röcke und das schrille Make-up. Nach außen der tadellose Anwaltssohn, und hinter der Fassade … Doch mit der Zeit hatte sie sich daran gewöhnt. So, wie sie sich an vieles gewöhnt hatte.
»Sag mal« – Torben kaute auf seiner Unterlippe –, »ich wusste ja gar nicht, dass du auch bei Marius angerufen hast.«
»Ich hab's schon den Bullen gesagt. Ich wollte ihm die Hausaufgaben geben zum Abschreiben. Er … er tut mir leid.«
»Er tut dir leid«, flüsterte er, und eine leichte Röte kroch

über seinen Hals. »Und was soll der Scheiß mit den Medikamenten? Was ist mit dem Gör? Weißt du was?«
Nessy nahm seine Hand. Sie war feucht. »Hey, es ist alles gut.«
Er nickte, als Elisabeth Heinemann auf sie zueilte. Was machte die heute hier? Nessy holte tief Luft, und Torben seufzte leise.
»Habt ihr es schon gehört? Schrecklich, ganz schrecklich. Ich bin extra hergekommen. Das halbe Kollegium sitzt oben. Die armen Eltern! Wie soll Günther Assmann da nur auftreten!« Sie schüttelte den Kopf. Dann kniff sie die Augen zusammen. »Ich bete zu Gott, dass ihr da heil herauskommt.«
»Wir? Sie meinen Marius und Rebecca«, sagte Torben und zeigte beim Lächeln seine schneeweißen Zähne.
»Ich meine, was ich sage.« Damit ging sie hinaus.
Die beiden sahen sich an. »Abgehalfterte Stute«, schnaubte Torben.
Nessy dachte an die Geschwister. An die Kälte der letzten Tage und an die traurigen blauen Augen von Marius. Wie er seine Jacke gesucht und aus der stinkenden Mülltonne hinter der Sporthalle gezogen hatte, Rebecca an seiner Seite. Und dass man der Kleinen nie etwas angemerkt hatte von ihrer Krankheit. Dann fiel ihr ein, dass ihr Vater sie erwartete, samt den Einkäufen fürs Wochenende. »Ich muss los.«
Mit einem Ruck drückte er ihre Finger zusammen, dass es knackte, und beinahe hätte sie aufgeschrien. »Und halt ja die Klappe, Puppe. Keinen Fehler! Sonst kommen wir noch in Verdacht.«

15

Schande! Welche Schande? Los, sag's schon!« Günther Assmanns Faust krachte neben das Handy, und es schlitterte über die Tischplatte. Neben einer Wasserkaraffe blieb es liegen. »Mich macht ihr nicht fertig. *Mich* nicht!«

»Lass es, Günther«, sagte Lene leise. »Es wird sowieso kein gutes Ende nehmen.«

Er sah sie an.

Sie saß ihm gegenüber, am anderen Ende des großen Glastisches, so weit weg wie möglich. Hinter ihr hingen die Theaterplakate, bunt und lebendig. Lene dagegen war blass. Sie weinte nicht, sie war nicht zornig, sie war innerlich tot. Und er wusste ganz genau, weshalb: wegen Krenz. Diesem Krenz, der rechts zwischen ihnen an der Längsseite des Tisches saß. Genau wie damals. Der mit seinen Triefaugen alles auseinandernahm. Stumm Anklage erhob, als seien sie Verbrecher! »Merken Sie eigentlich nicht, was Sie hier anrichten?«, sagte er zu dem Polizisten.

»Ich bin für Sie da. Sie dürfen in der Situation nicht allein bleiben.«

Günther lachte auf. »Wir sind erwachsen. Ich werde Sie … ignorieren. Genauso, wie ich diesen ganzen Mist hier ignorieren werde.« Er deutete mit dem Kinn auf sein Handy.

Jo Krenz verschränkte die Arme auf dem Tisch und beugte sich zu Assmann. »Das werden Sie nicht tun.«

»Mist?« Lene flüsterte. »Du nennst das Mist? Es sind unsere Kinder!«
Günther starrte auf Krenz' schwarze Lederjacke, die bei jeder Bewegung knirschte und am linken Ärmel abgeschürft war. »Sollten Sie nicht längst in Rente sein?«
»Zum ersten April.«
»Guter Scherz.«
»Nein. Mein sechzigster Geburtstag.«
»Ach ja, Staatsbeamte dürfen sich ja schon mit sechzig auf ihren Lorbeeren ausruhen.« Krenz' untere Augenlider erschienen Günther, als sackten sie mit jeder Sekunde noch mehr herab. Der Kerl sah gute zehn Jahre älter aus, als er war.
»Glauben Sie mir: Ich werde der Sache mit Ihren Kindern auf den Grund gehen, Herr Assmann. Und wenn es das Letzte ist, was ich tue.«
»Sie tun jetzt nur noch eines. Sie verlassen unser Haus!«
Wie er diesen Mann verabscheute. Diesen Schnüffler, diesen zerfurchten Typ, der in sein Leben und das von Lene und Annika eingedrungen war und dabei vorgegeben hatte, auf seiner, Günthers, Seite zu stehen. Aber *ihn* hatte Krenz nicht täuschen können. Nicht mit seinem Lächeln, nicht mit den wenigen, ach so einfühlsamen Worten. Und er konnte ihn auch jetzt nicht täuschen. Es lag in Krenz' Blick, ganz hinten, hinter dem verwaschenen Blau: Misstrauen. Tief, unauslöschlich, wie Günthers eigene Angst, die ihn manchmal aus dem Spiegel anblickte.
»Ich bleibe, Herr Assmann. Sie sind wahrscheinlich der Einzige, der Antwort auf das Rätsel geben kann. Falls es kommt.«
Krenz hatte Günthers Freunde auseinandergenommen,

sie bedrängt und in ihren Herzen so lange Misstrauen gesät, bis manche nicht mehr mit ihm geredet hatten. Als ob er, der Vater, seiner Annika hätte etwas antun können! Lächerlich! Nur die Öffentlichkeit war ihm treu geblieben. O ja. Die Herzen waren ihm zugeflogen, tausende, jeden Tag, bedauernd, mitleidig, tuschelnd. Falsche, voyeuristische Meute! Einzig Edith hatte ehrlich zu ihm gehalten. Sie wusste um seine Liebe zu seinem Engel und zu Lene.

Manchmal hatte er geglaubt, auch Edith würde sich von ihm abwenden. Wenn sie geweint und sprachlos in der Garderobe gestanden und ihn einfach nur angesehen hatte, während er vor Schmerz und Sehnsucht nach Annikas Lachen und Kinderduft überzeugt war, sterben zu müssen.

Das durfte nicht wieder passieren. Nie wieder dieser Schmerz. Nie wieder diese Angst, dass Edith sich von ihm abwenden könnte. Er brauchte sie. Ihre Kontakte.

»Wir werden sie verlieren«, sagte Lene.

»Den Teufel werden wir!« Mit einem Ruck schob er den Stuhl zurück, der laut über den Boden schrammte, und erhob sich. Zorn kämpfte gegen Trauer, Angst gegen Tatendrang, Liebe gegen Resignation. Er brauchte Bewegung. Musste hier raus. Mit jedem Blick zu Krenz kam Annika wieder näher. Die verlorene Annika. Sein Engel. Er ging zu Lene, nahm ihren Kopf zwischen seine Hände, hob ihn leicht an und sagte: »Sie war wie du. So zart, so zerbrechlich.«

Sie drehte den Kopf weg, entzog sich ihm, und ihre Stimme war nur noch ein ersticktes Hauchen: »Becci ist auch wie ich. Aber du läufst nur weg. Du läufst immer weg. Statt dass du dich *ein Mal* der Wahrheit stellst.«

Der Zorn gewann den Kampf.

»Der Wahrheit? Welcher Wahrheit denn? Dass uns hier jemand fertigmachen will? Dass die Polizei wieder nur untätig herumsitzt?«

»Du weißt genau, was ich meine.« Sie stand auf, trat ans Fenster, und im Gegenlicht der Sonne zerfloss ihre Silhouette in ein flimmerndes Gold.

Sie ist ein Geist, wie neulich nachts, dachte Günther. Aber jetzt kein guter mehr. Kein trauriger, keiner, der Rettung sucht.

»Sie werden sterben«, sagte sie.

Sie ist ein Geist, vor dem ich selbst Erlösung brauche, dachte er. Einer, der zu groß ist für mich. »Hör auf mit diesem Kassandra-Getue!« Er war froh, dass seine Stimme fest klang. Er musste durchhalten. Musste spielen. Musste … leben.

»Dann wirst du tun, was sie verlangen. Du wirst auf die Nachrichten antworten.« Sie griff nach Günthers Handy. »Ich halte das Leben unserer Kinder hier in der Hand. Und wenn du Schande auf dich geladen hast, dann steh dazu.«

»Schande«, stieß er hervor. »Da will jemand meine Karriere ruinieren.«

»Deine Karriere.« Unter ihre Stimme mischte sich dieses leise Zittern des schreienden Vorwurfs, das wahrscheinlich nur er hörte, und für eine Sekunde schloss er die Augen und flehte stumm *Sei still, Lene, sei einfach nur still.*

»Bitte, setzen Sie sich.« Jo Krenz war aufgestanden und berührte Lene an der Schulter. Sie ließ den Kopf sinken, rührte sich aber nicht von der Stelle. Sie sahen aus wie ein Vater und seine Tochter in der modernen Inszenierung eines antiken Dramas.

Günther nahm Platz und goss sich ein Glas Wasser aus der Karaffe ein. Sein Mund war trocken, doch er trank nicht.

»Wie kommen Sie darauf, dass jemand Ihre Karriere ruinieren möchte?«

Er hob die Schultern. »Was sonst soll es heißen, dass ich morgen auf die Bühne gehen und irgendeinen Scheiß erzählen soll? Ich bin Faust! *Faust!* Kein Buhmann!«

»Hat jemand Sie bedroht, Andeutungen gemacht? Kollegen vielleicht?« Krenz strich Lene Assmann kurz über den Rücken.

Günther schüttelte den Kopf. »Und ich werde den Goethe spielen. Faust. Sonst nichts.«

»Herr Assmann, ich bin mit Ihrer Frau einer Meinung. Ihre Karriere sollte –«

»Ja, das sehe ich!«

Krenz führte Lene an ihren Platz zurück. »Ihre Karriere sollte im Moment zweitrangig sein. Warum auch immer jemand Ihre Kinder in seiner Gewalt hat: Oberste Priorität hat Marius' und Rebeccas Rettung. Und Sie« – er deutete mit dem Finger auf Assmanns Brust – »sollten uns, verdammt noch mal, dabei helfen.«

Günther umfasste das glatte, kühle Glas.

»Hören Sie mir zu?«

»Ja.« Er blickte in die durchsichtige Flüssigkeit, die winzigen Tropfen, die im einfallenden Licht glitzerten und dann zerplatzten, einer nach dem anderen, fast unhörbar, und in seinem Kopf doch laut wie Schüsse.

Lene schob das Handy zu ihm hin. »Ich habe immer zu dir gehalten, Günther. Ich habe deine Marotten ertragen und deine Alkoholexzesse, wenn du wieder mal eine Rolle nicht bekommen hast. Ich habe mit dir gehofft, dich aufgefangen, dich unterstützt. Es ist Zeit, dass du *mich* unterstützt. Ich will meine Kinder wiederhaben. Und wenn du nicht kooperierst, dann –«

»Dann?« Er verzog den Mund, dass es weh tat, und sah zu Krenz. Sollte er doch denken, was er wollte. Sollte die Polizei ihn doch für einen Unmenschen halten.

»Dann warst du meine Liebe nicht wert.«

»Du meinst *Gnade.* Ich darf hier leben, ich darf meinen Beruf ausüben, ich darf mir von deinem Geld ein Auto kaufen, ich darf, darf, darf … Leben von deiner vordergründigen Großzügigkeit und deinen hinterhältigen Vorwürfen. Hast du mich denn je als Menschen gesehen? Nur ein einziges Mal? Du hast dich doch nur um die Kinder gekümmert. Jahrelang. Beccis Diabetes hier, Beccis Diabetes da, und Marius, das schüchterne Sorgenkind …«

»Halt den Mund«, presste sie hervor. »Du brauchst hier keine Tragödie aufzuführen.«

Er löste die Hände von dem Glas. Feuchte Schlieren blieben darauf zurück. »Entschuldige.« Wie alles an mir klebt, dachte er. Die schweißnasse Haut, die Abhängigkeit von Lene und diese unsägliche Liebe. Und mein verdammtes Versagen, immer und immer wieder. Alles ist zäh. Nur die Chance meines Lebens, diese eine große Chance, das Engagement in Wien, meine Freiheit, die löst sich jetzt in ein Nichts auf.

Er durfte das nicht zulassen. Zu hoch war der Preis, den er dafür bezahlt hatte. Über Jahre. Jahrzehnte. All die Erniedrigungen, die er ertragen, und die Geheimnisse, die er gehütet hatte. Manchmal hasste er sich. Und das Versprechen, das er seiner Frau an diesem entsetzlichen Abend gegeben hatte. Den Schwur, immer an ihrer Seite zu bleiben, egal, was passierte. Wie sollte er den nur halten? Nach allem, was er getan hatte?

»Das Haus und Grundstück gehören nach wie vor Ihnen allein?«, fragte Krenz Lene Assmann.

Sie bejahte.

»Darf ich fragen, wie es um Ihre Finanzen sonst bestellt ist?« Krenz' Blick umfasste die schweren Vorhänge und das Ledersofa, die silbernen Vasen und die Gemälde, die Lene zum Preis einer kleinen Wohnung auf einer Auktion ersteigert hatte. »Schön geworden. Guter Geschmack. Fast noch eleganter als früher.«

»Alles bestens«, sagte Günther. »Wir, nein, *Lene* könnte von ihrem Erbe zehn Entführer mit Millionenforderungen bezahlen. Aber nein, *ich* bin der Buhmann. *Ich* muss bezahlen. Und ich habe keine Ahnung, was das Ganze soll.« Nur eine Idee, dachte er, aber die war so absurd, dass er sie nicht zu denken wagte.

16

Wer lässt es nicht, sein stetes Schrei'n? Wer zeugt' die Lüge, die erst klein, dann groß und größer wurd', zur Last, zum Fremdling, den Du so sehr hasst?«
Ehrlinspiel bremste, blickte kurz auf das knisternde Mikro der Freisprechanlage, und gleichzeitig sah er im Rückspiegel, wie in dem Tunnel zwei Scheinwerfer viel zu schnell zu ihm aufschlossen.
»Kam vor wenigen Sekunden per SMS an Günther Assmann. Punkt sechzehn Uhr zwölf.« Ein Hupen verschluckte Krenz' Stimme fast vollständig. »Wieder von Rebeccas Handy aus.«
»Verdammt.« Er würgte den Rest Zartbitterschokolade hinunter, den er noch im Mund hatte. Zu einem Mittagessen hatte er nicht die Zeit gefunden. Die roten Leuchtziffern der Uhr im Armaturenbrett zeigten *16:12:07.* »Kennt Assmann die Lösung?« *Zur Antwort hast Du fünf Minuten,* hatte es in der letzten Nachricht geheißen, das war bis sechzehn Uhr siebzehn. Aber was, wenn Assmann nicht antwortete? Oder falsch antwortete?
»Ich habe auf Lautsprecher gestellt«, sagte Krenz. »Herr und Frau Assmann hören mit. Der Provider arbeitet auf Hochtouren am Lokalisieren des Sendemastes.«
»Wissen Sie, was die Verse bedeuten, Herr Assmann?« Der Hauptkommissar fuhr in eine Nothaltebucht. Die Entlüftung des Kappler Tunnels, der fast den gesamten Osten Freiburgs unterquerte, rauschte laut, und Ehrlinspiels Hintermann hupte im Vorbeifahren erneut

und fuchtelte mit einem Arm vor seinem Gesicht herum.
»Ich habe schon geantwortet.« Assmanns Stimme klang verzerrt.
»Und was?«
»Arschloch.«
»Herr Assmann, das ist keine Show!«
»Es ist ein hinterhältiges Spiel.«
Ein Piepsen signalisierte eine eintreffende SMS.
»Falsch, schreibt er«, sagte Assmann. »Nein, es ist genau richtig! Er *ist* ein Arschloch!«
»Denken Sie nach, Herr Assmann«, sagte Jo Krenz. »Spiel oder nicht und hinterhältig oder nicht, Ihre Kinder sind in Lebensgefahr. Die Zeit läuft uns davon. Also: Gibt es jemanden, den Sie hassen? Wer könnte mit Fremdling gemeint sein?«
Bis auf das Vorbeizischen von Autos war es für Sekunden still. Sekunden, die sich zu einer Ewigkeit dehnten. *16:13:33.* Noch dreieinhalb Minuten. *Los, rede schon, Assmann!*
»Ich hasse niemanden.«
»Okay.« Jo klang gelassen, aber Ehrlinspiel wusste, dass er mindestens genauso angespannt war wie er selbst. »Würden Sie jemanden in Ihrer Umgebung als Fremdling bezeichnen?«
»Fremdling, Fremdling!« Rhythmische Stöße klangen dumpf aus dem Mikro, und Ehrlinspiel glaubte, dass Assmann wieder hin und her ging. »Für mich sind viele Fremdlinge.«
»Marius.« Das war Lene Assmanns Stimme. Klar und fest.
Ehrlinspiel beugte sich ganz nah an das Mikrofon. »Ihr

Sohn ist ein Fremdling für Sie«, sagte er langsam und überdeutlich und dachte an Lene Assmanns Vorwürfe, er sei nie zu Hause, und an Assmanns Erwartungen, die der Junge nicht erfüllte.
»Nein!« Pause. »Ja, manchmal.«
»Lies die Nachricht noch einmal vor, Jo!«
»Wer lässt es nicht, sein stetes Schrei'n? Wer zeugt' die Lüge, die erst klein, dann groß und größer wurd', zur Last, zum Fremdling, den –«
»Stopp! Wer zeugte die Lüge? Die Lüge, die wuchs und zum Fremdling wurde? Zum Fremdling Marius?«
»Wer zeugte ihn wohl! Ich war das Schwein!«, stieß Assmann hervor.
»Aber warum Lüge? Wieso soll Marius eine Lüge sein?«
Die Leuchtziffern sprangen weiter. *16:15:00.* Noch zwei Minuten. Danach wäre das Handy des Entführers, Rebeccas Handy, wieder ausgeschaltet. Vielleicht für immer. Und dann? »Schreiben Sie zurück«, befahl Ehrlinspiel. »Wir müssen Zeit gewinnen. Schreiben Sie: Der Fremdling ist Marius.«
»Mach es«, sagte Lene Assmann im Hintergrund. »Bitte!«
Kurze Stille. Dann Jos Stimme: »Antwort ist raus.«
Fast im selben Moment piepse es wieder. »Die Antwort lautet«, sagte Jo, »richtig, aber Frage nicht beantwortet.«
»Verdammt!« Ehrlinspiel schlug mit dem Handballen auf das Lenkrad.
»Ich habe ihn gezeugt«, sagte Assmann so langsam, dass Ehrlinspiel wusste, er tippte seine Worte als Nachricht.
16:16:23. Weniger als eine Minute.
Piepsen. »Falsch«, las Assmann laut vor. »Aha.« Plötzlich lachte er schrill. Lachte und lachte, bis Jo Krenz »Assmann« brüllte und der Schauspieler verstummte.

»Wenn Sie Marius nicht gezeugt haben, wer dann? Wer zeugt' die Lüge? Wer?«
»Sie sind verrückt. Alle verrückt!«, rief Assmann. Und dann, leiser: »Es sei denn …«
»Was ist los?« Vor Ehrlinspiel lag der dunkle Tunnel, ein paar Notleuchten schimmerten gelblich fahl an den Seitenwänden. Er glaubte, in der Betonröhre festzustecken, in die er vor zehn Minuten auf der Rückfahrt von Assmanns Mutter hineingefahren war. Er wollte zu Hause vorbeischauen, wollte Hanna, die nun allein den gesamten Umzug managen musste, wenigstens für ein paar Minuten in die Arme schließen. Wollte ihr erklären, was in den letzten Stunden geschehen war. Wollte Bentley mit vertrauter Stimme zureden. Den Tierarzt anrufen.
»Du hast mich betrogen, Lene«, presste Assmann leise hervor.
Ein Lkw donnerte vorbei, die Rücklichter tauchten die Motorhaube seines silbernen Dienstwagens kurz in ein grelles Rot, wurden kleiner, verschwanden schließlich als winzige leuchtende Punkte im Finstern.
Noch zwanzig Sekunden.
»Mit wem?« Jetzt schrie Assmann.
»Ich *dich* betrogen?«, sagte Lene. »Glaub mir, wenn ich einen Namen wüsste, den ich diesem … diesem Schwein schicken könnte, ich würde es tun!«
16:16:50. Noch zehn Sekunden.
Piepsen.
»Geben Sie mir Ihr Handy.« Jo klang souverän. »Moritz, er schreibt: Such in den Feldern, Wiesen und Wäldern! Geh raus und singe, tanze, springe, Frühling bricht nun aus. Morgen gibt's Applaus!«
16:17:00. Ende. Die Frist war vorbei.

»Das ist aus einem Kinderlied gebastelt!«, sagte Lene. »Ich habe es Becci manchmal vorgesungen. Kuckuck, Kuckuck, ruft aus dem Wald. Lasset uns singen, tanzen und springen. Frühling, Frühling wird es nun bald. Das passt auch zum Anfang. Das Schreien.«

»Kuckuck, Kuckuck lässt nicht sein Schrei'n«, fuhr Jo fort. »Komm in die Felder, Wiesen und Wälder. Frühling, Frühling, stelle dich ein. Ich habe auch Kinder.«

»Kuckuck.« Assmann spuckte das Wort aus wie eine Wespe, die einem in den Mund geraten war. »Was soll das heißen?«

Ehrlinspiel lehnte seinen Kopf gegen die Nackenstütze. An dem gräulichen Plastikhimmel über ihm waberten scheinbar Tausende grauer Pünktchen, fast wurde ihm schwindelig. Kuckuck. Marius. *Wer zeugt' die Lüge,* den Fremdling, Marius – Assmanns Kind. War Marius ein Kuckuckskind? Und wenn ja: Wusste Assmann davon? Ehrlinspiels Gedanken gingen in das Altenheim nach Kirchzarten zurück, aus dem er gerade kam.

Anna Assmann, die Mutter von Günther, hatte lächelnd in der Cafeteria gesessen, die knochigen Hände um die Lehnen des Rollstuhls geklammert. Wie Butterbrotpapier sah ihre Haut aus, auch im Gesicht. Sie strahlte ihn an, nickte unentwegt, summte zu dem Stöhnen und Nuscheln all der Alten, die allein oder in Gruppen um die Tische herumsaßen. Sogar hier war der Boden mit Teppich ausgelegt, hellbraun, und die Wände waren in einem kaffeebraunen Ton gestrichen. Anna Assmanns Atem ging rasselnd, und Ehrlinspiel dachte, dass sie den Geruch nach süßlichem Puder und Sahne sicher kaum mehr wahrnahm, zumal sie den Kriminalhauptkommissar abwechselnd mit den beiden Sätzen »Günni, mein

Junge« und »Nein, Karl, ich lasse mich scheiden, auch wenn du noch tagelang hier sitzt und um Verzeihung bettelst!« bedachte. Endlich, als Ehrlinspiel zum fünften Mal nach Marius und dessen Anruf fragte, blitzten ihre verwaschenen Augen plötzlich wie Bergkristalle. Mit einem kurzen Quietschen schob sie den Rollstuhl ein Stück zurück, bis der Teppich sie stoppte, kicherte und summte »Marius, Marius«, während die linke Hand in der Luft dirigierte. Plötzlich hielt sie inne, klammerte beide Hände wieder um die Rollstuhllehnen und rief mit einem fast metallischen Klang: »Ich hab dir schon immer gesagt, dass sie nur Unglück bringt!« Dann sackte sie in sich zusammen wie eine Marionette, der man die Fäden durchschnitten hatte, und schwieg.

Ob Anna Assmann mit dem letzten Satz auf Günther und Lene abgezielt hatte oder auf ihren verstorbenen Mann Karl – der ihr offenbar Anlass zur Trennung gegeben hatte –, fand Ehrlinspiel nicht heraus. Auch nicht, weshalb Marius bei ihr angerufen und fünfzig Minuten mit ihr gesprochen hatte. Eine Pflegerin des Heims erklärte ihm, dass Anna Assmann für ihr Leben gern telefonierte, aber auch da nur wirr und von alten Zeiten redete. Günther Assmann besuchte sie ab und zu, aber immer nur kurz, nach zehn Minuten war er stets wieder weg. »Pflichterfüllung«, hatte die schwarzhaarige ältere Frau zu ihm gesagt, und er hatte an die Alten-WG seiner Eltern gedacht und daran, dass seine Besuche dort sich über mehrere, meist fröhliche Stunden erstreckten. Auch Marius habe seine Großmutter besucht. Ein- bis zweimal pro Woche, solange sie noch fitter und einigermaßen klar im Kopf gewesen sei. Manchmal habe er seine kleine Schwester dabeigehabt. »Rührend, der Junge«, sagte die

Pflegerin, schenkte Ehrlinspiel entschuldigend eine Tasse Filterkaffee ein und bot Kondensmilch dazu an. »Die Alten lieben dieses Gebräu. Mich können Sie damit jagen.« Er lachte. »Mich auch.« Sie sah auf den vermutlich frisch gemähten Rasen hinaus. »Die Kleine hat immer Leben in die Bude gebracht. Warum kommen die Kinder nicht mehr? Geht es ihnen gut?« Er erklärte ihr die Situation und erzählte, was mittlerweile auch an die Presse gegangen war: dass die Kinder entführt, über die Bedingungen der Freilassung aber aus ermittlungstaktischen Gründen keine Angaben gemacht wurden. Und dass jeder Hinweis aus der Bevölkerung wichtig sein konnte. Klischee, hatte er gedacht. Aber eines, das oft entscheidende Spuren bringt. »Wann war Marius denn zuletzt hier?«, war seine abschließende Frage gewesen, und er hatte erfahren, dass er seit Ende August letzten Jahres erst seltener gekommen und dann, seit etwa November, ganz ausgeblieben war.

Knapp acht Monate. Irgendetwas musste da mit dem Jungen passiert sein. Schlechte Noten, Rückzug zu Hause, keine Besuche mehr bei der Großmutter. Hatte er bei ihr etwas herausfinden wollen? Etwas über die Familie? Seinen Vater?

»Der Kuckuck«, sagte Ehrlinspiel jetzt zu Assmann in die Freisprechanlage, »soll wohl heißen, dass Sie nicht Marius' Vater sind.«

Assmann lachte auf. Dann war es still. Fast zu still.

Krenz sagte: »Moritz, wir haben einen Mantrailer angefordert. Seine Männer sind unterwegs zur Straßenbahn-Haltestelle Lorettostraße. Wir suchen mit dem Hund alles ab. Ein Kollege hat vorhin Kleidung der Kinder hier abgeholt.«

»Bin schon unterwegs. Ach, Jo« – Ehrlinspiel drehte den Zündschlüssel um –, »geh doch auch noch einmal in die Badezimmer der Eltern und Kinder.« Er fuhr aus dem Tunnel hinaus in das helle Nachmittagslicht.

Der Hundeführer gab den Kommissaren die Hand. Aufgeregt hob das große braune Tier die Schnauze. Sie glänzte in der Sonne.

»Die Handyortung ist durch«, sagte Freitag, während der Hund die Schnauze in eines der T-Shirts drückte. »Innenstadt. Dieses Mal Siegesdenkmal.«

Wieder keine Chance. Zu viele Menschen. Viel zu viele Straßen und ein großer Verkehrsknotenpunkt. Der Hund bellte leise, als wolle er bestätigen, dass er die Duftmoleküle der Kinder aufgenommen und gespeichert hatte.

Ehrlinspiel kannte das Tier und den jungen, beleibten Polizisten von einem früheren Fall. Im Gegensatz zu normalen Fährtenhunden konnte ein Mantrailer die Gerüche verschiedener Menschen voneinander unterscheiden. Bis zu zwei Tage orientierte er sich an Duftmolekülen aus Haut-, Haarschuppen oder Blut. Und das sogar dort, wo sich große Menschenansammlungen finden: auf dem Wochenmarkt, auf Flughäfen – oder an Straßenbahn-Haltestellen.

»Zweieinhalb Tage«, sagte Ehrlinspiel zu dem dicken Hundeführer. »So lange sind die Kinder weg.« Sie standen fast neben dem Kiosk in der Günterstalstraße, wo Assmann die Kinder angeblich aus dem Auto gelassen hatte. Kisten mit Äpfeln und Kartoffeln stapelten sich vor dem Kiosk, ein älterer, abgerissener Mann schob gerade einen Lottoschein und ein paar Münzen über den

schmalen Tresen und lehnte sich dann neugierig an die Telefonzelle nebenan.
»Wir versuchen es. Sherlock ist einer der Besten.« Der Hundeführer flüsterte dem Tier etwas zu, und Sherlock senkte den Kopf und lief über zwei Zebrastreifen, vorbei an dem Supermarkt und dem Bäcker mit Café an der Ecke, in dem Ehrlinspiel oft einkaufte, bis zum südlichen Ende der Haltestelle. Autos fuhren vorbei, eine Straßenbahn kam, Menschen stiegen aus und ein, doch Sherlock schien all das nicht zu bemerken. Mit lautem Schnüffeln glitt seine Schnauze Zentimeter für Zentimeter über den Teer.
Bring uns zum Sternwald, zeig uns ein Versteck, und alles ist gut, dachte der Hauptkommissar.
Sherlock zögerte, führte sie dann über einen dritten Zebrastreifen auf die andere Straßenseite der Haltestelle, während der Dicke immer wieder »gut, Sherlock« sagte, bis der Hund neben einem gelben Häuschen stehen blieb. *Hochspannung, Lebensgefahr,* stand an dessen Metalltüren. Ein Stromhäuschen. Das Tier schnüffelte um den kiesbedeckten Platz vor dem Haus herum. Suchte unter dem Brunnen, der an die Vorderfront gebaut war. Zögerte. Ging zurück. Scharrte, und in Ehrlinspiels Schläfen begann es zu pochen. Das Grundstück lag zur Günterstalstraße hin, die Haltestelle konnte man von hier aus sehen. Begrenzt wurde es von der Urach- und Prinz-Eugen-Straße. Nicht weit dahinter begann der Sternwald.
Mit leisem Winseln ließ Sherlock von der Stelle ab, wo er gescharrt hatte. Der Kommissar atmete auf. Doch der Hund lief nicht Richtung Wald, sondern hinter das Haus. Dort lag ein weiterer Platz, auf dem Autos park-

ten. Begrenzt wurde er von einer Reihe großer Container: dunkelgrüne für Altglas, weiße für Schuhe und Kleidung. Dahinter begann ein breiter Grünstreifen mit Bach, der sich bis weit in den Osten der Stadt zog. Dort zog Sherlock den Hundeführer hin. »Nicht in die Scherben treten«, mahnte der, und der Hund lief vorsichtig zwischen den bunten Glasstücken hindurch, die um die Container herumlagen. Sherlock durchstöberte Flaschen, halb verschimmelte, durchnässte Zigarettenpackungen und Stofffetzen, schnüffelte an einem einzelnen Halbschuh, an Kondomen und anderem Müll, der achtlos neben den Containern entsorgt worden war, schnupperte an dem niedrigen Holzgeländer am Rand des Grünstreifens, sprang darüber und zog dann in das Gestrüpp neben dem Bach. Er bellte. Drehte sich um. Der Hundeführer bückte sich zu ihm, flüsterte ihm etwas zu. Sofort drehte Sherlock sich um die eigene Achse. Drehte und drehte sich, tappte ein paar Schritte nach links, wieder nach rechts, dann setzte er sich hin.

»Hier endet die Spur.« Der Hundeführer strich dem Tier über die Ohren.

»Ein Auto?« Freitag schob die Hände in die Taschen seiner Anzughose. Seine Enttäuschung über den verpassten Teil des Kinderchor-Konzertes ließ er sich nicht anmerken.

»Mhm. Das bedeutet, sie sind entweder allein hierhergelaufen – was ich nicht glaube, denn warum sollten sie das tun? –, oder jemand hat sie hierhergelockt.«

»Genau. Und wir können noch weiter spekulieren: Man musste sie vielleicht gar nicht locken. Vielleicht kannten sie den oder die Leute. ›Kommt, ich fahre euch in die Schule, das geht viel schneller, mein Wagen steht direkt da auf der anderen Straßenseite, da ist es schön warm drin …‹«

Ehrlinspiel sah die Urachstraße entlang, dann die Prinz-Eugen-Straße. »Aber warum sind sie dann bis zu dem Gestrüpp gelaufen? Und warum hat ein Zeuge gesagt, die Kinder seien verdreckt gewesen?«

»Vielleicht mussten sie pinkeln? Rebecca mit dem Diabetes?«

»Wie auch immer. Ein Auto bedeutet: Die Kinder können überall sein. Einen Kilometer weg, zehn, hundert. In jeder Himmelsrichtung.« Ehrlinspiel breitete die Arme aus.

Die Männer schwiegen. Dann klingelte Freitags Handy. »Jo, was gibt's?«, fragte er, hörte kurz zu und steckte nach einem »Okay« das Handy in seine Jacketttasche zurück. »Assmann ist auf dem Weg ins Theater. Generalprobe. Der zieht sein Ding durch. Der macht den Faust.«

»O nein! Das wird er nicht tun! Los, Freitag, komm!« Er zerrte den Wagenschlüssel aus der Hosentasche.

17

Samstag, 18 Uhr 30

Das ist ja das reinste Labyrinth hier«, sagte Ehrlinspiel, als der Pförtner am Ende langer Flure und vieler Treppen die Hand auf den Knauf einer weißen Flügeltür legte.

»Der Assmann ist ein komischer Kauz«, sagte der Pförtner. »Nicht sehr beliebt.«

»Weshalb?«

Der Mann, der sie vom Künstlereingang hierhergeführt hatte, bewegte keinen Muskel seines vernarbten, roten Gesichts. »Er ist ein Schleimer. Zu allem und jedem übertrieben charmant, aber immer allein unterwegs. Von meiner Loge aus sehe ich mehr als viele andere. Wer mit wem kommt und geht, wer wie gelaunt ist und solche Sachen. Nach fast dreißig Jahren deute ich Ihnen jede Mimik mit achtundneunzig Prozent Treffsicherheit.« Er zeigte auf sein Gesicht. »Und wenn der Assmann mich anstrahlt und mir einen wunderschönen Tag wünscht, weiß ich ganz genau, dass der sich im Geheimen fragt, ob einer mit meinem Aussehen überhaupt je einen schönen Tag haben kann. Und dass er froh ist, nicht so auszusehen.«

»Ein Unfall?« Der Mann war dem Kommissar sympathisch. Er fühlte sich Menschen, die nicht in die gesellschaftlichen Normen von Status, Schönheit und Leistungsfähigkeit passten, schon immer näher als den meisten Wohlhabenden und Erfolgreichen.

»Ein Brand. Im Haus meines Nachbarn.« Er zuckte mit den Schultern. »Immerhin lebt er noch. Dank mir. Aber jetzt …« Er legte den Zeigefinger an die Lippen und öffnete die Tür. Gedämpfte Stimmen drangen zu ihnen heraus.

»Moment.« Ehrlinspiel hielt die Hand an die Tür, so dass sie nur einen Spalt aufging. »Warum hat Assmann diese Rolle, wenn er so unbeliebt ist? Mit dem will dann doch keiner spielen? Oder ist er künstlerisch so genial?«

»Genial!« Der Pförtner verzog den Mund, und eine der Narben trat wulstig hervor. »Er ist ganz passabel, aber mehr nicht.«

»Und dann spielt er den Faust?«

Der Pförtner schob Ehrlinspiels Hand beiseite. Dann zog er die Tür vollends auf und wies über die Reihen roter, leerer Samtsessel, die sich bis zu der erleuchteten Bühne den halbdunklen Saal hinabzogen. Die Leute auf der Bühne schienen winzig und fast verloren. Assmann ging in seinem Rüschenhemd und einem langen, dunklen Umhang neben einem rotgekleideten Mann auf ein Wegeskreuz zu. Hinter ihnen ragte ein großes Schloss auf. »Hätt ich nur sieben Stunden Ruh, brauchte den Teufel nicht dazu, so ein Geschöpfchen zu verführen«, sagte Assmann, und Ehrlinspiel glaubte, ein unnatürliches Zittern in der Stimme des großen, starken Mannes wahrzunehmen.

»Erste Reihe«, flüsterte der Pförtner und zwinkerte, als der Rotgekleidete rief: »Was hilft's, nur grade zu genießen? Die Freud ist lange nicht so groß, als wenn Ihr erst herauf, herum, durch allerlei Brimborium, das Püppchen geknetet und zugericht.«

Ehrlinspiel und Freitag gingen am Rand des Saals zur

Bühne hinunter. Der Teppich dämpfte ihre Schritte.
»Der hat tatsächlich die Chuzpe, zu proben, als sei nichts«, flüsterte Freitag.
»Ich hab fast das Gefühl, dass er krank ist.« Ehrlinspiel musterte von schräg hinten die Köpfe in der ersten Reihe. Acht Personen, darunter zwei Frauen, wenn er es richtig sah. Eine hatte welliges dunkles Haar und schien sehr zierlich. Neben ihr, mit einer Kette, die im Nacken blitzte, eine Frau mit kurzem grauem Haar. Am liebsten wäre er sofort auf die Bühne gestürmt und hätte Assmann so lange geschüttelt, bis ein paar Tropfen Empathie und Verantwortungsbewusstsein aus ihm troffen.
»Krank vor Ehrgeiz, meinst du?«
»Nein, eher in Richtung Narzissmus. Wo ist denn bei dem Typ irgendwas von Mitgefühl für seine Frau oder die Kinder?«
»Ach, Moritz, wir …«
»Jaja, ich weiß«, flüsterte er, »das kann alles auch ein Schutz vor einem psychischen Zusammenbruch sein. Aber denk an die Worte des Pförtners. Warmherzig scheint Assmann nicht zu sein.«
Jemand in der ersten Reihe drehte sich um. »Scht!«
Zwei weitere Köpfe wandten sich zu den Kommissaren um.
»Mit Sturm ist da nichts einzunehmen, wir müssen uns zur List bequemen«, sagte der Rotgekleidete, den Ehrlinspiel jetzt als Mephistopheles erkannte. Sein Gesicht war weiß geschminkt, und zwei kleine Hörner stachen aus schwarzen Locken hervor. Eine klassische Inszenierung, dachte er, als sich Assmanns Blick auf ihn richtete.
»Schaff mir etwas von dem Engelsschatz.« Er legte die

Hand auf das Wegeskreuz, als wolle er sich daran festklammern. »Führ mich an … an …« Er starrte Ehrlinspiel direkt an. »Führ mich … an …«

»Ihren Ruheplatz«, soufflierte jemand von der rechten Bühnenseite.

»Ihren Ruheplatz.« Assmann ließ die Arme sinken, wandte seinen Blick aber nicht ab. »Schaff mir ein Halstuch, ein … mein Engelsschatz …«

Die zierliche Frau sprang auf. »Njet, njet«, schrie sie mit erhobenen Armen, und erst jetzt erkannte Ehrlinspiel, dass es ein Mann war. »Güntärrr, njet. Gäht nicht, njet.« Dann lief der Mann vor der Bühne hin und her. »Tom. Wo ist Tom? Wir brauchen andärä Faust!«

»Aber Pjotr, ich …« Assmann trat an den Bühnenrand. Seine Augen glänzten im Scheinwerferlicht.

»Njet! Schluss! Aus!«

»Kommt nicht in Frage, Pjotr.« Die grauhaarige Frau war aufgestanden und legte dem kleinen Mann eine Hand auf die Schulter. »Günther spielt.«

»Aber Edith! Ist Kattastroffe! Hast du nicht gehört Radio vorhin mit seine Kindär? Entführt! Libärrr er soll die Geld in Koffer packen jetzt! Hast du nicht –«

»Ich weiß, Pjotr.«

Edith. Edith Berger. Die Frau in dem schmalen kobaltblauen Kostüm war also die Chefdramaturgin. Zeugin im Fall Annika. Freundin von Günther Assmann. *Erste Reihe,* hatte der Pförtner gesagt. Dank der Berger hatte Assmann wahrscheinlich die Rolle bekommen.

Ehrlinspiel und Freitag traten aus dem Hintergrund zu der Gruppe. Jetzt sah der Kriminalhauptkommissar auch einen Polizeikollegen in der ersten Reihe sitzen. Frank Lederle hatte die Rundum-Überwachung lücken-

los organisiert. Der Kollege hielt diskret ein Handy hoch, nickte. Assmanns Handy.
»Hallo, Herr Assmann.« Ehrlinspiel sprach zu der Bühne hinauf.
»Wer sind Sie?«, fragte Edith Berger, und der kleine Mann namens Pjotr wühlte in einer Plastiktüte, kramte einen Apfel hervor, biss hinein und blickte kopfschüttelnd an die Decke.
»Ehrlinspiel, Kripo Freiburg. Und mein Kollege Freitag.«
»Für die Premiere sind Sie einen Tag zu früh, Freitag.« Berger musterte Ehrlinspiels Freund: Lackschuhe, Anzug, Krawatte. An seinem glänzenden schwarzen Haar blieb ihr Blick hängen. Selten hatte Ehrlinspiel so leuchtend türkisfarbene Augen gesehen. Darüber hinaus schien ihm die Frau eher unattraktiv. Jetzt lachte sie. »Freitag und Robinson. Nettes Team.«
»Nett und erfolgreich. Und Sie dürfen mich auch gern weiterhin Freitag statt Herr Freitag nennen. Machen meine Kollegen auch. Wissen Sie, ich habe meinen Dienst an einem Freitag angetreten. Und man munkelt, ich sei vom ersten Tag an unglaublich hilfsbereit und loyal gewesen. Wie mein literarischer Namensvetter.« Er schmunzelte. »So wie Sie Herrn Assmann gegenüber.«
Edith Berger schien für eine Sekunde zu erstarren. Dann lachte sie auf. »Als Chefdramaturgin muss man hinter seinen Leuten stehen.«
»Natürlich. Aber deshalb sind wir ja nicht hier.«
Von der Bühne herab blickte Assmann reglos auf die Gruppe. »Sie haben Rebecca und Marius, ja? Sie haben sie gefunden, Sie haben …?«, sagte er fast unhörbar und

kam noch näher an den Bühnenrand, so dass sich seine Stiefelspitzen direkt vor Ehrlinspiels Augen befanden. Das künstliche Licht verlieh ihm, aus der Nähe betrachtet, etwas Krankes, und sein vor Make-up glänzendes Gesicht sah von hier unten grotesk verzerrt aus.
Die Seitenvorhänge auf der Bühne bewegten sich, kostümierte Leute kamen dahinter hervor, neugierig, fast geräuschlos. In Mephistos Zügen glaubte der Kommissar ein verhohlenes Lächeln zu erkennen.
»Geht in eure Garderoben! Geht Kaffee trinken. Irgendwas. Los, los!« Edith Berger klatschte in die Hände. »Wir machen dreißig Minuten Pause.«
»Kattastroffe«, murmelte Pjotr, »Kattastroffe«, und trottete zum Ausgang.
»Sie bleiben, Herr Assmann«, sagte Ehrlinspiel, als der hinter den anderen herging. Doch der Schauspieler hörte ihn nicht. Rasch lief Ehrlinspiel die Treppe zur Bühne hinauf und hielt ihn am Arm fest. »Herr Assmann, bitte!«
»Lassen Sie mich«, zischte Assmann und blickte auf Ehrlinspiels Hand.
Er ließ los. »Wir haben Ihre Kinder noch nicht gefunden, aber wir –«
»*Meine* Kinder? Sie meinen, Lenes Kinder!«
»Es sind *Kinder!* Bisher war in der SMS auch nur die Rede davon, dass Sie nicht der leibliche Vater von Marius sein könnten. Aber ob Sie das nun sind oder nicht: Es geht um zwei Menschenleben! Sie können nicht einfach weitermachen, als sei nichts geschehen.«
Edith kam auf die Bühne. »Vater?«
»Freitag, begleitest du Frau Berger bitte hinaus?«
Die Frau warf ihm einen Blick zu, der ein Nest Gift-

schlangen hätte töten können. Dann riss sie einen Vorhang zurück und verschwand durch eine graue Metalltür. Freitag folgte ihr. Leise fiel die Tür zu. Für ein paar Augenblicke war es mucksmäuschenstill. Nur der Polizist saß noch im Zuschauerraum.

Assmann setzte sich auf einen täuschend echten Felsbrocken am Fuß des Wegekreuzes und umfasste mit einer Bewegung das Theater. »Das ist mein Leben. Ich habe nichts anderes.«

Ehrlinspiel blinzelte gegen das grelle Scheinwerferlicht an. Der Raum über der Bühne erstreckte sich fast ins Unendliche. Bis hinauf hingen Hunderte Scheinwerfer. Sie waren auf ihn gerichtet, von vorne, von den Seiten und von den Stahltreppen und schmalen Stegen herab, die sich überall entlangzogen. Aus einem Nirgendwo hingen Stoffbahnen herab. Dicke Seilzüge und Rollen am Bühnenrand hielten sie fest. Hinter sich erkannte der Kommissar eine stabile Konstruktion aus Holzplatten, gestützt von Balken und Querstreben – das Kulissenschloss. Links vor ihm gab es eine Kabine mit Tausenden Knöpfchen und Hebelchen und Monitoren, auf denen Ehrlinspiel sich selbst mit Assmann sah. Er drehte sich zu ihm, setzte sich aber nicht.

»Sie haben Lene. Sie haben Marius und Rebecca.« Das Kreuz war aus Metall und stand fest verankert in dem Kunstfels. Die Enden des Kreuzes waren mit filigran gehämmertem Blattwerk verziert.

»Staffage.«

Ehrlinspiel suchte Assmanns Blick. »Ihre Familie ist keine Staffage. Sie ist echt. Und Ihre Frau liebt Sie.« Zumindest hatte er diesen Eindruck. Auch, wenn sie vor Günther Angst zu haben schien und sich mehr Unterstüt-

zung wünschte. »Lene braucht Sie. Sie ist jetzt allein zu Hause!«
Assmann atmete laut aus. »Krenz ist bei ihr. Die beiden kennen sich doch bereits hervorragend.« Dann fuhr er leise fort: »Wenn ich das Engagement in Wien nicht bekomme, dann …«
»Ja?«
»Ich habe nur *dafür* gekämpft.«
Vielleicht hättest du mehr für deine Kinder kämpfen sollen, dachte Ehrlinspiel und sagte: »Lieben Sie Lene? Lieben Sie Marius? Und Rebecca?«
Assmann sah zu ihm auf. Hinter seinen grauen Augen, die von Kajal dunkel umrandet waren, schienen Trauer und Angst zu liegen. Oder war es Einsamkeit, was das leichte Flackern hervorrief? »Das geht Sie nichts an.«
»Sie haben Ihre Frau und mich beobachtet, als ich heute Morgen mit ihr im Garten Ihrer Villa war. Warum?«
»Warum, warum!« Assmann stand auf, wirbelte herum, und sein Umhang flatterte in der Luft wie ein riesiger Rabe auf der Suche nach Beute. »Darf ich nicht mehr aus meinem eigenen Fenster sehen? Verdächtigen Sie mich? Wegen was?« Plötzlich brach ein schrilles Lachen aus ihm heraus. »Lene sollten Sie verdächtigen. Lene ist es doch, die offenbar lügt. Die mit anderen Männern vögelt. Und die mir ein Kuckuckskind untergejubelt hat. Und jetzt erklären Sie mir bitte, warum ich für *dieses* Kind mein Leben versauen sollte.«
Leben versauen! Um ein Kind zu retten! Ehrlinspiel unterdrückte die aufkeimende Wut.
»Wie geht es Ihrer Mutter?«
»Wie bitte?«
»Hat sie Sie vor Lene gewarnt?«

»Sie sprechen wohl aus Erfahrung. Natürlich hat sie mich gewarnt. Das machen doch alle Mütter bei ihren Söhnen. Vor allem, wenn sie nicht so stinken vor Geld wie die Frau. Sie bringt dir Unglück, hat sie gesagt. Immer und immer wieder. Als Annika weg war, hat sie Lene die ganze Schuld gegeben. Es war … schrecklich. Sie sei ein Luder, ein luxusgeiles Flittchen, das lieber bei Rolf Benz und Prada shoppen geht, statt auf sein Kind achtzugeben. Aber das stimmt nicht. Lene ist nicht so. Lene ist … Zumindest habe ich das immer geglaubt. Bis jetzt.«

»Warum besuchen Sie Ihre Mutter nicht mehr? Kam es letzten Sommer zum Eklat?«

»Waren Sie bei ihr? Dann wissen Sie doch Bescheid. Sie ist dement. Und ich habe im August die Rolle bekommen. Das war viel Arbeit. Ich musste doch … ich muss doch auch einmal leben. Einmal *ich* sein und Erfolg haben dürfen!«

»Wie stehen Sie zu Frau Berger?« Das Thema Erfolg würde sich sicher klären lassen.

»Sie ist eine Freundin. Wir kennen uns, seit ich meinen ersten Aushilfsjob hier am Theater hatte. Sie war schon fest im Ensemble. Wir haben uns gut verstanden. Und« – er stützte sich von hinten auf das Kreuz – »sie kannte Annika. Darauf wollen Sie doch hinaus, oder? Sie wurde von Krenz damals mindestens dreimal befragt. Wollen Sie sie jetzt wieder belästigen?«

»Sie empfinden es als Belästigung, nach Ihren Kindern zu suchen?«

Polternd kam Assmann hinter dem Kreuz hervor und stellte sich direkt vor Ehrlinspiel. Die Männer fixierten sich wie zwei Tiger vor dem Kampf. »Ich lasse einen

Vaterschaftstest machen.« Er rief zu Ehrlinspiels Kollegen hinunter: »Geben Sie mir mein Handy. Ich rufe meinen Hausarzt an. Und bis ich irgendetwas sicher weiß, ignoriere ich diesen Scheiß!«

»Ein Vaterschaftstest ist nicht so einfach, wie Sie sich das vielleicht vorstellen.«

»Ach nein?«

»Marius ist achtzehn Jahre alt. Er müsste zustimmen. Das ist seit 2007 so geregelt. Und selbst wenn er das täte: Das Ergebnis dauert mehrere Tage.« Es sei denn, dachte er, die Polizei gibt den Test in Auftrag und macht dem Labor Dampf. Was bereits passiert war. Noch auf der Fahrt aus dem Tunnel heraus und zum Treffen mit dem Hundeführer hatte er Lorena Stein, die Oberstaatsanwältin, angerufen und ihr Okay erhalten. Jo hatte die Proben im Haus genommen. Ohne Wissen der Eltern. Der berühmte Trick mit dem Badezimmer, den Ehrlinspiel in Fernsehserien zwar hasste, der aber durchaus Realität sein konnte. Die Haarproben waren bereits im Institut für Rechtsmedizin, das die Vaterschaftstests durchführte. Bis die DNA-Zellen aus dem Speichel und den Haaren der vier Familienmitglieder gereinigt und verglichen wären, würde es bis zu achtundvierzig Stunden dauern. Zu lange für die Kinder.

»Und was nun?« Assmann starrte in die Ferne.

»Sie müssen mit uns zusammenarbeiten. Die Hundertschaft hat den Sternwald durchkämmt. Nichts. Aber ein Spezialhund konnte die Spur aufnehmen.«

»Spur? Wohin?«

»Zu einem kleinen Parkplatz nahe der Straßenbahn-Haltestelle.«

»Verdammt!« Sein Kopf sank auf seine Brust zwischen die Schöße des Umhanges. Ein Bild des Elends.
»Lassen Sie uns zu Ihrer Frau fahren.«
In dem Moment ging die graue Tür auf, und Assmanns Kollegen kamen auf die Bühne zurück. »Geht's weiter?«, fragte einer und grinste. »Assmann, Kattastroffe«, ahmte ein anderer den kleinen Pjotr, der vermutlich der Regisseur war, nach.
»Ich muss jetzt proben!«, sagte Assmann zu dem Kommissar. »Und Sie gehen besser. Die Generalprobe darf nicht unterbrochen werden.«
»Wie Sie meinen«, sagte Ehrlinspiel und stieg die Stufen in den Zuschauerraum hinunter. Dort setzte er sich vorn in die Mitte und schlug die Beine übereinander. Er hatte den *Faust* ohnehin noch nie im Theater gesehen.

Zwei Stunden später folgten Ehrlinspiel und Freitag Assmann durch die Tür an der Bühnenseite. Assmanns Handy hatte der Kommissar an sich genommen. Bisher war keine neue Nachricht eingegangen, auch war Rebeccas Mobiltelefon nicht mehr eingeloggt gewesen.
Sie liefen durch einen Gang, der mit grauem Linoleum belegt war. Grüne Blechspinde standen an Betonwänden, Sandalen, Stiefel und altmodische Pumps reihten sich an der Wand entlang. Kleine Safes mit gelben Türchen zeugten davon, dass auch unter Kollegen Ehrlichkeit nicht an erster Stelle stand. Es roch fast wie in der Schule – nach Staub und essighaltigem Putzmittel. Anders als dort aber erfüllte kein Stimmengewirr die Szene. Im Gegenteil: Die anderen Schauspieler, die nach der Probe ebenfalls in ihre Garderoben wollten, gingen leise oder standen einfach nur da und beobachteten Assmann

und die Polizisten. Niemand sprach mit dem Faust-Darsteller. Nur vereinzelt tuschelten sie untereinander, verschwanden dann hinter Türen mit Strukturglasfenstern. Vor der letzten Tür blieb Assmann stehen. »Ich werde nicht nach Hause gehen.«
Sie traten in das Zimmer. Ehrlinspiel schluckte. Theater war für ihn Glanz und buntes Leben. Hier aber war nichts von Glitzer und Applaus zu spüren. Die Wände waren mit zerschrammten Holzpaneelen verkleidet, gegenüber des Eingangs war ein verschmutztes Fenster, rechts zog sich ein schiefes Regal über eine Wand, darunter stand ein Tisch mit weißer Kunststoffplatte, darauf eine halbleere Mineralwasserflasche. Daneben lag eine Packung Halspastillen. Über einem Holzstuhl, der schon beim Hinsehen wackelte, hing Assmanns Jackett. Ein dreitüriger, deckenhoher Schrank nahm die gegenüberliegende Wandseite ein. Alles wirkte schäbig und alt, und der Geruch war nicht besser als der eines Wäschekorbes mit gebrauchten Hemden und Hosen.
Assmann sank auf den Stuhl. Er knarrte. Der Mann roch nach Schweiß, und sein Gesicht glänzte im Licht einer Neonröhre.
Ehrlinspiel trat ans Fenster. Links lag das rote Sandsteingebäude der Philosophischen Fakultät der Universität, das jetzt, um fast halb neun Uhr, so grau aussah wie die drei Betonpfeiler und das Gerippe des Krans, die vor ihm emporragten. Er lehnte sich gegen das Fensterbrett.
Freitag baute sich vor Assmann auf. »Frau Berger ist eine wichtige Kollegin, nicht wahr? Wir haben uns gut unterhalten.«
Günther Assmann trank einen großen Schluck Wasser

und wischte sich mit dem Rüschenärmel über den Mund. »Sie ist die Chefdramaturgin. Natürlich ist sie wichtig.«
»Sie protegiert Sie.«
Assmann knallte die Flasche auf den Tisch, dass Wasser herausspritzte. »Was, bitte, wollen Sie von mir? Was hat Frau Berger mit meinen ... mit Marius und Rebecca zu tun?«
»Sie waren gut befreundet.«
»Zum Teufel!«
»Lene, Edith, ihr Ehemann Uwe und Sie waren unzertrennlich. Zwei Paare. Sie haben zusammengehalten wie Mephistos Pech und Schwefel. Sie haben sogar eine Doppelhochzeit gefeiert.«
»Und?«
Freitag legte einen Finger auf die Unterlippe. »Genau das frage ich mich auch. Ihre Freundschaft ist nach dem Verschwinden Ihrer ersten Tochter zerbrochen. Warum?«
»Freunde wechseln.«
Freitag schob die Hände in die Hosentaschen. »Kennt Frau Berger Ihre Kinder?«
»Natürlich.«
»Und sie kannte Annika.«
»Sie glauben, dass Edith etwas damit zu tun hat? Vergessen Sie's.« Er stand auf und öffnete den Schrank. »Wenn Sie entschuldigen, ich möchte mich jetzt umziehen.«
»Frau Berger hat Ihnen nach Annikas Verschwinden sehr geholfen.«
Er nahm Hose und Pullover aus dem Schrank. »Ist das verboten?«
»Welcher Art war diese Hilfe?«
»Gespräche.« Er zog den Umhang aus und warf ihn

achtlos auf den Tisch. »Und wenn Sie es genau wissen wollen: Edith war der einzige Mensch der Welt, der immer zu uns gehalten hat.«

Freitag wiegte den Kopf. »Zu *Ihnen.*«

»Ja, zu *mir.*« Er fuhr herum. »Hat sie Ihnen auch gesagt, dass sie mir die Rolle verschafft hat? Ja? Stimmt.« Er riss ein Papiertaschentuch aus einer Pappschachtel und rieb sich mit ruckartigen Bewegungen über das Gesicht. Schwarze Streifen verschmierten seine Wangen. »Es war ein … Freundschaftsdienst. Und jetzt gehen Sie. Mehr gibt es nicht zu sagen.«

Ehrlinspiel atmete tief durch. »Wenn Sie sich da nicht täuschen. Bitte, Herr Assmann, wenn Sie nur *einen* Funken Mitgefühl haben, dann helfen Sie uns.« Als Assmann nicht reagierte, sagte der Hauptkommissar: »Vielleicht unterhalten wir uns ja besser in der Polizeidirektion. Wer weiß, ob Ihnen dort doch noch einfällt, was Verantwortung bedeutet. Und dort können wir auch wunderbar besprechen, was Sie morgen Abend auf den Brettern zum Besten geben, die anscheinend die einzige Welt für Sie bedeuten.«

»Ganz recht. Bretter, die *meine* Welt bedeuten«, zischte Assmann.

»Bretter, die das Leben zweier Kinder bedeuten. *Ihrer* Kinder. Biologisch oder nicht.«

Assmann rieb sich weiter über das Gesicht, auf und ab, immer schneller, als könne er die Worte des Kommissars damit abwaschen.

»Sie haben die beiden als Baby im Arm gehalten«, sagte Freitag. »Sie haben sie abends zugedeckt, ihnen vielleicht Geschichten vorgelesen oder ein Kinderlied gesungen. Sie waren an ihrem ersten Schultag genauso aufgeregt wie Marius und Rebecca selbst, haben die Schultüte mit Schokolade, Buntstiften, vielleicht einer Hör-CD und all den Dingen gefüllt, mit denen Sie Ihren Kindern Gutes tun wollten. Sie haben darauf geachtet, dass Rebecca nichts geschieht. Sie haben sie ins Krankenhaus gebracht, als sie zu Beginn ihrer Krankheit immer schwächer wurde, müde, als sie fast das Bewusstsein verlor und Tag und Nacht trinken wollte.«

Ehrlinspiel hoffte, dass Freitag recht hatte und Assmann von seinen Worten berührt wurde.

»Sie haben die beiden großgezogen. So wie ich meine Mädchen.« Paul Freitag sah Assmann an, freundlich, vertrauenerweckend, aber auch voller Sorge. »Ich liebe meine Rabauken, auch wenn sie mich manchmal ärgern bis aufs Blut, sich ständig streiten oder krank sind. Und auch ich kann nicht immer für sie da sein, wenn ich es müsste.« Er strich über seine Krawatte. »Ich verstehe nicht, wie Sie so eine Distanz zu Ihren Sprösslingen zeigen können. Erklären Sie es uns?«

»Aha, die Gretchenfrage. Wie passend.« Assmann warf das Papiertaschentuch in einen Mülleimer unter dem Tisch. »Ich … ich kann es nicht erklären.«

»Sie sind doch ein mitfühlendes Wesen«, sagte Ehrlinspiel. »Zwei Leben können Ihnen wohl nicht gleichgültig sein.«

»Natürlich nicht«, flüsterte er. »Es ist nur … Das wäre das Ende all dessen, was ich seit Jahren aufgebaut habe.«

»Es ist so oder so das Ende Ihrer Karriere. Sie sind ein Mann der Öffentlichkeit. Jeder weiß, dass Ihre Kinder Opfer einer Entführung wurden und dass Rebecca lebenswichtige Medikamente braucht. Das Geheimnis ist keines mehr. Glauben Sie im Ernst, die Leute applaudieren, wenn Sie auf der Bühne stehen und Goethe zitieren, statt um das Leben Ihrer Kinder zu kämpfen? Es wird herauskommen, dass das Schicksal von Marius und Rebecca mit Ihrem Auftritt morgen Abend besiegelt ist, darauf können Sie Goethes Hexentrunk nehmen!«

Assmann schwieg lange. Seine Schultern hingen herab. Dann blickte er auf. Seine Augen waren gerötet, doch Ehrlinspiel wusste nicht, ob vom Abschminken oder von unterdrückten Tränen, und wenn Letzteres, ob vor heimlicher Angst um die Kinder oder vor Wut. »Lene hat mich betrogen.«

»Das mutmaßen Sie. Ich glaube es nicht, so wie ich Ihre Frau kennengelernt habe. Und wenn schon: Tagtäglich betrügen Tausende Leute ihre Partner. Das ist kein Grund, andere dafür leiden oder sogar sterben zu lassen!«

»Ich kann nicht in das Haus zu Lene«, sagte Assmann.

»Dann bleiben wir hier.«

»Wir?«

»Sie und ich und ein Kollege, den ich anfordern werde. Herr Freitag möchte nämlich nach Hause zu seinen Kindern.«

18

Samstag, zur gleichen Zeit

Alles ist schwarz. Sie weiß, dass der Gaskocher brennt, Marius hat es ihr gesagt. Aber Marius ist weit weg. Tausend Kilometer ungefähr. Genauso weit weg wie das Kratzen der Krähen oder Raben auf dem Dach. Oder waren es Möwen?

Vielleicht ist ja auch sie selbst weit weg. Vielleicht ist sie schon im Himmel oder auf dem Weg dorthin. Becci ist sich nicht sicher. Auf jeden Fall liegt sie weich. Aber wahrscheinlich ist sie noch in dem Versteck, wo die Gendarmen sie eingesperrt haben. Denn den Himmel stellt sie sich schöner vor, hell und mit brombeerfarbenen und helllila Wolken, auf denen flauschige Mäuse wohnen und um die viele bunte Vögel fliegen. Und bestimmt stinkt es im Himmel nicht nach Kot und Pisse, und außerdem tut da ihre Brust nicht so weh und der Bauch auch nicht, und sie hat nicht so einen schrecklichen Durst.

Vorhin ist sie mal im Himmel gewesen, als das Licht zur Tür hereingeflutet ist. Aber dann ist sie abgestürzt, weil Marius sie auf die Wangen geschlagen hat. Es hat nicht weh getan, aber sie ist trotzdem böse geworden, denn es war so schön da oben, und jetzt wollte er, dass sie Wasser trank. So ein Quatsch, sie hatte da oben, wo alles so leicht und sonnig war, doch gar keinen Durst gespürt, nicht mal auf Cola. Sie hat versucht, die Augen aufzumachen, und in der ganzen Zeit hat sie dauernd Marius reden hören, während er ihr wieder und wieder auf die Wangen geschlagen hat. Er hat auch ihren Namen gesagt und »Zuckermaus« gerufen, aber es hat geklungen, als sei er am Meer und hielte den Kopf unter Wasser, wie damals, als sie im Meer geschnorchelt und sich um die große Muschel gestritten haben. Und es hat auch alles geschwankt wie in einem Boot, das von hohen Wellen geschaukelt wird.

Irgendwann ist ein Auge einen Spalt aufgegangen, das andere nicht, ihre Tränen und ein dicker Schleim hatten es zugeklebt, während sie gehustet und gehustet hat, doch sie hat ihren Bruder auch mit einem Auge gesehen, hinter einem Schleier. Wir sind ja beide im Himmel, hat sie gedacht! Marius trägt ein Engelskostüm! Sie wollte lachen, denn das sah total doof aus. Aber in ihrer Brust hat alles so gebrannt, und gleichzeitig hat sie gefroren. Und dann hat sie den Durst gespürt. Diesen wahnsinnigen Durst, und sie hat ihre Hände um die Flasche gelegt, die Marius ihr hingehalten hat.

Da draußen, hinter der Ritze, wo sie vor vielen Ewigkeiten den glitzernden Gürtel entdeckt hat, gibt es bestimmt Wasser. Sie könnte hinauslaufen und einen Fluss oder See oder das Meer leer trinken. Aber nicht ganz, denn die Fische müssen ja auch leben.

Marius hat ihr eine zweite Flasche gegeben. »Die hat alle der Gendarm gebracht«, hat er erklärt und schon wieder geweint. »Er bringt deine Medikamente. Bald. Ich habe es ihm gesagt.«

»Hast du den Gendarmen gesehen?«, hat sie gefragt und wieder gehustet. Das tut arg weh, im Hals und in der Brust. Aber sie musste fragen, denn sie war doch kurz

im Himmel, als da draußen an der Tür jemand das Schloss aufgesperrt hat. Sie hat den Gendarmen verpasst! Sie hätte ihm gesagt, dass sie nach Hause will! Und dass er sie rauslassen soll!
Marius hat genickt und sich am Gasbrenner zu schaffen gemacht. Sie hat noch weitergetrunken, und alles hat geflimmert, die Wände haben sich immer mehr auf sie zubewegt, als wollten sie Becci zerquetschen wie ein lästiges Insekt. Danach hat sich alles gedreht.
Sie weiß nicht, wann das gewesen ist. Aber durch die Ritze ist noch Licht gekommen. Wieder und wieder hat sie husten müssen, und dann ist es warm geworden zwischen ihren Beinen. Warm und nass, und die Wärme ist ihre Schenkel hinuntergekrochen bis fast zu den Knien. Hinterher hat sie sich besser gefühlt, weil es nicht mehr so gespannt hat in ihrem Bauch. Auch die Krämpfe waren weg. Aber jetzt stinkt es, und Marius will, dass sie die Strumpfhose und die Unterhose auszieht. Aber sie will nicht, sie schreit und schlägt um sich, da ist sie sicher, obwohl Marius sie fragt, warum ihre Gliedmaßen so wackeln. Dabei hat sie alle Kraft zusammengenommen, um sich zu wehren. So lange, bis ihre Arme und Beine sich anfühlen wie die Beinchen von den sterbenden Mäusen. Ganz schlaff, und sie zucken.
Marius zieht sie aus. Aber nur unten herum. Dann wickelt er ihre Beine und den Po in eine Decke. Die Decke ist neu. Sie stinkt nicht.
Dafür haben sich lebende Mäuse in Becci eingenistet und fressen sie von innen auf. Das ist nicht nett, denn sie liebt die Mäuse doch. Aber sie kann sich nicht wehren, kann sie nicht forthusten, und sie kann auch nichts sehen. Das liegt vielleicht daran, dass sie die Luft nicht

mehr richtig in ihre Lungen bekommt. Davon wird einem schlecht, und es wird finster, sie kennt das schon von damals, als Mama sie ins Krankenhaus gebracht hat. Später ist Papa gekommen, aber er ist gleich wieder weggegangen. Er hat geheult, so wie Marius im Versteck heult. Aber das ist schon ewig her.

Sie will, dass das Brennen und Drehen aufhört. Wenn sie sich ganz arg konzentriert, kann sie hören, dass ihr Atmen rasselt und ein bisschen fiepst und der Husten wie der alte Rasenmäher von dem Hausmeister in der Schule klingt.

Draußen plätschert es. Ist das das große Wasser? Oder ist es neben ihr? Es kann auch Marius sein, er muss doch auch pinkeln, und er hat einen alten Eimer gefunden, sagt er, den benutzt er als Klo. Oder er heult so viel, dass er einen Eimer braucht. Sie heult nicht. Sie weiß, was passieren wird, und das ist gar nicht so schlimm.

Dann schreit ein Vogel, es ist eine Möwe, jetzt ist sie sicher. Sie verhöhnt sie! Marius redet immer noch mit ihr, aber sie kann seine Wörter nicht zu einem Satz zusammensetzen, ihr Kopf will nicht. Frau Heinemann würde böse werden, wenn sie wieder in der Schule wäre und nicht mehr denken könnte. Nicht eine einzige Rechenaufgabe könnte sie lösen. Ihre Mathelehrerin würde mit dem dicken Rotstift alles durchstreichen, alle Zahlen, die Becci immer so säuberlich schreibt, obwohl sie Mathe nicht versteht. Aber sie wird ja nicht mehr in die Schule gehen. Sie wird hier bleiben und sterben.

»Zuckermaus«, hört sie, und wieder »Zuckermaus«. Sie wartet auf den Riesen, den es nicht gibt. Das Stampfen hat sie schon lange nicht mehr gehört. Vielleicht hat er Angst in der Nacht.

Sie denkt an den Himmel. Das Licht, die schönen weichen Wolken und all die Tiere, die dort sind. Aber wie soll sie dorthin kommen?
Es kann nicht mehr lange dauern, das weiß sie. Sie ist jetzt zu lange hier gefangen. Und Mama hat ihr zu oft erzählt, was passieren kann, wenn sie nicht achtgibt. Dass sie dann stirbt. Du kriegst Krämpfe, mein Schatz, hat Mama gesagt, dein Bauch tut weh, und du musst erbrechen. In deinem Kopf geht alles durcheinander, und das Atmen wird schwer. Das willst du doch nicht! Also musst du aufpassen! Damals hat Becci Angst bekommen. Dann hat Mama irgendetwas von Ketonkörpern und Koma gesagt, aber das hat Becci nicht interessiert. Sie hat an Amelies weiße, süße Mäuse gedacht, die sie am Morgen in der Schule gegessen hat. Seit sie Amelies Mäuse und manchmal den Kuchen isst, haben ihre Freundinnen sie nicht mehr damit gehänselt, dass sie Diät macht.
Jetzt, wo sie alles das spürt, was Mama aufgezählt hat, hat sie keine Angst mehr. Sie findet Totsein nicht so schlimm, wenn das so schön hell ist und so leicht. Sie kann dann schweben, als hätte sie Flügel.
Sie will sich zu Marius umdrehen. Sie muss ihn fragen, wie das geht mit dem Sterben. Doch ihr Kopf bewegt sich nicht. Becci nimmt alle Kraft zusammen. »Marius«, sagt sie.
Finsternis. Stille.
»Marius!« Er muss ihr sagen, wo sie den Tod treffen kann. Er ist schon groß, er ist erwachsen. Marius muss es wissen! Da spürt sie seine Hand auf der Wange, weich und warm. Sie lächelt.
»Becci, Zuckermaus.« Tropfen fallen auf ihre Lippen. Sie schmecken nach Salz.

»Marius?«
Seine Hand wischt über ihr Gesicht, sie ist weich und warm. »Hm?«
Becci kann ein paar Züge atmen. »Marius.« Sie ist so froh, dass er noch bei ihr ist. »Zeig mir den Tod.«

19

Ihre Hand schmerzte noch immer, als sie den Gasgriff am Lenker zu sich drehte und das Mofa sich in Bewegung setzte. Kaugummikauend blickte sie zu der abgebröckelten Fassade, die im Dämmerlicht und mit den verwilderten Rosensträuchern davor fast idyllisch aussah. Im Erdgeschoss brannte Licht, ein dreckiges gelbes Quadrat, doch ihr Vater würde vermutlich gar nicht merken, dass sie wegfuhr. Er würde auf der Eckbank sitzen und das Foto ihrer Mutter anstarren, Schnaps trinken und dann irgendwann, den Kopf auf dem Tisch, einschlafen. In ihr Zimmer würde er nicht gehen. Dennoch hatte sie es abgeschlossen.

Nessy lockerte den Griff, und der Schmerz ließ nach. Torben konnte so ein Arschloch sein. Er durfte nicht erfahren, dass sie allein auf Tour ging. Erst recht nicht, wohin.

Lange hatte sie überlegt, wie sie ihn heute Abend abwimmeln sollte, dann ihren kranken Vater als Grund vorgeschoben, eine Hose und Sneakers angezogen, dazu ein Kapuzenshirt. Nach dem ersten sonnigen Tag war es empfindlich kalt geworden, und jetzt, wo Torben vermutlich bei seinen Eltern in dem Nobelbunker saß und sich von der Köchin das Dinner servieren ließ, konnte sie getrost auf Lackstiefel und Minirock verzichten. Sie durfte sich nicht erkälten! Ohnehin würde sie in dem nuttigen Aufzug nicht den gewünschten Eindruck hinterlassen.

Das kegelförmige Scheinwerferlicht ihres Mofas glitt die Straße entlang, Autos fuhren in großen Bögen an ihr vorbei, sie roch die Abgase, und trotz der wärmeren Kleidung fror Nessy schon nach wenigen Minuten. Dafür fühlten ihre Ohren sich unter dem alten Helm heiß wie im Fieber an. Wenigstens dämpfte er das Knattern des Motors.

Sie war froh, dass sie im Dezember achtzehn Jahre alt wurde. Nach dem Abi würde sie sich einen Job suchen. Jeden Cent würde sie sparen, und dann endlich den Führerschein machen. Sie hatte es so satt, mit dieser klapprigen Kiste herumzufahren.

Als sie ihr Ziel erreicht hatte, stellte sie das Mofa neben einem Strauch am Straßenrand ab und hängte den Helm an den Lenker. Das Visier war zerkratzt, der weiße Kunststoff schon gelblich. Unentschlossen blieb sie stehen und sah auf die Lichter der Stadt hinab, die sich wie kleine Leuchtpunkte bis weit in die Rheinebene zogen. So einen Blick hätte sie auch gern von zu Hause aus.

Ein paar Meter weiter ging eine Fahrzeugtür auf und schlug wieder zu. Ein dicker kleiner Mann mit Hosenträgern war ausgestiegen und zündete sich eine Zigarette an. Nessy dachte zuerst, er würde auf sie zukommen, doch er lehnte sich nur an seinen Schlitten und starrte im Licht einer Straßenlaterne herüber, die Glut der Zigarette glimmte in regelmäßigen Abständen auf. Noch ein Stück die Straße hinauf parkte ein weißer Kastenwagen mit großer Antenne darauf, wenn sie das richtig erkannte.

Los, Nessy, sagte sie sich, und ihre Finger begannen zu kribbeln. Scheiße! *Stell dich nicht so an.* Dabei war Torben doch weit weg!

Sie war schon einmal hier gewesen, hatte sich aber nicht getraut zu klingeln. Wie hätte Marius reagiert? Wie sein Vater? Jetzt, nachdem die Geschwister entführt worden waren, hatte sie noch mehr Angst davor. Doch es gab keinen anderen Weg.
Sie spuckte den Kaugummi aus und überquerte die Straße, und noch bevor sie klingeln konnte, blinkten neben dem Tor rote Lichter, und sie stand inmitten der skurrilen Beleuchtung. Ohne nachzudenken, drückte sie auf den goldenen Klingelknopf.
»Ja, bitte?«, dröhnte es fast gleichzeitig aus Schlitzen einer Sprechanlage in der Säule.
»Hallo, hier … hier ist Nessy. Ich bin eine Freundin von Marius. Ich wollte … ich möchte … Kann ich mit seinen Eltern sprechen?«
Es knackte ein paar Mal, dann sagte die tiefe Männerstimme: »Ich hole Sie ab.«
Kurz darauf stand sie mit offenem Mund in einer Küche, wie sie sie auch in Torbens Elternhaus vermutete. Doch dort war Nessy noch nie gewesen. Du würdest dich nicht wohl fühlen, sagte Torben immer. Überfluss, dachte sie, passte einfach gar nicht zu Marius.
Der Mann, der sie am Tor abgeholt hatte, hatte sich als Jo Krenz vorgestellt. Kripo. War ja klar, dass die Bullen auch hier waren. Er lächelte sie an, und sein Schnauzbart hob sich leicht. Sie schauderte.
»Sie wollten mit den Eltern Ihres Mitschülers sprechen?«, fragte Krenz. »Nehmen Sie doch Platz.« Er wies auf einen weißen, glänzenden Stuhl, der vermutlich so viel gekostet hatte wie die komplette Kücheneinrichtung in ihrem eigenen Zuhause.
»Ich … ich wollte nur kurz …« Sie sah sich rasch um,

ignorierte die riesige Kochinsel in der Mitte und überflog die weinroten Fronten, die im Licht einer riesigen Deckenlampe glänzten. Hochschrank mit kleinem TV-Gerät, Hochschrank mit Mikrowelle und Ofen aus Edelstahl, Regale mit eingelassenen Strahlern, Spüle, Unterschrank, Kühlschrank mit Eiswürfelbereiter. Shit! Sie schob die Hände in die Taschen ihrer Kunstlederjacke und stellte sich neben den Kühlschrank, doch sie traute sich nicht, die zerfledderte Kaugummipackung hervorzuziehen.

»Vanessa!« Marius' und Rebeccas Mutter kam in die Küche, und noch bevor Nessy ihr die Hand entgegenstrecken konnte, fiel Lene Assmann ihr um den Hals.

Augenblicklich versteifte sie sich. Die Frau roch säuerlich, als habe sie seit Tagen nichts gegessen und die Zähne nicht geputzt. Rasch trat Nessy ein Stück zurück. »Sie kennen mich?«

»Kommissar Krenz hat mir Ihren Namen gesagt. Ich bin so froh, dass Sie kommen! Ich wusste, dass Marius Freunde hat! Dass sich jemand für ihn interessiert. Er ist ein guter Junge!« Sie trat zurück, und die beiden musterten einander.

Die Mutter sah furchtbar aus, blass und mit eingefallenen Wangen, die Haare wie mit Öl eingefettet. Wenn sie vor der Schule aufkreuzte mit ihrem Porsche, strahlte sie immer und war perfekt gestylt mit Hochsteckfrisur und manchmal Flechtwerk darin, und Nessy glaubte jedes Mal, ein mehrere hundert Euro teures Parfum schon dann zu riechen, wenn sie Frau Assmann nur aus der Ferne sah.

»Sie sehen hübsch aus!«, sagte Frau Assmann.

Unwillkürlich fasste Nessy in ihr halblanges Haar, das

sie offen trug. Wegen Torben hatte es diesen billigen Blondton. Fast schämte sie sich. Lene Assmann trug eine schwarze Hose und eine helle, etwas zu weite Bluse mit Flecken unter den Armen. »Ich … ich wollte nur wissen … Gibt es etwas Neues von Ihren Kindern?«

Krenz lehnte mit verschränkten Armen an der Kochinsel und beobachtete sie.

»Trinken Sie doch einen Kaffee mit mir!« Lene Assmann öffnete einen Hängeschrank.

»Ach, lassen Sie nur, es ist viel zu spät, ich … Können Sie nicht einfach sagen, ob Sie etwas wissen? Bitte!«

»Sorgen Sie sich?« Krenz senkt den Kopf um wenige Millimeter.

Nessy sah weg. »Haben Sie das … das Lösegeld schon beisammen?«

Abrupt hielt Lene Assmann in der Bewegung inne, in jeder Hand eine Kaffeetasse. »Es gibt kein Lösegeld!«

»Was? Sie wollen Ihre Kinder nicht zurückhaben?« Nessy spürte Angst und Abscheu.

»Frau Sigismund«, fiel Krenz ein und gab Frau Assmann ein Zeichen, zu schweigen. »Natürlich will die Familie ihre Kinder wiederhaben. Aber über die Forderungen, die zu erfüllen sind, gibt es nichts öffentlich zu sagen.«

»Ermittlungstaktische Gründe, was? Das sagen sie in den Fernsehkrimis auch immer.« Nessy wurde wütend.

»Da haben die Krimis mal recht.«

Nessy starrte ihn an. Seine tiefen Falten, die um die Augen etwas Freundliches hatten. Seine Lederjacke. »Ist die echt?« Sie zeigte auf seinen Arm.

»Die Jacke? Klar.«

»Marius mag kein Leder.« Und sie würde sich so ein Teil ohnehin nie leisten können.

»Kennen Sie Marius gut?«
»Geht so.« Sie blickte zum Kühlschrank, aus dem Lene Assmann Milch herausnahm. In der Tür lagen ein paar Eier, in den Fächern standen Gläser und Plastikdosen, ganz unten lagen zwei Salatköpfe.
»Dann sind Sie also aus Neugier hier, nicht aus Sorge.« Es war eine Feststellung, die der Bulle ihr ins Gesicht knallte, keine Frage.
»Herr Krenz«, sagte Frau Assmann, »das ist *mein* Haus. Und eine Freundin von Marius ist hier immer willkommen! Bitte greifen Sie sie nicht an.« Sie legte einen Arm um Nessys Schultern, als seien sie beste Freundinnen.
Reflexartig trat Nessy beiseite, nur ein kleines Stück, um die Frau nicht zu kränken. Soviel sie wusste, waren die Eltern sonst nicht so begeistert von Besuch. Angeblich musste der Vater immer arbeiten und brauchte seine Ruhe. Doch Nessy wusste es besser.
»Ich greife niemanden an, ich will nur Klarheit.« Krenz baute sich vor Nessy auf. Er überragte sie um einen ganzen Kopf. »Was wollen Sie wirklich hier?«
Sie fühlte sich plötzlich dumm und hilflos. Weiterkommen würde sie hier auch nicht. Sie sollte verschwinden.
»Ihr Kollege weiß es. Dieser Herr Ehrlinspiel. Mein Freund und ich wollten Marius helfen, schon länger. Aber er … er wollte nicht. Torben, so heißt mein Freund, hat aufgegeben. Aber mir tut Marius leid. Er ist … zu allein. Ich mache mir tatsächlich Sorgen, auch wenn Sie das nicht glauben.« Sie tastete nach dem Mofaschlüssel in ihrer Jackentasche. »Ich will echt keinen Kaffee, danke, Frau Assmann. Und grüßen Sie Ihren Mann. Ist er nicht da?«
Sie nickte. »Ihr Freund. Sie haben einen Freund? Scha-

de.« Dann schüttelte sie den Kopf. »Mein Mann hat Probe.«
Nessys Magen machte einen Satz, dann stieg ihr die Galle in die Kehle. »Er ist im Theater?«
Krenz nickte, und Lene stieß einen lauten Schluchzer aus, und als sie sich auf die Arbeitsplatte stützte, fiel eine der Tassen zu Boden und zerbrach klirrend in unzählige Scherben. Weiße Scherben auf weißem Marmor. Jetzt weinte Frau Assmann richtig, und der saure Geruch aus ihrem Mund ließ Nessy würgen. Offenbar war Nessy nicht allein mit ihrem Entsetzen. »Ich habe meine Kinder gesucht, und ich werde weitersuchen! Ich bin herumgefahren, überall, und überall haben sie mich von den Plakaten aus angelacht. Ich bin allein, ich ... Günther hilft mir nicht.«
Krenz ging zu der Frau und legte die Hände von hinten auf ihre Schultern. »Hey«, sagte er leise, doch sie fuhr fort: »Keiner hilft mir, keiner! Günther kennt Hunderte Leute, aber niemand kommt, keiner von denen ruft an!«
Sie drehte sich um, und Krenz stand dicht neben ihr, eine Hand auf ihrem Rücken. »Nur Sie, Vanessa! Sie sind die Erste, die hierherkommt! Bitte, gehen Sie nicht weg!«
Nessy schluckte. Sie schluckte alles hinunter: den sauren Geruch der Frau, die eigene Galle und die Fassungslosigkeit, ihre Beklemmung, das schlechte Gewissen und all das, was sie seit Tagen wie einen Alptraum erlebte. Dann stürzte sie hinaus, durch die schwach erleuchtete Diele, aus dem Haus, über die Straße, die im Mondlicht fast silbern schimmerte, zu ihrem Mofa. Hastig zog sie den Schlüssel heraus, steckte ihn in das Schloss und entriegelte die Lenkung, sprang auf den Sattel und trat das Pedal durch. *Spring an, los, du Scheißkarre,* doch das

Mofa gab keinen Mucks von sich. Marius hatte es reparieren wollen. Doch jetzt … Sie begann zu weinen, trat wieder das Pedal durch. *Spring! An!* Und dann stand plötzlich der dicke Mann mit den Hosenträgern neben ihr. »Kann ich helfen, junge Frau?« Er hielt ein Mikrofon in der Hand. »Ich tue etwas für Sie, und Sie tun etwas für mich.«

»Verpiss dich«, schrie sie, setzte den Helm auf, und endlich knatterte der Motor. Sie riss den Lenker herum und raste die Straße hinab, sah aus dem Augenwinkel Krenz über die Straße auf sie zueilen, nahm viel zu schnell die erste Haarnadelkurve in die Stadt hinab und konnte gerade noch einem großen schwarzen Wagen ausweichen. Assmann! Sie erkannte ihn sofort. Als ein helleres Auto folgte, hatte sie ihr Mofa bereits wieder in der Gewalt.

Nessy drehte den Gasgriff bis zum Anschlag zu sich heran. Fuhr weiter, immer weiter, so schnell es ging, die Straßen entlang. Sie atmete tief durch, sagte leise: »Du fehlst mir, Mama«, doch ihre Worte waren nur ein Nuscheln unter dem Helm, den schon ihre Mutter getragen hatte, fast so erstickt wie deren letzte Worte, bevor sie zwischen den Schläuchen und rhythmisch pumpenden Maschinen die Augen geschlossen hatte. »Ich wünschte, du wärst bei mir«, murmelte Nessy und erinnerte sich an ihren letzten fröhlichen Sommer in dem herrlich duftenden Garten bei ihrem Haus.

Als sie auf den Radweg kam, der auf den Wald zuführte, wurde ihr Herzschlag ruhiger. Jetzt gab es nur noch eines zu tun. Sie würde das schaffen. Alles andere war die Sache nicht wert.

Sie fuhr ein paar Meter am Waldrand entlang und bog dann ab, zwischen die Bäume. Der Scheinwerfer glitt über die Tannenstämme. Ein Vogel schrie so grell, dass er das Knattern des Motors übertönte. Oder bildete sie sich das alles nur ein?

Am Ende des Waldes, an der Kreuzung, sah sie ihn. Bremste. Drehte den Zündschlüssel herum, das Mofa erstarb. Sie stellte die Füße auf den Boden, schob das Visier des Helms hoch.

Er ging weiter, überflutet vom weißen Mondlicht, stürzte beinahe vorwärts, direkt von der Wiese auf sie zu. Sie winkte spontan, und er hob beide Arme. Sie wollte rufen, doch dann packte sie die Angst. Irgendetwas stimmte nicht, und sie blieb einfach stehen.

Sekunden später sprang sie von dem Mofa herab und riss die Arme hoch. Das Mofa kippte auf den Waldweg, doch den dumpfen Aufprall hörte sie schon nicht mehr. Ihr Schrei übertönte ihn.

20

Erschöpft sank sie auf den Barhocker an der Theke, die Wohn- und Essbereich trennte. Ihr pinkfarbenes Langarm-Shirt war frisch, aber natürlich hatte sie gleich einen Fleck darauf gemacht. Und das quasi umsonst: Der Rotwein, den sie sich zum Abend eingeschenkt hatte, half nicht gegen das dumpfe Gefühl, das sich in ihrem Magen ausbreitete.

Natürlich hatte sie gewusst, auf was sie sich einließ. Dass sie viele Stunden allein bleiben und dass Moritz' Wochenenden und Abende oft mit Arbeit ausgefüllt sein würden. Eigentlich eine Situation, die ihrer Freiheitsliebe entgegenkam. Doch dass sie ihn am Tag ihrer Ankunft – und wie es aussah, auch in der ersten Nacht – nicht einmal sehen würde, damit hatte sie nicht gerechnet.

Hanna stellte das Glas vor sich und blickte zum hundertsten Mal im Wohnzimmer umher. Kistenberge türmten sich in der Mitte, die Deckenleuchte aus Milchglas warf ein warmes Licht darüber. Vor der Tür zur Dachterrasse stapelten sich die Bretter ihres riesigen Bücherregals. Ganz oben lag ihr Saxophonkasten. Und an ihn geschmiegt, lang ausgestreckt, schlief einer der beiden Kater. Sie wusste nicht, ob es Bentley oder Bugatti war, weil die Zwillingsbrüder für sie genau gleich aussahen: beiger Körper, Ohren, Nase und Füße dunkelbraun, blaue Augen. Außerdem hörten beide auf beide Namen – bei Moritz zumindest. Bei ihr reagierte natürlich keines der Viecher.

Sie trank, schmeckte die leichte Holznote des schweren Weines.
Hätte ihr vor ein paar Monaten jemand gesagt, dass sie ihre Bleibe einmal mit zwei Fellmonstern teilen würde, hätte sie demjenigen einen Orden für den besten Kalauer des Jahres verliehen.
Hanna stand auf und ging zu dem Kater. Sofort schoss der Schmerz von ihrem Becken bis zur Wirbelsäule, wo er sich zu konzentrieren schien. »Shit!« Langsam ging sie in die Hocke.
Er hob den Kopf.
»Hey!« Sie streckte die Hand aus. »Wo steckt eigentlich dein Bruder?«
Die feuchte Nase des Katers glitt an ihren Fingerspitzen entlang. Seine Schnurrbarthaare zitterten.
Vorsichtig strich sie über seinen Kopf, doch er legte die Ohren an, und sein Schwanz peitschte hin und her.
»Fall mich ja nicht an! Du kennst mich doch inzwischen!« Sie zog die Hand zurück und stand auf. Kratzer hatte sie weitaus genug. Verdammte Umzieherei.
Sie trat vor Ehrlinspiels schmales Bücherregal. Lächelte. Zu den paar Fachbüchern über Fotografie, Irland-Bildbänden, zahlreichen Radwanderkarten aus der Gegend bis ins Elsass und die Schweiz, hatten sich seit ihrem letzten Besuch tatsächlich einige Romane und sogar ein Gedichtband gesellt. Paul Auster, Ian McEwan und Martin Suter waren darunter, die Hanna so liebte, auch von Maarten ’t Hart fand sie einen Band. Fehlen noch ein paar Schriftstellerinnen, dachte sie mit einem zufriedenen Blick auf ihre eigenen beiden Schwarzwald-Wanderführer.
Sobald sie sich hier eingerichtet hatte, würde sie mit den

Recherchen zum dritten Band beginnen. Außerdem war sie als freie Autorin für ein Stadtmagazin engagiert worden, nachdem ihre Obdachlosen-Porträts in der Badischen Tageszeitung für Aufsehen gesorgt hatten. Einfühlsam, genau recherchiert, dabei witzig und dennoch kritisch sei ihre Arbeit, so attestierten ihr Kollegen und Leser. Und dass sie auf Augenhöhe mit den Schwächeren der Gesellschaft umgehen konnte. Vielleicht verband sie gerade das mit Moritz. Selbst wenn sie ansonsten zwei völlig verschiedene Charaktere hatten.

Links des schmalen Regals, hinter einem ausladenden hölzernen Esstisch, würde sie ihr eigenes Regal aufbauen. Über die gesamte Wand. Mit viel Glück fand darin ein Fünftel ihrer Bücher Platz. Hanna seufzte. Sah auf die Uhr. Kurz vor halb elf. Und Moritz hatte seit Stunden nicht einmal eine SMS geschickt. Okay, er konnte nichts dafür, dass er arbeiten musste. Aber trotzdem …

Mit dem Fuß stieß sie einen Korb weg, der sich in dem schmalen Weg zwischen Umzugskisten und Tisch verkeilt hatte.

Einen anderen ohne Nachricht lassen, *das* war etwas, das *sie* nie tun würde. Genauso wenig wie zum Empfang des neuen Lebenspartners ein zerwühltes Bett und dreckiges Geschirr zu hinterlassen.

Der Kater buckelte, kam heran und rieb seinen Kopf an ihrer Wade.

Skeptisch blickte sie auf ihn hinab. Wahrscheinlich stand er auf ihr Lavendel-Duschgel, mit dem sie sich nach der anstrengenden Fahrt und der Kisten-Schlepperei ins Badezimmer verzogen hatte. Natürlich waren drei muskelbepackte Spediteure zur Stelle gewesen, aber blöd, wie sie war, hatte sie nicht untätig zusehen können, sondern

Stühle, Blumentöpfe und kleinere Kisten selbst die vier Stockwerke hochgeschleppt. Die Möbelträger hatten gegrinst, und Hanna wusste genau, dass sie sie nur deswegen nicht davon abgehalten hatten, damit sie hinter ihr die Treppen hochkeuchen konnten – einen Karton auf die rechte, einen auf die linke Schulter gepackt – und auf ihren Hintern starren. Wenigstens hatten die Kerle damit ein Thema für das abendliche Bier gehabt: Hannas breite Hüften.

Der Kater wechselte die Wade.

»Schönling!« Eigentlich würden zu Moritz ganz normale Katzen viel besser passen als Rassetiere. Braungetigert, rotgefleckt oder schwarz-weiß, am besten etwas zerfetzt, von der Straße aufgelesen oder mit nur einem Auge. Moritz' Herz für Außenseiter gehörte nicht nur den Menschen. Andererseits hatte niemand anders die Kater haben wollen, als die nach dem Mord an ihrer Besitzerin allein geblieben waren. Sie waren schon damals neun Jahre alt gewesen. Und so hatte Moritz Bentley und Bugatti kurzerhand behalten, anstatt sie – wie er es laut Vorschrift hätte tun sollen – ins Tierheim zu bringen.

Das dumpfe Gefühl in ihrem Magen löste sich auf. Moritz war ein empathischer Mensch. *Alles ist gut,* sagte sie sich, spürte aber sofort einen Stich, als eine Turmuhr mit lautem Dröhnen elf Mal schlug – und sie wieder vergebens auf ihr iPhone sah.

Der Kater umrundete sie einmal und tapste in den dunklen Flur hinaus. Unterwegs blieb er zweimal stehen, drehte den Kopf und sah sie an. Noch bevor sie sich über sein seltsames Verhalten wundern konnte, erklang endlich die Pink-Panther-Klingelmelodie. »Na endlich!«

»Wie geht's dir und deinem Kommissar?« Es war Kora.

»Auf dich ist wirklich Verlass.« Hanna nahm das Rotweinglas in die freie Hand.
»Das solltest du in den vierzehn Jahren auch gemerkt haben.«
»Er ist noch unterwegs. Entführung.«
»Du bist enttäuscht. Der erste Abend und gleich allein.«
Hanna ging in den Flur und drückte mit dem Ellbogen auf den Lichtschalter. »Er kann ja nichts dafür.«
»Was dein Verlassenheitsgefühl natürlich nicht bessert.«
»Nein, tut es nicht.«
»Hanna, du bist erschöpft. Du hast wochenlang ausgemistet und gepackt. Du bist zu Behörden gerannt und hast Möbel zum Sozialkaufhaus gebracht. Und heute hast du siebenhundertundsechzig Kilometer auf der Autobahn runtergerisssen. Du hast wahrscheinlich sogar …«
»Kisten hochgetragen, genau. Und dabei hab ich mir den Rücken vollends ruiniert.«
»Komm du mir nur nach Hause!« Kora lachte ihr kehliges Lachen.
»Nach Hause«, wiederholte Hanna leise. Ob sie sich hier je zu Hause fühlen würde? Wahrscheinlich war es der übergroße Wunsch, anzukommen. Die Sehnsucht danach, dass es dieses Mal klappen, dass sie nicht enttäuscht und betrogen würde. Sie hatte lange gezögert, bis sie ja zu Moritz und einem gemeinsamen Leben gesagt hatte. Sie lehnte sich in den Türrahmen des Schlafzimmers, wo es immer nach ihm roch. Ein wenig nach Moos, ein wenig nach Wald und manchmal nach Meer. »Ach, Kora.« In Hamburg hätte sie jetzt zu ihr gehen, Prosecco Crodino trinken und auf ihrem Sofa liegen können. Quatschen. So lange, bis es ihr besserging.

»Du hast so viel geschafft! Nicht nur in den letzten Monaten. Jetzt freu dich auf die nächsten Stunden, er wird schon aufkreuzen.«
»Ist das ein Befehl?«
»Ein Wunsch, der von Herzen kommt.«
Hanna trank und blickte auf das große Bambusbett, auf das rechteckig das Licht aus dem Flur fiel. Auf der zerwühlten Decke saß der eine Kater und starrte in die Zimmerecke, in der ein Schrank aus Palisanderholz quer über die Ecke stand.
»Hanna?«
»Ein Kater ist weg.«
»Wie?«
»Ich sehe immer nur einen. Und Moritz hat gesagt, dass Bentley krank sei. Vielleicht liegt er … tot in einer Ecke.« Sie stellte das Weinglas auf den Nachttisch.
»War er da, als du heute Nachmittag angekommen bist?«
»Ja. Ich habe beide ins Schlafzimmer gesperrt, solange die Spedition hier ausgeladen hat. Das war so ausgemacht.« Sie knipste die Nachttischlampe an.
Der Kater drehte kurz die Ohren zu ihr, dann wieder Richtung Ecke.
»Sei mal still, Kora.« Hanna hielt die Luft an. Und da hörte sie es. Ein schwaches Raunzen. Es kam aus der Ecke. Hanna riss den Schrank auf. Fototaschen, Diamagazine, eine eingeschweißte Bettwäsche. Kein Kater. Da hörte sie es wieder. Es war hinter dem Schrank! »Kora, ich hab ihn.«
»Tot?«
»Nein. Sitzt hinter einem Schrank. Muss wohl über die Palme raufgesprungen sein. Wahrscheinlich zu viel Lärm heute. Da ist er vielleicht hinten runtergesprungen, in

das Dreieck, das Schrankrückwand und Zimmerecke bilden.«

»Kommst du an ihn ran?«

Der Schrank sah zentnerschwer aus, und ihr Rücken brachte sie sowieso schon um. Sie könnte einen Nachbarn um Hilfe bitten, dachte sie und stellte sich vor, wie sie, wildfremd im Haus und mit Rotweinfleck auf dem Shirt, gegen halb zwölf nachts irgendwo klingelte, ein zerzauster Mann im Schlafanzug ihr öffnete, und sie ihn lächelnd fragte, ob er Lust auf ein gemeinsames Schrankrücken in ihrem Schlafzimmer habe. »Kein Problem«, antwortete sie.

»Dann kümmere dich jetzt um das Tier.«

»Kora?«

»Ja?«

»Du fehlst mir jetzt schon.«

»Ich bin immer für dich da!«

Ein paar Sekunden stand Hanna still, sah Koras warme Augen vor sich und ihr breites Lachen, dazu die goldenen Locken, die ihr bis zum Hintern fielen.

Erneut raunzte es. »Ich komm ja schon.« Sie schob die Hände zwischen Schrankrücken und Wand. Zog. Nichts. Noch einmal. Wieder nichts – nur stechender Schmerz im Rücken. »Verdammt!« Sie stemmte ihren linken Fuß gegen die Wand, zog erneut. Ihre Finger taten weh. Moritz wäre verzweifelt, wenn dem Kater etwas passieren würde. Tief holte sie Luft, nahm alle Kraft zusammen – und der Schrank rutschte ein winziges Stückchen nach vorn. Sie keuchte. Wiederholte die Prozedur. Keuchte. Endlich konnte sie hinter den Schrank blicken. Ganz in der Ecke kauerte das Fellbündel. Seine Augen funkelten im schwachen Licht. »Komm, ps, ps, ps.«

Keine Reaktion.
Und das mir!, dachte sie. *Verflucht.*
Schließlich griff sie hinter den Schrank und in das Fell. Fühlte die Knochen darunter. Noch an Weihnachten waren beide Tiere in einem guten Zustand gewesen. Behutsam zog sie den Kater hervor und hob ihn auf ihren Arm. Er wehrte sich nicht. Es musste Bentley sein, der kranke. Sie kraulte seine Ohren, so, wie Moritz es immer tat. »Alles gut«, flüsterte sie, und als wolle auch er gekrault werden, sprang Bugatti vom Bett und strich schnurrend um ihre Beine. Die plötzliche Nähe zu den Katzen war ihr nicht geheuer. Hanna hatte nie Tiere gehabt und konnte auch nichts mit ihnen anfangen. Musste aber zugeben, dass sie eine gewisse Ruhe ausstrahlten – wenn sie sich nicht gerade kamikazemäßig hinter irgendwelche Schränke stürzten.
Sie wollte Bentley eben zu seinem Bruder auf den Boden setzen, als im Treppenhaus Stufen knarrten und ein vertrautes Schlüsselklappern ertönte.
Und dann stand er vor ihr. Schmaler als noch vor ein paar Wochen, etwas zerzaust und mit den Schatten von Bartstoppeln auf den Wangen. »Hallo«, sagte er leise, lächelte. »Hanna und Bentley.« Er legte die Umhängetasche auf die Kommode im Flur und knöpfte seine Jacke auf. Sie war graugrün, leicht tailliert und hatte vorn vier große Taschen. Hanna kannte sie nicht. Sie gefiel ihr.
»Hey.« Sie wollte ihn in die Arme schließen, wollte ihm eine runterhauen, wollte ihn küssen und ihm beleidigt den Rücken zudrehen. Und da stand sie, reglos, den Kater auf dem Arm, und brachte nichts außer dieses dämliche »hey« über die Lippen.

Moritz nahm ihr den Kater ab und setzte ihn neben seine Füße. Dann strich er ihr die dunklen Haare aus dem Gesicht, küsste sie und flüsterte: »Tut mir leid«, und als sie seine Arme auf ihrem Rücken spürte und den vertrauten Geruch seines herben Aftershaves einatmete, verflogen ihr Unmut und ihre Zweifel.

»Schon in Ordnung«, sagte sie und musste plötzlich lachen, denn Kora sagte immer, dass genau dies der Satz sei, bei dem Frauen die nächsten Wochen nichts taten, außer einen heimlichen Racheplan auszutüfteln.

»Der Vater macht mich fertig.« Moritz ging ins Wohnzimmer, nickte. »Wir brauchen ein Haus.«

»Habt ihr die Kinder?«

»Nein. Ich fürchte … morgen Abend …« Er blickte sie an. Sogar seine Lachfältchen um die Augen sahen müde aus.

»Moritz, hast du wirklich geglaubt, dass ich an einen romantischen Theaterabend geglaubt habe? Ich bin eine Medientante. Ich lese Zeitung. Ich höre Radio. Heute hatte ich im Auto acht Stunden Zeit dazu. Ich weiß, dass die beiden entführt worden sind. Ich weiß auch, dass Günther Assmann die Hauptrolle spielt.«

»Das werden wir ja noch sehen.«

»Sag mal« – sie beobachtete, wie Bugatti auf die Umzugskisten sprang und in die Pappe biss –, »wie kann man denn auftreten, wenn die eigenen Kinder in Lebensgefahr sind? Das sind sie doch? Das Mädchen braucht doch Medikamente!«

»Mhm. Frag mich nicht. Mit dem Mann stimmt etwas nicht.« Er sank auf einen Barhocker an der Theke und trank Rotwein aus der Flasche.

»Und welche Theorien habt ihr?«

»Betriebsgeheimnis, Frau Journalistin.« Er nahm ihre Hand und zog sie zu sich heran.

Hanna fuhr ihm durch die sandfarbenen Haare, zeichnete den Wirbel nach, dann nahm sie sein Gesicht zwischen ihre Hände und küsste den Rotwein von seinen Lippen.

»Du, ich habe dir eine pinkfarbene …«, flüsterte er, doch ein würgendes Geräusch ließ Moritz verstummen.

Bentley stand im Flur, bäumte sich auf und würgte mit erstickten Lauten Schaum aus dem Maul.

Mit einem Satz war Moritz draußen und kniete neben dem Tier. »Bentley? Mein Racker?«

»Wo ist die Transportbox?« Die Nacht war wohl endgültig gelaufen. »Wir müssen in eine Tierklinik.«

»Keller.«

»Bring ihn mit runter.« Sie schnappte im Bad ein Handtuch, den Schlüssel ihres MX 5, rannte die Treppe hinunter, fand die Box in Moritz' Kellerabteil, legte das Tuch hinein und traf Ehrlinspiel genau an der Haustür. In seinen Armen lag Bentley.

Sie hatte Moritz bisher erst ein Mal weinen sehen.

Später

Die Sonne schickt erste Strahlen über die Baumwipfel am Horizont, so gleißend, dass es fast in den Augen schmerzt.
Ich lehne noch immer an dem Birkenstamm und warte. Jetzt dauert es nicht mehr lange. Bald ist es vollends hell. Dann finde ich den Weg hinauf, dorthin, wohin die Vögel mich nicht tragen.
Das Grün in der Baumkrone ist hell und zart, fast goldgelb wie damals, in den Tagen, als wir uns zum ersten Mal hier getroffen haben. Zum ersten gemeinsamen Joint. Zum ersten Fick. Zum ersten Betrug. Auch nachdem Annika fort war, herrschten diese lebendigen Farben der Natur und die Pracht der süßlich duftenden Kirschblüten. Die Luft hat sich angefühlt wie Seide und schien uns alle und das Böse zu verspotten.
Es knackt und raschelt, als streiche die Sonne mit ihren frühen Strahlen über das Gras und Geäst. Der Fluss glitzert, ein Schlepper zieht stampfend vorüber, und ich registriere wieder den Geruch nach Maschinenöl.
Das Licht naht, die Angst verschwindet.
Ich freue mich auf die Erlösung.
Das Kind hat keine Erlösung gefunden. Oder was heißt Kind. Teenager. Aber trotzdem Kind. Ich habe

es gewusst. Schon am Abend der Premiere, als der geschundene Körper bereits am Wegrand gelegen hat, direkt am Waldsaum, nicht weit von hier. Liegengelassen wie einen Sack Müll. Es hatte so enden müssen.

Als ich es erfahren habe, hat mich nur eines interessiert: Ob das Schicksal des jungen Menschen etwas zwischen uns ändern würde. Zwischen dem einzigen Menschen, den ich abgöttisch begehre, und mir. Natürlich hat sich alles geändert. Aber nicht so, wie ich es erhofft hatte. Ich war nur noch ein Nichts. Unbeachtet. Verspottet.

Ich bin blind gewesen. Krank vor Liebe. Oder vielleicht sollte ich sagen: Ich habe zu viel gesehen, aber ausgeblendet, was nicht sein durfte. Dass meine Liebe lächerlich ist. Dass ich Menschen ins Unglück stürze. Dass ich keine Freunde habe – bis auf einen. Und den habe ich zerstört. Das Wertvollste, was mir diese Welt zu bieten hatte. So viele Opfer, nur, um mein unerreichbares Ziel nicht zu verlieren.

Am Waldrand bewegt sich etwas. Ein Reh kommt auf die Wiese. Ein zweites hinterher. Sie heben die Köpfe in meine Richtung. Sie warten auf meinen Auftritt. Sind mein letztes Publikum. Sie müssen sich noch ein paar Minuten gedulden.

Ich sehe rechts neben mir in die Birke hinauf. Alles ist genau so, wie ich es vorbereitet habe. Nichts fehlt. Nicht das Seil, nicht die kleine Trittleiter aus dem Stall, nicht der Mut.

Die Wiese zwischen mir und dem Wald wandelt sich jede Sekunde. Die Tautropfen glitzern wie ein grünes Meer aus Brillanten, das sich sanft im Süd-

wind bewegt, und ich glaube, Salz zu schmecken. Doch es ist nur der Geruch von Öl und Algen, den ein erster Wind herüberträgt.

Mir bleibt nicht mehr viel Zeit. Rechts, wo auf dem frisch gepflügten Feld die Ackerschollen aufgebrochen daliegen wie die Körper von Tieren, wird bald ein Bauer Getreide säen. Er wird nicht applaudieren, wenn er nachher auf dem knatternden Traktor heranfährt. Vielleicht wird er böse sein. Vielleicht auch enttäuscht. Oder schockiert. So wie die Leute, die sich alle so sehr auf den Premiereabend gefreut hatten. Diese Naivlinge, die dachten, Lene und Günther Assmann hielten zusammen. Die Frau des Schauspielers, die ihm zugesteht, trotz schrecklichem Kummer und Angst aufzutreten. Die ihn liebt. Die hinter ihm steht.

Und dann … eine Betrügerin. Lene eine Betrügerin! Wer sollte das schon glauben?

Ich muss lachen.

Dass ich überhaupt noch lachen kann an diesem Morgen. Galgenhumor! Ich lache erst recht.

Die Rehe kommen näher. Ich bewege mich nicht. Sie senken den Kopf und äsen zwischen den Resten der Nacht.

Ich hätte die zweite Katastrophe verhindern können. Das Unglück nach Annika. Ich habe Marius und Rebecca den Vater gestohlen.

Hinter meinen Lidern sammeln sich Tränen, dunkel und schwer. Es ist die Trauer. Trauer um mein verlorenes Leben. Aber das Wasser wird alles wegspülen. Zurück in das Gras, in die Erde, wo die toten Kinder liegen.

»Es tut mir so leid, Junge«, flüstere ich. »Verzeih mir.«
Eine Krähe schreit, eine zweite antwortet etwas leiser, und die Rehe fliehen in den Wald.
Früher glaubten die Menschen, dass Raben und Krähen Vorboten des Todes seien.
Sie hatten recht.
Asche zu Asche.
Staub zu Staub.
Schuld zu Schuld.

21

Sonntag, 24. März, kurz vor dem Morgengrauen

Die Chaiselongue knarrte leise, als Günther sich umdrehte. Er lag vollständig angekleidet auf dem Rücken und blickte unverwandt auf den gelben Kreis, den die Laterne durch das Fenster an die Zimmerdecke warf. Lene hatte darauf bestanden, die Lichter im Garten anzulassen. Der Morgen brach schon bald an, und noch immer war er zu keiner Entscheidung gelangt.

»Bestimmt kommen sie heute Nacht zurück, dann müssen sie es doch hell haben«, hatte seine Frau mit diesem weinerlichen Unterton zu Jo Krenz gesagt. Der saß jetzt unten im Wohnzimmer und hielt seiner Frau wahrscheinlich Händchen – falls Lene sich nicht mit einer doppelten Dosis Schlaftabletten ins Bett gelegt hatte. Oben, in dieses Luxusbett mit dem von Seide überzogenen Kopfteil und den unzähligen Kissen. Das Bett, in dem er heute Nacht nicht liegen wollte, nicht konnte, obwohl zwischen ihm und seiner Frau eine komplette Armee Platz gefunden hätte. Es hatte eine Zeit gegeben, in der sie das genossen hatten, stundenlang, nächtelang, eine riesige Spielwiese ihrer Lust. Jetzt war es Brachland, nichts als Schlafstätte zweier Körper, die sich vom Alltag erholen mussten, um am nächsten Tag ihren Trott wiederaufnehmen zu können.

Er drehte sich auf die Seite. Fand keine Ruhe. Nicht, seit er von der Generalprobe zurück war und Ehrlinspiel

noch einmal auf ihn eingeredet hatte, dass er sich morgen zum Idioten zu machen habe. Dabei musste er sich vor der Premiere doch schonen! Nicht viel reden, sich nicht erkälten, ausreichend schlafen.
Günther schloss die Augen. Seine Glieder waren schwer, doch seine Gedanken drehten sich rastlos wie ein Kettenkarussell, kamen ein Stück näher, entfernten sich, kehrten zurück, machten ihn schwindelig.
Schande!
Konnte es tatsächlich sein, dass Lene ihn betrogen hatte? Lene, für die er sein Leben gegeben hätte, damals, als er ihr vor siebenundzwanzig Jahren begegnet war? Immer wieder musste er an die Cafeteria im Krankenhaus denken. Manchmal konnte er noch das Parfum riechen, das sie damals getragen hatte, süß und blumig, eigentlich so gar nicht sein Geschmack. Er war mit Gipsbein und Krücken zu dem Kaffeeautomaten gehumpelt, sie hatte gelächelt. Zwei Tage, nachdem er mit Edith betrunken durch die Stadt gezogen war, lachend und Arm in Arm, war das gewesen. Er hatte unbedingt den jungen Helden spielen und über einen Betonpoller springen müssen. Schienbeinkopfbruch plus angebrochenes Wadenbein. Uwe war an diesem Abend, der zu dritt begonnen hatte, früher nach Hause gegangen. Er hatte den beiden ja vertraut. Günther, dem zweiundzwanzigjährigen Greenhorn, mit dem man so wunderbar philosophieren konnte, und Edith, der dreißigjährigen Schauspielerin, mit der er seit Jahren zusammenlebte. Uwe, damals schon dreiundvierzig Jahre alt, hatte einen anstrengenden Tag in der Praxis gehabt. Der Herr Möchtegern-Arzt, der das Medizinstudium nicht geschafft und sich dennoch für die größte Koryphäe unter Gottes Heilpraktikern gehalten hatte.

Günther lachte auf.
Eine Null war Uwe gewesen! Hatte Edith mit diesem idyllischen Fachwerkhaus im Grünen becirct. Aber nichts im Griff gehabt. Hätte er ihn nur nie um Rat gefragt. Doch eigentlich, wenn er es sich genau überlegte, war es Lene gewesen, die ihn dazu überredet hatte. Und die Uwe immer hatte treffen wollen.
Weitere Vögel fielen in das Gezwitscher ein. Mattes Licht drang ins Zimmer.
Uwe und Lene. Lene und Uwe.
Er stand auf, und er verfluchte das Knarren des teuren Möbelstücks, das ihn fast zu verspotten schien.
Konnte das sein? Und die Schritte vor seiner Garderobe …
Günther lauschte. Es war still im Haus. Auf Socken schlich er nach oben und schob leise die Tür zum Schlafzimmer auf. Im fahlen Licht sah er Lene liegen, nackt, auf dem Rücken, die Decke zur Seite geschoben, schwer atmend. Auf ihrem Bauch klebte die Insulinpumpe, ihr Haar hing über die Bettkante. »Du gehörst immer noch mir!«, sagte er kaum vernehmlich. Lene rührte sich nicht. Er trat ans Bett, sog ihren süßlichen Geruch ein und berührte ihren Hals und ihre Brüste, dann ließ er seine Fingerspitzen über ihren Bauch hinabgleiten, vorbei an dem kleinen Gerät, bis zu den Schamhaaren. Sie reagierte noch immer nicht. Doch seine Gedanken beruhigten sich, und sein Verlangen konzentrierte sich auf den Körper, der hilflos und entblößt vor ihm lag, dessen Silhouette sich weich von den weißen Laken abzeichnete.
Wie in Zeitlupe streifte er Pullover, Hemd und Unterhemd ab, zog die Socken aus, ließ Hose und Unterhose raschelnd zu Boden gleiten.

Lene, die schwache Lene. Auch ihre ersten Worte waren ihm noch präsent wie am ersten Tag in der Cafeteria. »Kaffee schwarz. Wie meine Zukunft«, hatte sie gesagt, als er mit der dampfenden Tasse an den Nebentisch gehumpelt war. Hoch und ein wenig flatternd hatte sie geklungen und war ihm fast hilflos erschienen in ihrem weißen, glänzenden Morgenmantel, mit dem erschöpften Blick, und auch deshalb, weil sie sich, als beide entlassen worden waren, ständig zurückgezogen hatte, um sich Insulin zu spritzen. Wahrscheinlich war es das gewesen. Ihre Hilflosigkeit. Das Zerbrechliche, fast Durchsichtige an ihr.

Das, was jetzt vor ihm lag, ihn lockte.

Sie war so ganz anders gewesen als die starke Edith, die von Beginn an ihren Weg gegangen war, zielstrebig und kraftvoll, und die stets bekam, was sie wollte. Außer das große Geld. Das hatte dafür Lene gehabt. Ihre Eltern, ein norwegischer Diplomat und eine deutsche Architektin, waren nur wenige Monate, nachdem Lene und Günther sich kennengelernt hatten, bei einem Flugzeugabsturz ums Leben gekommen. Das Haus, in dem sie jetzt lebten, war gerade fertig gewesen. Als er sie das erste Mal gesehen hatte, lagen sie aufgebahrt zwischen einem Meer von Blumen. Lene war am Grab zusammengebrochen. Einige Monate später hatten sie geheiratet – Doppelhochzeit der beiden Freundespaare. Uwe und er in Schwarz, Lene in Weiß und Edith in Türkis. Günthers Liebe hatte Lene aufgerichtet. Edith hatte dies akzeptiert, hatte Lene sogar gemocht. Erfreut war sie vermutlich nicht darüber gewesen, dass Günther nicht mehr mit ihr hatte schlafen, zu zweit Gras rauchen, diskutieren und trinken wollen. All die Dinge, die Uwe nie verstan-

den hätte. Günther dagegen war glücklich gewesen. Und als Lene kurz danach schwanger war, mit nur achtzehn Jahren, schien die Zukunft ein goldener Palast zu sein.
Er strich fester über Lenes Bauch, der so wunderbar rund geworden war, als Annika darin wuchs. Lene stöhnte kurz und drehte sich zur Seite, den Rücken ihm zugewandt, schwerfällig und mit halboffenem Mund, als sei sie betrunken. Doch vermutlich waren es die Schlaftabletten.
Goldener Käfig. Das wäre die bessere Bezeichnung gewesen. Und immer war es Lene gewesen, die schwach schien. Das Waisenkind, dem zwar Reichtum, aber keine Familie geblieben war. Das Diabetes hatte und nur nach Vorschrift essen und trinken durfte, ständig Medikamente brauchte. Und dann, als alles gut schien, ihr Kind verlor. Diesen Engel.
Er setzte sich auf den Bettrand, im Herzen die Angst und Hilflosigkeit, in den Lenden das Ziehen. Lene murmelte im Schlaf, schlug mit der Hand um sich und atmete schwer.
Warum sollte ihre Schwäche nicht auch Uwe fasziniert haben? Diesen mehr als zwanzig Jahre älteren Mann, der später, an dem verhängnisvollen dreiundzwanzigsten Mai 1993, neben Lene gestanden und den Arm beschützend um sie gelegt hatte? Er hatte Lene irgendwelche Pillen zur Beruhigung gegeben, während er, Günther, vor Verzweiflung schrie. Edith hatte an dem Abend die Judith in Friedrich Hebbels gleichnamigem Trauerspiel gegeben und wollte später noch zu ihnen in die Villa kommen, hatte es aber nicht mehr geschafft, weil ein paar Journalisten sie noch interviewen wollten. Sie hatte Glück gehabt. Ihr waren die ersten Stunden des Alp-

traums erspart geblieben. Vermutlich hatte sie deshalb zu ihm halten können all die Jahre. Und darin war sie gut gewesen. Zu gut. Sie hatte unglaubliches Talent, schon immer gehabt. Und sie hatte den besten Ehemann der Welt. Uwe liebte und verehrte Edith über alles, das wusste Günther. Er hätte seine Karriere verwettet, dass er sie niemals betrügen würde. Doch was mutmaßte ausgerechnet er, Günther, über Betrug und die Masken der Menschen.

Günthers Hand glitt über Lenes Hüfte, fuhr die Rundungen nach.

Uwe und Lene? Lene und Uwe? Angst und Verzweiflung, Verzweiflung und Angst, dachte er und umfasste sie von hinten, presste sich an sie, in leichten Bewegungen, dachte, es ist widernatürlich, doch als sie sein Verlangen erwiderte, seinen Rhythmus aufnahm, sich dann umdrehte und nach ihm griff und ihn überall gleichzeitig zu berühren schien, ignorierte er seine Bedenken, und sein Leben konzentrierte sich allein auf seine körperliche Gier. Er war brutal und rücksichtslos, und Lene beantwortete seine Härte. Es war, als wollten sie einander bestrafen für alles, was je gewesen war. Damals und jetzt. Sühne und Schmerz. Schuld und Trauer.

Danach war alles leer.

Sie lagen nebeneinander, blickten an die Decke, und irgendwann fragte sie in die Stille: »Wie geht es dir?«

Was für eine dämliche Frage!

»Bist du nicht erleichtert?«

Da war er wieder. Ihr weinerlicher Unterton. Sie musste alles kaputt machen. Er setzte sich auf.

»Dein zweites und Dein drittes Kind, in meiner strengen Obhut sind. Sie sterben, falls nicht öffentlich bekennen wirst zur Schande Dich«, zitierte sie die Nachricht des Entführers. »Es geht nicht um Annika. Davor hattest du doch Angst, oder? Das muss dich doch beruhigen! Das genügt dir doch. Jetzt glaubst du, du bist raus aus der Sache, du Feigling! Marius und Becci sind dir so gleichgültig wie meine Einsamkeit.«

Fassungslos starrte er sie an.

»Es wäre vielleicht wirklich besser gewesen, ich hätte sie mit einem anderen gezeugt.«

»Hätte?« Er sprang auf und raffte seine Kleider zusammen wie ein Fremder, der mit der falschen Frau im falschen Hotelzimmer gelandet war. »Den Konjunktiv kannst du dir sparen. Hure!«

»Erinnerst du dich nicht mehr an dein Versprechen? *Du* bist die Hure. Ein Verräter!«, schrie sie ihm hinterher, doch die letzten Worte hörte er nur noch durch die geschlossene Badezimmertür. Er trank eiskaltes Wasser aus dem Hahn, spritzte sich Wasser ins Gesicht, wusch sich und ging in sein Zimmer zurück.

Dort wickelte er sich in eine Decke und trat ans Fenster. Der Schein der Gartenlaterne war im anbrechenden Morgenlicht kaum mehr zu sehen, und die Bäume am Rand des Grundstückes waren grün und nicht mehr nur dunkle Schatten. Um den Pavillon flogen Vögel, und als einer davon auf den Annikastein hüpfte, sehnte Günther sich so sehr nach Licht und Glanz und dem Engelsstaub, dass er von der Stirn bis in die Zehen Schmerzen spürte. Unten im Wohnzimmer waren Schritte zu hören, eine Tür wurde leise geöffnet. Krenz war also auch schon wach.

Die Dunkelheit, die ihn damals umfangen hatte, war nie wieder ganz von ihm gewichen. Es hatte Lichtblicke gegeben. Sicher. Aber Annika war verloren. Irgendwann war die unendliche Dunkelheit zwar eine endliche geworden, ein Fleck, der sich in seiner Seele eingenistet hatte und von dort immer und immer wieder hochkroch, bis in alle Winkel seines Daseins, die er so sorgfältig verschlossen hielt, indem er versuchte, ein anderer zu sein. Ein Hamlet, ein Stadtrat Ammetsberger, ein Faust. Er spielte keine Rollen, er *war* die Rolle. Hatte kein eigenes Ich mehr. Auf diese Weise konnte er fliehen. Deswegen war er auf der Bühne gut. Auch wenn andere besser waren. Aber er hatte es, verdammt noch mal, verdient, ein neues Leben zu beginnen. Ein Leben ohne Abhängigkeiten, ohne Alpträume, ohne eine Frau an der Seite, die nur noch ihre Kinder und das Haus im Kopf hatte und von Kunst so viel verstand wie ein Kulissenschieber vom Feuilletonschreiben. Und die ihn wahrscheinlich jahrelang mit einem oder sogar zwei Kuckuckskindern zum Idioten gemacht hatte.

Die WC-Spülung im Erdgeschoss rauschte, dann ging wieder eine Tür auf und zu.

Er setzte sich an seinen Schreibtisch und knipste die kleine Tischlampe mit den Perlenschnüren an, die Lene und er auf einem Flohmarkt erstanden hatten und die viele Jahre neben Annikas Bettchen gestanden hatte. Er tippte dagegen. Leise klackernd schlugen die perlmuttfarbenen Kügelchen aneinander, als wollten sie ihm zuflüstern: Erinnere dich an das Lachen deiner Tochter, an ihr Strahlen, jede von uns winzigen Perlen klingt für eine ihrer Sommersprossen. O ja, daran erinnerte er sich. Jeden Tag. Jede Stunde. Jede Sekunde. Und er erinnerte sich genauso exakt daran, dass Lene nur wenige Wochen nach der Katastrophe wieder schwanger gewesen war.

Dabei hatte er nur ein einziges Mal mit ihr geschlafen. In dieser Nacht hatte er ihr dieses verfluchte Versprechen gegeben, für sie da zu sein, was immer auch passierte. Er hatte es versucht, wirklich versucht. Aber er schaffte es nicht. Und jetzt … Er erinnerte sich an Uwes tägliche Besuche. Aus medizinischen Gründen … Lene war im Himmel geschwebt angesichts der neuen Schwangerschaft – er in die Hölle gestürzt. Kein neues Kind würde Annika je ersetzen können.

Mit zitternden Händen zog er die Schublade auf, legte das Fotoalbum vor sich auf die Tischplatte, blätterte darin. Wollte über Annikas Wange streichen, doch seine Finger erstarrten ein paar Millimeter über ihrem Gesicht in der Luft, als habe er Angst, sie zu verletzen. »Was soll ich nur tun, mein Engel«, flüsterte er und legte die Hand dann auf die Zettel, die unter dem Fotoalbum hervorlugten. Jede Nachricht des Entführers war dort in Günthers steiler Schrift notiert. Doch er kannte längst alles auswendig. *Wer zeugt' die Lüge; was Du errätst, packst Du in Zeilen, wirst damit auf die Bühne eilen.*

Er zog einen Zettel hervor und schraubte den Deckel des Füllfederhalters ab. *Ich bin betrogen, bin kein Vater. Ich spiele nur ein Scheißtheater,* schrieb er. Schluckte. Strich seine Worte durch. Die Feder kratzte. »Scheiße«, rief er und zerknüllte den Zettel. Nahm einen frischen. *Ich zeugt' die Lüge, doch nicht diesen Sohn. Bedenkt mich ruhig mit Spott und Hohn,* sah er vor sich die Wörter entstehen, gerade so, als würden sie von fremder Hand geschrieben. Er starrte auf den Zettel, und die Tinte verschwamm vor seinen Augen und in dem Licht, das durch die Perlenschnüre fiel und Hunderte winziger Kreise auf das Blatt malte.

Draußen schrien die Vögel.
Falls Du spielst wie alle Tage, so sterben sie – ganz ohne Gnade. Würden sie wirklich sterben? Und wenn er seine Karriere aufgab, was dann? Er hatte Annika verloren. Er hatte Lene verloren, schon lange. Er hatte seine Kinder verloren – die doch zu seinem Leben gehörten, auch wenn er nie das für sie empfinden konnte, was er für Annika gefühlt hatte. Jetzt wäre auch Edith fort – denn auch ihre Karriere wäre zumindest in den Dreck gezogen. Skandal am Stadttheater! Seine Kollegen würden der Presse mit Freude jede Info ums Maul schmieren: Günthers Ignoranz ihrem Können gegenüber, sein Narzissmus im Job, sein Verhältnis mit Edith. *Rolle erschlafen.* Er sah die Schlagzeilen schon vor sich. Nichts würde ihm bleiben. Lene würde ihn rauswerfen, ihm keinen Cent mehr geben. Neue Engagements könnte er vergessen. Nicht mal als Statist würde ihn noch jemand anheuern.
Im Erdgeschoss ging Krenz hin und her, gedämpfte Schritte, dann hörte er das Klacken der Kaffeemaschine, die auf Vorheizen gestellt wurde. Günther sah auf die kleine Uhr vor sich. Viertel vor sieben.
Er schluckte. »Ich kann nicht, ich kann es nicht, mein Engel.« Seine Fingerspitzen zeichneten Annikas Stupsnase nach. Und da sah er Rebeccas Gesicht in Annikas, und seine Handflächen wurden feucht. »Nein«, flüsterte er, »bitte, nein.«
Er griff nach einem neuen Zettel. Schrieb *Annika.* Einen zweiten. *Rebecca.* Einen dritten. *Annika Rebecca.* Wie im Rausch notierte er die beiden Namen, *Annika Rebecca, Rebecca Annika,* immer wieder, bis ihm der Füller aus der schweißnassen Hand glitt und er mit einem Schrei die Zettel vom Tisch fegte.

Still saß er die nächsten Stunden da, bewegte sich nicht. Nur die Tränen kullerten über seine Wangen. Er lauschte den Vögeln und beobachtete das Licht, das erst grau, dann rosarot durch die Bäume im Park brach, ihm zu winken schien, wie Annika es morgens immer gemacht hatte, wenn sie in den Garten lief, und später manchmal Rebecca – nur, dass er seiner zweiten Tochter fast nie zurückgewunken hatte.

Er wusste, dass Ehrlinspiel recht hatte. Alles war verloren. Egal, was er nun tat.

Ein Klopfen an der Tür ließ ihn hochschrecken. »Herr Assmann? Alles in Ordnung?«

Sein Nacken war bis in den Rücken hinab verspannt. Er musste eingeschlafen sein! »In Ordnung? Witzbold!«

Er hörte, wie hinter ihm die Tür aufging. Rasch schlug er das Fotoalbum zu, zog die Decke fest um sich und wandte sich um.

Krenz blickte sich im Zimmer um, schaute auf den Boden, der mit Zetteln übersät war, auf Günthers Gesicht, das fahl und eher wie eine Totenmaske aussehen musste, und zu seinen nackten Füßen.

»Ich kann mich nicht erinnern, Sie hereingebeten zu haben.«

Krenz legte Daumen und Zeigefinger ans Kinn. »Dann haben Sie nicht mich gemeint mit ›Geh nicht weg, mein Engel!‹?«

Günther spürte den Hass heiß in sich emporsteigen. Er stand auf und ging auf Krenz zu, die Decke fiel zu Boden, doch seine Nacktheit war ihm egal, er war ohnehin schon entblößt bis auf die Knochen. »Ich sehe keine blonden Löckchen und auch keine Flügel.«

»Dann muss ich mich wohl geirrt haben. Das Alter. Vielleicht doch bald ein Hörgerät. Es gibt übrigens Kaffee, Herr Assmann. Brötchen habe ich auch bestellt. Wenn Sie geduscht haben …« Er nickte und schloss die Tür von außen.

»Arschloch«, zischte Günther.

O nein, er ließe sich sein Leben nicht kaputt machen.

Dann ging er zum Telefon und wählte die Nummer, die er seit zwanzig Jahren versuchte zu vergessen.

22

Sonntag, 19 Uhr

Nichts Auffälliges«, sagte die Dame in der weißen Bluse, um deren Kragen sie ein rotes Tuch gebunden hatte. *Service, Gisela Müllerklein*, stand auf einem Schildchen. »Einmal Sekt, einmal Orangensaft.« Sie reichte Ehrlinspiel zwei Gläser. »Sieben Euro, bitte.«

Er bezahlte und steckte den Geldbeutel in die Innentasche seines Jacketts, wo auch das Minifunkgerät saß.

»Und drüben?« Diskret deutete er mit dem Kinn auf die andere Seite des Theater-Foyers, wo heute ein paar extra Garderobefrauen arbeiteten. Kollegen von der Polizei – wie auch Frau Müllerklein.

»Nichts Auffälliges.«

Die Stehtische waren dicht umringt. Damen in Abendkleidern, Männer in Anzügen, Sekt und Weißwein trinkend. Die meisten Frauen hatten glänzende Handtäschchen unter den Arm geklemmt und stöckelten auf viel zu hohen Absätzen auf dem Marmorboden umher. Das Abendlicht, das durch die riesigen Fenster fiel, vermischte sich mit dem gelben Schein der Lichtröhren, die an den Wandvorsprüngen angebracht waren. Stimmengewirr erfüllte den hohen Raum.

Ehrlinspiel fühlte sich unwohl in dem dunklen Anzug – dem einzigen, den er besaß und sonst nur zu Beerdigungen oder Hochzeiten trug. Um nicht ganz so spießig zu wirken, hatte er ein fliederfarbenes Hemd angezogen, die beiden obersten Knöpfe offen gelassen und auf eine Krawatte verzichtet. Hanna war begeistert gewesen.

»Du beobachtest nur«, hatte Frank Lederle ihn in der Soko-Sitzung am Vormittag angewiesen. »Wir haben knapp dreißig Frauen und Männer, die sich unter das Servicepersonal und Publikum mischen. Die Einfallstraßen sind abgesperrt. Kameras im gesamten Theater installiert. Das Mobile Einsatzkommando hat außerdem in zwei konspirativen Wohnungen Posten bezogen. Eine liegt in der Bertoldstraße mit Blick auf den Künstlereingang und gehört einem Politiklehrer.« Lederle hatte die Augenbrauen gehoben. »Der Mann fühlt sich mit seiner Vorstellung von Recht und Ordnung der Polizei auf etwas, nun ja, unangenehme Weise verbunden. In der zweiten Wohnung, in der Sedanstraße neben der abgerissenen Universitätsbibliothek, lebt eine ehemalige Sekretärin von unserem Oberboss. Von dort aus sieht man hervorragend auf Assmanns Garderobenfenster. Eines sage ich euch: Wir werden nach dieser verdammten Aufführung *jeden* identifizieren, der ins Theater rein und wieder raus ist.«

Der Kriminalhauptkommissar balancierte die Gläser durch die Menge.

Zwischen drei älteren Damen in viel zu engen Paillettenkleidern lächelte Hanna ihm unter einer kunstvollen Hochsteckfrisur zu. Zwei Strähnen umspielten ihr helles, ovales Gesicht mit den hohen Wangenknochen. Sie war kaum geschminkt, nur die Wimpern hatte sie etwas getuscht, und ein perlmuttfarbener und brauner Lidschatten betonte dezent ihre dunklen Augen. Sie nahm das Sektglas. Die Strapazen der letzten Wochen und die kurze Nacht nach dem Tierklinikbesuch sah man ihr kaum an. Auch nicht, dass sie sich kaum bewegen konnte wegen der Rückenschmerzen. Moritz vermutete, dass Hanna nicht eine, sondern drei 600-Milligramm-Ibuprofen-Tabletten geschluckt hatte und jetzt die Tapfere gab. Wie immer.

Sie stießen an, als Edith Berger durch eine Glastür trat. Ihr langes Kleid wechselte wie ein Chamäleon von Violett zu Türkis und Smaragdgrün, als sie durch die Menge schritt, ein paar Leute begrüßte, lächelte und nickte. Immer wieder legte sie dabei eine Hand an den großen Kettenanhänger, dessen Motiv Ehrlinspiel nicht erkennen konnte, der aber perfekt zum Silbergrau ihres kurzen Haares passte.

»Und?«, fragte Hanna. Sie stellten sich etwas abseits, und beim Gehen raschelte der dunkelpinkfarbene Stoff ihres trägerlosen Kleides. Es war auf Taille geschnitten, der Rock reichte bis zu den Knien und war leicht gebauscht.

»Sie lenken mich ab, schöne Frau«, flüsterte der Hauptkommissar. »Ich bin im Dienst! Und auch wenn ich mich wiederhole: Du hältst dich heute Abend zurück. Du bist nur als Zuschauerin da!« Zu gut kannte er Hannas Neugier.

»Du hast da Katzenhaare.« Sie zupfte an seiner Schulter und blickte dabei demonstrativ im Foyer umher. Er lächelte trotz seiner inneren Anspannung. Was er noch nicht gekannt hatte, war ihr Elan, wenn es um seine Kater ging. Sie hatte schnell und souverän gehandelt, Bentley und ihn durch die Nacht in die Klinik gefahren, mit ihm gewartet. Nach drei Stunden waren sie wieder zu Hause gewesen. Zwei Infusionen hatten den Siamkater vorerst gerettet. Doch über den Berg war er noch nicht.

»Hast du mit Assmann gesprochen?«, fragte Hanna.
»In der Garderobe, Frau Paparazzi.« Niemand außer der Polizei kannte die Forderung des oder der Entführer. Keiner wusste, dass der Abend vielleicht über Leben und Tod der Kinder entschied. Auch Hanna nicht. Für die Öffentlichkeit lag der einzige Reiz, wenn nicht in der Kunst, dann darin, dass die Kinder des Hauptdarstellers entführt worden waren. Kein Wunder, dass der Hauptkommissar viele Presseleute unter den Gästen erkannte. Auch Elisabeth Heinemann, die Mathelehrerin von Rebecca, hatte er ins Theater huschen sehen, als er vor gut einer Stunde auf dem Weg zu Assmanns Garderobe gewesen war. Durch die Garderobentüren war ein Zischen und Brummen gedrungen, leise Laute wie ein Babybrabbeln, und irgendwo am Ende des Flurs rief jemand in gleichmäßigen Rhythmen und ununterbrochen »pe, te, ka, zett, zett, njang, njang, pe, te, ka, zett, zett …«. Nur bei Assmann war es still. Die Tür war angelehnt, davor stand Jo Krenz, breitbeinig, die Arme verschränkt. Er schüttelte den Kopf, als Ehrlinspiel ihn fragend ansah. Assmann saß auf dem Stuhl, um die Augen dunkel geschminkt. Er trug die Rüschenbluse. Der Umhang lag auf dem Boden. Vor ihm stand ein unangetastetes Glas Wasser.
»Was werden Sie tun?«
»Verlieren.«
Ehrlinspiel setzte sich mit einer Pobacke auf den Tisch vor Assmann. »Wir kennen den Gegner nicht. Aber wenn Sie verlieren, gewinnen Marius und Rebecca. Vergessen Sie das nicht. Bitte.«
Assmann hatte genickt. »Ich werde auftreten. Ich werde …«

»Da draußen sitzen fast achthundert Menschen. Und ich sage es noch einmal: Die werden Ihnen eher gewogen sein, wenn Sie Ihre Kinder retten, anstatt auf Teufel komm raus ans Burgtheater zu wollen.«

»Auf Teufel komm raus. Wie ironisch.« Er trank. Blickte zu Boden.

»Todernst.«

Assmann lachte auf.

»Seien Sie ein Mensch, Herr Assmann!« Ehrlinspiel spürte den Druck hinter seinen Augen. Wut, Hoffnungslosigkeit … und später vermutlich rasende Kopfschmerzen. Er hätte auch ein Ibuprofen nehmen sollen. Prophylaktisch. »Oder können Sie die nächsten vierzig Jahre damit leben, zwei Kinder auf dem Gewissen zu haben?«

»Drei Kinder«, flüsterte Assmann.

»Wie bitte?« Er packte Assmann an den Schultern.

Assmann wehrte sich nicht, hob aber den Kopf und blickte Ehrlinspiel an.

Drei Kinder? War Annika *doch* entführt worden, und dieser Kerl hatte nichts unternommen?

»Ich war nicht da, als es passierte. Ich hätte es wissen müssen.«

»Was wissen? Als was passierte?«

»Als Annika verschwand.« Er schüttelte Ehrlinspiels Hände ab. »Ich hätte wissen müssen, dass ich sie verliere.«

»Warum?«

»Sie war mein Engel. Ich habe sie zu sehr geliebt. Wissen Sie, was das heißt, so zu lieben, dass man sich selbst verliert, wenn der andere nicht mehr da ist?«

Ehrlinspiel starrte ihn an. Die stahlgrauen Augen, die

jetzt matt wirkten, und die Falten um die Augen, die trotz des Make-ups tiefer zu sein schienen als noch vor drei Tagen. Assmann war nie über den Verlust von Annika hinweggekommen. Und auch seine anderen beiden Kinder – falls sie seine waren – hatten ihn nie trösten können. »Und Lene?«

»Die habe ich auch geliebt. So gut ich es eben konnte.«

»Hören Sie, in einer Stunde beginnt die Aufführung. Mein Kollege bleibt hier. Eine Kollegin ist in der Villa bei Ihrer Frau. Sie schaffte es nicht hierher. Innerlich. Ich schaue mich draußen um. Der Kerl muss ja irgendwie kontrollieren, ob … Sie seine Forderung erfüllen. Also muss er oder jemand an seiner Stelle hier sein.«

»Wieso? Die Presse wird jedes Wort berichten.«

»Ganz recht. Aber nach aller Erfahrung lässt sich ein Täter das nicht entgehen. Es ist keine Garantie. Aber wenn alles gutgeht – und ich *will*, dass alles gutgeht –, sind Marius und Rebecca in einigen Stunden wieder bei Ihnen.« Damit war der Kommissar aufgestanden. In der Tür hatte er sich noch einmal umgedreht. »Spielen Sie nicht Gott, Herr Assmann!«

»Hi, Ehrlinspiel, schön, Sie zu sehen«, erklang jetzt eine Stimme neben Hanna und ihm, und noch bevor er sich umgedreht hatte, roch er die obligatorische Knoblauch-Bier-Fahne. Er hob die Augen zur Decke und wandte sich dann mit freundlicher Miene um.

Mr. Hair lächelte rund und süß wie eine überreife Honigmelone und hielt ein Mikrofon in der feisten Hand. »Wann und wo wird das Lösegeld übergeben?«

Ehrlinspiel rieb sich über die Nasenwurzel. »Wenn es unter uns bleibt …«

»Yes, natürlich.« Sofort war das Mikrofon direkt vor Ehrlinspiels Mund.
»Da steh ich nun, ich armer Tor, und bin so klug als wie zuvor«, flüsterte Ehrlinspiel die einzigen Zeilen, die er aus dem Faust kannte.
Für eine Sekunde starrte Mr. Hair ihn ernst an. Dann lachte er laut los. »Der war gut, Ehrlinspiel.«
»Unser Pressesprecher ist auch gut! Sie kennen doch Herrn Habermaß' Handynummer?« Ironisch zog er den Mundwinkel hoch. Wie Frank Lederle sie angewiesen hatte, würde Edgar Habermaß – ein Meister im Verkaufen von abgelaufener Tiefkühlkost als Drei-Sterne-Delikatesse, wie Ehrlinspiel gern sagte – auf die vertraulichen Ermittlungen verweisen und nur sagen, was er in der gestrigen Pressemitteilung auch schon hatte verlautbaren lassen.
Mr. Hair zog ab.
Edith Berger trat an ein Rednerpult.
»Sie gibt die Einführung zum Faust.« Hanna zog Ehrlinspiel vorn an den Rand der Zuhörer. Von hier konnten sie fast alle Menschen sehen.
»Verehrte Gäste, lieber Jan Winckler, der Sie extra aus Wien angereist sind, lieber Herr Oberbürgermeister Doktor Salomon«, begann die Chefdramaturgin, verlieh ihrer Freude über den bevorstehenden Abend Ausdruck, erzählte von dem Stück und der Interpretation des Gretchenkonfliktes und erklärte, wo sie wie und warum in den Originaltext von Goethe eingegriffen hatte.
Ehrlinspiel hörte nicht zu. Er beobachtete die Menschen, und auch Hannas Aufmerksamkeit galt nicht nur Bergers Worten. Immer wieder musterte sie einen Mann,

der etwas abseitsstand, allein, in einer Cordhose, einer Filzjacke und mit grauem Pferdeschwanz. Er fiel auf.

»Ich freue mich mit Ihnen auf die Premiere eines herausragenden Werkes und wünsche einen spannenden Abend mit Günther Assmann, Raphaël Mestmäcker und dem Faust-Ensemble«, schloss Edith Berger. Applaus setzte ein, und die Menge strömte über die Marmortreppen in das Große Haus.

Hannas und Moritz' Plätze waren in der elften Reihe rechts, mit perfekter Sicht auf die Schauspieler und die Zuschauer in den vorderen Reihen. Ehrlinspiel klappte die Sitzfläche des roten Samtsessels herunter und überblickte rasch den Raum. Er war bis auf den letzten Platz hinter den geschwungenen Balkonen besetzt. Das Licht wurde dunkler, die Menge still. Mit gedämpftem Rattern öffnete sich der schwere, purpurfarbene Vorhang.

23

Sonntag, 20 Uhr

Frühling, Frühling! In seinem Kopf herrschte Frühling, auch in seiner Brust und in seinem Bauch, und sogar seine dünnen Beinchen, die ihn seit sechsundsiebzig Jahren durch die Welt trugen, wollten einen Walzer tanzen.

Ihre Hand lag knotig in seiner, und sie schlurften die schmale Straße entlang, traten immer wieder beiseite ins Gras und küssten sich zaghaft im Mondlicht wie zwei Teenager, die längst hätten zu Hause sein müssen und die noch nicht recht wussten, wohin das Leben und die Liebe sie führen würde.

Vorsichtig setzte er einen Fuß vor den anderen, um nicht über die Steine am Wegrand zu fallen. Ein Käuzchen rief. »Hörst du das?«

»Mhm.«

Er sah sie von der Seite an, sah ihr silbernes Haar und dachte, wie schön sie aussah mit den Falten, die das Leben eingegraben hatte und die so viel erzählen könnten. Er wollte noch ganz viel über sie wissen. Über die Frau, die er auf dem Friedhof kennengelernt hatte.

Sie blieb stehen, um zu verschnaufen. »Da vorne ist schon die Kiesgrube.«

»Lass uns zurück ins Dorf gehen. Vielleicht am Wald entlang. Ich mag Bäume auch lieber als den Baggersee und Förderanlagen. Oder hast du Angst?«

Sie kicherte wie ein Schulmädchen. »Ich bin zu alt für Angst.«
»Aber jung genug für die Liebe.« Er war über seine eigenen Worte erstaunt.
Wieder rief das Käuzchen, wie um seine romantischen Gedanken zu bestätigen. Auf die Idee, dass sein Rufen auch eine Warnung hätte sein können, kam er nicht.
Langsam gingen sie weiter, zwischen Feldern hindurch. Es duftete nach Wald und ersten Kräutern.
Links lag eine große Wiese. Sie bogen von dem geteerten Weg auf den Feldweg ab. Bis zum Waldrand waren es nur wenige Meter. Er überlegte, sie zu fragen, ob sie bei ihm übernachten wollte. Ein breites Bett aber hatte er nicht, hatte noch nie eines besessen. Die paar Mal, als er als junger Bursche mit einer Frau geschlafen hatte, war das immer im Sommer im Stall gewesen. Das hatten sie toll gefunden, die Weiber. Sex im Stroh.
Unvermittelt schrie eine Krähe. Eine zweite. Das Käuzchen antwortete. Ein Windstoß strich über den Wald, es rauschte, und ein paar Wolken trieben über den Mond. Die Wiesen und Feldwege versanken in Schwärze.
Rasch packte er sie und zog sie an sich. Seine spröden Lippen fanden ihre, und im nächsten Moment schon empfand er nichts mehr außer Wärme und ein Kribbeln und Pulsieren, als sei sein ganzer Körper ein Feuer. »Ich liebe dich«, murmelte er. Dass der Mond hinter den Wolken hervorkam, sah er nicht. Auch nicht, dass sie die Augen geöffnet hatte und über seine Schulter hinweg an den Rand des Weges starrte, dorthin, wo es leise plätscherte. Deswegen verstand er nicht, warum sie seinem Griff entglitt, an ihm hinabrutschte, die Arme schlaff, und vor ihm auf den Boden sackte.

»Berta?« Er begann zu zittern, und die Hitze schlug in Kälte um. Vor Angst. Vor Verzweiflung. Er bückte sich, sah sie im fahlen Licht liegen, zusammengekrümmt. Er wollte um Hilfe rufen. Doch aus seinem Mund kam kein Wort. Er richtete sich auf. Drehte sich suchend um, er musste Hilfe holen.

Große Vögel flogen lautlos vom Boden auf.

Dann sah er es.

Doch trotz seines Entsetzens konnte er auch jetzt nicht schreien.

24

Sonntag, kurz nach 20 Uhr

Er war ganz ruhig. Seine Entscheidung war gefallen. Er blickte von der Neben- auf die Hauptbühne, wo Gott und die Erzengel in langen Gewändern standen, eingetaucht in bläuliches Licht. *Prolog im Himmel.* Und Epilog in der Hölle, dachte Günther. Gleich werdet ihr ihn erleben!

Als er gleich darauf hinaustrat, sah er sie sofort: Edith, die renommierten Journalisten und Jan Winckler, den Intendanten des Wiener Burgtheaters.

Günther ging einige Schritte nach vorn, blieb neben dem alten Schreibtisch des Gelehrten stehen und senkte den Kopf ein wenig, so, wie er es seit Monaten geprobt hatte. »Habe nun, ach! Philosophie, Juristerei und Medizin, und leider auch Theologie! Durchaus studiert mit heißem Bemühn.« Edith blickte zu ihm hoch. Winckler lächelte sein festgewachsenes Lächeln, das Blitzlicht eines Fotografen blendete Günther, und er glaubte, Annikas Gesicht vor sich tanzen zu sehen. »Da steh ich nun, ich armer Tor! Und bin so klug als wie zuvor.« Er breitete die Arme aus. »Heiße Doktor, heiße Magister gar …« Es war wie heute Nacht, Annika wurde zu Rebecca, Rebecca zu Annika, und Marius drängte sich zwischen die Mädchen. »… doch heute muss ich sprechen wahr.«

Schon bei diesem ersten falschen Halbsatz ging ein Murmeln durch die Reihen. »Ich bin betrogen, bin kein Vater. Ich spiele nur ein Scheißtheater«, sagte er mit fester Stimme, und seine nächsten Worte gingen im Tumult unter. »Ich zeugte Lüge, doch keinen Sohn. Bedenkt mich ruhig mit Spott und Hohn.« Edith öffnete den Mund. Winckler hob die Augenbrauen. Da erkannte Günther auch Ehrlinspiel, der nicht weit von ihm aufstand, das Handy am Ohr und die Lippen in Bewegung, sich dann durch die Reihen nach draußen drängte. Gleichzeitig brach ein Blitzlichtgewitter los. Die ersten Zuschauer erhoben sich und riefen Günther etwas zu, doch er hörte nicht, was, agierte wie im Fieber.

Das Rüschenhemd klebte nass auf seiner Haut, er sprach weiter, stellte sich ganz vorn an die Bühne, spürte die Hitze der Scheinwerfer im Gesicht, beschuldigte sich der Schande und sah Rebecca und Annika Hand in Hand über eine Blumenwiese laufen. Er sah Marius, der die Mädchen huckepack nimmt, mit ihnen durch den Park tollt, und er erzählte den anonymen Köpfen vor ihm, dass er ein Versager, ein Lügner und Intrigant ist, schrie es hinaus bis in die letzte Reihe des obersten Ranges, und als Edith auf die Bühne kam und ihn am Arm packte, brach er in schallendes Gelächter aus. Es drang tief aus ihm, aus seinem Innersten, unaufhaltsam, ein irres Sprudeln. »Es ist verloren«, schrie er, »verloren!«

Er riss sich von Edith los, floh die Menschen und Rufe, deren Worte eine einzige Kakophonie waren. Sein Kopf rauschte, als er hinausrannte und die Kollegen zur Seite stieß, er eilte durch die Flure und über Treppen bis in seine Garderobe, vor der noch immer Krenz stand, schloss von innen ab und ließ sich keuchend gegen die Tür sinken. »Verloren.« Er lehnte den Hinterkopf gegen das Glas. »Das ist das Ende.« Er spürte keinen Schmerz. Keine Enttäuschung. Keine Erleichterung. Nur Hölle. Das Gesicht des Wiener Intendanten schwebte wie in einem schlechten Film durch seinen Kopf, verzog sich zu einer gehässigen Fratze, und plötzlich sah er sich wieder beim ersten Vorsprechen in Wien. Garantiert hatte Edith im Hintergrund die Strippen gezogen. Sonst hätten die ihn nie in diesen neubarocken Prachtbau mit den vielen Säulen und dem Stuck eingeladen.

Er steht auf der Bühne, ganz vorn, wie eben, achtet kaum auf die fünfreihigen Balkone, das Rot und Gold des Ambientes. Er sieht nur Winckler an. Und Winckler ihn. Die grauen, viel zu langen Haare hat der Intendant mit einer schwarzen Brille nach hinten geschoben. Sein Mundwinkel zuckt. Schon beim zweiten Monolog von *Richard III.* geht das Zucken in ein mitleidiges Lächeln über. »Sie sind gut, Assmann, wirklich gut. Sie haben ein Gefühl fürs Tempo, Sie sprechen perfekte Bögen, aber Ihnen fehlt die Spannung in der Stimme. Zu wenig pastos. Zu sumpfig, das Ganze.« Er nimmt die Brille aus den Haaren und setzt sie auf. Schreibt etwas. »Der Schnack – der fehlt. Verstehen Sie?« Günther versteht nichts. Weiß nicht, was der Schnack sein soll. Winckler schreibt weiter, ohne aufzusehen. »Wenn Sie einmal den Faust geben würden, wenn ich Sie als Genie erleben würde, dann …« Er sieht kurz auf. »Wer ist als Nächstes dran?«, fragt er seine Assistentin und winkt Günther hinaus. Ihm wird übel. Er fährt nach Freiburg zurück, innerlich ausgebrannt. Und doch mit diesem Funken Hoffnung.

Faust.

Jetzt war er der große Mann gewesen. Faust für drei Minuten. Er hatte versagt. Wie immer. Seine Auftritte, seine Liebe, sein Vatersein. Nichts hatte ihn je zu einem Ziel geführt.

Mit zitternden Beinen ging er zu dem Tisch vor dem Schminkspiegel und setzte sich. »Versager«, sagte er zu den wässrigen Augen, die ihm hohl entgegenstarrten. »Versager!« Und da hasste er sich, hasste seine Unzulänglichkeit und seine Tränen, hasste seinen Betrug und seine Schuld, Lene, Edith, Marius, Rebecca und sogar Annika. Seine Faust krachte in den Spiegel, der zerbarst. Seine Hand blutete, und sein Gesicht zersprang in große Scherben, die klirrend zu Boden fielen. Aus ihnen erhob sich die kleine Gestalt. Sie schwebte auf ihn zu und der Engelsstaub glitzerte im Halbdunkel des Zimmers, leuchtete, flimmerte, und Günther roch ihren Kinderduft, hörte ihr fröhliches »Papi«, atmete tief ein, griff nach ihr, fasste ins Leere und atmete nichts als den dreckigen Staub des Zimmers.

Visionen! Nichts als Visionen!, und er flüsterte: »Es tut mir so leid, mein Mädchen. Verzeih mir, Annika.« Sein Blick fiel auf die Scherben, er stand auf, es knirschte unter seinen Füßen, sein Körper schmerzte überall, an der blutenden Hand, an den Armen, den Schultern, die er hochzog, als der Weinkrampf ihn schüttelte. »Verzeih, Rebecca. Verzeih, Marius.« Er drückte seine Stirn gegen das kühle Fenster. »Bitte, kommt zurück.«

So stand er da und wartete auf die Erlösung, die nie kommen würde. Hörte auf den Tumult, das Trappeln und die hektischen Stimmen vor der Tür, er hörte die Worte »Interview«, »Erklärung« und »Stellungnahme« und den strengen Tonfall von Krenz und anderen Männern, die die Presse abwimmelten. Er hörte die entfernte

Kirchturmuhr und zählte mit, nur um irgendetwas zu haben, das real war. Elf Schläge.
Zwölf.
Dann klopfte es an der Garberobentür. Er fuhr herum. Die Klinke wurde heruntergedrückt. Stille. Wieder klopfte es. Jemand rüttelte an der Tür. »Herr Assmann, bitte, machen Sie auf!« Es war Jo Krenz' Stimme. »Wir haben … Ich bringe Sie jetzt nach Hause. Bitte, machen Sie auf.«

25

Montag, 25. März, 0 Uhr 30

Eine Windböe fuhr Ehrlinspiel durchs Haar, als er die Tür des Dienstwagens zuschlug und zwischen den nächtlichen Wiesen fast am Waldrand stand. Er holte tief Luft. Wechselte über das Wagendach einen kurzen Blick mit Freitag und sah dann hinüber zu den Polizeiautos und den drei Männern, die sich in ihren weißen Overalls im Flutlicht bewegten, direkt an der Kreuzung von Waldweg und Feldweg. Es sah gespenstisch aus, und obwohl es nach Tannen, feuchter Erde und Frühling duftete, glaubte er, den Tod riechen zu können.

»Komm.« Freitag ging voraus.

Ihre Schritte knirschten, als sie an dem hellen Kombi der Kriminaltechniker vorbeigingen. Direkt dahinter, die Motorhaube fast unter dem rot-weißen Absperrband, parkte eine dunkle Corvette Stingray mit offenem Verdeck. Auch das noch. Konnte der Kerl nicht einfach mal im Urlaub sein?

Als hätte er Ehrlinspiels Gedanken gehört, trat Professor Reinhard Larsson – ebenfalls in einem weißen Overall – auf sie zu, stieg über das Absperrband und stellte lächelnd einen schwarzen Koffer neben sich ins Gras. Schnalzend zog er einen Latexhandschuh von der Hand, doch nicht, um sie den Kommissaren zu reichen, sondern um sich die Brille auf die Nase zu schieben.

Ehrlinspiel vermutete einen Wichtigtuer-Reflex. Denn das schwarze Designergestell saß stets wie angegossen in dem symmetrischen Gesicht mit dem blonden Ziegenbärtchen.

»Auch schon da?« Larssons Blick wanderte von Ehrlinspiels Anzugjackett über die gebügelte Hose bis zu seinen polierten Schnürschuhen. »Schick, die Herren. Vor der Beerdigung« – er musterte nun Freitag von unten bis oben – »muss ich allerdings noch Hand anlegen.«

»Hallo, Reinhard.« Die Corvette war das einzig Geschmackvolle an dem Rechtsmediziner. Doch das hier war nicht der Ort für persönliche Animositäten. »Lukas meint, der Junge ist Marius Assmann?«

»Hauptkommissar Felber ist offenbar ein hellsehendes Genie. Ich vertraue ausschließlich meinen DNA-Analysen. Meinetwegen auch einer Identifizierung durch die Eltern.«

Sofort setzte das Pochen in Ehrlinspiels Schläfen ein. »Du kennst die Fahndungsfotos. Die Beschreibung. Du hast eine erste äußere Leichenschau vorgenommen.« Er sah auf Larssons Tatortkoffer. »*Könnte* es der junge Assmann sein?«

»Könnte, könnte. Jeder könnte es sein. Jeder zwischen sechzehn und zweiundzwanzig Jahren, der seit schätzungsweise einem Tag hier tot im Graben liegt.«

»Seit *einem* Tag?« Ehrlinspiel drückte die Fingerspitzen gegen die Schläfen. Nein, das konnte unmöglich sein. Der Tote war nicht Marius Assmann. Er *durfte* nicht Marius Assmann sein. »Bist du sicher? Marius war also schon *vor* der Theateraufführung tot?«

Larsson hob die Hände. »Der, der da drüben liegt, auf jeden Fall. Geh ruhig hin und schau ihn dir an.« Er deu-

tete zu den anderen Männern. »Die Totenstarre ist vollständig ausgeprägt. Da bewegst du keinen Millimeter mehr, nicht mal Kniegelenke, Schultern oder Hüfte.«
Also mindestens acht Stunden tot, dachte Ehrlinspiel. Eher länger bei den noch kühlen Temperaturen.
»Der Junge wurde wahrscheinlich in den letzten Stunden nicht mehr bewegt. Die Livores« – Larsson seufzte, als Ehrlinspiel die Augen verdrehte –, »entschuldige, die *Totenflecke*, sind genau da, wo sie in der jetzigen Auffindeposition entstehen. Und ebenfalls voll ausgeprägt. Der Kerl wiegt fünfundsechzig bis siebzig Kilogramm, trug eine Daunenjacke. Laut Abgleich von rektal gemessener Körperkerntemperatur und Umgebungstemperatur setze ich den Todeszeitpunkt vorläufig auf gestern Abend fest. Natürlich unter Berücksichtigung der Algor-Mortis-Veränderung mit Faktor eins Komma vier wegen mehrlagiger, durchfeuchteter Kleidung und leichtem Wind.« Er gestikulierte, als wolle er einen Hörsaal voller unwissender Studenten aufklären. »Henßge-Nomogramm. Das ist –«
»Ich weiß, was das ist, Reinhard.« Ehrlinspiel ging zu dem Wagen der Kriminaltechniker. »Rektal- und Lufttemperatur im frühen Post-mortem-Intervall messen, Wind, Feuchte, Bekleidung, Lage des Toten und sein geschätztes Gewicht in der Korrekturtabelle nachsehen, alles in diesem bogenförmigen Schema einzeichnen, ablesen, fertig.«
Larsson hob den Kopf und lächelte.
»Dann war er sofort tot?« Ehrlinspiel schluckte. »Er lag also nicht noch verletzt hier über viele Stunden?«
»Wahrscheinlich. Schau dir diesen Mond und die Sterne an. So klar. Der sanfte Windhauch und das Plätschern

des Baches, das ist Leben! Und das Beste, Moritz: endlich Frühling! Zeit für die Liebe.« Er zwinkerte.
Ehrlinspiel glaubte, sich verhört zu haben.
Ein paar Männer riefen sich hinter dem Absperrband, das knisternd im Wind flatterte, etwas zu, und einer winkte herüber.
Dass Larsson außer seinen Toten überhaupt etwas mitbekam, verwunderte Ehrlinspiel. Dass er sich genötigt fühlte, Fröhlichkeit zu heucheln, noch mehr.
Der Arzt zog einen Mundwinkel nach oben, als hätte er Ehrlinspiels stumme Frage erraten. Dann nickte er zu den Männern. »Es spricht sich herum. Und weißt du was: Ich gönne es dir.«
»Das muss mein Glückstag sein!«
»Carpe diem, mein Freund!«
Freund! Der Kriminalhauptkommissar schüttelte den Kopf. Er hatte ein schlechtes Gewissen wegen Hanna, die allein vom Theater hatte nach Hause gehen müssen, in einer fast fremden Stadt, in eine Wohnung, die einer chaotischen Kistenburg glich, und zu zwei Katern, denen sie noch misstraute, Bentley obendrein krank. Das hatte sie nicht verdient. Doch noch weniger hatte ein Kind es verdient, hier, fast bei dem Kieswerk, wie ein Stück Müll tot im Graben zu liegen. »Kannst du schon etwas über die Todesursache sagen?«
»Abwarten. Nach Hause gehen. Das Leben genießen.« Wieder zwinkerte Larsson.
Das Pochen in Moritz' Schläfen wurde stärker. »So wie du?« Wo und wie der Rechtsmediziner lebte, wusste niemand. Ehrlinspiel stellte sich oft vor, dass er die Nacht allein am Seziertisch verbrachte, gelbe, verfettete Hautlappen beiseiteklappte, blutige Gehirne wog, in

Scheibchen schnitt, Kehlköpfe der Länge nach aufschlitzte und akribisch all die Dinge tat, die dem Kommissar bei Obduktionen so nahegingen. Tatsächlich war Reinhard Larsson ein brillanter Wissenschaftler, dem so schnell kein Geheimnis der Toten entging. Privat, so sagten böse Zungen, wohne er in einem kahlen Betonklotz und schlief einsam zwischen kühlen Laken. Natürlich waren beide Varianten pure Spekulation: Nächte im Obduktionssaal und Betonklotz. Aber dass ein so empathieloser Mensch ein intaktes Familien- oder gar Liebesleben haben könnte, das konnte sich niemand im Team vorstellen.

»Alles ist möglich.« Larsson zog den zweiten Handschuh aus. »Übrigens, nicht erschrecken. Vögel waren schon an der Leiche. Große Vögel. Krähen, Raben oder Möwen vermutlich. Die gibt's hier nämlich wie Kiesel am Rhein. Und weiche Leichenteile sind geradezu ein Festschmaus für sie.«

»Komm, Moritz.« Freitag, der schweigend zugehört hatte, deutete mit dem Kinn zu den Flutlichtern und Menschen.

»Der Bestatter ist unterwegs.« Larsson stellte seinen Koffer fast liebevoll auf den Beifahrersitz der Corvette. Dann schälte er sich in Sekundenschnelle aus dem Overall, drückte ihn Ehrlinspiel in die Hand, schwang sich in seine schnittige Karosse und telefonierte, den Ellbogen lässig auf die Fahrertür gelegt. »Ich muss Sie sehen«, sagte er. »Sagen wir, in einer Stunde?«

Der Hauptkommissar verdrehte die Augen. Nahm aus dem Wagen der Techniker zwei neue Schutzanzüge, reichte einen davon Freitag und warf Larssons gebrauchten mit etwas zu viel Schwung in die Müllwanne. »Warte bitte auf uns, Reinhard«, rief er dem Rechtsmediziner extra laut zu und bückte sich unter dem Absperrband hindurch. Freitag folgte ihm. Die Overalls raschelten leise beim Gehen.

»Die Absperrung hätte es nicht gebraucht«, begrüßte Lukas Felber sie. Der Leiter der Kriminaltechnik klang ruhig wie immer, doch die Furchen in seinem Gesicht sahen nicht nur wegen des grellen Flutlichts tief und weißlich krank aus. »Die absolute Einsamkeit hier.« Lukas wies auf die Umgebung. Über dem Wald stand silbern der fast volle Mond. Links, etwa einen Kilometer entfernt, lag Gündlingen, ein Ortsteil von Breisach, nahe am Rhein. Bis zu den ersten Häusern gab es nichts als Wiesen und Äcker. »Breisach«, murmelte Ehrlinspiel.

»Wir sind fast genau an der Stelle, von der aus Marius am Tag vor seinem Verschwinden bei Vanessa Sigismund angerufen hat.« Freitags Profil mit der gebogenen Nase zeichnete sich scharf in dem Flutlicht ab.

»Er hatte nichts bei sich. Kein Handy, keinen Schlüssel, nicht seinen Rucksack oder den vermissten Laptop, keinen Ausweis, nichts. Nur die Kleider am Leib. Und das sind die, die er laut Vermisstenmeldung zuletzt getragen hat. Schwarze Jeans, dunkelblauer Sweater, schwarze Daunenjacke und braune Boots. Ein Schuh lag ein paar Meter entfernt.« Felber deutete in die Wiese. »Die Wollmütze, die in der Beschreibung steht, fehlt.«

Ehrlinspiels Mund war trocken. Er wusste, noch bevor er neben dem Graben in die Hocke ging, dass das Bündel, das mit seltsam abgeknicktem Kopf neben ihm auf dem Rücken lag, der schüchterne Sohn des Schauspielers war. Marius Assmann. Er sah ihn zum ersten Mal.

»Wir haben ihn aus dem Graben gezogen. Er lag auf dem

Rücken, sein Kopf hing nach unten, der Hinterkopf war im Wasser.« Der Kriminaltechniker sprach leise, als wolle er die Totenruhe nicht stören.

»Seine Daunenjacke haben wir weggeschnitten für eine erste Untersuchung. Sie geht ins Labor. Obwohl …«

Ehrlinspiel hätte dem Jungen gern die Augen bedeckt. Einst blau und klar, waren sie nur noch blutige Höhlen, Opfer hungriger Krähen. Sein Kinn war eingesunken, der Mund – ungewöhnlich breit – geöffnet, als wolle er noch jetzt um Hilfe rufen. Ein schmales, fast schwarzes, trockenes Rinnsal war aus seinem Mundwinkel über die Wange bis in den Haaransatz gelaufen. In der anderen Wange klaffte ein Loch mit ausgefransten Rändern. Vermutlich auch die Vögel. »Obwohl was?«, griff Ehrlinspiel Felbers abgebrochenen Satz auf, ohne seinen Blick von Marius zu wenden.

»Es gibt keinerlei Anzeichen für ein Kapitalverbrechen.«

»Wo sind die Leute, die ihn gefunden haben?« Helle Haare hingen in das junge Gesicht. Die Nase war fein geschnitten und fast rundlich, leicht nach links geneigt, ganz anders als Günther Assmanns markantes Profil. Hätte er Marius mit einem Wort beschreiben sollen, würde er das Wort »sanft« wählen. Oder »Prinz«.

»In der Uniklinik.« Lukas ging neben Ehrlinspiel in die Hocke. »Ein frisch verliebtes Paar. Der Mann sechsundsiebzig, die Frau ein Jahr älter.« Er ließ den Kopf sinken. »Sie haben beide einen Schock erlitten. Der Notarzt meint, er habe eine ganz passable Chance, zu überleben. Bei ihr« – er wiegte den Kopf – »sieht es nicht ganz so gut aus. Sie ist schwer herzkrank. Wenn sie die Nacht übersteht, packt sie es.«

»Verdammt.« Ehrlinspiel sah zu Lukas. Der schweig-

same, akribisch arbeitende Mann war vor zwei Jahren von seiner Frau verlassen worden. Nach fast zwanzig Jahren Ehe. Das einzig Gute daran war, dass Lukas sich endlich einen Hund hatte zulegen können.
Keiner der Männer sagte etwas. Sie standen auf.
»Was ist das?« Ehrlinspiel deutete auf eine der handgroßen Fundortmarkierungen. Das Schildchen steckte etwa zwei Meter weit entfernt in der Erde und trug die Nummer drei.
»Seine Brille.«
Der Kommissar bückte sich. Ein schmales, rechteckiges Metallgestell lag im feuchten Gras, es war verbogen, ein Glas fehlte, das andere zeigte ein feines Spinnennetz von Rissen. Eine große Schnecke mit steinfarbenem Haus saß nur wenige Zentimeter entfernt.
Als ein Mann mit Kamera vorbeiging, fragte Lukas ihn: »Hast du das?«
»Ja. Wir sind fertig«, antwortete er, und im selben Moment rumpelte der Leichenwagen langsam über den Feldweg heran.
Jetzt würde Ehrlinspiel zu den Eltern gehen und ihnen sagen müssen, dass ihr Sohn gefunden worden war. Aber nicht freigelassen und zusammen mit seiner Schwester, wie sie gehofft hatten. Sondern tot und entstellt im Straßengraben.
Lukas schien seine Gedanken zu lesen, denn er legte ihm eine Hand auf die Schulter. »Sag Ihnen, dass er vermutlich nicht ermordet wurde.«
»Bist du sicher?«
»Ziemlich. Er hat schwere Prellungen im Hüft- und Brustbereich, die Stellen sind großflächig und blau. Das Genick scheint gebrochen, ein Knie und Oberschenkel

zertrümmert. Könnten natürlich Schläge mit einem breiten Gegenstand gewesen sein, einem starken Brett oder so. Aber das scheint mir … absurd. Schau mal« – er ging ein paar Schritte von dem Toten weg und ließ dabei den Kegel einer Megalite über den feuchten Erdboden und die Grasbüschel gleiten –, »siehst du die abgerissenen Grasteile und die Art Ritzzeichnung in der Erde?«
Ehrlinspiel nickte. »Schleifspuren. Und Blut.«
Zwei Männer zogen einen grauen Sarg und einen Leichensack aus dem schwarzen Kombi.
»Genau. Er wurde viele Meter über den Boden geschleift oder geschleudert. Die Spuren verlaufen völlig gerade und sind nicht sehr tief. Das deutet auf eine hohe Geschwindigkeit. Und hier«, sagte Lukas und leuchtete weiter den Feldweg parallel zum Wald entlang, »siehst du mehrere Reifenspuren. Aber diese hier« – er bückte sich und deutete mit der Hand direkt in zwei breite Furchen – »sehen aus, als habe jemand abgebremst. Und zwar kurz vor dem Aufprall und sehr abrupt.«
»Deutet auf einen Unfall hin.«
»Oder darauf, dass der Fahrer im letzten Moment gezögert hat – falls er denn doch mit Absicht auf Marius zugerast sein sollte.«
»Wir müssen das klären. Und zwar schnell!«
Wie auf das Stichwort röhrte die Corvette auf.
Verdammt! Ehrlinspiel rannte los.
Zwei Scheinwerfer flammten auf. Der Hauptkommissar stellte sich vor Larssons Wagen. Der konnte sich doch jetzt nicht einfach so vom Acker machen. Larsson gab im Leerlauf Gas.
»Abwarten? Nach Hause gehen? Das Leben genießen?«, rief Ehrlinspiel, zweifelte aber, dass der andere ihn hörte.

»Das wird heute nichts, Reinhard.« Er verschränkte die Arme.

Rumm, rumm. Die Corvette fuhr ein paar Zentimeter nach vorn.

Der legt mich glatt flach! Ehrlinspiel sprang zur Seite, hechtete zur Fahrertür und beugte sich zu Larsson hinein.

Dieser grinste süffisant. »Ich will dich ungern auf meinem Tisch haben. Aber das, was du da machst, ist lebensgefährlich.«

»Ich brauche dich, Reinhard. Jetzt!«

»Herr Kriminalkommissar, ich habe noch eine Verabredung. Jetzt!«

»Du musst den Jungen obduzieren. Noch heute Nacht!«

Larsson tippte an seine Brille. »Hast du mit der Staatsanwaltschaft gesprochen? Oder sogar schon einen richterlichen Beschluss? Sternstunden zählen nicht zu der bevorzugten Zeit von uns Obduzenten, wenn nicht ein offensichtliches Tötungsdelikt vorliegt. Und selbst dann –«

»Ich ordne das an. Hier und jetzt. Lorena Stein wird das morgen früh absegnen. Oder besser gesagt« – er sah auf die Uhr, es war kurz vor zwei –, »heute früh. Du kennst unser internes Procedere.«

Larsson lehnte sich in dem Ledersitz zurück und trommelte gelangweilt auf das Lenkrad. Das gemaserte Holz schimmerte im Mondlicht. »Wird sie nicht, Moritz.«

Ganz ruhig, Moritz! Er tippte Lorena Steins Kurzwahlnummer.

Larsson schüttelte den Kopf. »Alles vergeblich, Moritz, ich habe bereits …«

»Stein«, klang die rauchige Stimme der Oberstaatsanwältin an Ehrlinspiels Ohr.

»Lorena, wir haben eine Leiche. Allem Anschein nach Marius Assmann. Nähe Breisach. Reinhard ist hier.«
»Und?« Sie klang hellwach.
»Wie, und? Wir brauchen die Todesursache. Es ist unklar, ob es eine Gewalttat oder ein Unfall ist.« Er drehte sich weg, damit er Larsson nicht anschauen musste.
Die Bestatter zogen den Reißverschluss des Leichensacks zu. Ehrlinspiel spürte ein kühles Kribbeln im Nacken.
»Du bist der Boss, Moritz. Du sagst, wie und wann was läuft. Du kennst mich doch lange genug, das geht schon klar.«
Ja, dachte er, ich kenne dich seit fast dreißig Jahren. Ich kannte deinen Sohn Peter, ich war dabei, als er ertrank, weil ich mit ihm um dasselbe Mädchen buhlte und deswegen um die Wette schwimmen wollte. Und weil er einen Herzfehler hatte. Er lag in der Wiese am Baggersee, genauso alt wie jetzt Marius. Und ich konnte ihn nicht wiederbeleben. Aber ich gebe mir nicht mehr die Schuld dafür. »Okay.«
»Moritz, du arbeitest seit drei Tagen fast durch. Geh nach Hause. Wir sehen uns um acht Uhr in der Soko-Besprechung. Ich habe jetzt eine Verabredung.«
Abrupt nahm er das Handy vom Ohr und starrte es an.
Larsson lachte hinter ihm.
Die Bestatter hoben den Sack in den Sarg und schlossen ihn.
»Lorena?« Er presste das Handy wieder ans Ohr.
Eine Wolke schob sich vor den Mond, und das Licht der Flutlichtscheinwerfer wirkte noch greller.
Sie lachte ebenfalls. »Entschuldige, Moritz. Ich bin mit Professor Larsson verabredet. In der Rechtsmedizin. Ich

werde bei der Sektion dabei sein. Die Öffentlichkeit verfolgt jede Bewegung des kleinen Fingers von uns mit Argusaugen. Der Fall ist wichtig, und er interessiert mich. Eben wollte ich dich deswegen anrufen. Freitag und du, ihr habt ein paar Stunden Schlaf verdient.«

»Lorena, das ist jetzt nicht lustig, ich …«

»Hat Larsson dir nichts gesagt?« Sie schwieg einen Moment. »Ärgere dich nicht. Du kennst den Knaben doch.«

»Ich fahre zu den Eltern. Krenz hat Günther Assmann und seiner Frau bereits gesagt, dass ein toter Junge gefunden wurde, auf den Marius' Beschreibung passt.«

»Schaffst du das noch?« Er hörte den silbernen Armreif, den sie immer trug, gegen den Hörer klimpern. Sofort sah er die elegante Frau mit der rötlichen Mähne vor sich. Das graue Kostüm. Ihre gütigen Augen, die jedoch, wenn nötig, eiskalt dreinschauen konnten.

Mit einem gedämpften Schlag fiel die Heckklappe des Leichenwagens zu.

»Natürlich!« Sein Kopf fühlte sich an, als ziehe jemand ein Stahlband immer fester darum.

»Ein Elternteil muss den Jungen identifizieren. Eine DNA-Analyse dauert zu lange. Aber das genügt morgen. Nach der Obduktion. Wir sind ja eigentlich … sicher.«

»Ja.« Er klappte das Handy zu.

Die Corvette dröhnte. Larsson hob kurz die Hand. »Ich sagte doch: Frau Stein wird es nicht morgen früh absegnen. Sie wird die Papiere *gleich* mitbringen.« Er fuhr los, hinter dem Leichenwagen her. Ein makaberer kleiner Konvoi, dessen rote Rücklichter hinter einer Kurve am Waldrand verschwanden, ihren Weg nahmen Richtung Innenstadt, durch das Institutsviertel und über die

Rampe eines gelb gemauerten, verschmutzten Gebäudes, hinunter in die Leichenanlieferung, wo die grüne Flügeltür sich öffnen und den Körper des hübschen Jungen in einem gekachelten kalten Raum in Empfang nehmen würde.

26

Montag, kurz vor 7 Uhr 30

Du elender Versager.« Günther Assmann öffnete die Augen.

Nur für Sekunden hatte er sie geschlossen gehabt. Und doch eine Ewigkeit. Nichts hatte sich seither verändert. Nicht die blasse Haut, nicht das zarte Gesicht und nicht die langen Wimpern über den geschlossenen, seltsam unförmigen Augen. Die Haare hätte er dem Jungen so oft am liebsten abgeschnitten. Jetzt hingen sie strähnig an seinen Schläfen herab, die Spitzen berührten das Metall, auf dem Marius lag.

Günther Assmanns Brustkorb hob und senkte sich. »Nicht einmal über die Straße gehen kannst du, ohne dass du dich plattmachen lässt! Da gebe ich alles für dich auf, mache mich zum Affen, und du, du …« Ein Glucksen drang aus seiner Kehle, er konnte sich nicht dagegen wehren. Ganz langsam stieg es aus seinem Innern auf, bahnte sich seinen Weg nach draußen, ein zweites Glucksen folgte, ein drittes. Immer schneller kamen die Laute. Er schnappte nach Luft, roch Metall und irgendeine Chemikalie und hörte Lene wimmern.

Noch vor einigen Stunden hatte er geglaubt, dass der Alptraum vorüber wäre. Dass wenigstens die Kinder überlebten. Er wäre ohnehin tot. Als Krenz an die Garderobe geklopft und schließlich hineingerufen hatte, dass sie mit großer Sicherheit Marius gefunden hatten, hatte er endlich die Tür aufgeschlossen. Erleichtert, fast ungläubig, dass doch alles gut geworden war. Zumindest für die Kinder. Er war sicher gewesen, Marius und Rebecca zu Hause vorzufinden. Dass Krenz Rebecca nicht erwähnt hatte, war ihm weder in dem Moment noch während der Fahrt in die Villa aufgefallen. Er war einfach in das Haus getaumelt, wollte die Kinder sehen, sich davon überzeugen, dass sie lachend am Tisch saßen. Nie zuvor hatte er diese Sehnsucht nach den beiden verspürt, nie diesen Wunsch, sie einfach in den Arm zu nehmen.

Und jetzt stand er hier in der Leichenanlieferung des Instituts für Rechtsmedizin, in diesem Vorraum zu den Sektionssälen, in dem Angehörige sich verabschieden konnten. Blickte auf den Körper seines Sohnes. Oder auf den, den er fast neunzehn Jahre dafür gehalten hatte. Weiße, glatte Haut. Flaum auf der Oberlippe. Eine grob genähte Wunde auf der Wange, ein winziger Bluterguss am Wangenknochen.

Nein, das war alles nur ein Traum. Ja, es musste ein Traum sein. »Er schläft doch nur«, flüsterte er, sah um sich, in die Gesichter der Leute, und das Glucksen hörte langsam auf. »Komm, wach auf«, rief er dem Jungen zu. Doch der regte sich nicht. Er rüttelte Marius an der Schulter. »Aufwachen, habe ich gesagt!«

Lene wimmerte noch lauter, und am liebsten hätte er ihr den Mund zugehalten, doch sie stand auf der anderen Seite der Bahre, und er wollte nicht so grob über Marius hinweggreifen. Er beugte sich über den Jungen, nahm ihn an beiden Schultern, ganz sanft, wunderte sich über die Kälte und Steifigkeit, rüttelte ihn ein wenig. Der Kopf und Marius' Hände fielen leicht hin und her, ansonsten war der Junge starr wie die Puppen aus der Kostümschneiderei. »Marius?« Er wurde wütend. »Ich hab gesagt, du sollst –«

»Herr Assmann.« Jemand fasste ihn von hinten an den Oberarmen und zog ihn hoch. »Marius ist tot.«

Günther fuhr herum. Kommissar Ehrlinspiel stand direkt hinter ihm. Er trug noch immer den zerknitterten Anzug, in dem er heute Nacht bei ihm zu Hause aufgetaucht war, als auch Krenz diesen Mist mit dem toten Kind erzählt hatte. Er blinzelte. »Tot, ja.«

»Er wird nicht mehr aufwachen.« Der Polizist ließ ihn los, und Günther rieb sich über die Oberarme. »Nicht mehr aufwachen«, flüsterte er, und seine Augen brannten, doch sein Körper war kalt. Leer. Als bestände er aus zwei Teilen, die nicht zusammenpassten. »Sie haben ihn so schön zugedeckt.« Sein Blick blieb an einem blonden Mann mit Brille und Bärtchen und einer großen Frau mit roten Haaren hängen. Kannte er die beiden, die hier mit in dem Raum standen, der nur aus Weiß zu bestehen schien? Ja, sie hatten ihn angesprochen, vor Jahrhunderten, hatten ihm auch ihre Namen genannt, erklärt, dass sie seinen Sohn obduziert hatten, doch er konnte sich nur vage daran erinnern.

Von nebenan drangen Stimmen herein, ein schlaksiger Mann mit rotblondem Haar streckte den Kopf durch eine Tür, und dahinter erkannte Assmann einen Edelstahltisch, der noch mit Blut verschmiert war. An seinem Rand standen braune Plastikbehälter, in denen irgendetwas schwamm, das wie buntes Gulasch aussah.

»Raus«, zischte der Blonde mit der Brille.

»Sorry, ich wusste nicht … dachte, der junge Mann kann jetzt ins Kühlfach.«

»Kühlfach«, wiederholte Günther. Das war noch enger und kälter als dieser Abschiedsraum.
Er betrachtete die weißgekachelten Wände, die fast raumhohe Waage, die auf der anderen Seite von Marius stand und deren runde Anzeige direkt neben Lenes Kopf und genauso groß wie dieser war. Er spürte unbändigen Zorn, als er die überdimensionierte Christusfigur aus Holz entdeckte, dieses hässliche Ding, das auf ein fünfeckiges Brett genagelt war und ihn von der Schmalseite des Raumes aus von oben herab zu verspotten schien.
Lene wimmerte wieder, sie hörte gar nicht mehr auf.
»Herr Assmann, ist das Marius? Ihr Sohn?«
War das Ehrlinspiels Stimme? »Sohn«, brachte er mühsam hervor.
»Es ist unser Kind.« Lene streckte eine Hand aus, berührte zaghaft Marius' Haar, zog die Hand zurück, streckte sie wieder aus, zog sie zurück.
Nein, das hier war kein Traum. Kein Alptraum. Kein Film und kein Theaterstück. »Ich habe dich getötet«, sagte Günther, und die Leere in ihm füllte sich mit Schuld wie damals bei Annika. Doch dieses Mal strömte auch etwas anderes in ihn, nämlich all die Gleichgültigkeit, die er dem Jungen entgegengebracht hatte. Sie floss zusammen mit der Reue in ihn hinein, eisig und ätzend, ergoss sich in jede Zelle, flutete seine Adern und sammelte sich in seinem Bauch und in seinem Herzen, schwoll an, bis der Schmerz ihn zu sprengen drohte. »Es tut mir leid!« Der Schrei kam unvermittelt, und an Lene gewandt, brüllte er weiter: »Ich! *Ich* habe ihn getötet! Ich habe ihn verabscheut, gehasst, ich wollte ihn nicht, seine Sorgen haben mich nicht interessiert

und Rebeccas auch nicht! Ich habe ihn umgebracht, unsere Familie, dich!«
Ein Krampf schüttelte ihn, und er fiel auf die Knie, das Gesicht direkt vor den Rädern der Rollbahre. »Ich bin ein Mörder!« Er schlug seinen Kopf gegen das Metallgestell, schmeckte Blut und roch Urin. »Ich konnte dich nicht einmal in diesem Scheißspiel retten. Dieses verdammte Scheißspiel!« Wieder und wieder schlug er seine Stirn gegen den Edelstahl, bis ein paar Hände ihn unter den Achseln packten und auf die Beine zogen.
»Ich hole ihm etwas«, sagte der Blonde und verschwand, während Ehrlinspiel Günther auf einen Stuhl setzte.
»Sie haben Marius nicht getötet, Herr Assmann. Es war ein Auto. Er wurde angefahren.«
»Ich wollte immer nur Annika zurückhaben!« Seine Unterlippe zitterte unkontrolliert. »Sie ist in meinen Träumen, Tag und Nacht. Ich rieche sie. Ich fühle ihre weiche Hand in meiner. Ich höre sie lachen und singen, und wenn sie an mir vorbeirennt, flattert ihr Kleid, und ich spüre den Luftzug. Ich habe gedacht, dass sie zurückkommt. Dass das alles nicht wahr ist. Marius war nur … Ich habe ihn nie wahrgenommen. Auch Rebecca nicht. Nur Annika. Aber sie ist für immer verloren.« Er wollte aufstehen, doch die Hand des Kommissars drückte ihn hinunter. »Verloren. Wie Marius. Verzeih, Marius. Ich wollte das nicht, ich habe nicht gut genug gespielt, ich habe die Aufgabe nicht erfüllt, ich …«
»Doch, Sie haben die Aufgabe erfüllt.« Das Gesicht des Kommissars war jetzt direkt vor seinem. »Marius war bereits tot, als Sie auf die Bühne getreten sind. Sie hätten nichts tun können.«
Er starrte in die grünen Augen des Mannes. Grün, die

Farbe des Lebens. Was redete Ehrlinspiel da! »Marius.« Er sah den Tag der Geburt vor sich, hörte seinen ersten Schrei, sah sein erstes Lachen. Sein Atem ging schneller. »Du kannst nichts dafür, dass diese Frau mich betrogen hat«, sagte er zu dem Leichnam und nickte zu Lene. »*Sie* ist schuld!«

Lene heulte auf, und die Rothaarige legte den Arm um ihre Schultern, sagte irgendetwas, aber er verstand es nicht. Sie führte seine Frau weg von der Bahre, als der Blonde wie aus dem Nichts wieder vor ihm stand. »Das wird Sie beruhigen.« Er zeigte ihm eine Spritze.

Günther fuhr hoch. »Ich muss Rebecca finden!«

»Zuerst müssen Sie einen klaren Kopf bekommen.«

»Ich *bin* klar im Kopf. Klarer als Sie alle zusammen.« Voller Verachtung sah er von einem zum anderen. »Oder hat *irgend*jemand von Ihnen meine Kinder retten können?«

Der Blonde mit der Spritze trat näher.

»O nein, ich bin kein Irrer«, schrie Günther. »Ich suche meine Tochter. Rebecca ist das Einzige, was mir geblieben ist.« Er rannte zwischen den Leuten hindurch und riss die grüne Flügeltür auf, durch die sie hereingekommen waren. Kühle Luft schlug ihm ins Gesicht, als er über die Pflastersteine die Rampe hinauflief bis zur Straße, immer weiter, ziellos, keuchend, wie ein Getriebener. Er bemerkte nicht die Vögel und nicht die ersten Sonnenstrahlen, nicht die Autos, die hupten, und nicht die Straßenbahn, die schrill klingelnd an ihm vorbeidonnerte, bis er irgendwann fiel, ein paar Meter kroch, sich die Knie aufschürfte, dann auf den Boden sank. Als er »Rebecca« rief, troff Speichel in den sandigen Boden.

27

Betretene Stille legte sich über den Soko-Raum, als Frank Lederle die Fotos des toten Marius an die Wand projizierte. Der Soko-Leiter war einer der wenigen, die weder verquollene Augen hatten noch unrasiert waren und zerknitterte Kleider vom Vortag trugen – obwohl auch er seit Stunden auf den Beinen war. Ehrlinspiel hatte ihn noch vom Leichenfundort aus benachrichtigt.

Der Raum glich mittlerweile einer Kommandozentrale. Telefone waren auf den Tischen geschaltet, drei Rechner mit 30-Zoll-TFT-Displays standen an separaten Tischen vor der Wand, an ihnen arbeiteten rund um die Uhr die Spezialisten der TKÜ, ein Verbindungsmann zu den Suchtrupps, die seit dem Morgengrauen die Umgebung des Leichenfundortes durchkämmten, sowie zwei Experten der Operativen Fallanalyse. Auf einem Monitor flimmerten Luftaufnahmen. Wie eine Steppdecke wirkten die hell- und dunkelgrünen und braunen Felder, die vier Baggerseen mit den Kiesgruben glichen schmutzig blaugrauen Flecken, die von dem ebenso schmutzigen Rhein nur durch einen dunklen Baumgürtel getrennt waren.

Ehrlinspiel selbst hatte nur zwei Stunden geschlafen. Immer wieder war er aus dem Sessel hochgeschreckt, in den er sich bei den Assmanns gesetzt hatte. Er war direkt vom Gündlinger Wald in die Villa gefahren. Dort hatte er bei Tee und gedämpftem Licht mit den Eltern gesprochen und gemeinsam mit Jo Krenz versucht, beruhigend auf die beiden einzuwirken – während Larsson und sein Team, die Schürzen über ihrer OP-Kleidung, Marius obduzierten. Am frühen Morgen, als Marius zugenäht und gewaschen war und der Präparator die zerfressenen Augenhöhlen, so gut es ging, mit Mulltüchern ausgepolstert und die Lider darübergezogen hatte, hatte er die Eltern zur Identifizierung in die Rechtsmedizin begleitet.

Jetzt war seine linke Schulter verspannt, und jede Bewegung des Arms schmerzte.

»Habt ihr Assmann gefunden?« Lukas Felber, der erst vor einer Viertelstunde vom Leichenfundort zurückgekehrt war, hatte nasses Haar, auch die Schultern seines karierten Hemdes waren nass. Im Morgengrauen hatte sich das Wetter verschlechtert, und jetzt, um kurz nach acht Uhr, verdunkelten graue Wolken den Himmel, und der Regen malte dicke Fäden an die Fenster. Das Wetter passte hervorragend zu Ehrlinspiels Gedanken: finster, bedrückend, ohne Lichtblick. Bloody Monday.

Lederle schaltete den Projektor aus. Sein Schädel glänzte im Neonlicht. »Nein.«

»Und seine Frau?« Lukas tippte mit einem Kuli auf einen Block.

»Hat starke Beruhigungstabletten bekommen. Josianne ist bei ihr.« Lederle ging zu dem Whiteboard, an dem er eine topographische Karte aufgehängt hatte. Eine Wegkreuzung am Waldrand, südlich von Breisach, war rot eingekreist. Etwas westlich davon war ein grüner Kreis zu sehen. »Hier« – Lederle tippte darauf – »steht der Sendemast, von dem aus Marius einen Tag vor seinem Verschwinden bei Vanessa Sigismund angerufen hat.« Er fuhr mit dem Zeigefinger nach rechts. »Nur knapp einen

Kilometer weiter wird er am Samstagabend, also drei Tage später, überfahren. Reinhard« – er blickte zu dem Rechtsmediziner –, »kannst du uns kurz die Ergebnisse zusammenfassen?«

Professor Larsson lächelte und schob sich die Brille auf die Nase. »Aber gern.« Als hätten sie ein Jahrhundert Zeit, blätterte er in einem Stapel Papiere vor sich. »Der endgültige Bericht liegt natürlich noch nicht vor. Aufgrund der Verletzungen können wir aber bereits jetzt den Unfallhergang und das Tempo des Wagens annähernd rekonstruieren. Wir gehen von einem Zusammenstoß mit einem Pkw aus. Kein Lieferwagen, kein Lkw.« Er blickte in die Runde. »Stellt euch vor, ihr werdet von hinten angefahren, auf die Kühlerhaube geladen und fallt anschließend wieder herunter. Das sind drei Phasen, und für die gibt es typische Verletzungsmuster. Fast alle liegen hier vor. Wir haben den Anstoß mit der Stoßstange. Heißt: Unterhalb von Marius' Knien gibt es Textilschädigungen und Einblutungen des Unterhautfettgewebes. Außerdem eine Messerer-Fraktur.« Er malte zwei parallele Striche auf ein Blatt Papier, setzte ein Dreieck hinein und hielt die Zeichnung hoch. »Seht ihr? Die Bruchstellen im Wadenbein sehen aus wie ein Keil. Die Spitze zeigt in Richtung der stoßenden Gewalteinwirkung.« Er legte das Blatt auf den Tisch. »Wir können somit – stets in grano salis – auf die Gehrichtung von Marius schließen.«

»Die Wagenspuren laufen am Waldrand entlang«, warf der Kriminaltechniker ein.

»Richtig.« Larsson blätterte. »Marius wurde im Gehen erfasst, und zwar von links hinten.«

»Warum nicht im Stehen?«, fragte Jo Krenz.

»Schleifspuren und Abrieb an nur *einer* Schuhsohle. Hätte er gestanden …«
»Verstehe.«
»Vermutlich ist er direkt auf den Wald zugelaufen, hat dann das Auto gehört, sich noch umgedreht, aber nur ein Stückchen, als er erfasst wurde. Er kam wohl aus Richtung Osten, also von Gündlingen, durch die Wiesen bis zum Feldweg, der in den Wald führt. Das Auto kam aus Norden und fuhr am Wald entlang. An der Kreuzung der Wege …« Er hob die Arme. »Zack. Und tschüss.«
Ehrlinspiel hatte schon geglaubt, Larsson sei vom kalten Zyniker zum warmherzigen Empathiker mutiert – doch der letzte Satz klang wieder ganz nach dem alten Rechtsmediziner.
»Aber«, Larsson hob den Zeigefinger, als stehe er im Hörsaal, »bevor er starb, zog er sich in der sogenannten Aufladephase auf der Motorhaube – und in Folge der Körperrotation – durchspießende Rippenfrakturen mit Hämatopneumothorax, Lungen- und Herzkontusion zu. Außerdem zeigt der innere Befund Rupturen der großen Organe und …«
»Sorry, geht das auch« – Judith Maiwald strich sich eine blonde Haarsträhne hinters Ohr und streifte Ehrlinspiel mit einem Seitenblick – »ein wenig verständlicher, Herr Professor? Und kürzer?«
Larsson hob den Kopf um Millimeter. »Sicher, Frau Maiwald.«
»Also: Marius Assmanns Rückenweichteile sind eingeblutet, sechs Rippen gebrochen, mehrere Brust- und Lendenwirbel sind verletzt. Außerdem muss sein Kopf mit großer Gewalt auf dem Wagen aufgeschlagen sein,

denn – und das ist die eigentliche Todesursache – sein Genick ist gebrochen.«
»Scheiße«, flüsterte Ehrlinspiel.
Larsson schürzte die Lippen. »Ich habe schon Schlimmeres gesehen. Ach ja, vermutlich ist er nicht auf der Windschutzscheibe aufgetroffen, denn es sind keinerlei Splitterverletzungen an der Leiche zu finden. Die Scheibe wäre sonst zerborsten. Er ist auch nicht mehr im Liegen überrollt worden. Der Wagen muss gebremst haben, und wahrscheinlich ist der Junge in genau die Position befördert worden, in der wir ihn im Graben vorgefunden haben. Vom Kühler gefallen, durch den Schwung gerutscht … voilà. Es gibt noch großflächige Schürfwunden, die resultieren vom Abrutschen und Aufprall auf dem Weg. Dass sein Gesicht kaum verletzt ist, ist Zufall. Hätte auch komplett zerstört sein können. Nur die Krähen –«
»Das stimmt mit den Schleifspuren am Fundort überein«, sagte Felber, und Ehrlinspiel war froh, dass Larsson nicht noch die schaurigen Fraß- und Hackverletzungen durch die Vögel erläutern konnte. »Das Tempo des Wagens lag laut den Berechnungen des Verkehrsunfalldienstes – Reifenspurenvermessung, Bremsweg et cetera – bei etwa sechzig Kilometern pro Stunde. Passt das, Reinhard?«
»Exakt. Er fuhr also ziemlich schnell für diese abgelegene Gegend und den unbefestigten Weg. Aber das sind natürlich nur grobe Näherungen laut AIS-Skala.«
»AIS?« Ehrlinspiel rieb sich mit zwei Fingern über die Stirn.
»Abbreviated Injury Scale.«
»Aha.«

Tastaturen klapperten bei den Männern an den Rechnern.
»Der Pkw-Fahrer ist ziemlich sicher verletzt. Möglicherweise hat er einen Gurtabrieb auf der Brust.« Er sah zu Judith. »Das ist ein roter Streifen, dort, wo der Sicherheitsgurt in die Haut geschnitten und dadurch Unterblutungen verursacht hat.«
Felber nickte. »Und am Wagen selbst dürften sich auch Spuren befinden. Textilfasern, eventuell eine Delle an der Stoßstange, ein kaputter Scheinwerfer oder Beschädigungen der Motorhaube.«
»Der Wagen hat eine Plastikstoßstange.« Larsson schob die Blätter vor sich auf Kante. »Der Lack ist schwarz. Abriebe finden sich im Stoff der Hose und an der Jacke des Jungen. Sie sind zur genaueren Untersuchung im Labor. Außerdem haben wir Fasern gefunden, die – nach bisherigem Stand – nicht zu seiner eigenen Kleidung gehören. Außerdem einige fremde Haare.«
»Reifenspuren gibt es dort übrigens viele«, ergänzte Felber. »Autos, Motorräder, Fahrräder … scheint trotz Pampa ein beliebter Weg zu sein.«
Jo Krenz verschränkte die Arme und lehnte sich in seinem Freischwinger zurück. »Okay, und was sagt uns das? Wir wissen immer noch nicht, ob der Junge versehentlich oder mit Absicht überfahren wurde. Und das Schlimmste: Seine Schwester ist noch immer irgendwo da draußen. Allein. Ohne Medikamente.«
»Noch etwas. Marius hat in den beiden letzten Stunden vor seinem Tod noch etwas gegessen. Kekse und Schokolade. Wenn das Mädchen – wovon ihr ja ausgeht – mit ihm zusammen gefangen war und dasselbe zu essen bekommt …« Larsson wiegte den Kopf. »Ein unbehandel-

ter Diabetes mellitus plus Süßigkeiten kann ganz schnell zu ganz großen Problemen führen. Erst recht, wenn sie – was die Mutter ja sagt – erkältet ist.«
Frank Lederle stieß hörbar die Luft aus. »Die Kleine ist genau vier Tage und Nächte verschwunden und – davon müssen wir ausgehen – ohne medizinische Versorgung. Die Suche nach ihr hat oberste Priorität. Trotzdem« – er wandte sich an einen hellhaarigen Mann an einem der Rechner – »gibst du sofort die Fahndung nach dem Wagen raus. Kunststoffstoßstange, schwarzer Lack, vermutliche Beschädigungen, Unfall mit Todesfolge, Fahrerflucht und so weiter. Wir brauchen den verdammten Fahrer. Unbedingt!«
Der Polizist nickte.
»Nächste Frage: Wie kam der Junge an den Unfallort? Er war, zumindest zum Zeitpunkt des Unfalles, zu Fuß. Aber woher kam er? Und warum war er schon einen Tag vor der Premiere frei und hat sich nicht gemeldet?«
Ein Murmeln ging durch den Raum. Draußen wurde es mit jeder Minute dunkler, an den Fenstern rann der Regen herab und malte wirre Muster auf das Glas.
»Es gibt eigentlich nur zwei Möglichkeiten.« Ehrlinspiel stützte die Ellbogen auf die Tischplatte, faltete die Hände vor dem Gesicht und musterte die Kollegen. »Erstens: Marius konnte fliehen, musste aber alles zurücklassen. Handy, Hausschlüssel und so weiter. Er wollte jemanden verständigen oder nach Hause laufen, ist aber vorher umgekommen. Zweitens: Er wurde freigelassen.«
Jo Krenz nickte. »Mit derselben Folge: Er war tot, bevor er sich bei jemandem melden konnte.«
»Aber warum hätte er freigelassen werden sollen? Die

Forderung war doch zu der Zeit noch gar nicht erfüllt? Und weshalb nur er und nicht auch Rebecca?«

»Lene Assmann sagt, Marius hätte Rebecca nie und nimmer im Stich gelassen. Er wäre lieber gestorben, als sie allein zu lassen.«

»Vielleicht doch. Wenn Marius sie nicht mitnehmen konnte, weil sie zu schwach war und er geglaubt hatte, als letzte Chance Hilfe holen zu können.«

»Oder sie *ist* frei, und die Kinder haben sich aus irgendeinem Grund getrennt.« Krenz zog die Nase hoch. »Vielleicht irrt sie allein da draußen herum?«

»Oder« – Ehrlinspiel schluckte bei seinen eigenen Worten – »Rebecca ist tot. Und war das schon, als Marius das Gefängnis verlassen hat.«

Niemand sagte etwas.

»Vielleicht wurde er gezwungen zu gehen?«, warf jemand ein.

»Auch dafür sehe ich keinen Grund.« Krenz schüttelte den Kopf. »Es sei denn, jemand *wollte*, dass er rauskommt – und hat ihn dann absichtlich überfahren.«

»Warum die Mühe? Wenn der Entführer ihn hätte töten wollen, dann hätte er das gleich tun können, dort, wo er die Kinder gefangen hält.«

»Kranke Gehirne ticken nicht logisch.«

»Auf jeden Fall«, lenkte Lederle ein, »kamen keine Nachrichten mehr seit Samstagnachmittag. Kein Handy war eingeloggt.«

»Stimmt«, bestätigte der TKÜ-Spezialist von seinem Rechner aus.

»Und wenn ich Reinhard richtig verstehe, ist Marius zwischen neunzehn und zweiundzwanzig Uhr gestorben?«

»So ist es.« Larsson strich sich über das blonde Ziegenbärtchen. »Hinweise dafür sind – neben der bereits zitierten Totenstarre und Körperkerntemperatur heute Nacht – die blau-livide Färbung der Livores sowie die postmortal-supravitale elektrische Erregbarkeit der Hypothenar-Muskulatur und des Musculus orbicularis oris –«
»Danke, danke.« Frank Lederle hob die Hand. »Wir können also so gut wie sicher davon ausgehen, dass der Entführer von Marius' Flucht weiß beziehungsweise wusste und seinen Plan aufgegeben hat.«
Ehrlinspiels Kopf fühlte sich an wie von einem Stahlband zusammengequetscht, und seine Augen tränten. »Aber er weiß nicht unbedingt, dass Marius tot ist.«
»Er weiß aber garantiert, dass Assmann aufgetreten ist und sich geoutet hat. Dass er also dachte, sein Sohn oder Nicht-Sohn müsse noch befreit werden. Und das weiß der Entführer unabhängig davon, ob er im Theater war oder nicht. Habt ihr heute schon Zeitung gelesen? Titelseite! *Drama am Stadttheater. Vater der entführten Kinder dreht durch.* Mit Foto von Assmann auf der Bühne. Großaufnahme seines Gesichts. Sieht aus wie eine verzerrte Fratze. Und er heult.«
»Der Entführer kann also davon ausgehen, dass Marius sich weder bei den Eltern noch bei uns gemeldet hat. Dass er also noch unerkannt ist.«
»Er könnte denken, der Junge sei noch auf der Flucht. Vielleicht sucht er ihn.«
»Ich verstehe die Sache mit der Vaterschaft immer noch nicht«, sagte Ehrlinspiel. »Aber vielleicht … sollten wir Marius' Tod erst einmal geheim halten.«
Lederle nickte bedächtig. »Du meinst so etwas wie eine

offizielle Version: Marius ist verletzt aufgefunden worden und liegt in der Uniklinik. Nichts weiter. Das lockt den Entführer möglicherweise aus seinem Versteck. Weil er sichergehen muss, dass der Junge nicht redet.«
»Hört sich nach schlechtem Film an.« Krenz grinste. »Und es verstößt gegen unseren Grundsatz, dass alles, was wir öffentlich sagen, wahr sein muss. Aber nicht alles, was wahr ist, gesagt werden muss.«
»In dem Fall …«
Jo hob die Hände. »Wenn wir den Täter damit kriegen, ist mir alles recht.«
Lederle nickte dem Pressesprecher zu. »Edgar, du lädst sofort die Medien zum Pressegespräch ein.« Er blickte auf die Wanduhr. »Punkt zwölf in der Cafeteria. Es wird voll werden. Und ihr anderen« – er fixierte jeden Einzelnen – »haltet dicht! Und bleut bitte der Mutter ein, zu niemandem ein Wort zu sagen.«
Einige murmelten, andere nickten stumm.
»Moritz, habt ihr noch einmal überprüft, ob Marius jemanden in der Gegend um Breisach kannte? Oder sogar im Ortsteil Gündlingen?«
»Seine Familie sagt, nein.«
»Er *muss* da jemanden getroffen haben.«
»Wir sollten noch einmal mit Vanessa Sigismund reden. Sie hat zuletzt mit ihm gesprochen. Er hat sie dort angerufen, wo er starb! Sie war bei Assmanns, um sich nach ihm zu erkundigen.«
»Mach das jetzt gleich, Moritz. Nimm« – er sah sich um – »Freitag mit. Wo steckt der überhaupt?«
Ein Blitz zuckte über den Himmel und tauchte die Dächer für Sekunden in ein grelles, fast unwirkliches Licht. »Schläft.« Ehrlinspiel beneidete seinen Freund, der jetzt

bei der molligen Lilian im warmen Bett seines Reihenhauses lag. Allerdings auch erst seit sieben Uhr früh, denn Freitag hatte mit Lorena der Obduktion beigewohnt.

»Dann nimm Jo mit. Aber erst« – er musterte Ehrlinspiel – »ziehst du dich um. Und sobald Freitag da ist, haust du dich zwei Stunden aufs Ohr. Ich möchte nicht, dass mir meine Leute zusammenklappen. Wir haben eine Hundertschaft am Leichenfundort, dazu Helfer von der Feuerwehr und dem THW und Hunde. Sie durchkämmen jedes Moosbüschel und schauen hinter jeden Grashalm. Das Mädchen muss in der Nähe sein. Es *muss* einfach!«

»Mit der Familie stimmt etwas ganz und gar nicht.« Jo strich sich über den Schnauzbart und schob dann Akten in vergilbten Umschlägen vor sich hin und her. »Irgendetwas haben die zu verbergen. Ich wette, es hat mit Annika zu tun.«

»Ihr habt doch damals alles auf den Kopf gestellt! Ihr habt drei Jahre lang gesucht.«

»Ich kenne jedes Detail, das da drinsteht.« Er klopfte auf die Akten. »Wir haben die Eltern verdächtigt. Lange Zeit. Als ich jetzt diesen Stein da mit der Inschrift *Wir vermissen dich* gesehen habe … Aber wir haben den Garten damals umgegraben. Bis in den hintersten Winkel.«

»Du verdächtigst immer noch den Vater«, sagte Lederle. »Leute, der Typ ist abgehauen! Wir –«

»Wir suchen ihn. Aber primär das Mädchen.«

Jo strich wieder über seinen Schnauzbart. Dann fragte er: »Was ist mit dem Mantrailer?«

»Sherlock und sein Hundeführer sind angefordert. Aber ihr seht ja das Wetter.«

»Im Theater war nichts Auffallendes zu beobachten. Weder im Publikum noch von den konspirativen Wohnungen aus. Die Auswertung der Videoaufnahmen läuft noch.«
»Ist ja auch logisch. Irgendetwas ist schiefgegangen. Marius war nicht mehr in Gefangenschaft. Folglich hatte der Entführer nichts mehr davon, zu behaupten, Assmann sei nicht der Vater. Assmann hätte das für ein totes Kind nicht tun müssen, oder?«
»Der Typ oder die Typen hatten und haben aber vielleicht noch Rebecca.«
Kurz schwiegen alle. Die Situation schien zu verworren. Zu viele Fragen, zu viele Wenns und Abers. Rebecca passt nicht richtig in die Situation, dachte Ehrlinspiel. Es ging von Anfang an nur um Marius. Um *seinen* Vater. Und Marius war derjenige, der sich seit einem halben Jahr sehr verändert hatte. Schlechte Noten, keine Besuche mehr bei der Großmutter. Was war mit dem Jungen geschehen? Wusste diese Nessy doch etwas?
»Ist über das anonyme Telefon irgendetwas Brauchbares eingegangen?«, unterbrach jemand die Stille.
»Nur ein Hinweis war relevant«, sagte ein Kollege vom KDD. »Erinnert ihr euch, dass ein Zeuge sagte, die Kinder seien verdreckt gewesen? Ein Mann aus der Straßenbahn, der hinausgesehen hatte?«
»Mhm.«
»Eine Frau hat sich gemeldet. Sie sagt, sie habe die beiden Hand in Hand über die Straße laufen sehen. Am Rand seien sie hingefallen, in den angetauten Schnee, wo auch fauliges Laub vom Vorjahr lag. Sie habe Hilfe angeboten, aber Marius habe gesagt, alles sei okay. Die Kinder seien aufgestanden, und sie ist gegangen.«

»Was uns nicht weiterbringt, aber zumindest das mit den dreckigen Kleidern klärt.«

»Ansonsten gibt es etwa zwanzig Mariusse«, fuhr der KDD-Mann fort. »Und noch mehr Rebeccas. Am Tag ihres Verschwindens hat jemand die beiden am Tiergehege Mundenhof im Streit mit einem Mann mit Krücken gesehen, gleichzeitig haben sie an der Autobahnauffahrt Richtung Basel gestanden, und eine halbe Stunde später bestiegen sie mit geschwollenen Gesichtern einen Flieger am Airport Karlsruhe-Baden. Eine Sekte hat sie mitgenommen und will sie als Gottesopfer nach Südamerika verschiffen, und eine Frau raunte ins Telefon, ihr Mann habe die Nieren der Kinder gegrillt und sie ihm das Sauerkraut dazu gemacht.«

Ehrlinspiel stöhnte.

»Der Vater war es, wie immer bei Entführungen, die Mutter, ein Onkel, den es gar nicht gibt, ein Freund, der Hausarzt …« Der KDD-Kollege sah auf. »Die Liste ist lang. Bis wir jeden Hinweis überprüft haben, dauert es Tage. Alles Vielversprechende haben wir schon durch. Sackgassen.«

»Was ist mit den DNA-Analysen der Familie?« Ehrlinspiel konnte ein Gähnen nicht unterdrücken, doch innerlich war er hellwach.

»Schätze, die bekommt ihr heute Abend. Unser Labor hat euch vorgezogen.« Larsson lächelte süffisant. »Dann wisst ihr, ob Betrug sich lohnt oder nicht.«

»Sich lohnt?« Ehrlinspiel verstand die Anspielung nicht.

»Wer in festen Händen ist, sollte nicht in fremden Betten liegen.«

Ehrlinspiel sah aus den Augenwinkeln zu Judith. Die blickte auf ihre schmalen Hände, die anderen Kollegen schauten zu ihm. Der Hauptkommissar glaubte nicht, was er da hörte. Woher wusste Larsson, ausgerechnet *Larsson*, Bescheid …?

»Zumindest wissen wir dann«, sagte Lukas Felber, nicht ohne Ehrlinspiel einen bedeutungsvollen Blick zugeworfen zu haben, »ob Assmann der Vater der Kinder ist. Oder ob das alles ein verdammter Fake war, um ihm zu schaden oder Angst zu machen.«

»Ein Fake um den Preis eines Menschenlebens.« Ehrlinspiel stand auf und hängte seine Ledertasche um. Er fühlte sich schmutzig, seine Beine zitterten, und die Schmerzen in seiner Schulter waren durch das Sitzen nicht besser geworden.

Wieder donnerte es.

»Lasst uns das Mädchen finden«, sagte er. »Und beten, dass sie noch lebt.«

28

Montag, zur gleichen Zeit

Wütend schob Hanna die Röcke, Kostüme und Blusen zusammen. Die Bügel klapperten. Sie hängte das pinkfarbene Kleid in die Lücke und knallte die Schranktür zu. »Weg damit!« Sie wollte nicht an den Abend erinnert werden. Nicht an die einsame erste Nacht hier. Nicht an den Kommissar, der ihr gestern noch schöne Augen gemacht hatte und es jetzt nicht einmal für nötig hielt, zu erklären, wo er war. Okay, er machte nur seinen Job. Aber wenigstens eine SMS …
Nachdem sie in der Nacht mit dem Taxi in Moritz' Wohnung zurückgefahren war – als gemeinsame Wohnung wollte und konnte sie dieses Chaos ja wohl kaum bezeichnen –, hatte sie das verführerische Kleid in die Ecke geworfen und geheult. Vor Wut, vor Enttäuschung, vor Angst, dass das nun ihr Leben sein würde. Sie hatte Saxophon spielen wollen, denn nichts anderes beruhigte sie so sehr, doch ihre Hände hatten so gezittert, dass sie kaum die Kraft gefunden hatte, die Klappen hinunterzudrücken.
Nein, nicht schon wieder heulen, schalt sie sich, als sie auf Moritz' Seite des Bettes die beiden Kater sitzen sah. Mistviecher. Das war sowieso unhygienisch. Unwillkürlich kratzte sie sich am Oberarm. Wie hatte sie nur so blöd sein und sich auf die Tiere und diesen ewig verschwundenen Ehrlinspiel einlassen können!

Barfuß tappte sie in die Küche und schaltete die Kaffeemaschine ein. Ein Licht blinkte, es piepste. Kaffee kam keiner heraus. *Behälter leeren,* leuchtete auf einem Display auf. Sie rüttelte an dem italienischen Designerteil mit den vielen Knöpfen. Fand schließlich eine Schublade, zog sie heraus und kippte das verbrauchte Pulver in den Müll.
Ein Kater kam und rieb sich an ihren Beinen. Sicher Bugatti. Auch das noch! Sie musste das Monster füttern. Aber mit was? Sie war nicht auch noch so blöd und kochte seinen Viechern etwas, als Dank womöglich, dass er sie hier allein ließ.
Bugatti maunzte.
Sie drückte den Startknopf der Kaffeemaschine. *Wassertank füllen.* Verflucht! Sie suchte den Tank und goss eine halbe Flasche stilles Mineralwasser hinein. Drückte erneut auf Start. *Bitte entkalken.* Begleitet von lautem Piepsen.
»Scheißding!«
Sie ging ins Schlafzimmer, schlüpfte in Jeans und eine Bluse und lief mit Regenschirm los in Richtung Bäckerei. Es roch nach Gras und Blüten, die frische Luft tat ihr gut und kühlte ihre Wut ein wenig ab. An der Günterstalstraße rumpelte eine Straßenbahn an ihr vorbei, und als sie sich der Haltestelle bei der Lorettostraße näherte, musste sie an die beiden Assmann-Kinder denken, die hier zuletzt gesehen worden waren. An dem Kiosk sprangen ihr schon die Schlagzeile und ein Foto von Assmann entgegen. *Drama am Stadttheater. Vater der entführten Kinder dreht durch.* Sie kaufte ein Exemplar, beim Bäcker am Eck zwei Brötchen und einen doppelten Espresso zum Mitnehmen.

Fünfzehn Minuten später saß sie an der Küchentheke, mit dem Rücken zu dem Kistenchaos, biss in ein Brötchen mit Thymianhonig und sah Bugatti beim Fressen zu. Aus dem Katzenregal hatte sie eine Dose genommen, in der Hoffnung, damit nicht viel falsch zu machen. Bentley, sicher zu schwach zum Aufstehen, saß noch auf dem Bett. Und ob sie wollte oder nicht: Das Tier rührte sie an.

Sie las die Assmann-Story. Mittendrin hörte sie auf zu kauen und knallte das Brötchen auf den Teller. »Du Schuft«, sagte sie wütend. Mit keinem Wort hatte der feine Herr Hauptkommissar erwähnt, dass an dem Abend irgendetwas Ungewöhnliches passieren würde! »Nur Assmann anschauen«, hatte er gesagt. Dabei war sie seine Lebensgefährtin! Auch der Redakteur mutmaßte, dass Assmann unter Druck gesetzt worden war und die Aufführung deshalb geschmissen hatte. Natürlich wurde alles in Zusammenhang mit der Entführung seiner Kinder gesehen. Und jetzt warteten alle auf Neuigkeiten.

Ihr Kollege war gründlich gewesen: Er zitierte den Pressesprecher der Polizei, der davon sprach, »von gewissen Vorgängen Kenntnis gehabt« zu haben, und die Chefdramaturgin, die »fassungslos vor den Scherben einer bedeutenden Karriere« stand – nämlich Assmanns Karriere. Bei sich sah Berger keinerlei Schuld, hielt jedoch bedingungslos zu Assmann. »Er hat eine schwere Zeit hinter und vor sich«, sagte sie.

Hanna schnaubte. »Du hast es gewusst!« Am liebsten hätte sie frustriert losgeheult und Ehrlinspiel gleichzeitig angebrüllt.

Sie las weiter. Der Intendant des Wiener Burgtheaters,

der offenbar eigens angereist war, um Assmann zu sehen, hatte jeden Kommentar verweigert – das aber immerhin mit einem distanzierten Lächeln.
Wütend warf sie die Zeitung neben den Teller. »Und du glaubst, dass ich jetzt hier warte, bis auch ich abgesägt werde«, sagte sie laut. »Nein danke. Und Rücksicht nehme ich jetzt auch nicht. Das wird eine hautnahe Story für meinen Einstieg beim Stadtmagazin.« Sie ließ sich die bekannten Fakten durch den Kopf gehen.
Edith Berger. Hm. Gestern Abend war ihr dieser Mann im Foyer aufgefallen. Cordhose und Filzjacke. Irgendetwas an ihm war ihr sofort sympathisch gewesen. Wahrscheinlich, dass er auch einsam gewirkt hatte und wie sie die meiste Zeit allein herumgestanden war. Als Moritz nach dem seltsamen Auftritt abgehauen war, war sie fast gemeinsam mit dem Fremden aus dem Großen Haus gespuckt worden, und im Foyer fragte sie eher nebenbei: »Müssen Sie die schwere Kost auch allein verdauen?« Er lächelte. »Nicht nur die.« Und so kamen sie ins Gespräch – seine Andeutung machte sie natürlich neugierig. Doch außer, dass er ein Theaterfreund und ein Verehrer von Berger war, gab er nichts preis. Hanna war es egal. Sie hatte andere Sorgen. Doch das Glas Sekt mit dem Mann tat ihr nach dem Chaos gut.
Viele standen nach Assmanns Abgang noch herum und ereiferten sich über den Eklat. Hanna und der Mann waren eher still. Er schien erschöpft zu sein. Traurig, doch zugleich seltsam entspannt. Erst, als sie unabsichtlich eine leichte Drehbewegung machte und vor Schmerz aufstöhnte, wurde er redseliger. »Darf ich? Ich bin Tierheilpraktiker.« Mit wenigen Griffen seiner Hände war

der Schmerz wieder erträglich gewesen. Danach war er wortlos gegangen.
Hanna schlürfte den Rest Espresso aus dem Pappbecher und würgte. Er war kalt und bitter.
Tierheilpraktiker. Sie beobachtete Bugatti. Er saß zu ihren Füßen und leckte über eine Vorderpfote.
»Seltsam«, murmelte sie. Hieß der Mann nicht auch Berger? Er hatte doch einen Namen genannt, während ein Wirbel unter seinen Fingern laut geknackt hatte. Oder bildete sie sich das nur ein? Und hatte Moritz nicht angedeutet, dass die Chefdramaturgin mit Assmann gut befreundet sei?
Sie brauchte ihre Handtasche. Voller Tatendrang hastete sie in den Flur. *Gut befreundet.* Sie dachte an die Antwort des Mannes auf ihre Frage, ob er die schwere Kost auch allein verdauen musste. *Nicht nur die.* Was musste er noch verdauen?
Auf dem Boden neben ihren burgunderfarbenen High Heels lag die Handtasche. Sie schüttete den Inhalt auf die Flurkommode. Taschentücher, rosa Lippenstift, Bürste, Kompaktkamera, Geldbörse … und die Visitenkarte mit den gezeichneten Tierköpfen darauf. Tatsächlich. *Uwe Berger. Tierheilpraktiker. Breisach-Oberrimsingen.*
Oberrimsingen? Das konnte nicht weit von Rimsingen entfernt sein. Auch nicht vom Rimsinger Baggersee, an dem sie im vorletzten Sommer während der Jahrhundert-Hitzewelle mit Moritz gewesen war. Wo sie zum ersten Mal miteinander geschlafen hatten. Diese Gewitternacht, in der er geweint hatte und verzweifelt gewesen war. Der See, in dem sein Freund Peter bei dem Wettschwimmen mit ihm ertrunken war.

Aufgeregt rannte sie ins Wohnzimmer und googelte mit ihrem iPhone nach der angegebenen Adresse. »Ja!«, rief sie, als sie den Eintrag fand: *Edith und Uwe Berger.* Ein Ehepaar also! Aber eine so elegante Frau und ein eher bäuerlicher Typ mit grauem Pferdeschwanz? Merkwürdig. Andererseits war ihre Freundin Kora auch viele Jahre mit einem langhaarigen Umweltaktivisten glücklich gewesen. Wie auch immer: Bergers waren eine Recherche wert! Sie schob die Visitenkarte in ihre Hosentasche und sah sich noch einmal in der Wohnung um.

Bis Moritz sich hierherbequemte, wäre sie längst zurück. Und er musste ja nichts von ihrem kleinen Ausflug zu den Leuten wissen, die in den Fall involviert waren. Ergo kein Zettel und keine SMS. Obwohl – sie schürzte die Lippen –, auf sein Niveau, ganz zu schweigen, wollte sie sich auch wieder nicht herablassen.

Sie stieg die Treppe auf die Galerie hinauf, holte einen schwarzen dicken Filzstift aus dem Drahtkorb neben Moritz' Computer und schrieb in großen Druckbuchstaben auf eine der Umzugskisten *Bin unterwegs. Bis später. H.*

Und wenn sie bei den Bergers nichts fürs *Stadtmagazin* ausbuddelte, könnte sie die Gegend für ihren dritten Schwarzwald-Wanderführer erkunden.

Beschwingt ging sie ins Schlafzimmer und strich dem bewegungslosen Bentley über ein Ohr. »Komm, wir machen einen kleinen Ausflug.«

29

Leise zog er die Tür zu und schob von außen den Riegel vor. Das Schloss ließ er offen. Er würde später wieder herkommen. Etwas regte sich drinnen, als er den Kiesweg zurück zum Haus rennen wollte, ein leises Rascheln, dann die rasselnde Atmung, die im Prasseln des Regens auf der Dachpappe fast unterging. Doch das war nichts, was ihm im Moment Sorgen bereitete. Der Gestank war zwar unerträglich, aber Kot und Urin konnte er ein andermal beseitigen. Gestern war nicht die Zeit dazu gewesen. Und jetzt quälten ihn andere Probleme.

Er lief los. In den Neun-Uhr-Nachrichten hatten sie gebracht, dass Marius gefunden und in der Uniklinik war. Von Rebecca fehlte nach wie vor jede Spur. Ob er erleichtert sein sollte? Er trug so viel Liebe in sich und hatte im Leben so viel Gutes tun wollen, doch in den letzten Tagen war ihm jegliche Empfindsamkeit verlorengegangen. Lange konnte er das alles nicht mehr ertragen.

An der Hausfassade lief ein gelblicher Bach herunter. Er hatte sich im Lehmboden bereits eine Kuhle gegraben, und das Wasser spritzte gegen die ohnehin schon fleckige Wand. Die Dachrinne war verstopft. Laub vom Herbst. Es war so viel zu tun. Er hatte keine Kraft mehr dazu.

Er nahm den Hintereingang zur Praxis, durch die Voliere. Die Vögel schrien und flatterten durcheinander, als er vorbeiging, ohne sie zu füttern, ohne ein Wort, nur mit dem Schmatzen seiner durchnässten Schuhe.

Edith war erst gegen zwei Uhr nach Hause gekommen. Wieder einmal. Stumm hatte sie sich neben ihn gelegt, schwer geatmet, den Geruch nach viel zu vielen Zigaretten, den Resten ihres schweren Parfums und nach Wein verströmt.

Er hatte nicht reagiert, war nur froh gewesen, dass sie überhaupt gekommen war. Er hatte ihr den Rücken zugewandt, auf die Leuchtziffern des Weckers gestarrt und gedacht, dass Assmanns fataler Auftritt auch für Edith eine Katastrophe bedeuten musste. Für Edith, die die wahre Katastrophe nicht einmal ahnte. Edith, die noch schlief und von der er nicht wusste, wie er ihr heute begegnen sollte. Verständnisvoll? Gleichgültig? Voller Wut?

Nachdenklich streifte er die Schuhe von den Füßen, stellte sie auf die Matte zwischen Tür und Medikamentenschrank und rubbelte sich mit einem Handtuch das nasse Haar trocken, als er Reifen auf dem vorderen Parkplatz knirschen hörte. Ein Motor verharrte im Leerlauf, und eine Autotür wurde geöffnet und wieder zugeschlagen. Im selben Moment sprangen die Zeiger der Wanduhr auf die Zehn.

»Aua, aua!« Cockoo, der auf einer Stange in der Ecke der Praxis saß, stellte neugierig den weißen Kamm auf. Seine Krallen klackerten, als er aufgeregt hin- und hertrappelte.

»Klappe, wir kriegen Kundschaft.« Uwe öffnete die Eingangstür.

Vor ihm stand Günther Assmann, ein Taxi fuhr gerade vom Praxisparkplatz. Regen tropfte Günther vom Vordach in den Kragen.

»Du?«

»Wo ist Rebecca?«

Uwe starrte ihn an. Günthers Augen waren gerötet, durch die Reste von Theater-Make-up wuchsen Bartstoppeln, und seine Kleidung war fleckig und zerknittert. »Spinnst du?«

»Wir waren verabredet. Hast du sie noch rechtzeitig weggeschafft?«

»Ich weiß nichts von einer Verabredung.« Uwes Hand krampfte sich um die Türklinke.

»Willst du mich nicht hereinbitten?«

»Was soll das, Günther?«

»Du hast einfach den Hörer aufgelegt.«

»Wir haben uns nichts zu sagen. Und ich habe keine Ahnung, wo deine Tochter ist.«

Günther trat einen Schritt auf ihn zu. »Marius ist tot.«

Uwe ließ den Arm sinken. Taumelte zurück.

»Hast du dazu etwas zu sagen?« Assmann trat in die Praxis.

»Du bist ja vollkommen verrückt!«

Assmann brachte sein Gesicht direkt vor Uwes, und der Tierheilpraktiker spürte Günthers Atem warm auf seinem Hals. »Ich habe heute früh vor ihm gestanden. Er lag auf einem Edelstahltisch.«

»Heute früh? Aber … Ich verstehe nicht.« Im Radio hatten sie doch gebracht, dass Marius lebte. Frei war. Die Nachricht war gerade mal eine Stunde alt.

Günther stellte sich in die Mitte des Raumes, sah sich um und deutete mit dem Kinn zu dem Behandlungstisch, den Schränken mit den Glasscheiben, hinter denen sich Uwes Fläschchen und Tiegel aufreihten, zu dem Schreibtisch mit dem Rechner. »Schön hast du's hier.« Er schob die Unterlippe vor. »Die Praxis gab es damals noch nicht. Umgebaut?«

»Aua, aua.« Der Kakadu flog auf Uwes Schulter und rieb seinen Kopf an seinem Hals.
»Netter Bursche. Deiner? Und der dreibeinige Hund in der Hütte vor dem Haus auch? Du bist so eine gute Seele.« Günther streckte die Hand zu Cockoo aus. Sofort flog der Vogel davon und setzte sich auf den Monitor des Rechners. »Aua!«
»Aua!«, äffte Günther ihn nach.
Uwe trat zitternd ein paar Schritte zurück. Nie hätte er gedacht, dass Günther je hier aufkreuzte. Dass er es wagte.
Günther kam langsam auf Uwe zu. »Wer lässt es nicht, sein stetes Schrei'n? Wer zeugt' die Lüge, die erst klein, dann groß und größer wurd', zur Last, zum Fremdling, den Du so sehr hasst?«
Uwe Berger starrte den Mann an, er ihm so vertraut und gleichzeitig so fremd war. »Gehört das zu deinem Auftritt gestern? Habe ich einen Teil des Textes nicht mehr in Erinnerung?«
»Warst du das?«
»Von was redest du, verdammt noch mal?«
»Hast du Lene gefickt? Bist *du* es?«
Uwe ließ den Kopf sinken. Der Boden war voller Fußabdrücke. Er fühlte sein Herz hart gegen seine Rippen hämmern. Spürte den Zorn, die Trauer und den Hass. Hass war eine Empfindung, die er bisher nicht gekannt hatte. Und die Wucht, mit der sie ihn überfiel, erschreckte ihn. Er hob den Kopf und sah Günther direkt in die Augen, seine Wangen waren heiß. »Du wagst es! Ausgerechnet du! Du solltest dich schämen, du solltest …!«
»Hast du?«
»Nein! Aber *du* hast Edith gevögelt. Stimmt's nicht? Die

einzige Frau, die ich je geliebt habe und noch immer liebe. Und du hast nichts Besseres zu tun als –«

»Hab ich nicht!«

»Lügner!«

»Ich hab sie nicht gevögelt. Sie hat *mich* gevögelt.« Günther setzte sich auf einen Stuhl vor dem Schreibtisch. »*Sie* wollte es.«

»Aua, aua.« Cockoo legte den Kopf schief und musterte Assmann aus schwarzen Knopfaugen.

»Er wird dir das Display zerkratzen.«

»Wie lange geht das schon?«, fragte Uwe und dachte, dass er ein echter Widerling war. Da saß ein Mensch, der ihm einmal wichtig gewesen war, dem er vertraut und der gerade sein zweites Kind und seine berufliche Zukunft verloren hatte. Und in seinem, Uwes, kleinen Gehirn drehte sich alles darum, dass er betrogen worden war. Was war nur aus ihm geworden.

»Viereinhalb Jahre.«

Uwe setzte sich neben den Behandlungstisch auf den Rollhocker. »Viereinhalb Jahre«, flüsterte er. »Ich dachte, seit letztem Sommer.«

»Seit Sommer habe ich ihr Hoffnungen gemacht.«

Da verstand er. Verstand plötzlich viel mehr, als er je geglaubt hatte, begreifen zu können. Seine Frau war diesem Kerl verfallen. Edith liebte Assmann. Deshalb war sie so distanziert. Sie hatte noch nie gut allein sein können. Aber seit August waren Massagen das Einzige, bei dem er sie noch hatte berühren dürfen. Sie hatte sich ihn all die Jahre warmgehalten, und dann, als Assmann die Rolle gebraucht und im August die Proben begonnen hatten … »Liebst du sie?«

»Ich mag sie.«

»Du hast dir den Faust erschlafen. *Sie* hat dir doch die Rolle besorgt. Sie hat sich für dich den Arsch aufgerissen und sogar diesen … diesen … Schnösel aus Wien nach Freiburg geschafft, damit du … Du bist zum Kotzen, Günther.«

»Und du? Du meinst, du hast die Weisheit der Welt gepachtet. Du dokterst hier an irgendwelchen Viechern herum, nur weil du es mit den Menschen nicht mehr aufnehmen kannst. Du bist ein Versager. Ein kleiner, ekelhafter Versager, der meine Tochter … der meinen kleinen Engel …«

»O nein, Günther!« Uwe sprang auf, und der Hocker rollte scheppernd gegen den Behandlungstisch. »Dafür kannst du mir nicht die Schuld geben. Ich habe viel falsch gemacht im Leben. Aber ich habe noch nie jemandem weh getan oder jemanden betrogen. Ich …« Dann sah er die Tränen in Günthers Augen. Sie flossen aus ihm heraus wie Bäche, und der kraftvolle, stolze Mann wurde von Weinkrämpfen geschüttelt.

Uwe setzte sich wieder. »Was ist mit Marius passiert?«

»Überfahren.«

Er schwieg eine Weile. »Aber wieso? Von wem?«

»Sie wissen es nicht.«

»Sie?«

»Die Polizei.«

»Wieso war er überhaupt … draußen? Ich verstehe überhaupt nichts mehr. Im Radio hieß es erst vorhin, er sei in der Uniklinik. War er verletzt und hat es … nicht geschafft?«

Assmann wischte sich mit dem Ärmel den Rotz von der Nase. »Ich muss Rebecca finden. Wenn du irgendetwas weißt, dann … bitte, hilf mir.«

»*Ich* soll *dir* helfen? Du vögelst meine Frau, und ich soll dir helfen?« Ein Kloß aus Mitleid und Zorn setzte sich in Uwes Kehle fest, hart und heiß.
»Du bist mir etwas schuldig.«
»Nein!« Das konnte er unmöglich ernst meinen. Nicht nach so langer Zeit.
»Hast *du* die beiden entführt? Das wäre logisch. Du hast von Edith und mir erfahren. Sinnst auf Rache. Und du weißt genau, womit du mich treffen kannst. Ein zweites und ein drittes Kind verloren … Na, sagt dir das nichts? Dein zweites und Dein drittes Kind, in meiner strengen Obhut sind?«
Uwe starrte den Mann an, der einmal sein Freund gewesen war. Er schüttelte den Kopf.
»Das hast du schlau angestellt. Meine Karriere ist am Arsch, Ediths gleich mit, und damit auch ihre Beziehungen. Es gibt also keinen Grund mehr für mich, sie zu ficken. Und die Krönung ist deine Rache, dass Marius und Rebecca nun auch –«
»Du bist komplett durchgeknallt, Günther!«
»Ist Marius dein Sohn? Du hast Lene immer vergöttert. Jüngere Frauen, das reizt dich doch, oder nicht? Der Abend, an dem Annika … Du hast Lene getröstet. Du warst mit ihr allein, während ich die Scheißarbeit erledigen musste! Hab ich recht? War es nicht so?«
»Nein.«
»Du kannst Edith behalten, ich will sie nicht.«
Der Kloß wuchs. Am liebsten hätte er Günther vom Stuhl gerissen und ihm die Faust ins Gesicht gerammt.
»Du bist krank!«, sagte er nur.
»Du meinst, ich habe gestern Abend Blödsinn erzählt auf der Bühne? Meinst du, es hat mir Spaß gemacht, mei-

ne Karriere zu beenden, indem ich dem dummen Volk erzähle, ich sei nicht der Vater von Marius?«

»Dann stimmt es also, was die Presse mutmaßt. Dass der Entführer dich dazu gezwungen hat?«

Günther nickte.

»Deswegen denkst du, dass *ich* …?« Ungläubig lachte Uwe auf. »Ich habe Lene nicht angerührt. Nicht ein einziges Mal. Sie ist *deine* Frau.« Er atmete einige Male tief durch. »Weiß Lene es?«

»Mit Edith? Wozu? Wir haben uns schon lange nichts mehr zu sagen. Lene hat … ihre Kinder.«

»Und sie hat ein Haus, sie hat Knete, von der du mehr als gut lebst, sie hat …«

»Halt den Mund!« Günther fuhr auf und kam hinter dem Schreibtisch hervor.

»Ein wunder Punkt, ja?« Er konnte nicht anders als sarkastisch sein. Was bildete Günther sich ein? Vögelte mit seiner Frau, unterstellte *ihm,* Uwe, mit Lene geschlafen zu haben, und stellte auch noch Forderungen?

»Wir müssen Rebecca suchen. Sie braucht ihr Insulin. Du musst etwas mitnehmen. Sie war erkältet, als sie am Donnerstag zur Schule ging, sie –«

»Insulin?«

»Sie hat es auch. Diabetes. Wie Lene. Wie …«

»Wie Annika.« Uwe blickte zu Cockoo.

Sofort legte der den Kopf schief. »Aua, aua.«

»Das wusste ich nicht.«

»Liest du keine Zeitung?«

»Von Diabetes stand nirgends etwas.«

»›Rebecca Assmann benötigt lebenswichtige Medikamente‹ stand da. Du hättest es kapieren können.«

Er hat recht, dachte Uwe. Aber ich war mit anderen

Dingen beschäftigt. Mit der Vorstellung, dass Assmann sich mit meiner Frau in irgendeinem Hotelbett oder auf dem Rücksitz seines Angeberautos wälzte. Dass er sie an den Stellen berührte, die nur ich zu kennen glaubte. »Ich habe kein Insulin hier. Ich bin kein Arzt. Und ich behandle keine Menschen mehr.« Nach einer kurzen Pause fügte er hinzu: »Du hast mir die große Liebe genommen.«

»Du hast *mir* die große Liebe genommen.« Kurz funkelten sie sich an, und Uwe versuchte, die Erinnerung an Annikas verquollenes Gesicht auszublenden. »Jetzt habe ich nur noch Rebecca. Also hilf mir«, sagte Günther.

»Und wie hast du dir das vorgestellt? Soll ich dem alten, dreibeinigen Streuner ein T-Shirt von deiner Tochter vor die Nase halten und mit ihm durch den Wald jagen? Du bist naiv, Günther. Meinst du nicht, dass die Polizei da der bessere Ansprechpartner ist?«

»Polizei, Polizei. Die haben noch nicht mal eine Spur. Dieser Krenz von damals behandelt mich, als sei ich ein Schwerverbrecher. Stellt blöde Fragen. Schleimt sich bei Lene ein, indem er den Verständnisvollen gibt. Ganz der, der *ich* natürlich nicht bin. Ich wundere mich, dass er noch nicht in deiner Praxis aufgekreuzt ist.«

»Er hat keinen Grund dazu.«

»Sie werden Rebecca nicht finden.« Günthers Stimme wurde leise, als spräche er einen Abschiedsmonolog auf der Bühne. »Krenz nicht und dieser Ehrlinspiel auch nicht. Es wird wie bei Annika laufen. Viel Gerede, viel Action, keine Ergebnisse. Und irgendwann ist das Kind vergessen.«

»Was dir damals nicht unrecht war«, sagte Uwe und nahm aus dem Augenwinkel eine Bewegung im Eingang

wahr. Er drehte sich um. Sie hatten die Tür nicht geschlossen.
Draußen stand eine Frau mit einem pinkfarbenen Regenschirm in der einen und einer Katzentransportbox in der anderen Hand. Uwe erkannte sie sofort wieder. Trotz des Schirms war sie von der Lederjacke bis auf die Jeans völlig durchnässt. Viel zu nass für die wenigen Sekunden, die sie von dem dunkelpinkfarbenen Sportwagen bis zur Praxistür gebraucht hätte.

30

Sie ist fast angekommen. Nur noch ein paar hundert Meter oder so. Es ist warm, und sie schwebt und sieht die goldenen Wolken direkt vor sich. Nein, Quatsch, die sind gar nicht golden. Sie leuchten brombeerfarben, und um sie herum fliegen Amelies süße Schaummäuse, aber auch sie sind nicht weiß, sondern helllila. Eine Maus fliegt heran und beißt Becci in den Arm. Sie schlägt nach ihr, das hat weh getan! Das darf die nicht! Sie hat ihr doch nichts getan! Sie liebt Tiere!

Sie kommt ins Trudeln, stürzt ein Stück nach unten, und alles dreht sich in ihrem Kopf. Ihr wird schlecht, sie erbricht.

Dann wird sie aufgesaugt von einem riesigen Wirbel, der vom Himmel bis auf die Erde reicht, er zieht sie hinab, blöder Wirbel, er schluckt sie einfach, und sie kreist hinunter, wird schneller, immer schneller, fällt, mit dem Kopf nach unten, und alles, was in ihr ist, wird aus ihr herausgequetscht.

Sie würgt, schluckt, doch es fließt nur Schleim aus ihr heraus, und vor lauter Schlucken und Kotzen bekommt sie keine Luft mehr, schnappt nur, aber wieder bleibt die Luft stecken, und plötzlich kommt das Brennen zurück. Ihr ganzer Körper steht in Flammen.

Dann schlägt sie unten auf.

Aber es tut gar nicht weh. Und sie hat sich keine Knochen gebrochen, glaubt sie. Es zerquetscht sie nur. Ihre Brust wird immer enger, und als sie den Arm auf ihre

Jacke legt, fühlt sie das glitschige Zeug darauf. Das ist alles aus ihrem Mund gekommen.
Sie ist wieder nicht im Himmel! Aber jetzt ist sie froh darüber. Denn das, wo sie gerade war, war ein falscher Himmel, mit bissigen Mäusen. Zum Glück ist sie noch einmal abgestürzt.
Marius hat ihr nicht geholfen, in den Himmel zu kommen!
Sie will die Augen öffnen. Aber es geht nicht. Jemand hat sie zugeklebt. Sie weiß nicht, ob es Tag oder Nacht ist, ob die Sterne funkeln oder die Sonne scheint. Und sie selbst ist so schwer geworden, sie zerdrückt alles, was unter ihr liegt.
Marius muss ihr helfen, sonst kommt sie nie in den richtigen Himmel!
»Marius«, sagt sie. Doch kein Ton kommt aus ihrem Mund. Der ist sicher auch zugeklebt.
Wo bleibt Marius nur? Er hat doch versprochen, ihr zu helfen! Er hat gesagt, dass er sie rettet. Und was hat er gemacht? Gar nichts! Nicht mal den richtigen Himmel hat er ihr gezeigt und auch nicht, wie das mit dem Sterben funktioniert. Blöder Marius! Papa würde sicher sagen, dass das typisch für ihn ist. Aber das stimmt nicht. Marius macht immer ganz viel für Becci. Einmal hat er sogar ihre Haare gebürstet und ihr einen französischen Zopf geflochten. Das hat super ausgesehen, und er hat Becci über den Kopf gestrichen und gesagt, dass er eine Freundin hat, der das bestimmt auch stehen würde, aber ihre Haare waren nicht lang genug. Eigentlich ist Marius nicht blöd. Das ist gemein, wenn sie das denkt. Vor allem, weil er doch so oft geheult hat in letzter Zeit. Vor der Schule, in der Pause und in seinem Zimmer. Und

dauernd dieses Bauchweh. Mama und Papa dürfen das aber nicht wissen. Sie hat es ihm versprochen.

Wieder fließt etwas aus ihr heraus, jetzt zwischen ihren Beinen, es ist ganz warm und stinkt scharf. Viel schlimmer als im Baumhaus, wo die Mäuse hingepinkelt haben. Dabei hat sie doch gar keine Strumpfhose und keine Unterhose mehr an. Und die neue Decke, die Marius um sie gewickelt hat, ist auch schon nass.

»Marius.« Ihre Lippen bewegen sich nicht. »Du musst das wegmachen.« Sie wartet hundert Jahre, aber er antwortet nicht. Langsam wird sie doch böse. »Du bist blöd«, sagt sie. »Du hast mich allein gelassen! Du darfst nie wieder Zuckermaus zu mir sagen!«

Über ihr sind komische Geräusche zu hören. Es trappelt wie eine Million Billionen Vogelfüße. Vielleicht sind es Mäuse. Oder eine Billion Trilliarden Regentropfen. Oder alles zusammen.

Sie fällt ein Stück nach unten, obwohl es doch gar nicht mehr weitergeht. Es wird immer wärmer, und ihre Arme und Beine schmerzen.

Draußen setzt das Stampfen ein. Leise kommt es heran, wird lauter, es ist der Riese, der kein Riese ist, aber jetzt kommt er näher, und er packt sie mit der einen Hand an den Handgelenken und mit der anderen an den Füßen, zieht, bis es sie fast auseinanderreißt so wie das Gummiband, mit dem sie im Kindergarten mit den anderen Mädchen herumgehüpft ist. Aber jetzt macht sie das nicht mehr, das ist was für Kleine, nur der Schmerz, der ist groß. Sie will schreien, sich wehren, sich zusammenkrümmen gegen das Reißen, und da lässt er sie fallen. Im nächsten Moment drückt er sie mit seinen riesigen Pranken auf das dünne Polster, und sie glaubt, dass jeder

Knochen und alles, was dazwischen ist, kaputtgeht. Sie besteht nur noch aus Schmerz.
Das ist bestimmt alles nur passiert, weil Marius sie angelogen hat! Er kommt nämlich gar nicht zurück. Er ist weggegangen und hat sie alleingelassen. *Der blöde Marius!* Sie hätte es wissen müssen, dass er sie im Stich lässt. Immer ist er nur weg gewesen. Manchmal ist sie nachts aufgewacht und hat ihn gesucht, und da war er nicht in seinem Zimmer. Obwohl er versprochen hat, mit ihr zu spielen und ihr Sachen im Garten und Tiere im Wald zu zeigen. Das war schon im Herbst gewesen, als der Garten ganz gelb und rot war vom Laub. Das Schneehaus im Winter hat sie dann allein gebaut. Aber es ist nicht gut geworden und immer zusammengestürzt, außerdem war es viel zu klein. Als sie ihn später gefragt hat, hat er nur gesagt, er hat jemanden treffen müssen. Es sei alles in Ordnung.
Wahrscheinlich ist er immer heimlich zu Torben gegangen. Torben hat sie nämlich nicht nur ein Mal angesprochen auf dem Schulhof. Er hat nicht nur gesagt, dass Marius ein schlechter Schüler sei. Aber von den anderen Malen hat sie Marius doch nichts erzählen können, als er sie vor einer Ewigkeit hier in diesem finsteren stinkenden Versteck danach gefragt hat. Er wäre sicher sauer geworden. Oder er hätte noch mehr geheult. Torben hat nämlich gesagt, dass Marius nicht ihr richtiger Bruder sei. Aber sie hat dem Schleimer kein Wort geglaubt. Torben hat gesagt, dass er sich um Marius kümmert. Dabei hat er so doof gegrinst, gar nicht richtig mit dem ganzen Gesicht, seine Wangen haben sich nicht bewegt, nur seine Mundwinkel sind nach oben gegangen. Und dann hat er gesagt: »Ich bin ein Freund.«

Wahrscheinlich hat Torben doch recht gehabt, und Marius ist nicht ihr richtiger Bruder. Deswegen hat er sie auch allein gelassen.
Sie wird jetzt richtig böse. »Du kommst in die Hölle, wenn du tot bist!«, schreit sie und schlägt mit der Faust um sich, aber wie bereits die ganze Zeit kommt kein Ton aus ihr heraus, und nicht mal ihr kleiner Finger bewegt sich. Scheiße!
Bestimmt ist Marius nachts heimlich zu Torben gegangen, jetzt weiß sie es! Denn in das Haus von Mama und Papa dürfen ja keine Freunde kommen. Nicht mal Amelie darf kommen, weil ihre Eltern dauernd Angst haben, dass ihre beste Freundin was von dem Zucker mitkriegt. Blöde Mama! Blöder Papa! Blöder Marius!
Aber sie geht ja sowieso nicht mehr nach Hause. Sie stirbt jetzt, das weiß sie. Dann sind die anderen ihr total egal!
Sie hustet, dann fließt wieder der Schleim aus ihrem Mund, und sie schnappt nach Luft, die aber nicht mehr in sie hineinkommt.
Vielleicht haben Marius und Torben Bier zusammen getrunken, und Torben hat noch abgehobener geredet als sonst. Fast muss sie wieder kotzen bei dem Gedanken daran. Becci mag kein Bier. Einmal hat sie heimlich einen Schluck aus Papas Flasche getrunken, als er aufs Klo ist. Das war blöd, denn sie hatte auch sofort aufs Klo müssen, um das Zeug auszuspucken, und so hat sie mit vollem Mund bis in ihr Badezimmer nach oben rennen müssen und hat sich fast auf der Treppe übergeben.
Damals hat Marius gelacht. Und er hat ihr geholfen, das Zeug wegzuwischen, sie hat es nämlich nicht bis zur Kloschüssel geschafft. »Zuckermaus kotzt Bier aus«, hat

er gesagt, das weiß sie noch ganz genau. Dass er sie jetzt hier alleinlässt, das war gemein! Und sie versteht nicht, warum.

Sie ist ganz allein.

Jetzt hat sie so lange durchgehalten, weil sie immer gedacht hat, dass er es ihr noch zeigt, wie das mit dem Sterben geht.

Ihre Wut verfliegt, denn der Riese kommt wieder, dieses Mal ganz laut, und jetzt kriegt sie Angst.

Der Riese greift nach ihr. Reißt, drückt, reißt wieder.

Sie kann nicht länger warten mit dem Sterben. Sie muss es allein hinkriegen. Sie weiß, dass ihre Zeit zu Ende ist. Sie weint. Sie ist böse auf ihren Bruder. Sie hat ihn ganz umsonst liebgehabt. Traurig ist sie auch, weil sie zu Mama nicht tschüss sagen kann.

Der Riese wirft sie in die Höhe, und sie fliegt los wie von allein, schwebt nach oben. Jetzt geht es! Ihr Kopf taucht in die Brombeerwolken ein, und der Riese wird kleiner und kleiner, bis er nur noch so winzig ist wie ein Mäuseauge, und endlich wird Becci von einem lila leuchtenden Schleier eingehüllt.

31

Hanna?« Eine Seite des Bettes war zerwühlt. Auf der Küchentheke stand ein Pappbecher mit einem eingetrockneten Kaffeerest. Die Fressnäpfe waren gefüllt, in einem fehlte die Hälfte. »Bentley?«

Ehrlinspiel lief hin und her. Suchte nach einem Zettel. Sah auf sein Handy. Keine Nachricht. In einer Viertelstunde wollte Jo Krenz ihn abholen.

Unruhig ging er ins Bad. Stützte sich auf den Waschbeckenrand und strich sich dann über sein Kinn. Es war stoppelig, und bei dem kratzenden Geräusch schüttelte er sich innerlich.

Rasch schlüpfte er aus dem zerknitterten Hemd, der Anzughose und der Unterwäsche, warf alles in die Ecke und stellte sich unter die Dusche. Er schloss die Augen, legte den Kopf in den Nacken und genoss das heiße Prickeln auf seinem Gesicht. Er rieb sich mit *Meer-und-Moos*-Duschgel ein, war dankbar um den frischen Duft und versuchte, die Erinnerungen an die Nacht, den stumm schreienden Jungen, seine blutigen Augenhöhlen und die zerbrochene Brille im Gras abzuwaschen. Es gelang ihm nicht. Wie ein Film zogen sie immer und immer wieder vorbei. Darüber legten sich die Bilder von Assmanns markantem Gesicht, und er hörte sein qualvoll lautes *Ich bin betrogen, bin kein Vater. Ich spiele nur ein Scheißtheater.* Dazwischen blitzten Gedanken an Hanna auf, an ihre vollen Lippen, ihre enttäuscht blickenden Augen und den Ansatz ihrer Brüste unter dem pinkfarbenen Ausschnitt, als der Anruf ihn aus dem Theater herausgeholt hatte – zu Marius.

Wo steckte Hanna bloß? Und wo war Bentley?

Er stieg aus der Dusche, trocknete sich ab, putzte die Zähne, rasierte sich und schlüpfte in eine Used-Look-Jeans und ein orangefarbenes Langarm-Shirt. *Friday – my best friend,* stand darauf. Paul Freitag hatte es ihm nach einem Streit während des Falles mit den toten Senioren in dem Mietshaus geschenkt. Ehrlinspiel liebte das Shirt.

Beim Anziehen schaute er in jedes Fach im Kleiderschrank, unter das Bett, in das Eck hinter dem Schrank, wo der Kater neulich gefangen gewesen war. »Bentley?« Er öffnete den Eckschrank, in dem seine drei Kameras, mehrere Objektive, Akkukabel und Chipkarten lagerten. Dort würde Bentley kaum hineinkommen – aber man wusste ja nie. Da fiel ihm die Bettwäsche ins Auge, die er für Hannas und seinen gemeinsamen Start gekauft und am Samstag früh noch hatte aufziehen wollen. *Mist.* Völlig vergessen in dem Trubel, und vor lauter Durcheinander hatte er sie auch noch in den Fotoschrank gepackt! Er warf die Packung aufs Bett. Schaute noch einmal darunter. »Bentley?«

Er musste ihn finden und sich um den kranken Racker kümmern. Die Siambrüder waren doch seine Kumpel! Und er musste wissen, wo Hanna war. Hoffentlich hatte sie in ihrer verfluchten Neugier nicht wieder irgendwelchen Blödsinn ausgeheckt. Mit zusammengepressten Lippen wählte er ihre Handynummer. Die Mailbox meldete sich, und im selben Moment sah er die Nachricht auf der Umzugskiste. *Bin unterwegs, bis später. H.* Na toll. Jetzt war auch noch seine Freundin sauer. Hoffent-

lich würde sie sich beim Shoppen oder Friseur amüsieren und hätte nachher gute Laune.
Die Haustürklingel schrillte.

Sekunden nach dem Gong erreichten sie das Klassenzimmer, und schon flog die Tür auf. Zwei junge Frauen liefen quasselnd an den Kommissaren vorbei. Eine wühlte eine Packung *Marlboro Gold* aus einer Handtasche, die einem Einmannzelt Konkurrenz machte.
Drinnen herrschte Tumult. Stimmen, das Geräusch von Reißverschlüssen, Rascheln und Stühlerücken. Der Direktor steckte gerade zwei dicke Bücher in eine Aktentasche. Sein Bauch schob sich ein Stück über das Pult, als er sich nach vorn beugte.
»Wo ist Vanessa?«, fragte Ehrlinspiel ihn ohne langes Vorgeplänkel und dachte, dass die Geräuschkulisse in Schulen seit hundert Jahren unverändert war, bis auf das Piepsen der Handys und Laptops. Auch der Geruch nach Bohnerwachs und Staub, manchmal ein bisschen nach Leder, würde sich nie ändern.
»Fehlt.« Der Direktor schnaufte.
»Mein Kollege – Jo Krenz«, sagte Ehrlinspiel, um nicht ganz unhöflich zu sein. »Krankgemeldet?«
»Das weiß ich nicht, ich muss erst ins Sekretariat.«
Der Hauptkommissar sah sich um. Vorn saß – wie bei ihrem letzten Besuch – Torben Tretter, und auch heute trug er einen Pullover mit V-Ausschnitt. Jetzt ein weinrotes Exemplar. Seine Kurzhaarfrisur schien frisch getrimmt. »Können wir noch einmal helfen, Herr Ehrlinspiel?«, sagte der Junge, als ihre Blicke sich trafen.
Der Kommissar stellte sich neben ihn, vorn in den Gang zwischen den Tischreihen. »Ja.« Auf Torbens unter-

schwellige Provokation ging er nicht ein. »Wo ist Frau Sigismund?«

»Vanessa? Krank, vermutlich.«

Im Klassenzimmer wurde es leiser. »Vermutlich? Herr Tretter, Ihre Freundin erscheint nicht zum Unterricht, und Sie haben ihr nicht einmal eine SMS geschrieben? Oder mit ihr gechattet? So etwas kann doch jedes Handy heutzutage.«

Jemand kicherte.

»Ich bin nicht Vanessas Hüter.«

»Haben Sie heute schon Nachrichten gehört?«

Augenblicklich wurde es mucksmäuschenstill, und Torben sagte lächelnd: »Wir widmen uns während des Vormittags dem Unterrichtsstoff.«

Ehrlinspiel stützte sich direkt vor Torben auf den Tisch. Drei Reihen dahinter saß Konstantin, neben dem Marius' Platz noch immer leer war – und das für immer bleiben würde.

»Wir haben Marius gefunden.«

Torben starrte ihn an, und bis auf das leise Rauschen vorbeifahrender Autos und das fröhliche Stimmengewirr von der Eingangshalle her war nichts mehr zu hören. Der Direktor reagierte als Erster. »Das ist ja …« Seine feisten Backen glänzten. »Ich freue mich! Ich kann Ihnen gar nicht sagen …« Dann wurden seine kleinen Äuglein noch kleiner. »Aber warum … sind Sie dann hier? Sie sagten, Marius … Was ist mit Rebecca?«

Ehrlinspiel nickte zu Jo Krenz, der noch immer mit verschränkten Armen neben dem Direktor stand. Jo erklärte das, was auch der Pressesprecher Edgar Habermaß vorhin an die Medien geschickt hatte: dass Marius freigekommen, aber verletzt war. Während er redete, ließ Jo seinen Blick immer wieder über die Jugendlichen schweifen. Als er Torben ansah, schob der kaum merklich den Unterkiefer hin und her.

»Torben liegt in der Uniklinik. Nach Rebecca suchen wir noch.«

»Aber wie …? Warum …? Wer …?« Der Direktor fummelte an seinem zu engen Ehering herum.

»Wir wissen es nicht.«

»Also.« Ehrlinspiel fixierte Torben. »Wo ist Vanessa? Zu Hause? Wir haben keine Zeit für Spielchen. Und sie kann vielleicht helfen.«

Wieder mahlte sein Unterkiefer.

»Nun gut, dann werde *ich* Ihre Freundin anrufen«, sagte Ehrlinspiel. »Oder haben Sie etwas dagegen?«

»Wieso sollte ich?« Torben lächelte wieder, doch seine Hände schlossen sich zu leichten Fäusten.

»Aber zuerst« – Ehrlinspiel richtete sich auf – »unterhalten wir beide uns noch einmal unter vier Augen.« Der Junge hatte Angst. Irgendetwas stimmte da nicht. Seit Jo erwähnt hatte, dass Marius in der Klinik lag, wurde Torben zunehmend nervöser. Warum? »Gehen Sie bitte nach draußen«, sagte der Kommissar, und bis auf Torben verließen alle das Klassenzimmer, auch der Direktor. Krenz schloss die Tür hinter ihnen und setzte sich dann neben Torben. Ehrlinspiel nahm auf der anderen Seite des Jungen Platz.

»Ich werde meinen Vater anrufen.« Torben sah den Kommissar an. Der hielt ihm sein Handy entgegen. Der Kerl wollte mit dem Anwalt drohen. Dem großen Herrn Papa. Aber davon würde er sich nicht provozieren lassen. »Gute Idee. Dann kann er Ihnen auch gleich die Paragraphen einundfünfzig und zweiundfünfzig der Straf-

prozessordnung erklären.« Folge des Ausbleibens von Zeugen und Zeugnisverweigerungsrecht bei Ladung vor Gericht. Das war zwar alles nicht – oder noch nicht – relevant, doch das musste er dem Besserwisser ja nicht auf die Nase binden. So saß der Kommissar da und bewegte keinen Muskel. Krenz lächelte. Die Taktik ging auf – Torben sah von einem zum anderen, dann biss er sich auf die Unterlippe. »Wie … wie geht es Marius?«
Krenz verschränkte wie in Zeitlupe die Arme, so dass man fast meinen konnte, er wolle Torben mit dem Quietschen seiner Lederjacke provozieren. Ehrlinspiel lehnte sich zurück und faltete die Hände auf dem Tisch. Nach außen gab er sich betont gelassen, doch in ihm brodelten die Gedanken an Hanna und Bentley, die Wut auf denjenigen, der die Kinder entführt, und auf den, der Marius getötet hatte und geflohen war.
»Warum antworten Sie mir nicht?«
»Sie haben *uns* etwas zu sagen, nicht umgekehrt.«
Schweigen und warten. Eine effiziente Methode, Menschen zum Reden zu bringen. Sie wollten die Leere füllen, die sie nicht ertrugen.
»Hat Marius Sie geschickt?«
Sie sagten nichts.
»Es war ein Spiel!« Torben öffnete die Fäuste, und dem Kriminalhauptkommissar fiel auf, dass seine Nägel abgebissen und die Nagelbetten blutig waren.
»Wir hören.« *Spiel?* Er tauschte einen kurzen Blick mit Jo und beugte sich zu dem Jungen vor. »Ja?«
Torben hob die Schultern.
»Packen Sie zusammen.« Krenz stand auf. Noch immer blickte er freundlich. »Wir gehen.«
»Gehen? Wohin? Sie haben kein Recht …«

Krenz hob Torbens wildlederne Aktentasche auf und legte sie wortlos vor den Jungen.
»Ich ... also ... wir ...« Seine Stimme war ein Flüstern.
»Ich kann Sie leider nicht verstehen.« Jo Krenz klimperte mit dem Wagenschlüssel. Dann, von einer Sekunde auf die andere, baute er sich vor dem Tisch auf, breitbeinig, und donnerte mit der Faust auf den Tisch. »Was haben Sie mit Marius gemacht?«
»Nichts!« Torben fuhr zurück. »Wir wollten ihn nur ... ärgern.«
»Ärgern?« Ehrlinspiel hätte den Kerl am liebsten gepackt, aber mit einem Anwalt im Nacken fiel es ihm leichter, sich zu beherrschen. »Verdammt, jetzt reden Sie!«
Wie bei einem verängstigten Tier, das in der Falle saß, wanderte Torbens Blick zwischen den Ermittlern hin und her. »Er hat Nessy angegraben. Dieser Typ hat *meine* Freundin angegraben!«
»Und da haben Sie ihm erst in Facebook und StudiVZ gedroht, und als das nichts nützte, ihn per Handy oder mit verbaler Gewalt von Angesicht zu Angesicht einzuschüchtern versucht. Weil leider auch das erfolglos geblieben ist, haben Sie ihn vielleicht verprügelt und ihn schließlich« – er redete wie in Rage weiter, obwohl es für seinen letzten Satz keinerlei Hinweis gab – »kurzerhand aus dem Verkehr gezogen, ja?«
»Nein!«
»Was haben Sie mit ihm gemacht?«
Wieder schwieg Torben.
»Mögen Sie Günther Assmann?« Ehrlinspiel wollte den Kerl aus dem Konzept bringen.
»Wie bitte?«

»Mögen Sie Günther Assmann?«
»Was soll das?«
»Antworten Sie.«
»Ich kenne den Mann nicht.«
»Und Rebecca?«
»Was soll mit der sein?«
»Die kennen Sie doch? Haben Sie sie auch … geärgert? Vielleicht, damit Marius sich Sorgen um seine Schwester macht?«
»Blödsinn!« Torben sprang auf, und sein Stuhl kippte mit lautem Scheppern auf den Boden. »Mir reicht's.«
Krenz stellte den Stuhl wieder auf und drückte Torben darauf. Ganz langsam sagte er: »*Uns* reicht es. Sie erzählen jetzt, was los war. Sonst sitzen Sie in spätestens fünfzehn Minuten in einem kleinen, gar nicht feinen Vernehmungszimmer.«
Du Hund, Jo, dachte Ehrlinspiel. Zeugenbefragungen und Vernehmungen von Beschuldigten fanden immer in den Büros der Beamten statt. Kahle Verhörräume und Spionspiegel, durch die man nur in das Zimmer hinein-, aber nicht aus dem Zimmer herausschauen konnte, waren ein Gerücht. Und zwar ein hartnäckiges. Aber es konnte nicht schaden, Torben ein wenig polizeiliche Muskeln zu zeigen. »Und da holt Sie kein Papa der Welt raus«, ergänzte Ehrlinspiel. »Schon gar nicht, weil der Sohnemann aus Eifersucht Mist gebaut hat.«
Torben verschränkte die Arme und schob den Unterkiefer vor. »Okay, okay. Also … Wir haben ihn einfach nicht mehr beachtet. Zuerst. Er ist ja sowieso so ein … Einzelgänger. Mit dem will niemand. Verstehen Sie?«
»Nein.«

»Er ist immer nur blöd dagestanden und hat vor sich hingestarrt. Bis er angefangen hat, Nessy anzuglotzen. Ständig.« Torben machte eine Pause. »Ich bin nicht blöd. Ich hab sofort kapiert, dass der was von ihr wollte. Der verklemmte Schlappschwanz.«

»Und?«, fragte Krenz, als Torben verstummte.

Er ließ die Arme sinken und zupfte an seinem Ärmel, offenbar gewann er wieder an Sicherheit. Draußen riefen Schüler durcheinander, und gleich darauf wurde die Tür aufgerissen, es wurde laut, ein paar der Schüler kamen plaudernd herein, gingen aber wieder, als Ehrlinspiel ihnen ein Zeichen gab.

»Er sollte sie in Ruhe lassen. Nessy ist *meine* Braut. Da haben wir halt auf Facebook und StudiVZ was geschrieben.« Er lächelte. »Man schlägt ja nicht gleich zu.«

Schlappschwanz. Braut. Interessant, wie der geschniegelte Bursche plötzlich redete. Und wie er immer wieder die Fäuste ballte mit seinen abgekauten Fingernägeln.

»Und dann?«

»Es war echt nur Spaß.«

»*Was* war ein Spaß?« Ehrlinspiel hieb mit der flachen Hand auf den Tisch.

Torben zeigte wie auf Knopfdruck seine schneeweißen Zähne. »Das hat Marius Ihnen doch sicher brühwarm gepetzt. Und jetzt wollen Sie mich testen.«

»Marius ist schwer verletzt. Aber keine Sorge. Wir werden ihn fragen.«

»Er hat gar nicht geredet?« Torbens Lächeln erstarb.

»Was hätte er denn erzählen sollen?« Krenz zog sarkastisch einen Mundwinkel nach oben.

Torben biss sich wieder auf die Unterlippe.

»Na, egal. Das besprechen wir später.« Krenz packte

Torben am Oberarm und zischte: »Das genügt, Herr Tretter. Ab in die Polizeidirektion.«
Torben hob die Hände. »Okay, okay. Schon gut. Wir haben ihm erzählt, dass … dass sein Alter nicht sein Vater ist.«
»Wie bitte?« Ehrlinspiel sprang auf. »Und wer ist ›wir‹?«
»Konstantin und ich und … ein paar andere aus der Klasse. Wir dachten, dann ist er beschäftigt und denkt nicht mehr daran, wie er seinen Schwanz in Nessy hineinkriegt.«
»*Sie* haben ihm gesagt, Günther Assmann sei …«
»Na und? Ist doch nichts dabei. Er hat seinen Alten doch garantiert gefragt, ob das stimmt.« Dann grinste er. »Oder war er dazu zu feige?«
Krenz und Ehrlinspiel wechselten einen Blick. »Haben Sie das mit dem Vater erfunden? Oder gibt es jemanden, der Ihnen das gesagt hat?«, fragte Krenz.
»Ich bin selbst kreativ.« Torben packte in aller Ruhe die Bücher, einen Block und seine Stifte in seine Aktentasche.
»Wem haben Sie die Lüge noch erzählt?«
»Tut mir leid, das weiß ich nicht mehr. Ich konzentriere mich auf die wichtigen Dinge. Konstantin natürlich, vielleicht noch Heiko? Und jetzt entschuldigen Sie mich, ich muss zum Lateinunterricht.« Er nickte und ging mit kerzengeradem Gang Richtung Klassenzimmertür. Neben einem Ständer, an dem eine bunte Weltkarte hing, blieb er stehen. »Ich werde meinen Vater selbst informieren. Sie haben sicher anderes zu tun.«
»Haben Sie Rebecca etwas davon gesagt? Haben Sie ihr diese Lüge auch erzählt?«
Er lächelte süffisant und zog den Kragen unter dem

V-Ausschnitt zurecht. »Sehe ich aus wie ein Kinderschänder?«
»Sie sind um vierzehn Uhr in der Polizeidirektion«, sagte Krenz. »Auf die Sekunde genau! Das ist eine offizielle Vorladung. Ihr Vater kann Sie gern begleiten – sofern Sie als selbstbewusster Achtzehnjähriger einen Beschützer benötigen.«
Torben ging wortlos hinaus, ohne die Tür hinter sich zu schließen.
»Das glaube ich jetzt nicht.« Ehrlinspiels Wangen glühten, und seine Schläfen pulsierten. »Du knöpfst dir gleich diesen Konstantin vor. Ich fahre zu Vanessas Elternhaus. Sie ist garantiert auch eingeweiht. Hat es vielleicht herumerzählt. Irgendjemand, der diese Lüge gekannt hat, muss die Kinder gekidnappt haben.«
Jo Krenz nickte, als Elisabeth Heinemann ins Klassenzimmer kam. »Herr Ehrlinspiel!« Sie nahm seine Hand zwischen ihre beiden knochigen Hände, und unwillkürlich entzog sich Ehrlinspiel ihrem intensiven Griff. »Der Herr Direktor sagte es mir gerade. Ich bin so froh für Marius. Wie geht es Herrn Assmann?«
Der Hauptkommissar war irritiert. Er hatte eine Frage nach dem Befinden der Kinder erwartet. Oder beider Eltern. »Das kann ich Ihnen nicht sagen. Aber zu Rebecca gibt es leider keine Neuigkeiten«, sagte er zu der Mathematiklehrerin.
»Sie wird sicher bald auftauchen. Also ich meine, wenn Marius …«
»Wir hoffen es. Sagen Sie, hat Rebecca in letzter Zeit über … schwierige Begegnungen gesprochen? Hatte sie Kontakt zu Schülern aus Marius' Klassenstufe?«
»Sicher, sie kannte sie vom Sehen. Aber Kontakt kann

man das nicht nennen. Sie hat viel von Günther Assmann gesprochen.« Sie strahlte. »Rebecca ist so stolz auf ihn. Sie hat Amelie und den anderen vom Theater erzählt und dass ihr Papa den Faust spielt.« Dann blickte sie auf ihre Schuhe. Braune Pumps mit flachen Absätzen und breiten Schnallen an der Seite. Sie gefielen Ehrlinspiel nicht. »Der arme Mann.« Sie strich sich über die schwarzen langen Haare. »Was ist eigentlich mit Torben? Er schien aufgebracht, ich habe ihn mit angespanntem Gesicht hinauseilen sehen.«

»Er hat Marius gemobbt. Und uns eher unfreiwillig darüber in Kenntnis gesetzt.«

Sie holte tief Luft. »Also doch.«

»Sie haben es die ganze Zeit gewusst, nicht wahr?«

»Ich habe ... nein, ich habe es nur vermutet. Ich habe einmal gesehen, dass sie Marius die Jacke gestohlen haben. Er hat in der Halle draußen auf Rebecca gewartet und ist währenddessen auf die Toilette gegangen. Die Jacke hat er übers Geländer gehängt. Konstantin hat sie genommen und Torben gegeben, und sie sind rausgegangen. Natürlich ist mir das komisch vorgekommen, aber ...« Sie schüttelte den Kopf.

»Wir müssen Sie in die Polizeidirektion bitten.« Mit der Dame würden sie auch noch einiges zu besprechen haben. »Ich rufe Sie an. Geben Sie mir bitte Ihre Telefonnummer?« Er zog seinen Notizblock aus der Umhängetasche. Sie diktierte. Dann sah er sie an. Die Vorwahl. »Ist das in ...?«

»Breisach. Warum?«

Dieser Besuch in der Schule hatte sich doch gelohnt. »Hat Marius Sie einmal privat besucht?«

»Mich? Wieso sollte er?« Sie sah ehrlich erstaunt aus.

Er steckte den Block ein. Dass Heinemann ein Alibi für den Donnerstagvormittag hatte, war immerhin sicher. »Ich melde mich bei Ihnen. Nur fürs Protokoll.«

»Gern, Herr Kommissar.«

Vor dem Schulgebäude blieben Jo und er unter dem großen Vordach stehen. Es regnete in Strömen, gluckerte und plätscherte und spritzte auf ihre Hosenbeine. Ehrlinspiel klappte den Kragen seiner Jacke hoch. Die große Pause war mittlerweile zu Ende, sie waren allein. »Scheiße.« Etwas Besseres fiel ihm nicht ein. »Okay, ich fahre zu Vanessa Sigismund, du holst Konstantin aus dem Unterricht, nimm dir später ein Taxi.«

»Wird gemacht.«

Als Ehrlinspiel mit durchweichtem Kragen im Wagen saß und Hannas Kurzwahlnummer in sein Handy tippen wollte, klingelte es. »Freitag? Wieder fit?«, fragte er, als er die Nummer seines eigenen Bürotelefons sah.

»Moritz, du solltest sofort herkommen.«

32

Beim Knarren der Stufen zuckte sie zusammen. Rasch klappte sie den Laptop zu, hielt die Luft an, lauschte. Die Schritte kamen den Flur entlang. Leise wie in Turnschuhen. Ihre Finger begannen sofort zu kribbeln, dann die Handflächen, die Unterarme, bis zur Schulter.

Dann ging die Tür auf. »Hallo, Puppe.«

Nessy zerrte die Tagesdecke über den Rechner, stopfte die verrotzten Papiertaschentücher dazu und setzte sich im Bett auf. Sie hatte auf dem Bauch gelegen. Gelesen. In die schwarze Wollmütze geheult. Wie lange, wusste sie nicht. »Hey.« Mehr brachte sie nicht heraus.

»Dein Daddy hat mich hochgeschickt.«

Sie nickte. *Daddy.* Der Trinker. Der Depressive. Der sie nicht retten würde. Nicht retten konnte.

»Dein Vater sieht nicht gut aus.« Torben trat ein und schloss die Tür. »Du auch nicht.« In aller Ruhe ging er zu ihrem Schreibtisch, der auf der anderen Seite ihres Zimmers vor dem Fenster stand. Regen prasselte gegen die Scheibe. Torben schob Stifte und ihren Schlüsselbund beiseite und legte seine Aktentasche auf den Tisch. Dann schlüpfte er aus seiner Ralph-Lauren-Jacke, hängte sie über den Schreibtischstuhl und strich sorgfältig darüber. »Bist du krank?«

Ihre Finger krallten sich in die Decke, zogen sie noch weiter über den Laptop.

Er setzte sich neben sie. Das Bett knarrte, und weil die Matratze einsank, rutschte sie unwillkürlich ein Stück zu ihm hin. Sie spannte alle Muskeln an, damit er ihr Zittern nicht bemerkte. »Ich fühle mich nicht besonders.«

»Arme Puppe.« Sein kühler Zeigefinger strich über ihre Wange und den Hals hinab bis zum Kragen ihres Kapuzenshirts. »Hast auch ganz rote Augen. Dabei sind es nicht einmal mehr drei Wochen bis zu den Abiturprüfungen. Wir sollten zusammen lernen, meinst du nicht? Damit du eine Zukunft hast.«

Nessy rutschte fast unmerklich von ihm weg und drückte sich an die Wand. Sie ertrug seine Hand mit den blutigen Nägeln nicht, seine Nähe, seinen Geruch nach dem teuren, etwas holzig riechenden Deodorant, das sich jetzt mit ihrem eigenen Angstschweiß mischte.

»Was ist los, Puppe? Gar nicht scharf heute?« Torben zupfte an ihrer Kapuze. »Nun ja, in dem Aufzug demonstrierst du ja geradezu, dass du keinen Wert auf Anstand legst. Und ich dachte immer, dass du es zu etwas bringen könntest.«

Sein Atem roch sauer. Aber wahrscheinlich war es ihr eigener Atem, der nur an ihm zurückprallte.

»Wo warst du gestern? Und warum warst du nicht in der Schule? Ich habe mir Sorgen gemacht.« Seine Hand glitt über ihre Haare. »Klebrig.« Er verzog den Mund. »Und warum antwortest du nicht auf meine SMS?« Sein Gesicht war jetzt direkt vor ihrem, und seine Lippen wirkten hart, so hart, wie sie auch küssten. »Und warum gehst du nicht an dein Telefon?«

»Ich … ich …«

Er stand auf.

Nessy zog die Beine bis zur Brust hoch.

»Wo?« Ein kurzer Schrei. Dann lächelte er.

Sie kauerte sich in die Ecke des Bettes, glaubte, dass jede Faser ihres Körpers bebte.
»Du warst bei ihm.« Er klang ganz ruhig. Doch an seinem Hals trat ein Muskelstrang hervor, als er sich zu ihr beugte, ihr Kinn packte und ihren Kopf nach oben bog, so dass sie ihn ansehen musste. »Bei dem Schlappschwanz!«, presste er hervor.
Sie versuchte, den Kopf zu schütteln, doch seine Hand hielt sie wie eine Klammer aus Stahl fest. »Nein«, flüsterte sie. »Wie … Woher sollte ich denn wissen, wo Marius … Ich könnte doch gar nicht …«
Der Schlag traf sie unter dem linken Auge. Eine kleine Explosion. Ihr Kopf knallte gegen die Wand. Sie wimmerte.
Torben biss auf seinen Fingernägeln herum, als schmerze ihn und nicht sie der Schlag, und für einige Augenblicke war nichts zu hören als das leise Knacken, dann spuckte er etwas aus, während Nessys Wange pulsierte und etwas Warmes auf ihr Kinn hinablief. Sie drückte sich noch dichter in die Ecke, starrte auf Torbens Bürstenfrisur und wünschte sich, Marius' seidiges Haar zwischen ihren Fingern zu spüren. Sah in Torbens kalte Augen und sehnte sich nach der Wärme in Marius' Blick.
»Hörst du keine Nachrichten?« Sein Kiefer mahlte, und seine Lippen waren zusammengepresst. Eine Sekunde wunderte Nessy sich, dass sie zu solchen Wahrnehmungen noch fähig war. Es ist die Angst, schoss es ihr durch den Kopf. Die Verdrängung. Damit das, was passiert ist, mich nicht begraben kann. Und damit ich die nächsten Minuten überlebe. Minuten, die ich zu gut kenne.
Mit einem Ruck riss er die Decke vom Bett. »Oder *liest* du keine Nachrichten?«

Er hatte den Laptop längst entdeckt, auch die Wollmütze. Er musste vorhin ja fast darauf gesessen haben.
Mit spitzen Fingern nahm er die Mütze auf und ließ sie in den Papierkorb fallen. Dann setzte er sich mit dem Computer an ihren Schreibtisch. »Das gute Stück kenne ich ja gar nicht. Seit wann hast du den denn?« Er öffnete ihn. »Wie geht es Marius?«
Sie verstand nicht, was er meinte. Marius war doch tot! Sie mussten ihn längst gefunden haben! Doch bevor sie weiter nachdenken konnte, erfüllte Torbens keuchendes Atmen das Zimmer. »So ist das also.« Sein Gesicht war direkt vor dem Monitor, sie sah ihn im Profil, und das weißblaue Licht flimmerte um seine gerade Nase und den leichten Überbiss. »Bist du gleich zu ihm gekrochen? Zu deinem Lover?« Sie sah, wie seine Augen sich über die Zeilen bewegten, die Zeilen, die Marius geschrieben hatte. An sie. Auf ihrem eigenen PC hatte Nessy alle seine E-Mails sofort gelöscht. Weil Torben dort ab und zu hineingesehen hatte. Auf Marius' Laptop war alles noch gespeichert.
»Habt ihr's in der Klinik getrieben?«
»Kli… Klinik?« *Marius war tot!* Sie hatte doch selbst … Die zähe Flüssigkeit lief warm in ihren Mundwinkel. Sie schmeckte Blut, als sie darüber leckte.
»Warst du dort?«
»Nein!« Sie war in ihrem Zimmer gewesen, hatte gekotzt, seit sie vorletzte Nacht in die grellen Scheinwerfer gestarrt und geschrien hatte, seit der dumpfe Schlag und ein Knacken wie von morschem Holz ihr Herz zerrissen hatten und sie dann neben dem leblosen Marius gekniet war, die Arme um ihn geschlungen, ihr Gesicht an seines gepresst, halb in diesem Graben. Sie hatte geschluchzt

und gebetet, bis ihre Tränen sich mit dem Blut in seinem Haar vermischt hatten, bis sie schließlich getrocknet, seine Augen trüb und seine Haut kalt waren. Wie sie nach Hause gekommen war, wusste sie nicht. Nur, dass sie seine Mütze mitgenommen hatte und seinen Schlüsselbund. Und dass sie im Morgengrauen angefangen hatte zu erbrechen, sich an der Kloschüssel festgeklammert hatte, stundenlang, bis ihr Vater wütend an die Tür hämmerte, weil er pinkeln musste. Den ganzen Sonntag war es so weitergegangen. Liegen. Kotzen. Liegen. Kotzen. Die Seele hatte sie sich aus dem Leib gewürgt, bis nichts mehr herauskam außer Schleim und Luft und alles, was an Gefühlen in ihr war. Die Schuld, die Sehnsucht und ihr Unvermögen, sich jemandem anzuvertrauen, der ihr hätte helfen können. Nur Marius hatte alles gewusst.

»Ich ertrag das nicht«, las Torben laut. »Weißt du, wie das ist, wenn man ein Leben lang versucht, dem Alten alles recht zu machen, und nur Verachtung erlebt? Ich war ihm nie gut genug. Ich wollte kein Schauspieler werden und erst recht nicht so ein Kotzbrocken wie mein Alter. Manchmal hasse ich ihn. Ich hab so viele Träume gehabt, geliebte Nessy.« Torben schnaufte. »Geliebte Nessy.« Gepresst las er weiter: »Ich möchte so gern Medizin studieren. Das wäre echt was richtig Gutes gewesen. Meine Mutter hätte mir garantiert die Kohle dafür gegeben. Sie ist ganz okay, aber ihr dauerndes Nörgeln und ihre ständige Ausfragerei gehen mir echt auf die Nerven. Sie ist wie eine Qualle, wenn sie was von einem will. Da krieg ich keine Luft mehr. Aber Medizin hätte sie bestimmt gut gefunden. Bloß kann ich das wohl vergessen mit meinen Noten. Ich kann das gar nicht mehr alles aufholen, was ich im Herbst und im Winter versaut habe mit dem Lernen. Aber ich war so fertig wegen Torben und hab Tag und Nacht nur noch daran und an dich gedacht. Ich hab dauernd Kopfweh und Magenschmerzen gehabt. Ich war wie ohnmächtig von all dem Mist. Torben und die Schule und mein gleichgültiger Vater und du … Manchmal hat in meinem Kopf alles geflimmert, und ich musste kotzen, wenn ich morgens am Schulhof gestanden habe und wusste, dass ich jetzt in den Bunker reinmuss. Becci war voll lieb. Sie hat immer gesagt, dass sie auch oft Bauchweh hat und dass das wieder weggeht. Sie wollte mit mir nach Hause gehen, das raffinierte kleine Mädchen. Vor allem, wenn sie an dem Tag Mathe hatte. Aber das ist alles vorbei. Jetzt bist du ja da. Ich bin so froh.«

Nessy dachte an die Nacht Anfang Dezember, kurz nachdem er diese Mail geschickt hatte. Sie hatten nebeneinander auf dem schmalen Bett in dem Wohnwagen gelegen, Marius' Hand warm in ihrer. Er hatte erzählt, dass er Arzt werden wollte. Diabetologe. Sie hatte zuerst nicht verstanden, warum. Das war doch total langweilig. Da hatte er das mit der Zuckermaus erzählt und dass auch seine Mutter zuckerkrank war. Nessy hatte ein paar Wochen gebraucht, um die Bedeutung all dessen zu verstehen. Marius war echt fit gewesen, fast schon ein Experte auf dem Gebiet. Er hatte ihr alles bis ins Detail erklärt. Basal- und Bolusraten, Hypo- und Hyperglygämie. Nessy hatte erfahren, dass Diabeteskinder mit Insulinpumpe alles essen durften, worauf sie Lust haben, wenn sie nur den Blutzuckerwert prüften, die Menge der aufgenommenen Kohlehydrate in die Pumpe eintippten und die angezeigte Insulinmenge spritzten. Und sie erfuhr, wie man die leckersten Bananen-Rosinen-Cookies buk. In seiner Stimme hatte Nessy das Lächeln gehört, als er das erzählt hatte. Becci wollte Tierärztin werden. »Meine Zuckermaus liebt Tiere«, hatte Marius erzählt. »Vor allem Vögel, Mäuse, Hamster und Hasen.« Aber sie durften kein Tier zu Hause halten. Die Mutter hatte dauernd Panik, dass sie Dreck in die Insulinpumpe bringen, wenn Becci mit ihnen spielt. So ein Quatsch. Becci war schlau genug und immer vorsichtig. Als sie den Kopf zu Marius gedreht hatte, hatte sie ihn zwar nicht gesehen, aber auf ihrem Gesicht die Wärme gespürt, die von ihm ausging.

Sie hatte Marius von ihrer Mutter erzählt, dem Krebs, und von ihrem Vater, der nie darüber hinweggekommen war. Der seine Tage wie ein lebender Toter auf der Küchenbank verbrachte, Fotos anstarrte und trank. Marius hatte seine Hand sachte zurückgezogen, ihr Gesicht zwischen seine Hände genommen und ihre Tränen weggeküsst.

Nessy hatte Marius' Hände immer gemocht, seine Haut, sein sanftes Wesen und seine Zärtlichkeit. Manchmal, in ihren wenigen gemeinsamen Stunden, hatte sie das Gefühl gehabt, ihn zu bestehlen, weil sie nicht wusste, wie sie einen solchen Jungen verdient hatte. Er drohte ihr nicht bei jedem Wort, das sie sagte. Schlug sie nicht, wenn sie eine andere Meinung als die seine äußerte. All die Dinge, die fast schon normal waren, seit sie sich mit Torben eingelassen hatte. Dann hatte sie geweint, und er hatte es nicht verstanden, bis sie ihm alles erzählte. Von Torbens anfänglicher Einfühlsamkeit, die so schnell in Brutalität umgeschlagen war. Dass es zuerst nur ein Spiel für sie war, sich für das Elitesöhnchen ordinär anzuziehen, seinen Abgründen zu dienen, seiner Phantasie,

Nutten zu vergewaltigen. Aber bald schon dominierten Schmerz und Qual und Angst. Marius hatte gesagt, er rette sie. Er sei einfach nur glücklich mit ihr. Sie hatten ein gemeinsames Leben geplant und zusammengehalten. Nessy hatte Marius geholfen, Torbens Schikanen zu verkraften, und Marius hatte Nessy geholfen, seine brutalen Schläge einzustecken.

»Weißt du noch, Vanessa«, sagte Torben jetzt und betonte ihren Rufnamen, und sie schrak auf, »wie du den Rucksack von diesem Schlappschwanz im Mädchenklo versteckt hast? Wie ich ihm das geflüstert hab und er da rein ist zu den Zehn- und Elfjährigen? Wie die drinnen gekreischt und wir uns vor Lachen fast in die Hosen gepisst haben? Wir waren ein tolles Team, du und ich.«

Sie schloss kurz die Augen, sie schämte sich so sehr, dass sie sterben wollte. Mit Torben und Konstantin hatte sie Marius den Schulalltag zur Hölle gemacht. Tag für Tag. Genau geplant und immer eine Stufe härter. In den letzten Herbstferien sollte sie ihm auflauern und die Reifen seines Autos zerstechen. Sie war mit dem Mofa zu dem Supermarkt am Eck gefahren, wo er oft herumhing. War ja nicht weit.

Er hatte mit seiner Schwester vor dem Café gestanden, hatte ihr über den Kopf gestrichen, und gemeinsam hatten sie abwechselnd von einer Quarkschnecke abgebissen. Die Kleine hatte gelacht, irgendetwas geplappert und zu ihm aufgesehen, ihr Pferdeschwanz hatte gewippt, in ihrem Mundwinkel klebten Krümel. Dann hatte sie Nessy entdeckt und ihr zugewunken. »Marius, da ist eine aus der Schule«, hatte sie gerufen, und Nessy hatte zögerlich die Hand gehoben, gelächelt und innerlich geweint vor Scham. Rebecca war zu ihr gerannt und hatte ihr ein Stück Quarkschnecke angeboten. Sie war so ausgelassen und unbeschwert. »Hallo«, hatte Nessy zu Marius gesagt und ihre Finger fest um das Klappmesser in ihrer Hosentasche geschlossen. Noch bevor sie wusste, was mit ihr geschah, sprudelten wirre Worte der Entschuldigung aus ihrem Mund. Für das Ignorieren, für Facebook und StudiVZ und für den Rucksack im Klo. Marius hatte genickt. »Ich weiß, dass du kein schlechter Mensch bist. Du … du gefällst mir schon so lange.«

»Ein Team mit dir – das ist ein halbes Leben her«, flüsterte sie jetzt, doch Torben las weiter.

In den Wochen nach dem Treffen beim Supermarkt hatten sie viel geredet, sich berührt, geliebt, sich manchmal nur im Arm gehalten und überlegt, wie sie Torben auffliegen lassen konnten. Sie hatte dem Anwaltssohn gegenüber so getan, als mache ihr das Mobbing keinen Spaß mehr. Doch je mehr sie sich zurückzog, desto brutaler war Torben geworden – und desto größer ihre Liebe zu dem schüchternen Jungen. Bis dieser Tag kam, an dem sie Marius zum ersten Mal wütend gesehen hatte. Nein, nicht wütend, sondern voller Zorn. Unbändigem Zorn. Nicht an ihr hatte er ihn ausgelassen, sondern auf ihr Bett eingeschlagen und gebrüllt wie ein verletztes Tier, sie hatte in der Ecke gestanden, die Arme an die Seiten gepresst, bis er lautlos zusammengesunken war. Da war sie zögerlich zu ihm gegangen, hatte ihm über den knochigen, schmalen Rücken gestrichen. Er hatte sie gepackt und auf das Bett gezerrt, ihr die Bluse heruntergerissen und war über sie hergefallen. Sie hatte sich nicht gewehrt, und hinterher hatte er geweint und sich entschuldigt. »Was hast du?«, hatte sie geflüstert, und er hatte mit rauher Stimme geantwortet: »Günther Assmann ist nicht mein Vater.« Erst später hatte sie erkannt, dass es kein Zorn war, was ihn seit diesem Tag immer mehr veränderte, sondern Verzweiflung.

»Habe ich es doch gewusst!« Torbens leicht vibrierende Stimme riss sie aus ihren Gedanken. »Du hattest was mit dem Schlappschwanz.« Sein Gesicht war nur wenige Zentimeter vor dem Monitor. »Du bist tatsächlich auf seine billige Anmache eingegangen.« Plötzlich lachte er auf, lehnte sich zurück, las kurz weiter, lachte wieder, bis er fast wieherte.

Nessy schlang die Arme um ihren Oberkörper, ihr wurde kalt, ihre Wange pulsierte heiß an der Stelle, an der Torbens Faust sie getroffen hatte.

»Ihr habt es echt nicht kapiert.«

»Was?«, fragte sie voller Angst.

»Kuckuck, Kuckuck«, ahmte er den Tonfall des Vogels nach.

Torbens Lachen wurde leiser, nicht wirklich, aber in ihrem Kopf, und sie sah Marius vor sich, wie er ein paar Tage nach der Sache mit dem falschen Vater hier am Fenster gestanden und in den verwilderten Garten geblickt hatte. Draußen dämmerte es, Nessy stand schräg hinter ihm, etwa zwei Meter entfernt, wagte es nicht, ihn zu berühren. Im Zimmer brannte nur eine Kerze, und sein Gesicht spiegelte sich in der Scheibe. Die Augen hinter der Brille sah sie nur verwaschen, und sein Mund bewegte sich verzerrt in der Scheibe, als er sagte: »Ich wollte vorhin mit dem Alten reden. Er hat mich gefragt, ob es um meine Ausbildung als Schauspieler ginge. Ich hab nein gesagt. Weißt du, was er da geantwortet hat?« Kurz drehte Marius sich zu Nessy. »›Komm wieder, wenn du Pläne hast. Und jetzt lass mich meinen Text lernen.‹ Ich bin stehen geblieben. Hab ihn gefragt, ob er mir nichts zu sagen habe. Und er hat gesagt, ›nein, und jetzt geh bitte, ich brauche Ruhe‹.« Marius nahm die Brille ab und schloss die Augen. Zwischen seinen Lidern quollen Tränen hervor, die Tropfen hingen kurz an den langen Wimpern und fielen dann auf sein Gesicht. Erst da hatte Nessy ihn in den Arm genommen und lange festgehalten. In dieser Nacht hatten sie ihren Plan geschmiedet.

»Kuckuck? Was … Was meinst du?«

»Dass das *meine* Idee war.«

Es dauerte einige Sekunden, bis sie erfasste, was Torben ihr da mitgeteilt hatte. Sie rutschte aus der Ecke hervor. »*Deine* Idee?« Marius hatte von irgendwelchen Papieren in seinem Elternhaus geredet, die er zufällig gefunden hätte. In denen als Vater »unbekannt« eingetragen war. Sie hatte nicht nachgefragt, was für Papiere.

»Na klar. Ist bloß schiefgegangen. Ich dachte, er lässt dich in Ruhe, wenn ich ihm was Wichtigeres zum Denken gebe. Etwas eigenes.« Er nickte zum Monitor hin. »Stattdessen kriecht er zu dir und bettelt um Hilfe. Memme. Ich hab ihm so ganz im Vertrauen erzählt, dass da was über den Schreibtisch meines Vaters gelaufen sei. Dass ich das zufällig mitbekommen habe. Und dass er mal vergleichen solle. Sein Gesicht und das seines Alten. Seine Milchbubinase. Das leichte Schielen und die Kurzsichtigkeit. Der Schlappschwanz kann keinen einzigen Satz richtig formulieren. Und das als Sohn eines Schauspielers?« Er lachte. »War nicht schwer, ihm das beizubringen.«

»Du mieses Schwein«, flüsterte sie und schob sich bis zur Bettkante. Warum hatte Marius sich ihr nicht anver-

traut? War seine Scham so groß gewesen? Und jetzt sollte seine ganze Qual umsonst gewesen sein? Günther Assmann *war* der leibliche Vater? »Es hat dir nicht gereicht, ihn monatelang zu quälen. Du musstest demjenigen das Leben zerstören, der am schwächsten ist.«
Mit drei Schritten war er bei ihr, legte den Zeigefinger unter ihr Kinn, und seine kalten Augen schienen sie blenden zu wollen. »Noch ein Wort, und du stehst heute nicht mehr von diesem Bett auf.« Er schlüpfte in seine Jacke und klemmte Aktentasche und Laptop unter den Arm. »Schön, dass ihr euch so viel geschrieben habt. Sogar über euer Liebesnest und über mich. Wartet er dort auf dich, ja? Ihr haltet mich alle für blöd, oder? Du und die Bullen mit dieser idiotischen Masche, Marius sei gefunden und läge in der Uniklinik. Als ob der Entführer« – er betonte jede Silbe des letzten Wortes und grinste – »so blöd wäre, direkt dorthin und den Bullen in die Arme zu rennen!« Torben ließ das Klappmesser in seiner Tasche klacken.
Nessy kannte das Geräusch, und kurz wurde ihr schwindelig.
»Der Laptop sollte nicht in die Hände der Polizei gelangen. Den nehme ich lieber mit. Steht einfach zu viel über uns drin. Und die da« – er ließ Nessys und Marius' Schlüsselbunde in seine Jackentasche gleiten – »gehen auch mit. Wird schon der richtige dabei sein. Und jetzt kümmere ich mich um deinen Lover und die zarte Zuckermaus. Nicht gut, wenn man es mit meiner Freundin treibt.« Zuletzt raunte er: »Wir wären wirklich ein gutes Team gewesen, du und ich. So viel kriminelle Energie! Hätte ich dir gar nicht zugetraut. Puppe.«
Nessy fühlte das Brennen auf ihrer Wange, als er hinaus-

ging. Sie lauschte auf seine Schritte, die mit jeder knarrenden Stufe leiser wurden, dachte an Rebecca, die da draußen sterben würde, und an ihren Besuch bei der verheulten Mutter in der Luxusküche. Bei der Frau mit dem vielen Geld und den wenigen Freunden, die ihr so leidtat. Damals hatte Nessy noch geglaubt, alles würde gut werden.

Sie würgte, als Torben sich, ganz Anwaltssohn, zuvorkommend von ihrem Vater verabschiedete: »Ich muss leider gehen, Herr Sigismund. Könnten Sie Vanessa einen Tee bringen? Ihr ist nicht gut, sie ist im Bad gestürzt. Sie braucht Wärme und Ruhe.«

Nichts würde je wieder gut werden.

Sie trat ans Fenster. Es war das erste Mal gewesen, dass er sie ins Gesicht geschlagen hatte. Die Quetschungen und Schnitte an den Oberarmen und Beinen hatte sie verstecken können, doch jetzt ... Unten kam Torben aus dem Haus, zog das Messer aus der Tasche, ließ es aufschnappen und zerstach mit zwei harten Bewegungen die Reifen ihres Mofas. Dann fummelte er am Tank herum. Kurz darauf schlug das morsche Gartentor, das Torben nicht geschlossen hatte, im Regen, den der Wind hart durch das braune Gestrüpp im Garten peitschte.

Später

Ich war mit ihm verbunden. So intensiv wie die Sonne, die jetzt die morgendliche Landschaft in pures Gold taucht. Die Ackerschollen dampfen unter der Wärme der Strahlen. Die Vögel piepsen, trällern und gurren mit tausenderlei Stimmen. Mein Abschiedskonzert, wenn nun gleich der letzte Vorhang fällt.

Als Günther an dem Premiereabend von der Bühne gestürmt ist, habe ich gewusst, dass dies das Ende unserer Geschichte sein würde. Seine Kraft war zu Ende. Er hatte aufgegeben. Sich. Mich. Er hat auch nicht mehr mit mir gesprochen. Nur Rebecca war ihm noch wichtig. So wie damals Annika.

Den Baumstamm in meinem Rücken spüre ich nicht mehr. Die ganze Nacht habe ich hier gesessen, Emotionen durchlebt, Emotionen getötet.

Ich lausche den Vögeln. Es ist so friedlich hier. So licht. So leicht. Eine gute Abschiedsstunde.

Marius war dieses letzte Glück nicht vergönnt gewesen.

Der Traktor auf dem Feld zieht in der Ferne monoton seine Bahnen, sein Knattern dringt gedämpft bis zu mir. Die Amsel dagegen sitzt zum Greifen nahe in dem Geäst der Birke.

Ich wundere mich, dass ihn so lange niemand gefun-

den hat. Armer Junge. Aber noch mehr wundere ich mich, dass es bei Annika so lange gedauert hat. Zwanzig Jahre.

Wir waren alle so überzeugend gewesen damals, an diesem Maiabend und in den Wochen danach. Genauso überzeugend wie Günther am Premiereabend des Faust. Günther, der Betrogene. Günther, das Opfer. Günther – der Lene ein halbes Kinderleben lang betrogen hat.

Ich denke so oft an unser erstes heimliches Treffen zurück. Hier, an diesem Ort. In dem kleinen Wohnwagen. Unserem Sündenpfuhl. Es ist eine gute Zeit gewesen. Ein guter Ort. Ich bin wieder hier.

Die Amsel fliegt fort, und als sie aufsteigt und immer kleiner wird, scheinen erst ihre Flügelspitzen, dann der ganze Körper im Sonnenlicht zu verglühen. Der Traktor knattert gleichgültig weiter. So gleichgültig, wie die Welt auf mein Bemühen reagiert hat. Und so gleichgültig, wie ihr die drei Toten in diesem kleinen Weltdrama sein werdet.

33

Montag, 15 Uhr

Freitag legte einen von zwei gelben Notizzetteln vor Ehrlinspiel auf den Schreibtisch. »Zuerst die gute Nachricht. Die alte Frau, die, zusammen mit ihrem Freund, den toten Marius gefunden hat, ist über den Berg.«

»Das freut mich. Wirklich!« Und er meinte es so. »Und die schlechte Nachricht?«

Freitag legte den zweiten Zettel hin.

»Eine Autonummer«, stellte Ehrlinspiel fest.

»Von Günther Assmanns Jeep Grand Cherokee. Notiert am letzten Donnerstag, einundzwanzigster März, zehn Uhr fünfzehn, Ecke Günterstal- / Prinz-Eugen-Straße. Von einem Franz Angleitner.«

Ehrlinspiel, der sich gerade setzen wollte, blickte Freitag ungläubig an. »Das ist eine Stunde nach dem Verschwinden von Marius und Rebecca! Und genau dort, wo sich ihre Spur verliert. Bei dem Stromhäuschen an der Straßenbahn-Haltestelle.«

»Exakt. Herr Angleitner hat Assmanns Wagen beim Ausparken angefahren. Er ist Pharmavertreter aus Wien und hatte einen wichtigen Termin. Weil er nicht warten konnte, hat er einen Zettel an den Wagen gehängt. Der Fahrer hat sich aber nicht gemeldet, und Angleitner hat gedacht, seine Nachricht sei vielleicht verlorengegangen. Ergo hat er jetzt bei den Kollegen vom Revier Süd nach-

gefragt. Die haben die Nummer in die Datenbank eingegeben … voilà.«
»Assmann«, flüsterte Ehrlinspiel und kniff die Augen zusammen. »Also doch!«
»Wir haben Edith Berger nicht erreicht, dort geht niemand ans Telefon. Dafür haben wir drei Kollegen aus dem Faust-Ensemble direkt im Theater erwischt. Ein Raphaèl Mestmäcker, der den Mephisto spielt, sagt, dass Assmann am Donnerstagvormittag vielleicht pünktlich um zehn Uhr da war, vielleicht aber auch nicht. Eine Rita Zaff sagt genau dasselbe. Und der Regisseur, der sich einfach nur Pjotr nennt« – er hob die Augenbrauen –, »hat Apfel essend gesagt, ›Katastroffe, der Mann, Katastroffe, kommt und geht, wie ihm passt‹. Ein ganz schön exzentrischer Haufen, diese Schauspieler. Mal charmant, mal arrogant, manchmal meint man, sie lieben sich kreuz und quer, und dann wieder, dass sie einander abgrundtief hassen. Sind Künstler so?«
»Keine Ahnung. Aber Assmann haben offenbar alle gehasst.«
»Außer Edith Berger.«
Ehrlinspiel trat ans Fenster und sah auf die riesige Blutbuche hinab. Von den Blättern, die bald dunkelrot und groß, im Herbst aber grün sein würden und die jetzt zart aus allen Ästen sprossen, troff das Wasser in den Innenhof der Polizeidirektion. Es war dieser Blick auf den alten Baum, bei dem er am besten nachdenken konnte. Hätte der Baum eine Stimme, er könnte Geschichten aus Jahrhunderten erzählen. »Ich hab auch was für dich«, sagte er dann. »Marius wurde gemobbt. Und im Zuge dessen hat dieser Torben ihm weisgemacht, Günther Assmann sei nicht sein Vater.« Er berichtete von dem

Besuch in der Schule. Zwei Kollegen mit Regenschirmen gingen währenddessen durch den Hinterhof und verschwanden Richtung Carport. Schließlich drehte Ehrlinspiel sich um. »Jetzt passt alles.«
»Und wie?«
»Wir haben bisher ausgeschlossen, dass Assmann hinter dem Ganzen steckt. Aber nehmen wir einmal an, Torben sagt die Wahrheit. Er will sich an Marius rächen, weil der sich in Vanessa verliebt hat. Also denkt der Anwaltssohn sich diese Story aus. So weit, so gut. Nun tut Marius das, was naheliegt: Er fragt Assmann, ob es stimmt, dass nicht er ihn gezeugt hat. Oder Marius wirft ihm gleich an den Kopf, dass er nicht sein leiblicher Vater sei. Natürlich leugnet Günther Assmann – zu Recht. Aber: Jetzt sieht er seine Chance, um Aufmerksamkeit zu erregen. Er greift Torbens Idee auf, entführt seine eigenen Kinder und stilisiert sich zum Opfer.«
»Ich weiß nicht, Moritz.« Freitag ging um den Schreibtisch herum. »Warum sollte Assmann sich seine Karriere versauen? Bei dem Punkt waren wir doch schon. Das ist doch unlogisch!«
»Vielleicht hat er sie gar nicht versaut. Stell dir mal vor, es kommt heraus, dass er zu Unrecht beschuldigt worden ist. Dass er auf die Chance seines Lebens verzichtet und sich öffentlich bekannt hat, ein Versager und Betrogener zu sein, um die Kinder zu retten. Und das, obwohl er zu dem Zeitpunkt glauben musste, dass zumindest Marius ein Kuckuckskind ist. Und dann fliegt auf, dass er das alles vergebens getan hat. Er wäre ein Held! Die Herzen würden ihm zufliegen, Mitleid, Bewunderung … Genau wie damals bei Annika. Die Engagements würden ihm wahrscheinlich nachgeworfen.«

»Jo wird dir die Füße küssen.« Freitag schmunzelte und wurde sofort wieder ernst. »Fingierte Entführung? Interessante Überlegung. Aber dass er Marius überfahren hat, glaube ich nicht. Dann müsste er ein weitaus besserer Schauspieler sein, als alle behaupten. Dann wäre er schon längst in Wien.«
»Marius ist geflohen und hatte einen Unfall – das ist meine Meinung. In der Rechtsmedizin hat Assmann laut gesagt, er habe ihn umgebracht. Mir kam das schon heute früh seltsam vor. Er war gar nicht mehr zurechnungsfähig.«
»Weil sein Plan schiefgegangen ist – und der Preis dafür Marius' Leben war?«
»Ja. Das alles erklärt auch, warum er anfangs so ruhig war, so unbesorgt, und keine offizielle Suche wollte. Für ihn hat es nämlich nie einen Zweifel daran gegeben, dass die Kinder zurückkommen.«
Freitag strich sich durchs Haar. Er wirkte müde. »Assmann hat Nachrichten auf sein Handy bekommen, als Jo neben ihm saß. Die hat er sich garantiert nicht selbst geschickt.«
Sie blickten einander an.
»Lene Assmann?«, sagte Ehrlinspiel.
»Oder ein anderer Helfer. Lene … Das ist schwer vorstellbar, wenn man sie erlebt. Ihre Sorge um Rebecca ist authentisch.«
»Vielleicht ist sie ja die bessere Schauspielerin als ihr Mann.«
»Edith Berger? Seine seit Jahren ach so treue Freundin? Mir fällt sonst niemand ein, der oder die ihm einen solchen Dienst erweisen würde. Andererseits: Versaut sich eine wie die Berger die eigene Inszenierung und ihren

Ruf? Sie ist hauptverantwortlich für die Auswahl der Schauspieler!«
»Wir fahren zu den Assmanns. Josianne ist auch noch dort.«
Freitag nahm eine Tafel Zartbitterschokolade aus der obersten Schreibtischschublade und streckte sie seinem Freund hin. »Du hast sicher noch nicht gefrühstückt.«
Ehrlinspiel lehnte ab. »Sorry, aber mir wird echt übel. Zu Hause findet Marius keine Unterstützung, niemand hört ihm zu. In der Schule wird er gemobbt, dann vom eigenen Vater entführt, und kurz darauf stirbt er so grausam und liegt wie ein Stück Müll einen ganzen Tag im Graben. Was für ein Scheißleben.« Er griff nach dem Wagenschlüssel. Die von Lederle angeordneten zwei Stunden Schlaf mussten warten.

»Sie sollten uns das erklären.« Ehrlinspiel verschränkte die Arme. Jo Krenz stand neben Lene Assmann im Wohnzimmer. Er hatte seine beiden Kollegen hereingelassen und erklärt, dass er aus Konstantin nichts herausbekommen habe, seine Aussagen deckten sich mit denen von Torben. So war Jo direkt hierhergefahren, um zu sehen, ob Assmann endlich da war. Der Jeep parkte vor der Villa, seit heute Nacht. Doch von dem Schauspieler selbst fehlte noch immer jede Spur. Josianne, die mittlerweile hohes Fieber hatte, war nach Hause gefahren. Jo wirkte angespannt.
Lene Assmann schüttelte den Kopf. »Ich habe keine Ahnung! Günther ist um kurz nach neun mit den Kindern losgefahren. Er hatte ab zehn Uhr Probe. Wie jeden Tag! Er war im Theater!« Ihr Blick flackerte. »Jedenfalls … gehe ich davon aus. Er *kann* um Viertel nach zehn nicht

in der Stadt gewesen sein. Wirklich! Das muss eine Verwechslung sein. Günther hat einen Tiefgaragenplatz am Konzerthaus, nur wenige hundert Meter vom Theater weg. Da steht der Jeep bis zum Ende der Probe. Das können Sie doch bestimmt auf seiner Karte überprüfen.«

»Welche Karte?«

»Auf der Parkkarte. Das ist eine für Langzeitparker. Eine Codekarte. Sie liegt im Wagen. Das muss doch registriert werden, wenn er raus- und reinfährt.«

»Freitag, kannst du das klären?« Es war eine Formsache. Sie waren sicher, dass Assmann nicht vor halb elf in die Garage hineingefahren sein konnte.

»Wo ist der Wagenschlüssel, Frau Assmann? Wir brauchen wahrscheinlich die Nummer der Codekarte.«

»Über der Spüle in der Küche steht eine silberne Dose. Darin sind alle unsere Ersatzschlüssel. Von Günthers Jeep gibt es zwei.«

Freitag ging hinaus.

»Wo ist Ihr Mann jetzt?« Ehrlinspiels Befürchtungen schienen sich zu bestätigen: Assmann war abgehauen. Fast wollte er beten, dass Assmann bei Rebecca war und diese versorgte.

Die blonde, große Frau sank auf das Sofa und knetete ihre Hände. Schüttelte den Kopf. »Bitte«, flüsterte sie, »sagen Sie mir die Wahrheit. Halten Sie ihn für … schuldig? Hat er … hat er dann auch Marius …?«

»Frau Assmann, falls Sie wissen, wo Ihr Mann sich aufhält, dann sagen Sie es uns.« Jo setzte sich neben sie.

»Ich weiß es nicht. Wirklich. Ich habe ihn nicht gesehen, seit wir unseren Sohn heute Morgen identifiziert haben.«

»Ihr Mann sprach davon, dass er Marius getötet habe. Sie haben es gehört.«

Sie nickte.
»Was meinte er genau damit?«, fragte Ehrlinspiel. Jetzt, wo er ihr gegenüberstand, konnte er sich nicht vorstellen, dass sie mit ihrem Mann unter einer Decke steckte.
Aus der Küche war ein metallenes Klappern zu hören.
Lene sah kurz Jo an, dann blickte sie zu Ehrlinspiel auf. Ihre Augen waren gerötet, aber ihre Stimme fest. »Günther ist kein schlechter Mensch. Er würde den Kindern nie etwas antun. Er … er kann nur nicht anders. Er war nicht immer so gleichgültig und karrierebesessen. Er … er hat sich verändert, seit Annika verschwunden ist, er ist … distanzierter geworden. Aber er ist nicht wirklich kalt. Er hofft nur, er … sucht, er … Mein Mann ist kein Mörder!«
»Warum verteidigen Sie ihn? Er lässt Sie und die Kinder seit Jahren im Stich. Ist es nicht so?«
Sie presste die Lippen aufeinander, weinte, und Jo legte die Hand auf ihren Oberarm. Sollte das ein Guter-Cop-böser-Cop-Spiel werden?
»Wie ist sein Verhältnis zu Rebecca?«
Lene fuhr mit einem Ruck hoch. »Warum stellen Sie immer und immer wieder diese überflüssigen Fragen? Warum sind Sie nicht da draußen und suchen meine Tochter? Warum?« Ihre Stimme überschlug sich.
Freitag kam zurück. Er kippte den Inhalt der Schatulle auf den Glastisch.
»Nur ein einziger Jeepschlüssel.«
»Das kann nicht sein!«, sagte Lene Assmann.
»Gibt es noch jemanden, der mit dem Wagen gefahren ist?« Er nahm sein Handy aus der Tasche, telefonierte, und alles war still, während Freitag sich hin und her ver-

binden ließ, bis er offenbar bei den Betreibern des Parkhauses gelandet war. »Zugelassen auf Günther Assmann«, sagte er und nannte die Autonummer. »Mhm«, dann: »Verstehe«, und dann: »Kein Zweifel?« Als er auflegte, war er ernst. »Der Jeep ist um neun Uhr siebenundzwanzig in die Tiefgarage eingefahren.«
»Ich wusste es!« Lene sah zu Jo Krenz, lächelte in all dem Unglück. Jo lächelte verhalten zurück.
»Um zehn Uhr drei hat der Jeep die Tiefgarage wieder verlassen.«
»Was?« Lene schwankte. »Aber …«
»Sind Sie mit dem Wagen gefahren?«
»Nein, nein, wirklich nicht, ich …« Sie verstummte, und eine bedrückende Stille legte sich über die riesige Villa. Sie denkt dasselbe wie ich, dachte Ehrlinspiel und sah Freitag und Jo an.
»Marius«, flüsterte Lene Assmann nach einer Ewigkeit. Der Hauptkommissar nickte. Hinter seinen Schläfen breitete sich der vertraute, drückende Schmerz aus. Gleichzeitig rebellierte sein Magen. Kein einziger Hinweis, keine Spur hatten bisher auf Marius als Täter hingedeutet. Im Gegenteil. Doch die neuen Fakten ließen nur diesen Schluss zu. Marius war als Einziger an den Ersatzschlüssel herangekommen. Marius hatte geglaubt, dass Assmann nicht sein Vater war. Er war enttäuscht gewesen, zornig vielleicht und voller Rachegedanken gegen seine Eltern. Und so hatte er die falsche Entführung geplant. Wahrscheinlich hatte Rebecca an der Haltestelle gewartet, bis er das Auto geholt hatte. Dort, wo sich die Spuren verlieren. Sie waren in ihr Versteck gefahren, und Marius hatte den Wagen zurückgebracht. Marius war nicht aus einem Gefängnis

geflohen oder freigelassen worden. Er war die ganze Zeit frei gewesen. Konnte herumlaufen, Nachrichten verschicken und sich ansonsten mit seiner Schwester verstecken. Bis er überfahren wurde. Und Marius war auch der Einzige gewesen, der wusste, wo sich die schwerkranke Rebecca aufhielt.

34

Er konnte sich nicht vorstellen, dass er irgendetwas finden würde. Doch jetzt, nur wenige hundert Meter von diesem unglückseligen Todesort entfernt, von dem Graben, in dem Marius gelegen hatte, dachte er sich die verrücktesten Dinge aus, nur um den Gedanken zu vertreiben, dass auch Rebecca tot irgendwo lag.
Günthers Kleider hingen schwer an seinem Körper, vollgesogen mit dem Wasser, das sich erbarmungslos aus dichten Wolken über die Felder am Waldrand ergoss und die Landschaft in ein bleigraues Licht tauchte. Er schwitzte, als er mit jedem Schritt in den aufgeweichten Boden und in schlammige Pfützen sank, bis die Nässe in seinen spitzen Stiefeln schmatzte, die er noch immer nicht gewechselt hatte.
Bei der Universität hatte er ein Fahrrad genommen, das nicht abgeschlossen gewesen war. Irgendwo am Waldrand hatte er es achtlos ins Gestrüpp geworfen.
Er musste derjenige sein, der Rebecca fand. Egal, ob tot oder lebendig, das war er ihr schuldig. Die Polizei durfte sie nicht anfassen! Er hatte Rebecca ihr Leben lang mit seiner Unfähigkeit, sie zu lieben, bestraft. Nur dieses eine Mal, dieses *verdammte* eine Mal, musste ihm irgendetwas in seinem verpfuschten Versagerleben gelingen!
Hundegebell ließ ihn stehen bleiben. Rasch huschte er hinter einen Baum am Waldrand, rutschte aus, klammerte sich an dem glitschigen Stamm fest und blinzelte durch

die dicken Regenfäden. Nein, er hatte sich nicht geirrt. Am Ende des Ackers bewegten sich Leute. Dicht an dicht und winzig schwankten sie durch das Dämmerlicht, das den Tag wie einen Novemberabend erscheinen ließ. Um sie herum sprangen Hunde.
Die Polizei suchte die Gegend ab!
Er schlug sich ein paar Meter in den Wald hinein, kämpfte sich parallel zu dem Weg am Waldrand vorwärts. Äste und Dornen bohrten sich durch seine Hose, zerkratzten seine Beine, es war ihm egal. Rebecca! Das alles durfte nicht wie bei Annika enden. Nicht so, bitte nicht! Auch bei ihr war er umhergeirrt, verdreckt und verzweifelt. Nur, dass es trocken gewesen war und er genau wusste, wohin er wollte, dass er Annika bei sich gehabt und dann für immer losgelassen hatte. Rebecca war das Einzige, was ihm blieb! »Rebecca«, keuchte er leise, »wo bist du.« Das Hundegebell wurde lauter. »Ich habe das nicht gewollt.«
Plötzlich knackte es nicht weit vor ihm, und eine Männerstimme rief: »Hey, ich habe etwas.«
Rasch kauerte er sich zusammen. Robbte auf allen vieren weiter.
Der Mann, der gerufen hatte, stand am Rand eines Waldwegs und hielt einen Motorradhelm hoch. Ein hellgrauer Poncho reichte ihm bis fast zu den Knöcheln, die Kapuze hatte er tief in die Stirn gezogen.
Günther kannte weder den Mann noch den Helm. Wie auch? Marius war nicht Motorrad gefahren. Oder doch? Er schluckte, schämte sich seines Unwissens. So viele Jahre, so viele verschwendete Jahre. Vertan mit einer Karriere, die keine war und werden konnte, und mit einer alten, hässlichen Frau, die seine Sucht nach Erfolg

mit zahllosen Versprechen geschürt und ihn dafür mit Sex hatte bezahlen lassen. Bei den Gedanken an Edith musste er würgen. Ihr Körper, die schlaffen Brüste, das aufgequollene Gesicht mit den Tränensäcken. Doch konnte er ihr Vorwürfe machen? Ihre sexuelle Gier war auf seine Karrieregier getroffen. Er hatte Rollen gestohlen, Kollegen betrogen, sie hintenherum angeschwärzt. Dass es eine Zeit gegeben hatte, in der er Edith wirklich begehrt hatte, vor Lene, daran konnte er sich kaum erinnern. Alles vor Annika war Leere. Illusion.

Ein paar Männer liefen zu dem Polizisten mit dem Helm. Sie trugen alle dieselben Umhänge, wirkten wie Mitglieder einer Verschwörung.

Nein, dachte er, das *Danach* ist Illusion. Mein ganzes Leben. Ein schlechtes Theaterstück mit noch schlechteren Darstellern. Und der mieseste bin ich selbst.

Als Marius ihn zum ersten Mal angesehen hatte, aus winzigen Augen, seine Haut noch ganz verschrumpelt und feucht, zwischen weißen Laken und aufgeregten Hebammen, hatte er nichts gespürt. Er hatte das Baby in den Arm genommen und an Annika gedacht. Hatte Marius ein Schlaflied vorgesummt und um seinen Engel mit den Sommersprossen geweint. Gespielt hatte er nie mit dem Jungen, das hatte er Lene überlassen. Als acht Jahre später Rebecca zur Welt kam, war es noch schlimmer. Die Ähnlichkeit mit Annika brachte ihn fast um den Verstand. Er floh, er heulte, hätte Lene schlagen mögen, wenn sie fragte, was er essen wollte, wo er war, was er vorhabe und ob er, wenn er wieder schlaflos im Bett lag, eine ihrer Schlaftabletten wolle. Er stritt mit seiner Frau, die ihm immer vergab und ihn unterstützte, wenn er irgendwelche viel zu anspruchsvollen Rollen lernte und

beim Vorsprechen wieder und wieder auf die Schnauze fiel.
Fünfmal, zehnmal, zwanzigmal wollte er davonlaufen. Vor Lenes Überliebe und später vor ihren subtilen Vorwürfen, weil er ihre Gefühle nicht im selben Maß erwiderte, vor ihrem Reichtum, den Kindern, die er nie hatte lieben können. Doch da war dieses Versprechen. Am dreiundzwanzigsten Mai 1993, nachdem er allein das getan hatte, was weder Lene noch Uwe über sich gebracht hatten. »Ich bin an deiner Seite, Lene. Ich liebe dich. Ich werde zu dir stehen, immer. Bis zu meinem Tod. Das ist ein Schwur für ewig.«
Seine Faust donnerte gegen den Baumstamm, Millionen Tropfen fielen aus der Baumkrone auf sein Haar und in seinen Kragen.
Seine Worte zu Lene, ausgesprochen, nachdem er ohne Annika zurückgekommen war und Uwe schnell seine Hand aus Lenes gezogen hatte. Wie zwei unschuldige Kinder hatten sie dort gesessen, auf dem Boden von Annikas Zimmer, daneben der Teddybär. Günthers Schuhe hatten erdige Spuren auf dem hellen Teppich hinterlassen. Die hatte er gesehen. Den Rest nicht. Wie hatte er nur so blind sein können, so naiv! Da konnte Uwe ihm erzählen, was er wollte.
Die Männer gingen weiter. Den Helm packten sie in eine transparente Tüte. Die Hunde gingen mit ihnen, und er atmete auf. Regen. Er hielt sein Gesicht in das herabprasselnde Wasser. Es hatte ihn gerettet.
Am Waldrand erklang ein Motorengeräusch, er hörte Wasser spritzen und Reifen knirschen, und durch das Unterholz erkannte er zwei blau-weiße Kastenwägen. Mannschaftsfahrzeuge der Polizei.

Auf Höhe der Kreuzung, an der Marius gelegen hatte, kniete er sich ins Gestrüpp, faltete die Hände. An Gott glaubte er schon lange nicht mehr, aber er musste irgendwie Abbitte leisten. Jemand musste ihm diese Schuld von den Schultern nehmen. »Gott«, betete er, »lass mich Rebecca finden. Meinen Engel, meine Annika.«
Er stand auf. Schüttelte sich. *Rebecca, Annika, Annika, Rebecca.* Zwei Mädchen – ein Engel. Ich beginne zu phantasieren!
Heute Vormittag bei Uwe, da war er sich so sicher gewesen. Uwe musste der Vater von Marius sein. Aber konnte er seiner Erinnerung überhaupt trauen? Sich selbst noch trauen? Seine Wahrnehmung spielte verrückt! Sogar diese Frau da, die mit der Katze vor der Tür gestanden hatte … Sogar da glaubte er schon, dass er sie kannte. Das war doch verrückt! Er war sicher, sie im Theater gesehen zu haben. Mit Kommissar Ehrlinspiel. Vielleicht … ja, so musste es sein! Sie war auch von der Polizei. Sie schnüffelte herum, ohne ihre Identität preiszugeben! Gut, dass er einfach abgehauen war. Sie hatte alles gehört. Hoffentlich war Uwe nicht so dumm und würde sie einfach gehen lassen. Aber so blöd konnte nicht einmal der Herr Tierheilpraktiker sein. Er steckt schließlich genauso mit drin.
Er lief aus dem Wald hinaus auf das freie Feld. Die Polizisten waren weitergezogen, er sah sie nur noch als Punkte am grauen Horizont.
Er hatte gleich gewusst, dass er diesem Ehrlinspiel nicht trauen konnte. Er war ein Heuchler. Wie Krenz. Wie alle. Sogar wie Uwe, der den Gleichgültigen gegeben hatte. Als könne er sich jetzt einfach so aus der Affäre stehlen. Als hätten sie kein gemeinsames Verbrechen be-

gangen! Wie Edith, die gestern Abend einfach abgehauen war! Und wie Lene, die es nicht einmal ins Theater geschafft hatte. Schwach! Alle schwach! Feiglinge!
Aber *er* würde jetzt durchhalten. *Er* würde den Engel finden!
Er drehte sich ein paar Mal um sich selbst. Wohin? In Richtung der Häuser am Ende des Weges, weg vom Wald? Weiter an den Bäumen entlang, wo der Acker brachlag und wo es nach Tod und Moder roch? Er starrte über die Wiesen, lauschte auf das Gluckern, das von allen Seiten zu hören war, blickte über die Wipfel der Tannen, die wie Wegweiser in den Himmel zeigten.
Und wenn sein Engel gerettet war, dann gnade denen, die all das zu verantworten hatten.

35

Montagnachmittag

Wer war das?« Mit beiden Händen raffte Edith eine knielange Strickjacke vor ihrer Brust. Sie stand barfuß in der Tür. Elend, verlebt, so welk wie eine der Frauenfiguren aus Harold Pinters Dramen.

»Eine Kundin.« Uwe deutete auf die Transportbox, die neben der Tür zu den Außengehegen stand. Sie war leer. Sie nickte, stellte keine Fragen, und Uwe überlegte, ob Edith Günther nicht gesehen und ob sie außerdem die Frau nicht erkannt hatte, die ihm vor wenigen Minuten nachgesehen hatte, als er den Siamkater hinaustrug. Wie er gehofft hatte, war sie ihm gefolgt.

Natürlich hatte Hanna Brock in Jeans nicht so elegant ausgesehen wie gestern Abend in dem pinkfarbenen Seidenkleid. Und Edith hatte wohl nur Augen für eines gehabt … nein, für *einen!* Hass, Zorn, Trauer, Enttäuschung … Sofort zog sich dieses kalte Stahlband eng um seine Brust und nahm ihm die Luft zum Atmen. Hau nur ab, Günther, es wird dir nichts nützen, dachte er und sagte: »Lass uns einen Tee trinken.« Er ging an Edith vorbei, ohne sie anzusehen, ins Wohnhaus und die schmale Holztreppe hinauf in die Küche.

»Wuff.« Streuner gähnte sein zahnloses Gähnen und humpelte herbei.

Mechanisch strich Uwe über den struppigen Hundekopf und setzte den Wasserkessel auf den Gasherd. Kurz leckten die blauen Flammen am Rand des Kessels entlang, dann zogen sie sich zurück, und ganz leise begann das Wasser zu brodeln.

Hinter ihm knarrten die Treppenstufen. Er sah sich nicht um, sondern schnitt die Ingwerstückchen klein und warf sie in das dampfende Wasser, so wie er es seit siebenundzwanzig Jahren jeden Tag tat. Abends, kurz bevor sie nach Hause kam, manchmal am Tag, wenn sie keine Probe hatte und er ihr die Tasse nebenan in das kleine Arbeitszimmer brachte, manchmal mit einem selbstgebackenen Stück Apfelkuchen dazu.

Der scharfe Dampf stieg ihm in die Nase. Vielleicht würde dies der letzte Tee mit Edith sein.

Die Bank knarrte. Sie hatte sich gesetzt. Uwe nahm die Keramikbecher aus dem Schrank, strich sanft über die glatte, blaue Lasur, die wie ein Teil ihres gemeinsamen Lebens und Liebens war.

Honig, Zitrone, Ingwersud, Tassen füllen und auf den Tisch stellen. Er handelte ganz automatisch. Edith sah ihn an, und in ihren türkisfarbenen Augen sah er plötzlich Günthers Bild. Er blickte weg und legte die Hände fest um die Tasse, dankbar um die Hitze an seinen Handflächen, die ihm zeigte, dass er noch lebte. »Du liebst ihn.« Er beobachtete die Zitronenstückchen, die auf der Oberfläche des Tees schwammen.

»Ja.« Noch immer hielt sie ihre Jacke mit beiden Händen vor der Brust zusammen, als müsse sie sich schützen.

Edith war konsequent, sogar bei ihrem Betrug. Jahrelang. Nie hatte sie etwas gesagt, ihn nur zum Narren gemacht. Zum alten, hoffnungslos liebenden Narren. »Was willst du jetzt tun?«, fragte er nach einer kleinen Ewigkeit.

»Ich werde gehen.«
Für ein paar Sekunden drehte sich die Welt, flimmerten die Bilder um ihn: Edith, jung, in dem dünnen weißen Kleid als Johanna von Orleans auf der Freilichtbühne; Edith bei ihrem ersten Besuch hier im Haus, wie sie die Fachwerkbalken berührt, die Etiketten auf den braunen Medikamentenfläschchen liest, die damals noch im heutigen Wohnzimmer gestanden hatten; Edith mit einem dicken Papierstapel unter dem blühenden Apfelbaum, Edith in Latzhosen beim Abschleifen der alten Holzdielen, Edith im türkisblauen Hochzeitskleid; seine Frau lachend im neuen Büro als Chefdramaturgin; seine Frau, wie sie bis zum Bauchnabel im Meer steht und ihm zuwinkt; wie sie die Trockensträuße aufhängt, die noch heute über ihnen hängen, verblasst, aber mit dem Charme der Idylle. Edith mit Günther in der kahlen Garderobe, ihre nackten Körper, ineinander verschlungen, auf dem verschrammten Schminktisch.
Reiß dich zusammen, sagte er sich. *Du weißt nichts!*
Sein Inneres war ein Brodeln giftiger Substanzen, für andere jedoch war Uwe eine Quelle purer Gelassenheit, so, wie er es immer gewesen war. Der Helfer. Der Gutmensch. Selbst dann hatte er ausgleichend gewirkt, wenn ein Tier unendliche Qualen gelitten und es ihn beinahe zerrissen hatte, weil er nicht mehr helfen konnte. Besonnen bleiben, damit der Besitzer nicht merkt, wie nahe ihm das Schicksal der Schwächsten ging. Damit Edith jetzt nicht sah, dass seine kleine, unbedeutende Welt heute untergegangen war. Damit niemand ahnte, wie sehr ihn Annika jetzt wieder quälte.
Er war ein guter Heilpraktiker für Tiere. Ein besserer, als er es für Menschen hatte sein können. Mit Menschen

hatte er sich immer schwergetan. Es war nur konsequent gewesen, hier in der Abgeschiedenheit zu bleiben, auch wenn Edith manchmal gern in die Stadt gezogen wäre. Hier war es gut, fernab von Luxus und Trubel und den Begegnungen mit den eigenen Abgründen.
Vielleicht hätte er Hanna Brock das alles nicht erzählen sollen in seiner Wut und in seiner Aufregung. Sie hatte genickt, sich angehört, was aus ihm herausgesprudelt war, nachdem Günther genauso plötzlich abgehauen wie er aufgetaucht war. Sie hatte Fragen gestellt, während er den Siamkater abgetastet, Herz und Lunge abgehört, ihm in Rachen und Hals gesehen und ihr mitgeteilt hatte, dass er aufgrund der Symptome ein malignes Lymphom vermutete. Extrem aggressiv. Unheilbar. Nicht ungewöhnlich bei einer Katze von sechzehn Jahren. Hanna Brock hatte traurig ausgesehen. Und erzählt, dass es Kommissar Ehrlinspiels Kater war. Bentley.
Er hätte es wissen müssen. Brock war nicht koscher gewesen. Hatte sie ihn bereits im Theater aushorchen wollen? Andererseits war das Tier schwerkrank, und sie hatte vielleicht wirklich nur seine Hilfe gesucht.
Wie lange sie mit Bentley schon in der geöffneten Tür gestanden hatte, hatte er nicht herausgefunden. Doch dass er zu Assmann gesagt hatte, es sei Günther damals nicht unrecht gewesen, dass Annika nicht mehr aufgetaucht war, war ihr vermutlich nicht entgangen. »Soll ich mir noch einmal Ihren Rücken ansehen?«, hatte er gefragt, und sie hatte nicht verneint.
»Ich war nicht immer sicher.« Ediths Worte rissen ihn aus seinen Gedanken. Sie legte die Hände auf den Tisch, und die Jacke klaffte auseinander. Sie trug nichts darunter, und er blickte rasch auf ihre Hände. Der breite

Ehering mit dem leuchtend blauen Kristall-Opal war matt. Die Jahre hatten dem Gold und der Struktur der feinen Blattnervatur, die der Goldschmied extra um das Metall rund um den Stein graviert hatte, den Glanz genommen.

»Nicht sicher? Mit was?«

»Dass ich ihn liebe. Aber seit letztem Sommer weiß ich es. Glaube mir, es macht mich nicht glücklich. Günther hat … Lene nie losgelassen. Hat sie immer verteidigt. Und ich … ich konnte Günther nie loslassen.«

»Es macht dich nicht glücklich? Du erwartest hoffentlich kein Mitgefühl von mir. Oder eine Trost-Massage«, fügte er sarkastisch hinzu und dachte an die langen Nächte, in denen sie später als sonst gekommen war, nach Rauch gerochen und von den langen Proben berichtet hatte, in denen er mit dem Ingwertee auf sie gewartet und sie dann mit dem Calendula-Öl massiert hatte. Früher bis zur Ekstase, später nur noch in den Schlaf. Seine Hände waren an ihrem Becken und ihrer Wirbelsäule entlanggeglitten, hatten die Rippen ausgestrichen und die Schulterblätter umkreist, harte Stellen weich gedrückt und den Nacken sanft entspannt. All seine Innigkeit hatte er durch seine Finger in die Frau fließen lassen, die er liebte und vergötterte.

»Letzten Sommer wollte ich es ein letztes Mal versuchen. Ich wollte alles geben, um ihn für mich zu gewinnen.« Ihr Blick brannte auf seinem Gesicht, und zum ersten Mal fand er ihre Tränensäcke und ihre unbedeckten, mit Falten überzogenen Brüste abstoßend.

»Du hast dir Sex erkauft.« Auf gewisse Weise verstand er sie sogar. Der schöne Assmann, fast zwei Jahrzehnte jünger als Uwe und einst ein Freigeist wie sie.

»Ich wollte ihn an mich binden. All die Jahre. Ich habe mit ihm –«

»Erspar mir die Details.« Er schob die Tasse weg.

»Hör mir zu, Uwe, bitte.« Sie senkte den Blick.

Streuner winselte leise, weil niemand ihm Beachtung schenkte.

Uwe schwieg. Er wollte nichts mehr sagen. Nichts mehr hören. Nichts fühlen.

»Ich habe Günther die Rolle verschafft. Dafür habe ich andere ausgebootet. Ich habe unserem Intendanten gefälschte Kritiken untergejubelt. Ich habe Pjotr als Regisseur genommen, weil er hervorragende Inszenierungen gestaltet, aber vieles nicht durchschaut. Grotesk. Ich wäre einen Bund mit dem Satan eingegangen, damit Günther endlich geht. Weg aus Freiburg, weg aus meiner Nähe, aus meinen Gedanken. Du weißt, dass er immer nach Wien ans Burgtheater wollte. Und dass ich den Intendanten dort kenne. Ohne diese Verbindung wäre Günther ein Wurm zwischen den Bühnenbrettern. Es war diese Zeit seit dem letzten Sommer. Die hab ich einfach nur … auskosten wollen, es hätte der Abschied werden sollen. Ein Abschied im … im Rausch.«

»Aufhören, wenn es am schönsten ist, ja? Erzähl dieses sentimentale Schmierendrama deinen Mimen. Aber nicht mir!«

»Uwe, bitte! Ich wollte es ja beenden! Ich wollte zur Ruhe kommen, diese Begierde endlich … stillen. Für immer. Ich weiß, das ist keine Entschuldigung, aber lass es mich wenigstens erklären.«

Er sah sie nur an.

»Nur erklären«, flüsterte sie, »bevor ich dein Haus verlasse.«

Ein langgezogenes, leises Heulen kam unter dem Tisch hervor, und Streuner legte seinen Kopf auf Uwes Knie. Er stieß ihn beiseite.

»Ich konnte nicht mehr mit Günther arbeiten. Er musste gehen, es schien mir die einzige Lösung zu sein.«

»Du hättest ihn feuern können.«

»Nein, Uwe, ich wollte, dass es ihm gutgeht, wenn er woanders ist. Ich bin kein Unmensch.«

Er lachte auf. »Und was ist mit mir? Was hast du all die Jahre gedacht, wie es *mir* geht? Gut? Sehr gut? Ja, hervorragend geht es mir!«

Streuner humpelte mit eingezogenem Schwanz zu seinem Körbchen am Ofen. Unentschlossen blieb er davor stehen.

»Es tut mir leid.«

Er verstand sie kaum, doch er konnte sich nicht länger zurücknehmen. »Den Teufel tut es! Du wolltest doch gar nicht, dass er geht! Du hast ihn immer hier haben wollen, Günther hier, Günther da, Günther spielt wie ein zweiter Will Quadflieg, Günther hat die Szene in Margarethes Garten souverän interpretiert, Günther beherrscht den Sprachbogen wie kein anderer ... Du widerst mich an!« Mit einer harten Bewegung stieß er die Tasse vom Tisch. Sie zerbrach in zwei Teile, und der Tee ergoss sich über das honigfarbene Holz, versickerte in den breiten Ritzen. Nein, dachte er, du widerst mich nicht an, Edith. Du bist ganz einfach nur mein Leben gewesen. Meine kleine Welt. Ich will nicht ohne dich sein.

»Dann ist es ja gut«, sagte sie laut. »Dann war es ja in Ordnung, dass ich mit Günther geschlafen habe.«

»Er ist bestimmt ein Hecht im Bett, nicht wahr? Erst

recht seit dem Sommer, in dem er für seine Rolle bei dir zahlen musste. Und da hast du es bereut, dass er gehen würde. Da wolltest du, dass er bleibt. Ich kenne dich doch. Wenn du einmal etwas erreichen willst, setzt du es durch.«

Sie stand auf. Wich zurück. »Ja«, sagte sie. »Er ist ein Hecht im Bett. Er fickt besser, länger, intensiver, dicker …« Dann zitterten ihre Lippen, und sie sank auf den Boden, die Jacke sog sich mit den Teeresten voll, färbte sich dort, wo sie den Boden berührte, dunkel.

Streuner drehte sich vor dem Körbchen um sich selbst, sah die beiden an und humpelte aus der Küche.

Uwe rutschte von der Bank herab. Setzte sich auf den Boden. Gern hätte er die Hand ausgestreckt, nur um Edith noch einmal zu berühren. Doch er tat es nicht. Minuten vergingen, vielleicht auch Stunden, er hätte es nicht sagen können. »Günther war hier«, sagte er. »Er hat gedacht, dass ich die Kinder entführt habe, aus Rache für euer … Verhältnis.«

»Du?« Jetzt war sie es, die auflachte. »Das hat er gesagt?«

»Warst *du* es? Hast du ihm Wien versaut, damit er bleibt? Damit er dich wieder braucht und du ihn trösten kannst? So, wie du ihn nach Annika getröstet hast?«

»Du kennst mich gut. Aber nicht gut genug.«

»Hast du die Kinder verschwinden lassen?« Er blickte sie an, und da war nur noch Misstrauen in ihm, und wahrscheinlich auch in ihr, tiefer Zweifel, und vielleicht auch schon die Trauer über das verlorene gemeinsame Leben.

»So wie ihr Annika?«

Ihre Worte schossen auf ihn zu wie ein wütender Stier auf den Feind. »Du weißt es? Aber woher …?«

Sie lächelte plötzlich. »Du verurteilst mich wegen Günther. Und ihr alle ... du bist nicht einen Deut besser als ich, Uwe!«
»Seit wann weißt du es?«
»Seit dem dreiundzwanzigsten Mai 1993.«
Die Hörner des Stiers rammten sich in seinen Bauch. Sein Schädel explodierte.
»Ich bin zur Villa gekommen in dieser Nacht. Ich wollte euch noch treffen. Ich wollte ... Günther sehen. Du selbst hattest mir gesagt, dass du hinfährst. Also hatte ich einen Vorwand, noch vorbeizuschauen. Ich bin zu Assmanns gefahren und den Weg hochgelaufen, der damals noch mit Kies bedeckt war, ich musste schleichen und ...«
»Du hattest Aufführung! Und danach Interviews! Du ...«
»Ich hab die Journalisten abgewimmelt.«
Lange saßen sie da und sprachen kein Wort. Dann erzählte er alles. Er hätte es längst tun sollen. Vielleicht wäre dann vieles anders gelaufen. Wenn sie geredet hätten, verarbeitet, was niemals wieder gutzumachen war. Er berichtete von dem Anruf Lenes am späten Nachmittag des dreiundzwanzigsten Mai. Und was sie wirklich gesagt hatte. Wie er in die Villa gefahren und wie Günther ihn in Annikas Zimmer geführt hatte. Von seiner, Uwes, Ratlosigkeit. Dem Entsetzen. Und davon, was sie danach getan hatten.
Als er geendet hatte, sah sie ihn mit klaren Augen an, das Türkis schimmerte wie ein Gletscher, schnitt kalt durch seine Haut, öffnete seinen Körper bis auf die Knochen.
»Warum hast du uns nie verraten?«, fragte er.
»Du bist mein Mann. Du bist der beste und gütigste

Mensch. Ich liebe dich – auf meine Weise. Also bin ich bei dir geblieben, auch wenn du meine Welt nie verstanden hast. Du hast mich immer bewundert, warst aber nie auf Augenhöhe mit mir. Ich konnte Günther nicht aufgeben. Ich habe ihn begehrt bis zum Irrsinn.«
»Du hast mich um mein Leben betrogen! Mir Liebe vorgegaukelt, wo nur Sympathie war. *Das* ist der Irrsinn! Du hast mir jahrzehntelang jede Chance genommen, eine andere Frau zu finden, die mich wirklich liebt.«
Edith blickte zu Boden. Dann fragte sie: »Wo ist Annika jetzt?«
Langsam stand er auf. Seine Knie schmerzten, und die Cordhose war schmutzig. Es störte ihn nicht. »Ich habe noch etwas zu erledigen«, sagte er und ging.

36

Montag, nach 18 Uhr

Er keuchte von den vielen Treppen, als er vor dem Chaos in seinem Wohnzimmer stand. »Hanna?« Keine Antwort. Verdammt, verdammt, verdammt! Ehrlinspiel fuhr sich mit der Hand durch die Haare. Sie waren verklebt vom Regen und Schweiß.
Wo steckte sie bloß?
Er wählte ihre Mobilnummer. Legte auf, als die Mailbox ansprang. *Melde dich. Bitte! Mache mir Sorgen. Moritz,* tippte er als SMS, während er in die Küche ging und dort aus dem Wasserhahn trank. Sein Mund war trocken, und das Denken fiel ihm schwer. Seine Beine waren wackelig, doch er musste weitermachen. Rebecca blieb keine Zeit mehr. Wenn sie überhaupt noch am Leben war.
Die Suchtrupps bei Gündlingen hatten bislang keine Spur des Mädchens gefunden. Dafür einen alten Motorradhelm mit einzelnen Haaren mehrerer Personen darin, nicht einmal vier Meter von dem Graben entfernt, in dem Marius gelegen hatte. Dort gab es auch Reste ausgelaufenen Treibstoffes. Die Erde, die diesen aufgesogen hatte, war ins Labor gebracht worden. Eine Reifenspur deutete auf ein Zweirad, konnte aber aufgrund des Starkregens weder eindeutig einem Motorrad noch einem Roller zugeordnet werden. Die Stunden zerrannen ihnen wie Sand zwischen den Fingern

und damit die letzte Hoffnung, die Kleine zu finden. Der Hauptkommissar konnte nur hoffen, dass Marius Rebecca umsichtig versorgt hatte, ganz so, wie er es offenbar immer getan hatte. Beim Essen zumindest konnten sie davon ausgehen. Beim Insulin sah es anders aus: Assmanns Kühlschrank enthielt noch genauso viele Insulinspritzen zum Füllen des Insulin-Depots wie an dem Morgen, als die Kinder ihr makaberes Spiel begonnen hatten. Vermutlich hatten sie auf das Medikament verzichtet, weil Lene Assmann genau Buch führte und das Fehlen sofort bemerkt hätte. Und das wiederum hätte den Plan gefährdet. Rebeccas Rolle bei dem Ganzen war unklar. Dass sie aktiv beteiligt war, konnte Ehrlinspiel sich nicht vorstellen. Eher, dass Marius auch sie getäuscht hatte. Was bedeutete, dass sie durchaus noch gefangen sein konnte. Und niemand wusste, wo.

Er schlug auf den Wasserhahn. »Scheiße!«

Bugatti schlich um die Ecke und raunzte.

Eigentlich hätte er den Abstecher in seine Wohnung nicht machen dürfen. Es war nach sechs Uhr, und er sah Frank Lederle vor sich, der mit der Oberstaatsanwältin Lorena Stein bereits in der Polizeidirektion auf ihn wartete und sich rastlos über den kahlen Schädel strich. Doch er, Moritz, war wie ein Getriebener nach Hause gerast, um zu sehen, ob seine große Liebe und sein Kater Bentley da waren.

Er hastete das Treppenhaus wieder hinunter, die Kehle eng und das Handy am Ohr. »Frank? Ich bin gleich da, sag Lorena –«

»Beeil dich. Sie ist stinksauer. Dieser Mr. Hair war in der Uniklinik und hat herausgefunden, dass Marius nie dort war«, sagte Frank, während Ehrlinspiel immer zwei Stufen auf einmal nahm, vorbei an den großen Palmen, die seine Nachbarin im Treppenhaus verteilt hatte, vorbei an den bunten Fensterchen mit den stilisierten Blumenmustern, die heute glanzlos waren, aber bei Sonnenschein wunderschön leuchteten. »Der kleine Schleimscheißer hat tatsächlich bei Lorena angerufen und sich erkundigt, was dahintersteckt.«

»Ich glaub das nicht!«

»Aber noch etwas ganz anderes.«

»Was?« Er zog die schwere Eingangstür auf, hielt sich mit der freien Hand die Umhängetasche gegen den Regen über den Kopf und rannte den Gartenweg entlang zu seinem Dienstwagen.

»Vor ein paar Stunden ist ein interessanter Anruf beim anonymen Hinweistelefon eingegangen. Eine Frau hat Günther Assmann heute Vormittag bei den Bergers gesehen. Eine Tierbesitzerin. Berger ist doch Tierheilpraktiker. Die Anruferin hat gehört, wie Assmann und Berger sich über Annika unterhalten haben.«

»Über Annika? Erzähl weiter!« Er stellte das Handy in die Freisprechanlage und fuhr los. Die Scheibenwischer schoben mit monotonem Knacken die Wassermassen über die Windschutzscheibe.

»Angeblich hat Uwe Berger gesagt, es sei Assmann nicht unrecht gewesen, dass Annika damals nicht gefunden wurde und dass das Kind schnell vergessen war.«

»Das gibt's doch nicht! Verflucht, Frank, wir müssen Assmann finden! Und diesen Berger auseinandernehmen. Da scheint mehr dahinterzustecken.«

»Jo ist schon unterwegs zu den Bergers. Er kennt die beiden ja noch von früher.«

»Deine Kondition will ich haben.« Professor Reinhard Larsson saß auf Ehrlinspiels Bürostuhl, die Beine auf ein Beistelltischchen gelegt, und musterte ihn mit seinem typischen süffisanten Grinsen. »Ermitteln auf Hochtouren und gleichzeitig der Liebe frönen.«

»Bist du neuerdings mein Vorgesetzter?« Er deutete auf Larssons Beine. »Runter.«

»Du bist zerzaust, Moritz.«

»Was machst du hier?«

Der Rechtsmediziner seufzte und stand auf. »Seht ihr« – er wandte sich an die anderen Kollegen, Paul Freitag, Frank Lederle und die Oberstaatsanwältin Lorena Stein standen hinter Freitags Schreibtisch –, »da will man einmal nett sein und seinem Ruf als arrogantem Sarkast den Garaus machen …« Er hob die Arme. »Vergebens.«

Nett ist die kleine Schwester von scheiße, hatte neulich ein Halbstarker in der Cafébar zu Idris gesagt. Stimmt, dachte Ehrlinspiel.

»Die DNA-Ergebnisse sind da«, sagte Freitag. »Günther Assmann ist der leibliche Vater von Marius. Von Rebecca auch.«

»Irrtum ausgeschlossen?«

»Neunundneunzig Komma neun Prozent Sicherheit.« Larsson schob sich die Brille auf die Nase. »Eurem Torben gehört der Arsch poliert. Außerdem hat sich bestätigt, dass Fremdfasern an Marius' Jacke klebten. Und« – er verbeugte sich und ging zur Tür – »Haare, die identisch sind mit denen, die die Kriminaltechniker vorhin samt dem Helm geschickt haben. Blond wie Judiths. Aber kürzer. Und gefärbt. Wünsche erfolgreiches Beratschlagen, die Herren. Und die Dame.«

Die Tür fiel zu.

Lorena Stein, Freitag und Frank blickten Ehrlinspiel an, als erwarteten sie eine Erklärung. Die beiden Männer waren an dem Abend, als die Sache mit Judith passiert war, dabei gewesen. Ihnen war garantiert nicht entgangen, dass er mit der Wirtschaftskriminalistin geflirtet hatte. Gesagt hatte nie einer etwas. »Reinhard hatte in der Polizeidirektion zu tun«, sagte Freitag, und Ehrlinspiel war froh, dass sein Freund das Gespräch wieder auf die sachliche Ebene lenkte. »Untersuchung eines Gewaltopfers. Da kam er gleich mit den Ergebnissen vorbei.«

Lorena Stein trat mit so geschmeidigen Bewegungen in die Mitte des Zimmers, als wolle sie ihr graues Kostüm auf dem Catwalk vorführen. »Schluss jetzt, keine Animositäten. Der Junge ist tot und hat mit großer Sicherheit die ganze Entführung nur fingiert. Aber das Mädchen ist immer noch verschwunden und schwerkrank. Der Vater ist abgehauen und verdächtig in Sachen Annika.« Ihr violetter Seidenschal passte perfekt zu ihrem grauroten, gelockten Haar. Ihre sechsundfünfzig Jahre sah man ihr nicht an. Auch nicht, dass sie ihren einzigen Sohn verloren und selbst eine schwere Herzoperation hinter sich hatte. Schön, klug und sexy waren die Attribute, die ihr von Männerseite zuteilwurden. Einlassen wollte sich keiner mit ihr. Zu stark, zu dominant. »Euch ist doch hoffentlich klar, dass wir unter enormem Druck stehen. Und ihr habt nichts Besseres zu tun, als hinter meinem Rücken eine verdammte Lügennummer aufzuziehen! Ihr glaubt doch nicht im Ernst, dass der Presse so etwas entgeht! Was ihr unternehmt, habt ihr mit mir abzusprechen. Oder mich zumindest davon in Kenntnis zu setzen.« Sie zeigte nacheinander auf die drei Männer,

die silbernen Reife an ihrem Arm klimperten. »Ist das klar?«
Sie nickten.
»Morgen früh habt ihr Assmann. Und die Kleine. Lebend! Um neun Uhr liegt der Bericht auf meinem Tisch!« Und schon war sie zur Tür hinausgerauscht.
»Scheiße.« Lederle sank auf einen Besucherstuhl. »Wie stellt die sich das vor?«
»Lorena macht nur ihren Job, und den macht sie gut.« Moritz fühlte sich plötzlich so hilflos wie an dem Tag, als Lorenas Sohn gestorben war. Peter war fast so alt gewesen wie Marius. Im Frühling würde Moritz wieder Blumen auf Peters Grab bringen. »Lorena weiß, dass wir alles tun, was in unserer Macht steht.«
»Assmann ist zur Fahndung ausgeschrieben. Die Suchmannschaft bei Breisach wurde verstärkt.« Frank stützte die Arme auf den Schreibtisch. »Alle unsere Leute sind unterwegs. Edgar schickt in der nächsten Stunde eine Pressemeldung an die Medien, dass Marius verstorben ist.«
»Sieht für die Öffentlichkeit dann nach Tod in der Uniklinik aus.«
»Mhm. Ist auch niemand dort aufgekreuzt. Wer auch, wenn Marius selbst der Täter war.«
»Der Helm mit den Haaren«, sagte Freitag, »das ist kein Zufall. Da war jemand bei ihm.«
»Vermutlich hat jemand, wohl eine Frau, Marius gesehen, festgestellt, er ist tot, und wollte nichts damit zu tun haben«, antwortete Frank.
»Oder es war doch noch jemand eingeweiht.« Blonde Haare, Mofa. Das war kein Erwachsener. »Vanessa Sigismund!« Er schlug mit der flachen Hand auf den Tisch.

»Sie war heute nicht in der Schule! Weil sie ihren toten Kumpel gesehen hat. Sie hat rausgefunden, dass er selbst dahintersteckt. Und auch, wo die Geschwister sind!«
Der Hauptkommissar war aufgeregt. Jetzt hatten sie die Spur! »Nur pro forma«, fragte er Frank, »war Torben Tretter heute hier? Wir hatten ihn für vierzehn Uhr vorgeladen.«
»Jepp. Er hat seine Aussage exakt wiederholt und das Protokoll unterschrieben. Sein Alter hat ihm garantiert gesteckt, dass Mobbing nicht strafbar ist. Und wegen der Folgen seines Lügens können wir ihm nichts anhaben.«
»Hat er Vanessa noch einmal erwähnt?«
»Er hat sie beschuldigt, die Aktive bei dem Mobbing gewesen zu sein. *Sie* habe Marius fertigmachen wollen. Habe ihm nachspioniert.«
»Na warte, Nessy! Los, Freitag, wir fahren zu ihr.« Er sprang auf. »Wisst ihr, manchmal hasse ich es, dass man Leute für systematische Schikane und Erniedrigungen nicht bestrafen kann. Es zerstört so viel.«
Auf dem Flur lief er direkt in einen riesigen, stämmigen Mann mit wettergegerbtem Gesicht und in blauer Arbeiterjacke hinein. Der Geruch von Ehrlinspiels Kindheit auf dem Land, Gras, Stroh und Kühe, begleitete den Mann. »Entschuldigung, ich möchte zu einem Herrn Ehrlinspiel oder Lederle. Es geht um Marius Assmann.«
Der Mann nickte. »Ich bin so froh, dass er lebt.«
»Ja? Ich bin Hauptkommissar Ehrlinspiel.«
Der Mann drehte eine Mütze in den Händen.
»Um was geht es denn?«
»Es tut mir so leid. Ich war … ich stand unter Schock. Da bin ich einfach abgehauen.«
»Wo abgehauen?«

»Ich bin der Rüdiger Jost aus Gündlingen. Hören Sie, ich hab drei Kinder zu Haus. Da konnt ich doch kein Mörder sein! Aber jetzt, jetzt ist ja alles gut.«
»Sie haben Marius Assmann angefahren.«
Jost nickte mehrmals. »Ich habe ihn im Scheinwerferlicht sofort erkannt. Die Zeitungen sind ja voll von Fotos. Ich bin nicht so schnell gefahren, wie Sie denken, ich kenn doch den Weg, da bin ich vorsichtig. Da gibt's Schlaglöcher, und ich war auch … ich war nüchtern, das müssen Sie mir glauben.« Sein linkes Bein zuckte unaufhörlich. »Ich wollte doch nicht dafür verantwortlich sein, dass diese Künstlerfamilie noch ein Kind verliert. Ich hab den Jungen nur verletzt, das weiß ich jetzt. Damit kann ich leben. Das andere, das … das hätt mich umgebracht.«
Ehrlinspiel schluckte. »Herr Jost, bitte geben Sie das alles bei meinem Kollegen Frank Lederle zu Protokoll, er ist in Zimmer I-334 und …«
»Ich bin so froh. Wie geht's dem Jungen? Der ist da plötzlich auf dem Feldweg wie aus dem Nichts aufgetaucht. Ich hab Radio gehört, na ja, die alte Klapperkiste von Auto, das hat gescheppert. Aber wir haben letztes Jahr Urlaub in Amerika gemacht, die Route 66, und da muss der Pkw halt noch ein bisschen durchhalten, wissen Sie. Ich hab aber trotzdem mitgesungen. California Dreamin'. Ich mag The Mamas And The Papas. Sie auch? Mein Ältester hat mir die CD geschenkt, erst letzte Woche. Er ist achtzehn Jahre alt wie Marius. Er macht sogar Abitur, er ist der Erste in unserer Familie, er …«
»Ich höre keine Oldies«, sagte Ehrlinspiel, um den Mann zu unterbrechen. Sie mussten Rüdiger Jost sagen, dass Marius tot war. Später. Wenn alles geklärt war. Und dann

gäbe es ein weiteres Opfer in dem Fall. Einen Unfallfahrer, der anderen genommen hatte, was er selbst so liebte: den Sohn. Manchmal hatte Ehrlinspiel keine Lust mehr auf seinen Job.

»Die sind aber echt gut.« Jost hörte auf, die Mütze zu kneten. »Wissen Sie, ich hab mir gedacht, dass das Mädchen Hilfe geholt hat. Aber ich musste trotzdem selbst herkommen, ich bin ja so froh …«

»Welches Mädchen?«, fragten Ehrlinspiel und Freitag wie aus einem Mund.

»Na, da war doch das Mädchen. Die hat Sie doch angerufen, oder nicht? Natürlich, sie muss es gewesen sein. Mitten im Wald, da war doch sonst keiner.«

»Haben Sie das Mädchen erkannt? War es Marius' Schwester?«

Er zuckte mit den Schultern. »Ich glaub nicht. Die wär doch sonst auch wieder da. Und die Rebecca ist doch noch weg, oder nicht?« Sein Blick ging hektisch zwischen den Kommissaren hin und her. »Sie hat einen Helm aufgehabt. Wie soll ich die denn erkennen?«

Vanessa hatte alles gesehen. Den Unfall, den toten Marius.

»Sie sind aufeinander zugelaufen. Ich hab das genau gesehen, ich hatte die Fenster runtergekurbelt, ich war gut gelaunt wegen der Musik. Sie hat die Hand gehoben und Marius gewunken, ja, gewunken.«

»Aus welcher Richtung kam sie?«

»Aus dem Wald. Ich hab mich noch gewundert, was die allein da macht und dann mit dem Helm auf dem Kopf und ohne Motorrad. Die kam links von mir aus dem Wald, genau, und sie hat gewunken. Marius war noch rechts in der Wiese, er hat auch die Arme gehoben, ich hab noch gedacht, wie süß, die zwei, richtig romantisch, die Jugend, trifft sich bei Mondlicht zum Rendezvous. Aber als sie immer schneller gewunken hat, war er fast schon auf meiner Motorhaube. Wie aus dem Nichts, das hab ich ja schon gesagt. Der muss echt gerannt sein. Ich hab gebremst, aber ... die alte Kiste, wissen Sie. Das gab einen dumpfen Aufprall, und dann ist Marius kurz vor meinem Gesicht gewesen, auf dem Kühler, und dann war er weg.« Er verstummte und atmete ein paar Mal tief durch. »Ich bin so froh, dass er jetzt gut versorgt ist. Die Universitätsklinik ist doch gut, oder? Da arbeiten doch die ganzen Professoren.«

»Das Mädchen war blond, nicht wahr?« Ehrlinspiel wurde plötzlich unendlich traurig. Vanessa hatte Marius nicht nachspioniert, ihn nicht fertiggemacht. Sie war mit ihm befreundet gewesen. Und wahrscheinlich seine Komplizin.

»Ich glaub schon, ja.«

»Wann genau war der Unfall?«

»Am Samstagabend, das wissen Sie doch. So um Viertel vor neun.«

Es war der Todeszeitpunkt, den auch Larsson angegeben hatte. Mein Gott, warum hatte Vanessa ihnen nichts gesagt? Rebecca wäre längst in Sicherheit! »Herr Jost, Sie geben das jetzt bitte noch zu Protokoll.« Er bugsierte ihn zu Freitags und seinem Büro, in dem Frank noch saß.

»War's das schon?«

Sie ließen ihn wortlos stehen und eilten den Flur entlang. »Bitte, grüßen Sie den Jungen, und sagen Sie ihm, dass es mir leidtut, wirklich«, rief Rüdiger Jost noch.

37

»Wo, verdammt noch mal, ist Rebecca?«
Ihr Vater sagte nichts, als Ehrlinspiel sie grob am Arm packte. Er blickte mit seinen verquollenen Augen nur träge auf die Küchenuhr und grunzte: »'s kommt gleich Tagesschau.« Nessy konnte den Bullen sogar verstehen. Er wollte ein Leben retten, und sie, die feige Vanessa Sigismund, brachte ihr Maul nicht auf.
»Frau Sigismund, wir wissen, dass Marius alles inszeniert hat. Und dass Torben Tretter hinter der Verleumdung steckt. Wir wissen, dass *Sie*« – seine grünen Augen schienen sie zu schlagen, und instinktiv legte sie ihre Hand auf die verletzte Wange – »am Unfallort waren. Sie wissen, dass Marius tot ist. Seit Samstagabend. Und Sie wissen, wo seine Schwester ist. Wen, zum Teufel, wollen Sie noch schützen? Also machen Sie, verdammt noch mal, den Mund auf.«
Sie senkte den Blick auf seine schwarze Umhängetasche mit dem breiten Reißverschluss und dem Schweizer Logo darauf. Sie war echt cool, dachte sie, und dass sie sich mit diesen idiotischen, unwichtigen Gedanken zu retten versuchte vor dem, was jetzt kam. »Ich war nicht …«, versuchte sie ein letztes Mal auszuweichen.
»Vor dem Haus steht ein Mofa mit platten Reifen. Ein Oldtimer. Ist das Ihres?« Er sah auf ihre Wange und ließ ihren Arm los. »Sind Sie damit gestürzt? Oder ist Ihnen beim Fahren ohne Schutzhelm ein Zweig ins Gesicht geschlagen? Der Wald ist nachts tückisch.«

Natürlich. Der Helm. Shit. Aber sie hatte unmöglich an die Stelle zurückkehren und ihn holen können. Sie wäre gestorben, wenn sie Marius noch einmal dort gesehen hätte.
Ihr Vater schenkte sein Glas voll. »Gehört Mama! Hände weg von dem Mofa!« Er saß als Einziger an dem Ecktisch, gestikulierte in der Luft herum. Die Bullen und sie standen zwischen der alten Spüle und dem alkoholstinkenden Wrack, das ihr Vater war. Nur Bier heute, und er trank auch nicht aus der Flasche. Doch sie schämte sich für das Elend und die Hoffnungslosigkeit, die ihr Elternhaus ausstrahlte. Marius war nur selten hier gewesen, zwei oder drei Mal. Aber immer hatte er sie und Dad mit Respekt behandelt. Nessy spürte den Druck hinter ihren Augen. Nein, nicht schon wieder! Nicht vor den Bullen!
»Warum reden Sie nicht? Spielen Sie ein doppeltes Spiel? Haben Sie Marius zusammen mit Torben fertiggemacht und gleichzeitig mit beiden geschlafen? Ja? Haben Sie sich die Sache mit der Entführung ausgedacht?«
Sie schüttelte den Kopf.
»Wenn Rebecca stirbt, weil Sie nicht reden, mache ich Sie fertig. Und auch wenn Sie Ihr Leben nicht komplett im Knast verbringen werden, bleibt diese Schuld an Ihnen kleben.« Er beugte sich zu ihr vor. »Bis Sie so tot sind wie Marius Assmann.«
Ihre Hände und Arme kribbelten und juckten, sie hätte sich die Haut wegreißen mögen. »Ich … habe ihn nur gefunden.«
Ihr Vater brabbelte vor sich hin. Niemand beachtete ihn. Der kleine Bulle mit der Bundfaltenhose trat neben sie. »Waren Sie in Marius verliebt?«

Sie biss sich auf die Unterlippe. Nickte. »Ich wollte zu ihm. Ich musste Essen hinbringen. Er hat gewartet, ich hab auch noch Insulin für Becci besorgen sollen. Sie … es ging ihr echt dreckig. Sie war ohnmächtig und war saumäßig erkältet, der Husten hat sich voll übel angehört. Essen und trinken wollte sie auch nichts mehr. Sie hat nach Nagellackentferner gerochen, und Marius hat gesagt, das sei lebensgefährlich.«

»Deswegen sind Sie am Samstag zu den Assmanns gefahren. Sie wollten sich nicht nach Marius erkundigen. Sie wollten Insulin holen.«

»Es hat nicht funktioniert. Überall waren Ihre Leute. Ich bin nicht an den scheiß Kühlschrank rangekommen.« Sie konnte die Tränen nicht mehr zurückhalten, und ihr ganzer Körper wurde vom Schluchzen geschüttelt.

Der kleine Bulle führte sie zu einem Stuhl und setzte sich ihr schräg gegenüber. Dann reichte er ihr ein Taschentuch. »Und weiter?«

»Freitag, wir haben keine Zeit, wir …«, blaffte Ehrlinspiel, doch der Kleine sagte: »Zwei Minuten.«

»Ich bin ohne Medikament losgefahren. Ich wollte Marius überreden, aufzugeben. Er hat Becci doch geliebt. Ich dachte, es ist zu gefährlich, und er kann ihr Leben nicht wegen so einem Arschloch von falschem Vater aufs Spiel setzen und dass Becci Angst kriegen muss. Das war's doch alles nicht wert, oder? Und dann war er plötzlich da auf der Wiese. Bestimmt ist er losgelaufen, weil ich so spät dran war und Becci dringend das Zeug gebraucht hat. Ich glaub, Marius war echt froh, dass ich gekommen bin, er ist zu mir gerannt, er hat bestimmt gedacht, dass ich das Insulin dabeihabe und …« Etwas

drückte von ihrem Magen die Speiseröhre hoch. Sie eilte zur Spüle, würgte gelblichen Schleim in das Becken und schmeckte Galle und Säure.
»Rebecca hat also nicht freiwillig mitgemacht.«
»Sie denkt, dass Räuber sie entführt haben.«
»Und sie ist seit Samstag allein! Oder haben Sie sie versorgt?«
Stumm schüttelte sie den Kopf.
»Warum nicht?«
»Ich konnte nicht. Ich hab Fieber gehabt und geheult und gekotzt und …«
»Sie hätten uns anrufen können.«
»Sie hätten mich eingesperrt! Ich hab doch mitgemacht.«
»Lebt Rebecca noch?«
Sie presste die Lippen aufeinander und hob kurz die Schultern.
»Haben Sie die Nachrichten geschickt?«
»Ja. Marius ist nie aus dem Versteck raus. Ich hab alles draußen gemacht. Ich hab sie auch versorgt. Kekse für Marius und Gemüse für Rebecca und Wasser und eine neue Decke. Es hätte nichts schiefgehen können. Auch ohne Insulin. Ein paar Tage geht das. Aber nicht mit so einer fiesen Erkältung.« Sie schluckte schwer. »Ich wollte Marius doch nur helfen, sich an dem Arschloch zu rächen. Er hatte doch niemanden außer mir.«
»Wo ist Rebeccas Handy?«
»Oben«, flüsterte Nessy. »In meinem Zimmer.«
»Und Rebecca hat Sie nie gesehen?«
»Marius hat ihr Schlaftabletten gegeben, wenn er wusste, dass ich komme. Es war immer um dieselbe Zeit. Seine Mutter schluckt Tonnen von dem Zeug. Seit Jahrzehnten. Seit diese Annika verschwunden ist.«

Ihr Vater grummelte etwas von »gute Mama« und »Liebe für ewig« und fuchtelte mit einem Arm in Nessys Richtung, verstummte und trank weiter.

»Rebecca ist ohne Medikamente da draußen, Frau Sigismund. Und Marius hat sie geliebt. Sie haben das selbst gesagt. Sie sagen« – Freitag sah sie lange an –, »er hätte nicht gewollt, dass auch sie stirbt. Wo ist Rebecca?«

Scheiße, dachte Nessy, scheiße, scheiße! Und schon spürte sie wieder Torbens Faust in ihrem Gesicht, die Explosion in ihrem Kopf, das Dröhnen in den Ohren und das Brennen, das wieder aufgeflammt war, als Torben vorhin angerufen hatte. »Nur als Erinnerung, Puppe. Wenn du mich verrätst, bist du tot!« Sie hatte das Telefon umklammert, als er leise lachte. Ihr war klar gewesen, was sein nächster Schritt sein würde, noch bevor die Leitung tot war. Wenn sie ihm jetzt die Polizei auf den Hals hetzte, würde er sie später erschlagen. So, wie er die kleinen Katzen mit dem Brett erschlagen hatte, unter dem die Mutterkatze ihre vier Jungen versteckt hatte. Und wie er dem Hund seiner Tante den Bauch aufgeschlitzt hatte, als die im Krankenhaus war und ihm das Tier anvertraute. Dem anständigen, verantwortungsbewussten Anwaltssohn. Wie stolz er das erzählt hatte! Die Tränen strömten erneut über ihr Gesicht, und sie sah die Männer wie durch einen Schleier. »Er bringt mich um«, flüsterte sie.

»Wer?«

»Torben.« Als sie seinen Namen sagte, glaubte sie sich tot. Aber es war egal. Ohne Marius war das Leben nicht lebenswert. »Torben hat herausgefunden, dass Marius und ich ein Paar waren. Und … und jetzt …«

»Bedroht er Sie.« Ehrlinspiel wies auf ihre Wange. »Frau Sigismund, wir schützen Sie. Wir tun alles, um …«

»Einen Scheißdreck tun Sie. Was können Sie schon machen? All die Frauen, die von Typen wie Torben verprügelt werden und irgendwann tot sind. Aber es spielt keine Rolle mehr.« Sie blickte die Polizisten an. »Ich habe die ganze Zeit gedacht, dass alles gut wird. Dass mir mit Marius an der Seite nichts passieren kann.« In Marius, dachte sie, hatte all die Liebe gesteckt, die seinem Vater und Torben fehlte, so sanft, so achtsam war er gewesen. Zu ihr. Zu seiner kranken Schwester. Nessy wäre jetzt gern losgelaufen, allein, weit weg, durch die Stadt und den Wald, über die Wiesen, immer weiter bis ans Ende der Welt. »Ich bringe Sie zu dem Wohnwagen«, sagte sie.

Später

Ich wäre gern in dem Wohnwagen gestorben. Ein letzter Atemzug der Luft, die geschwängert ist von den Erinnerungen an das süßliche Marihuana, an Alkohol und Sex und die Stapel Bücher, die wir hier gehortet haben. Doch ich konnte es nicht. Ich hätte Rebeccas Qual in den Schmutz gezogen. So habe ich mich auf die Erde gesetzt, vor die Birke.
Den Wohnwagen habe ich mir von meiner ersten Gage gekauft, mit siebzehn. Er ist winzig, und früher war er weiß. Wenn ich jetzt hinübersehe, über die Wiese zu dem Auenwald, ist er grau, wahrscheinlich Schimmel, und das Dach ist voller Algen wie bei den drei anderen Wohnwägen auch, die hier vergessen wurden. Krähen bewegen sich darauf, fast im Rhythmus mit dem Polizeiabsperrband, das in Fetzen zwischen den Bäumen flattert. Die Tür war nicht einmal abgeschlossen gewesen.
Am Abend nach der Beerdigung habe ich Günther zur Rede gestellt. Ich hatte ihn abgepasst. Nur zwei Handvoll Menschen sind durch das Tor gekommen, das von Günterstal zurück in die Stadt führt und hinter dem ich gewartet habe. Dabei war es ein so schöner Tag, fast wie heute, das Summen der Bienen, und ein Schmetterling ist durchs offene Fenster geflattert und hat sich kurz auf das Lenkrad gesetzt.

Zu mir, mit der Günther seit dem Premiereabend nicht mehr gesprochen hat. Die ganze Zeit bin ich hinter ihm geblieben, als er nach über zwei Stunden endlich vor der Kirche losgefahren ist. Vor dem Altersheim habe ich wieder gewartet. Seine Mutter hat ihn lange aufgehalten. Erst als es dunkel wurde, war er wieder in seinem Zimmer. Der Abend war der schlimmste meines Lebens. Schrecklicher noch als der dreiundzwanzigste Mai 1993. Er bedeutete mein Todesurteil.

Die Krähen fliegen von dem Dach auf, flattern laut hinüber auf den frisch gepflügten Acker, wo der Traktor noch immer seine Bahnen zieht. Er knattert, und als er die Pflugschar in die Schollen gräbt, dringt der Duft schwerer Erde herüber. Sie riecht nach Eisen und faulem Getreide, das im Herbst untergepflügt worden ist.

Uwe hat sich nie für den Wohnwagen interessiert. Wahrscheinlich hat er nicht einmal gewusst, dass es ihn noch gibt. Er war einer, der zu Hause glücklich war. Der an dem Fachwerkhaus am Rand von Breisach arbeiten konnte und seine Apfel- und Kirschbäume pflegte. Ich weiß noch, wie Günther und ich den Wohnwagen hierhergebracht haben. Es war ein heißer Sommer, wir waren schon am Nachmittag betrunken, und Uwe hatte Patienten. Günther hat den Wohnwagen an seinen VW-Käfer gehängt, und wir sind durch die duftenden Wiesen gefahren wie so ein Hippiepaar. Damals gab es noch einen befahrbaren Weg hierher, jetzt ist alles zugewachsen bis auf einen Trampelpfad. Am Rand des Auenwaldes, nur wenige Meter vom Rhein entfernt, haben wir die zwei Räder abgeschraubt und den Wohnwagen auf Backsteine aufgebockt. »Unser verruchter Kerker«, hat Günther gesagt, mich auf die schmale Bank im Innern geworfen und so richtig durchgevögelt. Danach haben wir die Sachen aus dem Käfer geholt. Die leere Bohnendose, in der das Gras war, steht immer noch in dem kleinen Hängeschränkchen. Es fällt fast herunter. Auf dem Boden liegen der Brecht *und der* Canetti, *aus denen wir uns manchmal vorgelesen haben. Gebundene Ausgaben, die haben uns damals ein Vermögen gekostet. Sogar der Eimer steht noch in der Ecke, in den die Kinder ihr Geschäft erledigt haben, und unter einer der schimmligen Decken haben Günther und ich es früher schon getrieben. Es stinkt zum Gotterbarmen. Ich bin froh, dass ich gestern Abend in der Dämmerung vieles nicht so genau erkannt habe. Die Fenster des Wohnwagens sind von außen vernagelt, und innen hängen die blauen Vorhänge, die ich einmal genäht habe, in Fetzen herunter. Sie lösen sich vom Rand her auf, legen sich als feiner Staub über die zerfledderten Bücher.*

Ich habe gehofft. Getrieben von dem Glauben, Günther würde mich lieben. Eines Tages. So, wie wir uns früher geliebt haben. Bevor Lene in sein Leben getreten ist. Er ist so witzig gewesen, der Fremde auf diesem Stadtfest, vor über dreißig Jahren. Er hat an der Mauer des Augustinermuseums gestanden und Shakespeare vorgetragen, als ich zufällig mit Uwe vorbeigeschlendert bin. »Das war nur zum Üben«, hat Günther am selben Abend zu Uwe und mir gesagt, als wir zu dritt auf den Stufen des Plat-

zes gesessen haben, eine Flasche Wein kreisen ließen und über das Theater philosophierten. Günther hat gesprüht vor Lebenslust. Uwe hing an meinen Lippen und lächelte. Ich war schon an diesem Abend verloren.

Der Traktor kommt näher. Die Krähen fliegen um ihn herum und hacken mit ihren Schnäbeln zwischen die frischen, schweren Schollen.

Ich bin da, wo alles angefangen hat. Ich denke nicht mehr an die Beerdigung und an das, was danach war. Ich möchte nur das Gute bewahren.

Die Schlinge hängt über mir, und die schwarzen Leiber der Krähen glänzen in der Sonne.

Es ist ein guter Ort zum Sterben.

38

Ehrlinspiel drückte das Gaspedal durch und betete leise, obwohl er sicher war, es würde nicht helfen. Der silberne Astra schoss mit aufgeblendeten Scheinwerfern über die nasse B 31a Richtung Westen, querte die A 5, der Regen trommelte auf das Dach. Paul Freitag saß neben ihm, und im Rückspiegel schimmerte Vanessa Sigismunds Gesicht wie eine blasse Scheibe. Ihr leises Weinen ging fast im Brummen des Motors unter.

Vor Umkirch bremste er scharf, fuhr trotzdem zu schnell auf die L 115 und genauso schnell durch den Ort, und während Freitag abwechselnd mit der Einsatzzentrale, Frank Lederle und dem Notarzt telefonierte, Infos zu Rebeccas Krankheit und mutmaßlichem Zustand durchgab, rauschten Betonbunker und alte Wohnhäuser und dann wieder finsterer Wald an ihnen vorüber. In den Dörfern fuhr Ehrlinspiel langsamer, und nach nur fünfzehn Minuten bog er auf den Waldweg ein, den Vanessa am Samstagabend mit dem Mofa gefahren war. Er drosselte das Tempo und schaltete vom fünften in den vierten Gang.

»Wohin jetzt?«

»Am Ende vom Wald geradeaus, durch Gündlingen durch.« Vanessa schluchzte laut auf, als sie an der Unfallstelle vorbeikamen.

Im Dorf warteten bereits drei Streifenwagen vom Polizeirevier Breisach. Sie bildeten einen Konvoi.

Direkt nach dem Dorf dirigierte Vanessa die Polizisten

durch die Felder, der Wagen rumpelte über die steinigen Wege, das schlammige Wasser der Pfützen spritzte bis zu den Scheiben hoch.
»Da geht's zur Kiesgrube Breisach«, sagte Freitag.
»Nicht ganz, vorher rechts.«
Ehrlinspiel fuhr in einen schmalen Waldweg. Sie waren jetzt in dem Auenwaldgürtel, der sich bis fast zum Rhein zog. Im Schritttempo ging es weiter, die Scheinwerfer erhellten die triefenden Bäume, die immer dichter an das Auto herankamen. Die Reifen sanken tief in den weichen Boden.
Der Hauptkommissar hielt an. »Das schaffen wir nicht. Wie weit ist es noch, Frau Sigismund?«
»Paar hundert Meter. Der Weg geht nicht ganz dorthin.«
»Wir laufen.« Er sprang aus dem Auto, und noch bevor er die schweren Stablampen aus dem Kofferraum geholt hatte, war er nass bis auf die Haut. Sie liefen los, und je weiter sie kamen, desto intensiver wurde der Geruch nach Algen, der sich mit dem Duft nach schwerer Erde und nassem Laub mischte. Freitag redete erneut in sein Handy, um dem Notarzt die genaue Position durchzugeben. Im selben Moment hallte ein entferntes *Tatü* durch die Nacht.
»Jetzt links«, sagte Vanessa unvermittelt, und Ehrlinspiel ließ den Lichtkegel über einen Weg gleiten, der moosbewachsen und voller Grasbüschel war. Von links und rechts hingen dichte Zweige bis fast auf den Boden herab.
»Wie sind Sie da mit dem Mofa hingekommen?« Er bog die Äste beiseite und ging voran. Zwei der uniformierten Polizisten bildeten den Schluss des kleinen Trupps, die Besatzung der anderen Streifenwagen hielt am Waldrand

die Stellung, um das angeforderte Verstärkungsteam zu dirigieren. »Und wie kommt da ein Wohnwagen hin?« Falls Vanessa sie nicht ohnehin belog.
»Das ist nur bei Regen so scheiße. Die Bauern fahren da sogar mit ihren Traktoren, wenn's trocken ist. Und der Wohnwagen steht schon ewig dort. Der gehört dieser Berger.«
Ehrlinspiel drehte sich kurz zu dem Mädchen um. »Was?«
»Ja. Marius hat irgendwann seinen Alten belauscht. Da hat er mit ihr telefoniert, und sie haben darüber gesprochen. Wir haben uns oft hier getroffen.«
»Wir klären das später.«
Das Dickicht endete – vor ihnen erstreckte sich eine freie Fläche, etwa acht Meter breit. Ehrlinspiel richtete den Lichtstrahl auf die gegenüberliegende Seite: einzelne krumme Bäume am Rand einer braunen Wiese, ihre Wurzeln lagen zum Teil oberhalb der Erde, wie schwarze Schlangen zu einem Knäuel verknotet. Dahinter lagen eine schmale sandige Fläche und ein breiter schwarzer Strich – der Rhein. Rechts befand sich ein großes Stück Brachland, gesäumt von Gestrüpp. Links standen vier Wohnwagen neben ein paar Birken.
»Der kleine ganz rechts«, sagte Vanessa.
»Rebecca!« Der Kriminalhauptkommissar rannte los, rutschte im Schlamm aus, fiel, und ein stechender Schmerz durchfuhr seinen Knöchel. Er sog scharf die Luft ein, rappelte sich auf, hinkte weiter, hörte, wie Freitag hinter ihm ins Handy rief: »Wir haben das Versteck. Direkt am Rhein«, lief schneller auf das schiefe kleine Ding zu, das wie ein überdimensionierter Mistkäfer zwischen Auenwaldgürtel und Wiese hockte. Er nahm die

zugenagelten Fenster wahr, riss an der Tür und fiel fast nach hinten – denn sie war nur angelehnt. »Verdammt«, schrie er. Urin-, Kot- und Schimmelgestank schlugen ihm entgegen. Der Kegel der Stablampe glitt durch Rebeccas Gefängnis. In der Mitte ein Campingtisch mit abgeplatzter Resopalplatte, zwischen diesem und der Wand eine schmale Bank, aus deren blumengemustertem Überzug braungelber Schaumstoff quoll. Vor den Fenstern zerrissene Vorhänge, an einer Wand ein schmales Hängeschränkchen, bei dem zwar noch Scharniere, jedoch keine Türen mehr vorhanden waren. Eine einzelne Dose stand darin. Auf dem Boden eine zerknüllte Wolldecke, eine Gasflasche, Plastiktüten, zerrissene Kekspackungen, leere und volle Plastikflaschen, zwei Decken. Marius' schwarzer Rucksack, Rebeccas violetter Rucksack.
Ansonsten war der Wohnwagen leer.

39

Ehrlinspiel verlagerte sein Gewicht auf den unverletzten Fuß. Leuchtete noch einmal alles ab. »Wir sind zu spät!« Er wollte gleichzeitig brüllen und weinen, und seine Brust fühlte sich an wie von einer stählernen Hand zusammengequetscht.

»Moritz«, sagte Freitag, der mit einem Kollegen in der nassen Wiese stand. Vanessa hielt sich, bewacht von dem zweiten Streifenkollegen, abseits unter einer großen Birke. Ihr Haar hob sich fast so hell von der Umgebung ab wie der weiße Baumstamm. Die Arme hatte sie um ihren Oberkörper geschlungen.

Er bückte sich durch die niedrige Tür und blickte auf die Männer hinab.

Freitag leuchtete auf den großen Schieberiegel und das Vorhängeschloss. »Alles unbeschädigt.«

»Da hat's jemand eilig gehabt.« Der Uniformierte, ein schlanker Mittzwanziger mit Brille, nickte. »Das Schloss hängt nur drin, das ist nicht mal mehr eingeschnappt.«

Ehrlinspiels Gedanken wirbelten durcheinander. Hatte Marius seine Schwester doch mitgenommen? War sie irgendwo da draußen? Oder hatte Vanessa gelogen, um ihren Arsch zu retten? Er hastete zu ihr und packte sie an den Oberarmen, dass sie aufschrie. »Was haben Sie mit ihr gemacht?«

Ein paar Meter neben der Gruppe stoben Vögel auf. Ihre Schreie zerrissen die Nacht.

»Nichts!«

»Sind Sie sicher, dass Marius am Samstagabend allein war?«
Nessy drehte den Kopf zur Wagentür. »Ich hab ihn so geliebt!« Und dann schrie sie: »Fuck«, riss sich los und trat wie von Sinnen gegen den Wohnwagen. »Fuck! Fuck!«
Sofort legte Ehrlinspiel von hinten die Arme um sie und zog sie zurück. »Hey, hey, alles gut. Wir schaffen das.«
Sie schluchzte laut, drehte sich um und drückte das Gesicht gegen seine Schulter. Er strich ihr über den Rücken, über die nasse Jeansjacke, redete leise auf sie ein, wie er es bei seinen Neffen immer getan hatte, als sie noch kleine Rabauken waren und sich manchmal beim Spielen verletzt hatten. »Es ist gut, Vanessa.«
Freitag nickte ihm zu, und er wusste, dass sein Freund und Kollege es genauso gemacht hätte, vermutlich sogar um einiges besser als Ehrlinspiel selbst. »Wo könnte Rebecca sein?«, fragte er leise, während seine Augen vergeblich die Dunkelheit um sie herum absuchten, und sie schüttelte kaum merklich den Kopf. »Sie muss hier sein. Sie hat nicht mal mehr stehen können«, nuschelte sie in seine Jacke, »ihr ging's echt dreckig.« Dann löste sie sich von ihm. »Er hat sie! Es kann nicht anders sein. Er hat den Schlüssel mitgenommen!« Und schon schrie sie: »Torben, Torben!«, und das Echo trug ihre Verzweiflung zurück – *Torben, Torben.*
Torben, der Gewalt mit Worten ausübte. Torben, der mit Fäusten verletzte. Torben, der nun seinen Hass an dem kleinen, kranken Mädchen ausließ? Ehrlinspiel wagte es nicht, den Gedanken weiterzudenken.
Vanessa stolperte über die Wiese, rief nach rechts, nach links, ziellos: »Torben, ich weiß, dass du hier bist!«
Freitag lief ihr nach, sein Lichtkegel fing sie immer wie-

der ein, und dann hörten sie es alle. Das Schluchzen, das Weinen, hoch und abgehackt, dann tief, wie das Jaulen eines verletzten Hundes.
Augenblicklich hielten sie inne, erstarrten, als habe jemand die Zeit angehalten. Die Klagelaute kamen von Westen, vom Rhein her. Ehrlinspiel humpelte in die Richtung, versuchte, den Schmerz in seinem Knöchel zu ignorieren. Er gab den anderen ein Zeichen, zurückzubleiben und sich vorsichtig von der Seite und in einem großen Bogen vom Ufer her zu nähern. Sie schalteten die Taschenlampen aus. Leise ging er weiter, geduckt, schlich von Wurzelgeflecht zu Wurzelgeflecht um die verkrüppelten Bäume herum, immer näher zum Ufer. Ein Käuzchen rief, und im selben Moment sah er die Silhouette. Direkt am Wasser, auf dem schmalen Betonstreifen, der das Bett des Rheins befestigte. Eine zusammengekauerte Gestalt, ungewöhnlich breit. Sie schien ihn nicht zu bemerken, schwankte leicht hin und her, das Weinen klang laut, zog über das dunkle Wasser – und gehörte eindeutig einem Mann.
Behutsam setzte der Hauptkommissar einen Fuß vor den anderen, bis er nur noch etwa drei Meter von der Gestalt entfernt war. Da erkannte er es: Der Mann hielt eine kleine Gestalt in den Armen.
»Geben Sie sie mir.« Er musste sich zusammenreißen, um souverän und ruhig zu reagieren.
Der Mann drehte sich langsam um. »Ich hab ihr nichts getan. Sie war schon tot. Ich wollte nur … Marius muss sie getötet haben. Oder Vanessa. Sie kennen als Einzige das Versteck!«
Rebecca. Tot. Die Eisenkralle griff noch fester zu. »Marius lebt nicht mehr, Herr Tretter.«

Torben schniefte laut. »Sie lügen! Diese Scheiße hier können Sie mir nicht anhängen. Ich hab Marius Mist erzählt, stimmt. Aber die Kleine da« – er sah auf sie hinab –, »die geht nicht auf meine Kappe. Sie wollen mich doch nur in den Knast stecken.«
Stimmt, dachte der Hauptkommissar, streckte ruhig die Arme aus und sah, dass sie weder Strumpfhose noch Unterhose trug. Er würgte. Nein, bitte, das konnte nicht sein! Nicht auch noch das! »Geben Sie mir Rebecca. Bitte. Ihnen wird nichts geschehen.«
»Hauen Sie ab! Sonst werfe ich die Kleine ins Wasser. Dann können Sie mir endlich was anhängen. Und wenn's nur Leichenschändung ist.«
Da sprang ein Mann auf Torben zu, brüllte »Du Schwein«, der Junge fuhr herum, doch der Mann riss ihn zu Boden, und im nächsten Moment erklang ein dumpfes Platschen, Torben lachte und weinte gleichzeitig.
»Nein«, schrie der Angreifer, und sein Schrei zerriss die Nacht. Er kam auf die Beine, wollte ins Wasser springen, fiel, schlug Torben seine Fäuste ins Gesicht, und noch als Freitag und die beiden Polizisten herbeistürzten und die Männer zu trennen versuchten, riss der Hauptkommissar sich Jacke und Pullover vom Leib, streifte Jeans und Schuhe ab, lief über den kalten, nassen Sand. Er zögerte nur Sekunden, stand auf dem Betonstreifen, blickte in die wütende Strömung weiter draußen und den ruhigeren Rheinarm direkt vor sich. Die wenigen Stämme und Wurzeln konnten ihm in Ufernähe Halt geben. Er sprang in die dunkle Flut.
Die Kälte nahm ihm den Atem, und er glaubte, sie risse ihn auf den steinigen Grund hinab. Er drehte sich, um nach dem Mädchen zu suchen, sein Blick ging über die

dunkle, glänzende Oberfläche, und bei jeder Bewegung schmerzten seine Muskeln mehr. Er erkannte kaum etwas, kraulte, um möglichst viel Wärme zu erzeugen, verfluchte seinen Arm, den er nicht mehr ganz ausstrecken konnte, seit er versucht hatte, Peter vor dem Ertrinken zu retten. *Nein,* sagte er sich, nicht daran denken, lass das Déjà-vu nicht zu! *Es ist vorbei.* Da sah er das Bündel, nur wenige Meter entfernt, leicht schaukelnd. Vorsichtig schwamm er darauf zu. Mit jeder Sekunde wurde er unbeweglicher, spürte seine Arme und Beine kaum noch, und das Atmen fiel ihm immer schwerer. Endlich! Der Kommissar griff nach dem Bündel – und hielt einen dicken Ast mit einem Stück Plastikplane zwischen den Fingern, die sich blähte wie ein kleines Segel. *Verdammt!* Wieder drehte er sich, doch seine Kräfte ließen nach. *Nicht aufgeben!* Vielleicht lebte sie ja doch noch, vielleicht war sie in Torbens Armen ja nur bewusstlos gewesen! Sie *muss* leben. Sie darf nicht sterben!

»Da drüben, Moritz!« Es war Freitag, der den Lichtkegel nur wenige Meter von ihm entfernt auf das Wasser richtete.

Ein winziges Etwas wölbte sich inmitten des erleuchteten Flecks, trieb auf der Oberfläche.

Moritz schwamm langsam, jeder Zug kostete ihn mehr Kraft.

»Du hast sie gleich, Moritz!«

Er kämpfte weiter, das Etwas wurde winziger, die Flut zog es vor seinen Augen hinab, und seine Hände und Arme gehorchten ihm kaum noch, als er nach Rebecca greifen wollte. Die Sekunden dehnten sich zu Minuten, und endlich, als er sich nicht mehr spürte und die dünne, kalte Atemluft auch sein Inneres erstarren ließ, spürte er etwas Weiches in den Händen, etwas, das ein kleiner Mensch war und das er jetzt festhielt, als sei es sein eigenes Leben. Wie das Seil mit dem Rettungsring zu ihm kam, wusste er nicht, doch er klammerte sich daran fest und ließ sich ans Ufer ziehen. Arme griffen über den Betonvorsprung und hoben Rebecca aus seinen Armen, und erst, als auch jemand nach ihm griff und ihn hochzog, sah er, dass die schiefen Bäume und die Wiese in grelles Licht getaucht und voller Leute waren.

Er lag auf dem Beton, unter sich eine Rettungsdecke, und keuchte. Freitag kniete neben ihm, blickte auf ihn hinunter, legte eine Decke über seinen Freund, hob dann Ehrlinspiels Kopf an und flößte ihm aus einer Plastiktasse dampfenden Tee ein. »Mensch, Moritz!« Es war einer der seltenen Momente, in denen Freitag nicht schmunzelte.

»Ihr Körper war noch warm.« Er drehte den Kopf zu der Rettungsmannschaft.

Zwei Männer in weißen Kitteln nahmen Schläuche und riesige Infusionsbeutel aus einem großen Koffer, hoben einen dünnen Arm hoch, redeten leise und ruhig miteinander. Neben ihnen kniete Günther Assmann. »Mein Engel, mein Engel«, wiederholte er pausenlos, wiegte sich vor und zurück, »ich hab das nicht gewollt, ich wollte dich nicht umbringen, mein Engel, meine Annika, meine Rebecca, mein Engel, mein Engel, ich hab dich doch so lieb.«

Freitag holte tief Luft. »Ja«, sagte er nur.

40

Montag, 22 Uhr 30

Als der Anruf kam, saßen sie schon seit Stunden in der Küche, hatten nicht geredet und nur dem Ticken der Wanduhr und Streuners Grummeln im Schlaf zugehört, und Uwe hatte gedacht, dass Jo Krenz bis in die Ewigkeit so sitzen und warten würde.
Warten und schweigen und schweigen und warten, ob Edith oder er nicht doch etwas zu dem Vorwurf sagen würden, dass es einen Zeugen gäbe, der Uwe und Günther über Annika hatte reden hören. Eine Tierbesitzerin.
Kommissar Krenz klappte sein Mobiltelefon zu. »Rebecca lebt. Und Günther Assmann bezichtigt sich des Mordes an Annika.«
Uwe schloss kurz die Augen. Er empfand keine Freude, keine Erleichterung. Und sogar als Edith ihren Liebhaber mit einem »Er hat Annika nicht getötet! Günther ist kein Mörder!« verteidigte, fühlte er nur Leere.
»Sind Sie sicher?«, fragte Krenz.
»Rebecca lebt«, sagte Uwe. »Aber Annika ist tot. Es ist Zeit für die Wahrheit. Wir sollten ihr ein Grab und ihren Frieden gönnen. Sie kann nicht ewig da verscharrt bleiben.«
»Ja.« Edith würde nachher in das Hotel fahren. Sie hatte nur ein paar Sachen holen wollen, als der Kommissar sie überrascht hatte.

Krenz verschränkte die Arme, beugte sich über den Tisch und sah Edith an.

»Der dreiundzwanzigste Mai 1993 war ein lauer Abend«, begann sie. »Mein Mann war auf dem Weg zu Günther und Lene. Lene hatte ihn angerufen. Sie brauchten seinen Einsatz als Heilpraktiker. Ich habe mir nichts dabei gedacht und bin zur Probe gefahren. Aber die Sehnsucht nach Günther hat mich gequält. Ich war an dem Abend die Wirtin Wassilissa in Maxim Gorkis *Nachtasyl.*« Edith sah Krenz an. »Das ist ein traurig-schönes Elendspanorama. Mein Abend bestand aus Illusionen und gestrandeten Pennern, Säufern und Arbeitslosen, Kriminellen und Prostituierten. Ich hab zu schnell geredet und zu heftig gestikuliert. Und ich konnte dem Drang nicht widerstehen, nach der Probe auf den Lorettoberg zu fahren.« Sie atmete ein paarmal tief durch. »Ich bin die Einfahrt hinaufgelaufen. Es war finster, und die Bäume haben sich schwarz vor den erleuchteten Fenstern abgezeichnet. Es war völlig verrückt. Als wollten die Äste nach mir greifen. Als wären sie warnende Arme. Meine Schritte haben viel zu laut im Kies geknirscht, heute ist der Weg geteert. Da habe ich die drei Gestalten in Annikas Zimmer gesehen. Als ich Günther erkannt habe« – sie sah zu Uwe, der reglos auf der Bank saß und nicht einmal blinzelte –, »hat mein Herz fast ausgesetzt vor Freude, so dass ich immer schneller gegangen bin, bis ich alles erkannt habe.« Wieder machte sie eine kurze Pause. »Die drei standen neben dem kleinen Bett. Lene und Uwe mit dem Rücken zu mir, Günther mir zugewandt, gebeugt, daher konnte ich sein Gesicht nicht erkennen. Seine Haare waren damals noch lang und sind über seine Augen gefallen. Seine Hände lagen auf Annikas Gesicht. Sie trug eine rote Hose und einen weißen Pullover. Das hat mich an einen Storch erinnert. Sie war doch auch so dünn, man wollte sie dauernd umarmen und beschützen.«

Krenz lehnte sich zurück, als Edith nicht weitersprach. »Was ist passiert in dem Haus?«

»Uwe hat … seinen Arm um Lene gelegt. Zuerst war mir nicht klar, was sie da gemacht haben. Aber dann … dann hat Günther seine Arme unter Annika geschoben, ganz langsam, und sie hochgehoben. Und erst, als Annikas Kopf und das lange blonde Haar nach unten gefallen waren und ihre Arme und Beine wie abgeknickt herunterhingen, habe ich begriffen, dass sie nie wieder herumrennen und lachen würde.«

»Sie haben Annika getötet? Zu dritt?«

»Ich habe nur noch Panik gespürt. Die ganze heiße, ungestillte Sehnsucht ist in Sekunden aus mir herausgetropft, und statt dieser hat sich Angst in mich ergossen. Kalt und lähmend. Als die Tür der Villa aufgegangen ist und Günther mit der toten Kleinen in den Armen herauskam, bin ich die Einfahrt hinuntergerannt. Ich bin hingefallen, hab mir die Knie aufgeschlagen, bin weitergerannt bis zum Auto, und auf dem Heimweg habe ich eine halbe Schachtel Zigaretten geraucht. Uwe ist erst viele Stunden später gekommen.« Sie blickte auf den Tisch. »›Es ist etwas Schreckliches passiert‹, hat er gesagt und mich nur kurz am Oberarm berührt. ›Annika ist verschwunden.‹«

»Und was genau war passiert?« Krenz stand auf, nahm ein Glas, das neben der Spüle stand, füllte es mit Hahnenwasser und stellte es vor Edith auf den Tisch. »Sie auch?«, fragte er Uwe. Der schüttelte den Kopf.

»Ich habe es bis vor einigen Tagen selbst nicht gewusst«, sagte Edith. »Ich hatte nie mit jemandem über den Abend gesprochen. Und die drei, also Uwe und Lene und Günther, haben mir nie erzählt, was in der Nacht passiert ist.«
Krenz rieb sich mit Zeigefinger und Daumen über den Schnauzbart. »Sie sind eine kluge Frau, Sie haben damals immer behauptet, Sie wüssten nicht, wo Annika sei. Das stimmte also?«
Sie trank einen Schluck. »Ich habe Sie nie belogen. Auch dich nicht, Uwe. Ich habe nur nicht alles gesagt. Aber ich habe Günther belogen.«
Mich nie belogen! Aber schön fein die Tatsache weggelassen, dass es immer einen anderen Mann gegeben hat. Als ob das besser wäre! »Annika war in ein diabetisches Koma gefallen«, sagte Uwe ganz ruhig, so, wie er es immer war. »Eine sogenannte Hyperglykämie. Sie hatte heimlich Kuchen gegessen. Als ich gekommen bin, hatte Lene sie bereits in die stabile Seitenlage gebracht. Sie war ohnmächtig, hat laut gekeucht, aber ihr Bauch war schon hart wie ein Stein. Ihren Puls konnte ich auch kaum noch tasten.« Er verstummte. Wollte das alles nicht noch einmal durchleben. Und vor allem nicht mit Edith neben sich. Er wollte allein sein. Sich um die Tiere kümmern. Bei den Wesen sein, denen er helfen konnte, die treu waren und seine Zuneigung erwiderten. Auch wenn nur wenige Menschen dies verstehen konnten und fühlten wie er.
»Sie konnten ihr nicht helfen.«
»Nein. Ich war doch nur Heilpraktiker. Und selbst ein Schulmediziner hätte das Kind sofort in die Klinik bringen müssen.«

»Warum hatten die Assmanns nicht gleich den Notarzt gerufen?«
»Lene konnte es nicht. Sie wusste von Annikas Krankheit, seit Monaten. Die Symptome sind ihr ja nur zu vertraut. Aber sie hat es verdrängt, als helfe ein Ignorieren gegen das, was Annika bevorgestanden hätte. Als sei die Krankheit wegzudenken.« Uwe musterte Krenz' faltige Stirn. »Sie wollte dem Kind die Tortur ersparen mit der Essenskontrolle und den Spritzen.«
»Das ist unlogisch! Sie musste doch wissen, was passieren kann.« Der Kommissar setzte sich wieder.
Uwe fragte sich, ob der Mann auch in seiner Lederjacke schlief, die er schon damals Tag und Nacht getragen hatte. »Das hat sie auch, vom Kopf her. Aber nicht emotional. Es gibt nicht nur einen Fall, in denen Eltern diabeteskranker Kinder genau so gehandelt haben wie Lene und Günther. Fragen Sie mal Ihren Rechtsmediziner. Erst vor drei Jahren ist ein Junge aus genau dem Grund gestorben, und nur die Obduktion hat es an den Tag gebracht. Das ging lange durch die Presse.«
»Und damit Sie keine Probleme mit der Justiz oder sogar ein Verbot der Berufsausübung bekommen, haben Sie die ganze Sache sozusagen – begraben?«
Uwe ließ den Kopf sinken. Krenz wusste genau, was er sagte. Und er hatte recht. Die Wahrheit hätte ihn den Job und Assmann die Karriere gekostet. Wer wollte schon einem Schauspieler applaudieren, der sein eigenes Kind hatte sterben lassen? Oder einen Heilpraktiker konsultieren, der im Ernstfall nicht einmal den Notarzt rief? »Ich habe den Beruf freiwillig aufgegeben. Mit Menschen … das war nicht mein Ding. Heute weiß ich das.«

»Warum haben Sie Ihren Mann und die Assmanns nie gefragt, was in der Nacht passiert ist?«, wandte Krenz sich an Edith. »Und warum haben Sie Assmann belogen, wie Sie vorhin sagten?«

»Ich hatte es genau berechnet und die Unschuldige gespielt. Damit ich für Günther da sein konnte. Ich habe ihn getröstet in seinem Leid um Annika. Denn jetzt – endlich – hat er mich wieder gebraucht. Lene hat zu sehr getrauert, und sie war ja auch bald wieder schwanger. Ich habe zu Günther gehalten. Bedingungslos.« Sie drehte das Glas in den Händen, und Uwe sah, dass sie noch immer den Ehering trug. »Ich habe alles zerstört. Günthers Ehe, seinen Charakter, seine Hoffnungen. Ich wusste, dass er nie ein Großer werden würde. Die Bretter der Welt sind zu hart für ihn. Die der Provinz nicht. Dafür war er gut genug. Aber ich habe ihn immer belogen und ihm erzählt, er gehöre ans Wiener Burgtheater.« Sie sah Krenz an und erklärte: »Wer dort spielt, geht in die Theater-Annalen ein. Ich habe Günther krank vor Ehrgeiz gemacht und ihm versprochen, alles für ihn zu tun – er hat mit Sex bezahlt. Lene und die Kinder bezahlten mit der Zeit, die er nicht bei ihnen war. Vielleicht hätte er in dieser auch wirkliche Liebe zu Rebecca und Marius entwickeln können.«

Lange sagte Krenz nichts. Dann, als Uwe aufstand, fixierte er dessen Blick. »Ich habe es immer gewusst.«

Uwe nickte.

»Was haben Sie mit Annika gemacht?«

»Günther hat sie beerdigt. Im Grab seiner Schwiegereltern. Sie hätten Assmanns Garten noch zehnmal umgraben können.«

Der große Zeiger der Küchenuhr schob sich über das

Pflaumenmotiv, der kleine stand auf der Birne. Halb elf. Edith wird die Uhr mitnehmen, schoss es Uwe durch den Kopf. Sie hatte sie auf einem Flohmarkt entdeckt, zwischen einer Emaille-Badewanne mit Löwenfüßen und einem Spiegel mit blinden Flecken, in einer Zeit, die Äonen entfernt schien.

»Was passiert jetzt mit uns?«, fragte Edith.

»Da fragen Sie zu früh. Das muss erst alles vollständig ermittelt werden. Aber als Heilpraktiker hatten Sie genau wie die Eltern eine Garantenstellung, wie das Gesetz dazu sagt, gegenüber dem Kind. Die haben Sie missachtet. Das wird nicht ohne Folgen bleiben. Könnte auch auf unterlassene Hilfeleistung hinauslaufen.«

»Und was bedeutet das konkret?«

»Geldstrafe oder Gefängnis bis zu einem Jahr. Das klärt die Staatsanwaltschaft. Wir exhumieren natürlich das Mädchen. Eventuell könnten Sie oder auch nur Herr Assmann noch wegen Verstoß gegen das Bestattungsgesetz angeklagt werden. Vermutlich gibt es aber Verjährungsfristen dafür.« Der Kommissar stand auf. »Ich muss Sie bitten, spätestens morgen in die Polizeidirektion zu kommen.«

Uwe stieg die knarrende Treppe ins Erdgeschoss hinunter, Krenz folgte ihm. »Einen Moment noch.« Uwe eilte durch den Praxisanbau und die Volieren zu dem Holzhaus mit den Kleintiergehegen. Liebevoll hob er den Kater in die Transportbox und kraulte sein stumpf gewordenes Fell. »Du solltest nach Hause gehen, Kleiner. Du hast nicht mehr viel Zeit.« Eine Träne lief über seine Wange.

In der Praxis gab er zwei braune Fläschchen in einen Papierbeutel, schrieb mit Kuli *alle 2 Std. 6 Globuli bzw.*

morgens und abends 20 Tropfen direkt ins Maul darauf und drückte den Beutel Krenz in die Hand. »Das wird es ihm leichter machen.«

Die Falten auf Krenz' Stirn wurden noch tiefer.

Uwe gab ihm die Transportbox. »Der gehört Ihrem Kollegen Ehrlinspiel. Bringen Sie ihn nach Hause.«

41

Fast drei Wochen später, Samstag, 13. April

Die weißen Särge glänzten in der Aprilsonne. Annikas Sarg war kleiner als der ihres Bruders. Zwei Geschwister, die sich nie kennengelernt hatten und nun Seite an Seite ihren letzten Weg gingen.

Es war ein schöner Platz auf dem kleinen Friedhof in Günterstal. Lichterfüllt, neben einem großen Weißdorn, dessen Knospen gerade aufbrachen und zarte Blütenblätter zeigten und in dem Vögel sangen. Die umliegenden Gräber waren frisch bepflanzt, doch das duftende Meer von Primeln, Tulpen und Narzissen konnte den Tod nicht beschönigen. Dass in Annikas Sarg nichts als ein paar Knochen und ein kleiner Schädel lagen, hatten sie den Eltern gegenüber nie thematisiert. Doch Ehrlinspiel war sicher, dass sie es wussten.

Lene und Rebecca standen ganz vorn an dem offenen Grab. Beide hatten die langen blonden Haare zurückgebunden. Ehrlinspiel hatte Rebecca seit dem Abend, als er sie gerettet hatte, nicht mehr gesehen. Sie drückte die riesige Plüschmaus von ihrem Bett an die Brust. Die Mutter hatte den Arm um das Mädchen gelegt. Genauso hatten sie vorhin auch in der Kirchenbank gesessen, wo ein Trauerredner über das Menschsein und über Marius' Liebe zu Rebecca, über Annikas Lachen und die Hoffnung gesprochen hatte. Doch auch er hatte die Tragik und den Schmerz nicht lindern kön-

nen. Niemand konnte das. Kein Mensch, kein Gott, höchstens die Zeit. Trost konnte höchstens die Trauer selbst spenden.
Hinter Lene standen der Schuldirektor und Elisabeth Heinemann, bei ihnen ein paar Leute, die Ehrlinspiel nicht kannte. Rechts vom Grab stützte Günther Assmann sich auf den Rollstuhl seiner Mutter. Sein Blick war auf Rebecca gerichtet, während die weißhaarige Frau wie schon im Altersheim ihre knochigen Hände um die Lehnen des Rollstuhls klammerte und monoton vor sich hin nickte. Kränze und Blumensträuße reichten bis in die nächste Gräberreihe, irgendwo dazwischen lag auch der Kranz, den die Polizeidirektion geschickt hatte. Etwas abseits lehnte an einem Baum der Grabstein mit den Namen von Lene Assmanns verunglückten Eltern. Er war schon bei der Exhumierung entfernt worden. Jetzt wartete er darauf, dass die Kinder der Erde übergeben und das Grab zugeschaufelt wurde. Bis auf die Größe glich er exakt dem rauhen, rötlichen Annika-Gedenkstein im Garten der Villa. Die Gravur *Annika Assmann* und *Marius Assmann* leuchtete golden unter dem verblichenen *Angela und Werner Vanderbek.*
»Und so übergeben wir euch in Liebe der Erde«, sagte der Trauerredner, und die Sargträger hoben die breiten Bänder unter den Särgen an, ein anderer zog die Bretter über der Grube weg, auf denen sie gestanden hatten.
Es war ein aufwendiger Papierkrieg gewesen, die Bestattung bis zu Rebeccas Entlassung aus der Kinderklinik hinauszuzögern. Fast drei Wochen war Marius' Körper gekühlt worden. Eine Einäscherung hatten die Assmanns abgelehnt. Sie wollten, dass der Tod der Ge-

schwister für Rebecca begreifbar war. Sie sollte die Särge sehen, keine abstrakten Aschekapseln in Urnen. Auch hatte sie Marius gestern am offenen Sarg besuchen dürfen. So würde sie besser mit dem Verlust klarkommen. Das sagte auch der Traumaspezialist von der psychiatrischen Kinderambulanz. Gesprochen hatte Rebecca seit ihrer Befreiung kein Wort.

Nebeneinander schwebten die Särge in das Grab hinab. Lene Assmann stand ausdruckslos da. Ihr Gesicht war spröde, und sie hatte dunkle Schatten unter den Augen. Sie war geschminkt und trug ein schickes, graues Kleid mit einem grünen Halstuch. Rebecca weinte laut, als die Särge den Blicken entschwanden, viele der Trauergäste schluchzten.

Jo Krenz und Freitag standen neben Hanna und Ehrlinspiel. Doch kein einziger Mitschüler hatte den Weg hierhergefunden. Wahrscheinlich, weil der Begräbnistermin nirgends veröffentlicht worden war. Ehrlinspiel stimmte das traurig. Marius verließ die Welt so einsam, wie er in ihr gelebt hatte. Wie hatte sein Mitschüler Konstantin zu Beginn des Falles gesagt? *Marius ist da, wo er schon immer war. Im Unsichtbarland.* Wenigstens war Annika an seiner Seite. Und er würde einen Platz in den Herzen von Vanessa, Rebecca und Lene haben – und vielleicht auch im Herzen seines Vaters.

Es rumpelte leise. Die Särge hatten den Grund erreicht, als Assmanns Mutter sich in ihrem Rollstuhl aufrichtete und krächzte: »Wo ist Marius? Du hast mir gesagt, dass Marius auf dem Friedhof ist, Günni! Du Nichtsnutz, du!«

Assmann legte ihr eine Hand auf die Schulter und raunte: »Ist gut, Mutter, Marius ist doch hier.«

»Nein, Karl, ich lass mich nicht mehr belügen! Ich lass mich scheiden!« Sie dirigierte mit einem Arm in der Luft herum, als sei die Trauergemeinde ein Orchester.
»Mutter, bitte!«
Rebecca heulte auf und presste ihr Gesicht an den Bauch ihrer Mutter. Assmann schob seine Mutter weg. Die Reifen des Rollstuhls knirschten im Kies, und Ehrlinspiel sah ihnen nach, wie sie durch die Reihen sonnenbeschienener Grabsteine und Kreuze in Richtung der gelben Kirche verschwanden. Da sah er sie. Vanessa Sigismund. Nur zwei Gräberreihen entfernt hinter einem Baum. Er erkannte sie sofort, obwohl sie das Gesicht in etwas Schwarzes presste und ihr Haar nicht mehr blondiert, sondern hellbraun war. Das Ding vor ihrem Gesicht … rasch nahm er Hannas Hand, als könne sie ihn vor seiner Trauer und Hilflosigkeit schützen. Jetzt sieht Hanna mich zum dritten Mal weinen, dachte er, als er ihren Blick auf seinem Gesicht spürte und sie seinen Händedruck erwiderte.
Lene Assmann war die Erste, die eine Schaufel dunkler Erde in das Grab warf, und bei dem hohlen Geräusch, als Steinchen und Erdbrocken auf den Sargdeckeln auftrafen, musste Ehrlinspiel schlucken. Lene reichte Rebecca die Schaufel, doch sie ließ sie achtlos fallen und warf die Plüschmaus auf die Särge.
Ehrlinspiel hätte es Marius gegönnt zu erfahren, dass sein und Vanessas Spiel das Verschwinden Annikas aufgeklärt hatte. Vanessa und er hatten so genau geplant. Den Morgen an der Straßenbahn-Haltestelle. Dass Marius absichtlich hinfiel und die Bahn davonfuhr. Dass er Rebecca zum Trost ein paar Bonbons mit weicher, süßer Füllung gab, in die er die pulverisierten Schlafta-

bletten seiner Mutter eingearbeitet hatte. Dass er seine Schwester im Gestrüpp hinter dem Stromhäuschen versteckte, den Jeep seines Vaters holte, Rebecca an den Rhein fuhr. Dort hatte er am Tag vorher Lebensmittel, weitere Schlaftabletten – für die Zeiten, wenn Vanessa gekommen war – und eine alte Gasflasche in dem Wohnwagen deponiert. Wäre Marius mit seinem eigenen Golf gefahren, hätte es sofort nach Flucht ausgesehen. Ebenso, wenn er Rebeccas Medikamente aus dem Kühlschrank mitgenommen hätte. Also durfte sie nur Rohkost und Fett zu sich nehmen. Alles sollte für das Mädchen wie eine echte Entführung wirken. Denn irgendwann, wenn die Kinder wieder frei gewesen wären, hätte Rebecca ihren Eltern jedes Detail der Gefangenschaft erzählt. Geplant war gewesen, dass Vanessa nach einem ihrer Besuche – nachdem Assmann die Premiere versaut und den Namen des echten Vaters verraten hätte – den Wohnwagen nicht mehr von außen abschloss. Die Kleine hätte, wenn sie nach der täglichen Schlaftablettenration wieder aufgewacht wäre, glauben sollen, die Entführer hätten sie freigelassen. Alles wäre halbwegs gut ausgegangen, und die wenigen Tage hätte Rebecca gesundheitlich nichts passieren können. Wenn … wenn Rebecca nicht geglaubt hätte, alles sei ein Spiel. Wenn sie keine Kekse gegessen hätte. Nicht erkältet gewesen wäre.

Noch während die letzten Trauergäste Erde in das Grab warfen, flüsterte Ehrlinspiel Hanna zu: »Warte am Ausgang«, und ging zu den beiden Steinstatuen, ein Engel und eine Frau, von denen aus Vanessa das Geschehen beobachtete. Gern hätte er sein Jackett ausgezogen, so warm brannte die Sonne auf den dicken Stoff.

»Hallo, Frau Sigismund.« Er hatte recht gehabt. Es war Marius' schwarze Wollmütze, in die sie geweint hatte. Die, die er am Tag des Verschwindens getragen hatte und die sie weder am Unfallort noch im Wohnwagen gefunden hatten.
Rasch stopfte das Mädchen die Mütze unter ihre Jacke.
»Hey.«
»Sie können sie behalten.« Der Kommissar wies auf die ausgebeulte Stelle und lächelte.
»Echt?«
»Klar. Sieht übrigens gut aus mit den Haaren.«
Sie blickte wortlos über die Hecke, die den Friedhof von der Straße trennte. Ehrlinspiel folgte ihrem Blick. Assmann öffnete die Heckklappe eines Golfs. Das Fahrzeug war Ehrlinspiel schon bei seiner Ankunft aufgefallen.
»Das ist Marius' Auto, oder?«
Die Heckklappe schlug zu.
»Mhm.«
Der Motor sprang an, und Assmann und seine Mutter fuhren los. Nicht einen Satz hatte Assmann mit Vanessa oder Lene gesprochen. Auch nicht mit Uwe Berger, der allein gekommen war. Nur zu Rebecca hatte er gesehen. Wie verzweifelt musste Marius gewesen sein! Nichts anderes hatte er gesucht als die Zuwendung seines Vaters. War stets abgelehnt worden und in dem Glauben gestorben, ein Leben lang um seinen wirklichen Vater, der ihm hätte Halt und Liebe schenken können, betrogen worden zu sein. So hatte er sich die Entführung ausgedacht. Damit Günther litt wie bei Annika. Das zumindest hatte Marius sicher gewusst: Die Erinnerung an Annikas Verschwinden und die Gefahr eines Scheiterns auf der Bühne würden Assmann quälen. Und das war sein Ziel ge-

wesen. Was wirklich mit Annika geschehen war, hatte er nicht ahnen können. Vanessa und er hatten viel mehr aufgewühlt und Unglück verursacht als beabsichtigt. Indirekt aber hatten sie auch endlich Gerechtigkeit geschaffen. Jedoch um einen viel zu hohen Preis.
»Wie läuft's mit dem Abi?«
»Ganz gut. Am Dienstag ist noch Bio schriftlich.«
Ehrlinspiel nickte. »Haben Sie schon einen Termin für Ihre Verhandlung?«
»Anfang Juni. Vor dem Mündlichen.«
»Das wird schon. Sie haben uns alles gesagt und uns zu Rebecca geführt. Sie bereuen alles. Und Sie sind noch nicht achtzehn.«
Vanessa kratzte sich an der Hand. »Sie sind eigentlich ganz okay. Wie geht es Rebecca?«
»Körperlich wohl ganz gut. Aber ihre Seele wird noch Zeit brauchen.«
Vanessa blickte zu Boden. Die orangefarbenen Schnürsenkel ihrer Sneakers leuchteten neben den nackten grauen Zehen der Frauenstatue. Dann sah sie auf. »Ich warte hier. Ich will noch zum Grab, wenn … wenn die anderen weg sind.«
Sie verabschiedeten sich.
Bei der letzten Befragung in der Polizeidirektion hatte Nessy ihm immer und immer wieder erzählt, dass sie Assmann hatten »drankriegen« wollen. Dass er »leidet, bis er sterben will, so wie Marius jahrelang«. »Er hat gelitten«, hatte der Kommissar erwidert, und Vanessa hatte geschrien: »Er ist ein Arschloch!« Nach einer Pause hatte sie geflüstert: »Meinen Sie, ich … ich kann zur Beerdigung gehen?« – »Fragen Sie Frau Assmann. Sie ist eine verständige Frau und Mutter.« Ob Vanessa das getan

hatte oder heute einfach so gekommen war, wusste Ehrlinspiel nicht.

Er ging zu seinen Kollegen, die beim Ausgang warteten.

»Was macht Bentley?« Jo Krenz' Stimme klang belegt. Der Fall *Gartenkind* hatte ihn zwanzig Jahre lang beschäftigt – und sicher sehr mitgenommen.

»Er hält sich wacker.« Malignes Lymphom. Eine Biopsie in der Tierklinik hatte Uwe Bergers Verdacht auf den aggressiven Krebs bestätigt. Seinem Racker würden nur noch wenige Wochen bleiben, vielleicht nur Tage. Bugatti merkte dies, er wich nicht von der Seite seines Zwillingsbruders. Der Kommissar hatte sich gegen eine Operation entschieden. Die Strapazen wären zu groß gewesen und hätten Bentleys Leben maximal um zwei Monate verlängert. Wozu? Viel wichtiger war eine gute, wenn möglich schmerzfreie letzte Zeit.

»Moritz hätte dich knutschen können, als du mit Bentley gekommen bist«, sagte Hanna.

»Sie übertreibt«, wehrte Ehrlinspiel ab. Er hatte höchstens die Ohren von Bentley küssen wollen, und vor allem Hanna, die zu Hause auf ihn gewartet hatte, die eingeschweißte pinkfarbene Bettwäsche neben sich. Berger hatte Hanna nach dem Abtasten der Wirbelsäule direkt zu einem Orthopäden geschickt. Sie war ernsthaft verletzt und auch jetzt noch nicht wieder in Ordnung. Wegen der Schmerzen konnte sie nicht mehr Auto fahren. So hatte sie nach einem Tag in einem überfüllten Warte- und einem Hightech-Behandlungszimmer ein Taxi nach Hause genommen. Den Kater hatte sie – wie eigentlich vereinbart – auch nicht mehr abholen können. Doch bei Berger war er gut versorgt gewesen. Moritz hatte das

Bett frisch bezogen und war erschöpft neben Hanna eingeschlafen.
»Was wirst du im Ruhestand tun?«, fragte er Jo Krenz, um vom Thema abzulenken.
»Meine Kinder brauchen einen Babysitter. Fünf Enkel.«
»Du kannst auch bei uns aushelfen«, sagte Freitag.
»Oder bei Lene«, raunte Hanna, als Frau Assmann mit Rebecca auf die Gruppe zukam.
Sie gab allen die Hand. Rebecca drückte sich an sie.
»Hallo, Rebecca!« Ehrlinspiel war zutiefst dankbar, sie gesund wiederzusehen. In der Nacht am Rhein, als Torben sie in den Armen gehalten hatte, ohne Strumpfhose, Rock und Unterwäsche, hatte er gedacht, der Kerl sei nicht nur ein Schläger, sondern auch ein Vergewaltiger. Dabei waren ihre Kleider nur voller Urin und Kot gewesen, und Marius hat sie ihr ausgezogen. Sie hatten in einer Plastiktüte im Wohnwagen gelegen.
Rebecca sah zu ihm auf. Kein Lächeln, kein Weinen mehr. Dünn ist sie und blass, dachte der Hauptkommissar. Und sie sieht aus wie eine kleine Lene. Die gleichen Haare, die vielen Sommersprossen, nur die Augen waren graublau. Wie die ihres Vaters. Er konnte sich nicht vorstellen, dass das Kind noch vor wenigen Wochen ein quirliges, sorgloses Mädchen gewesen war. Ihm wurde eng in der Brust.
Ein paar Leute gingen an der Kirche vorbei, nickten zu ihnen herüber. Auch Vanessa kam, und Rebecca verfolgte sie mit ihren Blicken. Ehrlinspiel glaubte, ein Lächeln auf Rebeccas Lippen zu erkennen, doch sofort drehte Lene ihre Tochter um und drückte sie an sich.
Am Straßenrand gingen Autotüren auf und zu, Motoren starteten.

Krenz wandte sich Lene zu. Die Sonne malte harte Schatten auf sein zerfurchtes Gesicht, doch seine Augen blickten gütig. »Sie könnten Vanessa anrufen, irgendwann. Sie hat keine Mutter.«

Lene schüttelte den Kopf. »Ich weiß, dass sie Marius gemocht hat. Und er sie. Ich hatte mir nichts mehr als das für meinen Sohn gewünscht. Aber sie hat zusammen mit ihm diese Katastrophe verursacht. Sie hätte ihn davon abhalten können. Sie ist schuld, dass …« Sie schluchzte auf, und sofort weinte auch Rebecca.

Krenz legte Lene eine Hand auf den Arm. »Es war nur ein Vorschlag. Marius hätte sich gefreut. Vanessa wollte für ihn da sein. Sie ist jung.«

»Ich will nichts mit ihr zu tun haben. Ich weiß nicht einmal, ob ich ihr aus der Distanz verzeihen kann.«

»Sie können es.« Krenz umarmte sie. Dann verließ er wortlos den Friedhof und ging die Straße hinab. Nur sein kahler Schädel war hinter der Hecke zu sehen.

Auch Freitag verabschiedete sich. »Besucht uns mal. Lilian freut sich schon auf dich, Hanna. Und Annekatrin und Jule singen euch garantiert ein Duett.«

»Ich werde die jungen Damen auf dem Saxophon begleiten.«

Als sie auf der Straße waren, fragte Hanna Moritz: »Hast du Uwe Berger gesehen? Er sitzt immer noch auf einem Stein und starrt auf das Grab.«

»Mhm.« Sie sah ihn ernst an, doch in ihren dunklen Augen bemerkte er ein Funkeln. Mit Sicherheit heckte sie schon wieder etwas aus.

»Lass uns ein Stückchen laufen. Richtung Horben hinauf. In das Dorf des Lausbuben Moritz. Heimat.«

»Und dein Rücken?«

Sie lächelte, und er strich ihr über das winzige Muttermal unter dem linken Ohr. »Eine Stunde«, sagte sie. »Dann braucht Bentley seine Medikamente. Und wir einen doppelten Espresso.«
Er nahm ihre Hand, und sie gingen los.

42

Ende August

Der Hase ist weich. Er hat lange Schlappohren, und in dem braunen Fell sind auch schwarze und weiße Haare. Sie hebt ihn vorsichtig hoch und geht zu Bennos Stall. Der Schafbock steht vor der offenen Tür in der großen Wiese. Becci ist barfuß und trägt ein dünnes, zitronengelbes Kleid.
Der Mann sagt, der Schafbock war lange krank. Wie Becci auch. Aber jetzt geht es beiden wieder gut. Benno ist super, er leckt mit seiner rauhen Zunge über ihren Unterarm. Das kitzelt, aber sie darf nicht lachen, sonst fällt der Hase herunter.
Das ganze Gelände ist super. Ziegen, Schafe, Hasen, Katzen und ein Hund, alle können frei herumlaufen, und überall riecht es nach süßen Blüten und Früchten und Gras. Nur die Voliere ist doof. Man kann Vögel nicht einsperren! Sie müssen doch weit fliegen! Es sind viele Exoten dabei. Pfirsichköpfchen, Sittiche, Zebrafinken und sogar Tukane. Soviel sie weiß, können die hier nicht frei überleben. Deswegen sind sie wahrscheinlich in der Voliere. Sie hätte den Mann fragen können, als er Mama und ihr alles hier gezeigt hat. Aber irgendetwas hinderte sie daran.
Der Psychologe, zu dem Mama sie dreimal in der Woche fährt, sagt, dass sie Zeit braucht. Das hat Mama auch dem Polizisten gesagt, der neulich da war. Der Polizist

hat geantwortet, dass sie vielleicht einfach nur ein Tier braucht. Und dass er wisse, wie gut Tiere für die Seele sind. Er hat erzählt, dass er einen alten Kater hat. Becci ist bei dem Gedanken ganz aufgeregt herumgerannt. Erst durch das Wohnzimmer, dann in Papas Zimmer, das jetzt fast leer ist, und dann zu Marius. Dort sieht alles noch genauso aus wie an dem Tag, als sie Räuber und Gendarm gespielt haben. Sie setzt sich manchmal auf sein Bett und surft auf seinem Laptop im Internet. Der Polizist hat den Laptop gebracht. Nur deswegen ist er ja gekommen.

Marius hat ihr am Rechner vieles gezeigt, aber das weiß Mama nicht. Becci findet alles heraus. Sie hat gelesen, dass Papa nicht mehr am Theater ist und dass die Frau, die seine Chefin war, gleichzeitig rausgeflogen ist. Alle haben über die Chefin, Edith Berger, geschimpft und böse Sachen geschrieben. Aber inzwischen ist sie tot. Über Papa steht Blödes und Gutes im Internet und in Mamas Zeitung, aber über Marius, sich selbst und das Gefängnis hat sie nichts gefunden, außer irgendwas mit familieninternem Drama. Ist auch klar, denn der Polizist hat zu Mama gesagt, dass sie zu Rebeccas Schutz keine Details an die Presse gegeben haben, und Mama hat sich bedankt.

Der Polizist ist auch auf der Beerdigung von Annika und Marius gewesen. Dort hat sie ihn fragen wollen, ob er Marius den Tod gezeigt hat, weil Marius doch jetzt auf der brombeerfarbenen Wolke sitzt, und irgendwie hat er ja dorthin kommen müssen. Ihr Bruder hat es nicht gewusst, sonst hätte er es ihr, Becci, erklärt, als sie gefragt hat! Aber ein Polizist muss es wissen! Sie ist ganz sicher. Aber sie hat ihn nur anschauen können. Er hat irgendwie lustig ausgesehen, weil er so zerzauste Haare auf einer Seite des Kopfes hat.

Der Hase zappelt in ihren Armen. Sie lässt Benno allein und setzt den Hasen in sein riesiges Gehege zurück. Das Gras darin ist hoch, und als sie sich auch in das Gehege setzt, springen ein paar Grillen hoch, hüpfen um sie herum und zirpen laut. Eine landet direkt auf ihrem Kleid. Sie pflückt sie ganz vorsichtig ab, um ihr nicht weh zu tun, und sieht die Abdrücke von den Hasenpfoten auf ihrem Kleid. Aber Mama schimpft nicht mehr. Das weiß sie.

Drüben auf der Terrasse sitzt Mama mit dem Mann. Sie trinken Apfelsaft, den hat er selbst gemacht, genauso wie den Holztisch und die Bank. Ihre Gesichter sind im Schatten, den der große gelbe Sonnenschirm spendet. Der Mann heißt Uwe und war mit Papas toter Chefin verheiratet. Mama sagt, sie kennt Uwe schon sehr lange. Sie reden leise, aber Becci versteht jedes Wort. Die beiden sehen Becci nicht, weil das Gras zu hoch ist. Nur der Hund mit den drei Beinen schaut herüber und bellt kurz. Streuner. Uwe hat erzählt, dass er ihn auf einem Autobahnparkplatz gefunden hat. Er war nicht angebunden, aber schwer verletzt, und ist um die Bänke geschlichen, wo die Leute gegessen haben. Streuner war ganz dünn, und seine Augen waren voller Fliegen. Uwe ist mit ihm zum Tierarzt gefahren und hat ihn außerdem noch mit seiner eigenen Medizin behandelt. »Meine Tiere sind alle gerettete Seelen«, hat Uwe zu ihr gesagt und dann ganz leise gemurmelt, aber sie hat es trotzdem gehört: »Alle ausgesetzt, gequält, weggeworfen. Es ist nicht gut, dass der Mensch andere Wesen schlecht behandelt.« Becci hat sich gefreut. Sie findet das auch.

Der Hase schnuppert an ihrem großen Zeh, und weil die Schnurrbarthaare sie kitzeln, muss sie lachen. Es kommt sogar ein Glucksen aus ihrem Mund.
Mama und Uwe sind dagegen ganz ernst. Sie reden schon ewig, aber ihr wird hier nicht langweilig. Im Gegenteil. Und Uwe sieht auch lustig aus mit dem Kakadu auf seiner Schulter.
»Wie geht es dir seit Ediths Tod?«, fragt Mama Uwe.
Er hebt die Schultern, das sieht sie zwischen den hohen Grashalmen und dem Hasendrahtgitter hindurch. »Der jahrelange Betrug schmerzt mehr als das Alleinsein«, sagt Uwe, und der Kakadu schreit »aua, aua«. Uwe hat einen breiten Kamm, mit dem fährt er dem Vogel über den Kopf, es ist ein Spezialkamm zur Federpflege, hat er erklärt. Das ist süß. »Siehst du Günther noch?«, fragt er dann.
»Ich war einmal dort. Ich … ich kann ihn nicht verstoßen. Ich habe ihm ein paar Sachen aus dem Haus gebracht.«
»Du liebst ihn noch.«
Jetzt hebt Mama die Schultern. Dann weint sie.
Becci vermisst Papa. Aber Marius vermisst sie noch viel mehr. Es ist so leer in dem Haus. Sie hat vorn neben Mama sitzen dürfen in dem Porsche, als die zu Papa gefahren ist. Sie sind in eine schmale Straße eingebogen, in der Becci noch nie vorher gewesen ist. Die Häuser dort sind klein und grau, eine ewig lange Reihe, alle aneinandergebaut. Es gibt nur schmale Rasenstückchen davor, und das Gras ist gelb und vertrocknet. Aber es stehen sowieso nur Mülltonnen und Fahrräder mit platten Reifen oder ohne Sattel darauf. Vor dem Haus, wo Papa jetzt wohnt, steht immer Marius' Golf. Becci findet es

gut, dass Papa das Auto noch benützt, und als sie in Mamas Porsche gewartet hat, bis sie die Treppen hinuntergestiegen ist und die Tasche abgegeben hat, hat Becci daran gedacht, wie sie mit Marius im letzten Sommer mit dem Golf zum Tierpark Mundenhof gefahren ist und das neugeborene Kamel angeschaut hat. Es war winzig, viel dunkler als normale Kamele und hatte an den Beinen Locken. Danach haben sie zusammen Pommes gegessen, und Marius hat sie in den Bauch gestupst und gesagt: »Schön messen und spritzen, Zuckermaus!« Ein paar Tage, nachdem Mama die Tasche abgegeben hat, ist Becci mit dem Bus zu Papa gefahren. Sie hat sich die Adresse gemerkt und im Internet die richtige Linie gegoogelt. Das hat sie Mama natürlich nicht gesagt. Papa hat sie geküsst und herumgewirbelt und »mein Engel« zu ihr gesagt. Das hat er vorher noch nie gemacht, und sie ist total erschrocken. Aber sie ist stolz auf ihren Papa. Denn sie hat auch gelesen, dass er Torben verprügelt hat. Der hat sie nämlich aus dem Wohnwagen geklaut. Der Vater von Torben hat ein Riesentheater gemacht und Papa verklagen wollen. Doch er hat es nicht geschafft, weil Torben zu Marius so gemein gewesen ist und weil er keine Hilfe geholt hat, sondern mit mir am Wasser hockte. Außerdem war er böse zu Nessy. Der Richter sagt, das alles sei viel schlimmer und dass man Papa verstehen kann, wenn er so wütend reagiert, und dass er deswegen nicht bestraft wird. Geschieht ihm ganz recht, dem Torben. Der ist jetzt eingesperrt, aber wahrscheinlich nicht lang. Sogar die Nase hat Papa ihm gebrochen. Becci hat geklatscht, als Papa ihr erzählt hat, wie es geknackt hat.

»Nächste Woche ist Urteilsverkündung«, sagt Mama.

Uwe nickt. »Wir müssen uns endlich verantworten.«
»Ich habe Annikas Gedenkstein weggeräumt.«
Wieder nickt Uwe.
»Hast du Angst vor dem Urteil?«
»Nein.«
»Günther auch nicht. Was soll schon passieren? Kein Geld der Welt und kein Gefängnis auf Bewährung kann so schlimm sein wie die letzten zwanzig Jahre mit dieser Last.«
»Edith ist die Einzige, die juristisch nichts zu befürchten gehabt hätte.« Er senkt den Kopf und reibt sich mit den Händen über das Gesicht. »Und jetzt ...«
Bei Beccis zweitem Besuch hat Papa gesagt, dass Edith Berger tot ist. Das hat sie ja schon gewusst. Aber sie hat nicht gewusst, dass das Papa so aufgeregt hat. Er ist ganz rot geworden, als er davon gesprochen hat, ist im Zimmer umhergelaufen wie früher in ihrem Haus, wenn er seine Texte gelernt hat. Dann ist er am Fenster stehen geblieben. Auch Becci hat hinausgesehen, aber nichts erkannt. Man sieht da eigentlich nie etwas, nur die Füße von den Leuten, die vorbeilaufen. Es ist ein Souterrain-Zimmer und dunkel. Aber Papa hat die hübsche Lampe mit den Perlenschnüren mitgenommen. Auch die Chaiselongue ist dort, die in seinem Arbeitszimmer war. Wenn Becci darauf herumspringt, knarrt und quietscht sie. An der Wand hängt ein Foto von Annika und daneben eines von Marius. Annika sieht aus wie ich in kleiner, hat Becci gedacht und von dem Foto auf ihr eigenes Gesicht und noch einmal auf das Foto gezeigt, und Papa hat sie wieder herumgewirbelt und gerufen: »Aber du bist ein Blauauge, und Annika war ein Goldauge.«
Der Hase macht Männchen und legt seine Vorderpfoten

auf ihre Schenkel. Sie nimmt ihn auf den Schoß. Ein zweiter Hase hoppelt herbei. Sie hat ihn vorhin gar nicht gesehen, er ist ganz schwarz. Sie setzt den braunen zu dem schwarzen Hasen, und sie tollen herum. Bestimmt Bruder und Schwester.

An dem Tag, als Papa so rot geworden ist vor Wut, hat er auch erzählt, dass Edith Berger nach der Beerdigung zu ihm gekommen ist. Dabei hat er ihre Stimme nachgemacht, überdreht und verheult: »Bitte, Günther, wirf mich nicht weg! Ich konnte nicht zur Beerdigung kommen, das hätte ich Lene nicht antun können! Sieh mich an, bitte, nur noch ein Mal.« Und dann hat Papa sie angebrüllt: »Hau ab! Du hast mich zerstört! Du ekelst mich an, dein Körper und deine Lügen, ich sei gut! Ich habe zwei Kinder verloren, und du kommst hierher und ...!« – »Bin ich denn ein Nichts?«, hat Papa wieder die weinerliche Stimme nachgemacht. »War meine Liebe also nur Illusion? Dann sag's mir, sag es, Günther, ich bitte dich!« Und Papa hat gebrüllt: »Lass dich hier nie wieder blicken! Nie!«

Becci hat auf der Chaiselongue gesessen und sich die Faust auf den Mund gepresst. Da hat Papa sie in die Arme geschlossen. »Entschuldige, mein Engel.« Sie hat geschnieft, und er hat dann noch gesagt, dass er hier am Fenster gestanden hat, und das Letzte, was er von Edith Berger sah, waren ein blauer Rocksaum und silbergraue Pumps mit halbhohen Absätzen. Am nächsten Morgen war sie tot. Sie hat sich an einer Birke erhängt. Bei dem Wohnwagen, in dem Marius und sie gefangen waren. Ein Bauer, der seinen Acker gepflügt hat, hat sie gefunden.

»Becci«, ruft Mama von der Bank aus. »Becci?«

Sie läuft zu der Terrasse. Die Sonne steht jetzt tiefer, und

die weißen Stücke zwischen den Fachwerkbalken leuchten rötlich.
»Aua, aua.«
»Warum ruft er immer aua?«, fragt Mama Uwe, streicht Becci über die Haare, und sie trinkt im Stehen Mamas Glas leer. Der Apfelsaft schmeckt super. »Nicht vergessen!« Mama tippt auf ihren Bauch, wo die Insulinpumpe hängt. Selber, selber, denkt sie und tippt auf Mamas Bauch. Mama lächelt.
»Cockoo kommt aus einem Tiergeschäft, das wegen katastrophalen Haltungsbedingungen geschlossen werden sollte. Die Vögel waren komplett verwahrlost, kahl und dehydriert. Sie sollten eingeschläfert werden. Ich hatte zufällig davon gelesen.« Er zeigt zur Voliere. Jetzt versteht Becci. »Ich weiß nicht, woher Cockoo kommt und was er schon erlebt hat.«
Becci klatscht, und Uwe setzt den Kakadu auf ihre Schulter. Seine großen schwarzen Krallen bohren sich durch den dünnen Stoff des Kleides, aber es tut nur ein bisschen weh. Wahrscheinlich hat Cockoo damals auch schlimme Träume gehabt, so wie Becci im Krankenhaus und danach. Sie ist oft aufgewacht, vor allem, wenn Krähen vor ihrem Fenster geschrien haben, oder neulich, als der Sattelschlepper durch ihre Straße gefahren ist und so ähnlich gestampft hat wie die Schiffe auf dem Rhein. Da hat sie kurz gedacht, sie würde wieder zerquetscht, und sie hat gezittert.
»Du, Rebecca«, sagt Uwe, »magst du mir noch beim Füttern helfen?«
Sie nickt eifrig.
Mama lacht. »Uwe hat richtig viel zu tun. Er muss die Nordfassade am Haus neu machen und die Balken ent-

wurmen und imprägnieren. Die Dachrinne ist auch undicht. Da braucht er sicher jemanden, der ihm ab und zu bei den Tieren hilft. Auch beim Ausmisten und so.«
Becci springt vor Freude um den Tisch, und Cockoo flattert auf.
Dann füttern sie die Tiere. Sie hätte die Hasen gern mitgenommen. Aber so schön wie hier würden sie es nirgends haben. Sie legt Karotten und Salat in das Gehege und bugsiert dann Benno in den Stall. Der Schafbock stupst sie mit der Nase an und blökt leise. »Bis bald«, flüstert sie und drückt ihr Gesicht fest in das dicke, duftende Fell.

Vorhang auf …

… für meine Akteure und Souffleure hinter den Kulissen des Schreibens! Ihnen gilt mein ganz persönlicher Applaus:

Kriminalhauptkommissar und Pressesprecher Karl-Heinz Schmid von der Polizeidirektion Freiburg. Du hast es schon wieder getan: tagsüber Bösewichte und abends Fehler im Manuskript gejagt. Du hast dir zudem manch Wochenende für Diskussionen und meine Fragen zu der komplexen Polizeiarbeit Zeit genommen. Danke, dass du nie die Geduld verlierst – und dass du mir stets ein guter Freund bist!
Zentraler Kommentar – neben der Beschreibung von Pressesprecher Habermaß' schmalen Lippen und der braunrosa Streifenkrawatte: »Na danke. Wer wollte noch mal dein nächstes Buch aus Ermittlersicht gegenlesen? :-)«

Catherine Stumpp, Mutter zweier »Zuckermäuse«. Diabetologe ist doch total langweilig, denkt Nessy im Roman – bis ihr jemand alles darüber erzählt und sie es versteht. So ging's auch mir. Catherine, du hast mir mit köstlichem Humor die emotionale Seite der Eltern serviert – vom Zusammensturz einer Welt bei der Diagnose bis zu dem anderen, großartigen Leben heute. Ich habe von süßen und bitteren Katastrophen im Schulalltag gehört, über die Sprüche deiner Jungs gelacht – und dir

eine große Portion Geduld abverlangt, bis ich die Insulinpumpe verstanden habe. Danke!
Zentraler Kommentar (per E-Mail): »Du willst echt was über die Reaktion einiger Lehrer wissen? Lass uns das persönlich klären.«

Die medizinische Seite des Diabetes hat mir auch Petra Schmid erklärt. Aus Sicht der Krankenschwester und aus der einer Mutter mit diabeteskrankem Teenager. Danke für die spannenden Einblicke in eine mir bis dahin fremde Welt.
Zentraler Kommentar: »Es gibt keine blöden Fragen! Ehrlich nicht!«

Raphaël Nybl. Du überzeugst nicht nur als Schauspieler auf den renommierten Brettern der Theater Freiburg, Karlsruhe, Baden-Baden, Stuttgart und Pforzheim, sondern auch als erstklassiger Informant. Du hast mir Diven und Allüren beschrieben, hast mich in Produktions-, Probe- und künstlerische Lebenspläne eingeweiht und mir mit vollem Cappuccino-Mund demonstriert, wie so mancher Mime vor einer Aufführung blubbert, zischt und summt und zur Entspannung seine Flanken dehnt. Fehlt noch das Vorführen der Liegestütze zum bewussten Anspannen – du weißt: Daran kommst du nicht vorbei!
Zentraler Satz: »Wir sind wie jeder normale Mensch depressiv, labil und narzisstisch.«

Wilfried Seeger, Herrenschneider und ehemaliger Gewandmeister des Theaters Freiburg. Seit über zwanzig Jahren im Ruhestand, führen Sie Menschen durchs

Theater – und haben mir einen halben Tag voller Humor und Sympathie geschenkt. Danke für die Streifzüge über Haupt-, Hinter- und Nebenbühnen, durch Technikräume, Garderoben, Schreinerei, Schneiderei und Schlosserei. Für den Besuch bei der Intendanz und Inspizienz und bei den Maskenbildnern. Vor allem zwischen den 17 000 bunten Samt- und Seidenkleidern, Rüschenhemden, Hüten, Schuhen und Taschen hätte ich noch tagelang Ihren Erinnerungen lauschen können.
Zentraler Satz: »Ich hab sechsundfünfzig Jahre Theater gemacht. Da hör ich doch mit fünfundachtzig noch nicht auf!«

Sandra Nagel vom *Buchlädel* in Wörth, Sylvia Koopmann, Eliane Wurzer, Dr. Jörg Friedrich, Sandra Schmitt und Heike Jurzik: Euer kritisches und ehrliches Feedback als Erstleserinnen hat so manche Szene verbessert und mich immer wieder motiviert. Danke von Herzen für die vielen Stunden, die ihr Kommissar Ehrlinspiel und seinem Team, den Assmanns und mir gewidmet habt!

Monika Lechler, Goldschmiedin und Inhaberin von *Solitaire Lechler* in Freiburg, Jörg Menten, Prof. Dr. Elisabeth Heinemann sowie Dr. Jörg Friedrich und Sylvia Koopmann zum Zweiten: Es gibt Zeiten, da braucht man ganz besondere Freunde und Helfer. Nicht nur für fiktive Details wie Eheringe mit blauen Steinen, Oldie-Mofas oder das Lieblingsessen von Zehnjährigen, sondern auch für den ganz normalen Wahnsinn des realen Lebens. Danke, dass ihr mir immer zur Seite steht!

Meine Anerkennung gilt außerdem meinem Agenten Dr. Harry Olechnowitz, meiner gnadenlosen, doch zweifelsfrei begnadeten Lektorin Ilse Wagner und dem Team der Droemer Knaur Verlagsgruppe: dem »Krimitrüffelfinder« Dr. Peter Hammans; der weltbesten Presse-Power-Frau Patricia Keßler; Noomi Rohrbach, der unbestrittenen First Lady, wenn's ums Planen und Organisieren von Events geht; sowie denen, die tagtäglich für gute Bücher unterwegs sind: Katrin Englberger, Marcel Gerber, Hanno Kreie, Matthias Kuhlemann, Ernst Kurz, Brigitte Loesdau, Delia Peters, Martina Pferscher, Christiane Thöming und Robert Willinger.

Und falls Sie, liebe Leserinnen und Leser, in diesem Buch noch Fehler und Fettnäpfchen entdecken: Verzeihen Sie's. Denn kein Mensch ist perfekt – meine Informanten sind jedoch von jeder Mitschuld freigesprochen!

Alle Personen und die Handlung sind Produkte meiner Phantasie. Auf einer wahren Begebenheit beruht lediglich das Schicksal der kleinen Annika. Anders als im Buch (und wer wie ich Danksagungen *vor* dem Buch liest, blättert jetzt besser sofort vor bis Seite 5) wurde das tote Kind aber nicht heimlich beerdigt. Die Obduktion enthüllte kurz nach der Tat die Todesursache – und Eltern und Heilpraktiker haben sich der Verantwortung gestellt.

Petra Busch
im November 2012

www.petra-busch.de

Goethe: Faust. Der Tragödie erster Teil. Hamburger Ausgabe, Band 3, Dramatische Dichtungen I. Textkritisch durchgesehen und kommentiert von Erich Trunz. dtv 1988.

Friedrich Schiller. Sämtliche Werke. Zweiter Band: Die Jungfrau von Orleans. Eine romantische Komödie. Hg. von Gerhard Fricke und Herbert G. Göpfert. Carl Hanser Verlag 1981 (Lizenzausgabe für die Wissenschaftliche Buchgesellschaft). Vierter Aufzug, neunter Auftritt.

Eduard Mörike. Gesammelte Werke in zwei Bänden. Hg. von Hans Jürgen Meinerts. Bertelsmann Lesering (ohne Datum der Erscheinung). Band 1, Seite 38.

Versstücke aus: »Kuckuck, Kuckuck ruft's aus dem Wald«. In: Gedichte von Hoffmann von Fallersleben. Neue Sammlung. Breslau 1837, S. 92. (DVA: L 2/6034)

Alex Berg

Dein totes Mädchen

Thriller

Caroline kann es immer noch nicht glauben, dass ihre Tochter Lianne tot ist. Ein Verkehrsunfall hat die 26-Jährige aus dem Leben gerissen. Tage später stirbt auch der schuldige Autofahrer. Zerrissen von Trauer und Wut, flieht Caroline aus Hamburg in die Einsamkeit der schwedischen Wälder. Als sie das Haus ihrer Familie am See erreicht, wird sie von Erinnerungen überwältigt. 28 Jahre liegt ihr letzter Besuch zurück, doch es ist, als wäre sie nie fort gewesen. Und schnell wird klar, dass Caroline Schuldgefühle plagen, die über die Trauer weit hinausgehen. Umgeben von der tiefen Ruhe der schneebedeckten Wälder, entzieht sie sich immer mehr der Realität. Bis Kriminalkommissar Ulf Svensson auftaucht, mit einem entsetzlichen Verdacht …

Knaur Taschenbuch Verlag

Petra Busch

Mein wirst du bleiben

Kriminalroman

Miriam will ihre Mutter Thea ganz für sich, schon immer, um jeden Preis. Als diese bei einem schweren Unfall das Gedächtnis verliert, geht Miriam ganz in der Pflege auf. Auch wenn Thea von ihrer Tochter nichts mehr weiß. Hauptsache, Thea bleibt immer bei ihr in der Wohnung, dann kann nichts passieren. Dann wird Miriam nicht verlassen. Doch zwei Morde in der Nachbarschaft zerstören das erzwungene Idyll. Dass Hauptkommissar Ehrlinspiel das Leben der Opfer und Nachbarn durchleuchtet, macht Miriam ganz nervös. Als Thea aus ihrem goldenen Käfig ausbricht und in brütender Hitze durch Freiburg irrt, ahnt sie nicht, dass sie in großer Gefahr schwebt …

Knaur Taschenbuch Verlag

Petra Busch

Schweig still, mein Kind

Kriminalroman

Ein 500-Seelen-Dorf im Schwarzwald. Das pure Idyll, so scheint es. Dann liegt in der nahen Rabenschlucht eine tote Schwangere. Sie war gerade erst nach zehn Jahren in ihre Heimat zurückgekehrt. Hauptkommissar Ehrlinspiel nimmt die Ermittlungen auf – und stößt auf mehr als ein düsteres Dorfgeheimnis. Und eine zweite Leiche …

Knaur Taschenbuch Verlag

Judith Merchant

Loreley singt nicht mehr

Kriminalroman

An einem nebligen Morgen hat ein Angler am Rheinufer einen außerordentlich schweren Fang am Haken – einen toten Mann. Doch die Identität der Wasserleiche ist schnell geklärt. Kommissar Jan Seidel aus Königswinter und seine Kollegen kommen einer komplizierten und hasserfüllten Dreierbeziehung auf die Spur. Doch während die Polizei noch Beweise sammelt, ist Edith Herzberger, Jan Seidels agile Großmutter, schon mit ihren eigenwilligen, aber hocheffizienten Ermittlungsmethoden à la Miss Marple ihrem Enkel einen großen Schritt voraus …

Knaur Taschenbuch Verlag